Yi Shu De Mingyi

Juhui

以书的名义聚会

——卖书读书寻常事

时代出版传媒股份有限公司
安徽文艺出版社

刘政屏，安徽合肥人，出身文墨世家。中国作家协会会员、安徽省散文家协会理事、安徽省报告文学协会理事、安徽省民俗学会理事。现就职于合肥新华书店有限公司，是安徽图书城的“掌柜子”。出版有散文随笔集《月明风清》《让记忆有个落脚的地方》《倾听合肥》《享受合肥方言》《就这么简单》《五虎出列》（与人合集），长篇纪实作品《就这样，我们赢了！》，2009年参与策划、编纂、撰写大型散文集《阅读合肥》。

刘政屏/编著

以书的名义聚会

——卖书读书寻常事

Yi Shu De Mingyi Juhui

Maishu Dushu Xunchang Shi

时代出版传媒股份有限公司
安徽文艺出版社

图书在版编目(CIP)数据

以书的名义聚会/刘政屏著. —合肥:安徽文艺出版社,2014.10

ISBN 978-7-5396-5079-1

Ⅰ. ①以… Ⅱ. ①刘… Ⅲ. ①散文集-中国-当代 Ⅳ. ①I267

中国版本图书馆CIP数据核字(2014)第181902号

出 版 人:朱寒冬

责任编辑:张星航 韦 亚 装帧设计:许含章 徐 睿

出版发行:时代出版传媒股份有限公司 www.press-mart.com

安徽文艺出版社 www.awpub.com

地 址:合肥市翡翠路1118号 邮政编码:230071

营 销 部:(0551)63533889

印 制:安徽新华印刷股份有限公司 (0551)65859551

开本:710×1010 1/16 印张:36.5 字数:730千字

版次:2014年10月第1版 2014年10月第1次印刷

定价:56.00元(上、下册)

自序

这是我最看重的一本书，也是我最拿不准的一本书。因为对于我来说，它有着不同一般的意义，但让我拿不准的是，其他人看了，会是怎样的一种感受？

作为一个卖书人，我那些并不规整，也谈不上精当的文字，对于别人，特别是对于同行们是否有些参考的价值与思考的理由，我很不自信。

作为一个读书人，我那些多少有些肤浅、仓促甚至功利的文字，是不是能够将原作的主题、内涵和价值，阐述、演绎得生动、准确，我没有把握。

作为一个写书人和社会人，10多年来，我得到了许多人的关心、爱护与帮助，一篇篇报道和文字的后面，几乎都有一个乃至多个让我感动、感慨不已的故事，它们是我一直在坚持，一直在努力的动力；它们支撑着我，温暖着我，让我始终能够以微笑面对这个世界。因为它们让我坚信：我是一个幸运而幸福的人。

2014年是我书店职业生涯的30周年，在这样一个年份出版这样一本书，其纪念意义是不言而喻的。要感谢去年企业内部的一次主题作品集征文，我以一部《我在书店30年》获得了一等奖，而这，更坚定了我的计划。

但是我们还是不能仅仅为了个人去出版一本书，因为过于自我的书往往是一种物质上的浪费。于是我进入了很长时间的策划整理期。

首先我打破了《我在书店30年》原先的3个部分、每个部分30篇文章的架构，将全书分为上下两册。

上册是原书稿中的“卖书人”和“读书人”两部分，只不过进行了一些调整，删去一些可读性差、文字一般的篇章，列出需要新写的内容，调整补充部分约占总量的五分之一，调整后的篇幅依然是60篇文字。

下册则是在原书稿的第三部分“写书人”基础上进行扩充重组，第一章“我们曾经相遇过”为新写的部分。60则微博记录了我与60位文化名人的一面（或者更多）之缘。第二章是各位前辈、名家、文友及媒体对我的勉励、评价和报道的文字。第三章是我之前几本书的自序、后记及相关文字。

我要承认，在没有编写这一本书之前，我绝对没有想到，会有那么多的人写过我；我也没有想到当我为了让这本书更全面、更好看一些，而很冒昧地请一些名家、文友为我写上一些文字的时候，会得到他们爽快地回答，并在极短的时间内陆续收到他们的精心之作。感动之余，我感觉这样的收获远远超出了这本书的价值。

将这本书的书名改为《以书的名义聚会》是一个很不错的主意，而上下两部分的名字《卖书读书寻常事》《从来人生一本书》则是我苦苦思索后得到的，为此我非常欣慰，甚至有些激动。

半年来，我一直在调整、修改和添加这本书的每一章每一节每一篇，力求让它们更好看，更顺畅一些，更有价值一些。这半年很辛苦，很纠结，很充实，从冬天到春天，从满目萧索到万物葱茏。

感谢苏叔阳先生为这本书题写书名，感谢安徽文艺出版社的各位老师和朋友们对我的大力支持与鼓励，感谢我身边的每一位热心人和好心人，谢谢你们一直的陪伴和宽容，谢谢！

刘政屏

2014年5月3日

目　录

上辑：卖书人

上辑：卖书人

长江中路上的书店

长江中路上的书店真是不少，连带交叉路口附近的，大大小小、五花八门，应该有十几家。加上那些开了一段时间后又关了的，就更多了。这不能不说是个很奇特的现象，特别是方圆不到一公里的范围内，分布着这个城市三家最大的书店，在全国也堪称是绝无仅有的。

在这个城市里，四牌楼的新华书店是个老字号，1958 年建成，到今年整整 50 个

四牌楼新华书店 1958 年建成

年头。它曾经和百货大楼一起,成为这个城市地标性建筑。很多年间,“到新华书店去”指的就是到四牌楼的新华书店,因为那时候,它是这个城市里唯一的大书店。

在我的记忆里,四牌楼新华书店一直是我最向往的地方,因为它不但有很多的图书,而且还有一股独特的氛围,能够让人安静下来,细细地品味和享受读书的乐趣。

几十年间,它经历了好几次大的装修改造和调整,一直在变化着。从闭架售书到开架自选,从只在大厅中心地带围上一圈书架到所有的边边角角全部被利用上,营业厅从两层扩展到三层,安装上手扶电梯。它一直在努力适应和跟随着时代的脚步,这一点是很不容易的。每当我在其他城市看到一些同样是老字号的新华书店的灰暗和局促时,我就会为它感到欣慰和开心。记得很清楚,它最近的一次装修改造是在4年前,给人的感觉是焕然一新,现代、大气了不少。

新华书店都开在城市的黄金地段,是我们中国的特色,它虽然是计划经济的产物,但也从另一个角度说明这么多年来政府对文化设施的重视和扶持。四牌楼新华书店开业后27年,又一家大型专业书店——合肥科教书店出现在这个城市的另一个闹市口三孝口,成为一个新地标。有意思的是,它和四牌楼新华书店一样,矗立在路口的西北角。一条路上的两个最繁华的路口的同一个位置都是书店,也应该是件很少见的事。

三孝口周边的小书店最多,前前后后十多家。给我印象最深的是现在邮局位置上的一家古籍书店,图书品种多、品位高,尽管对于我来说,很多东西着实是太深奥、太专业了一些,但我还是忍不住要往那里跑,转转、看看,然后买上两本,回家去慢慢地琢磨和消化。

安徽图书城的规模是长江路上三大书店中最大的,也是开得最晚的。我清楚地记得它开业的日子:2000年5月18日。有趣的是,作为一个书迷,我不但在第一时间赶了过去,而且还在翻看图书时被某位摄影记者拍了下来。后来这张照片被用在了书城的宣传折页上,让我在不知情的情形下为书城当了一回义务宣传员。

说来也是缘分,冥冥之中,我与书店的这种缘分不但一直都没有断过,而且还在继续。关注、关心它们的哪怕是一丝一毫的变化,与它们同忧共喜,是我生活的一个部分。

三孝口科教书店 1985 年建成

我知道安徽图书城、四牌楼新华书店和合肥科教书店的年销售额位居全省各书店卖场的前 3 名；我知道它们为咱们安徽和合肥争回了不少的荣誉，但它们都面临着改变和发展的问题。

科教书店近些年随着三孝口的消沉，日渐冷清。不过今年改变了不少，经过装修和调整，最近大功告成，像是新开业一般。

图书城的人气是没的说的，平时川流不息，双休日、节假日更是人满为患。合肥作为一个省会城市，作为一个全力实现大都市梦想的城市，它的图书城面临的压力越来越大。随着长江中路扩建工程的完工，图书城门前的小平台没有了，到处摆放的自行车和摩托车使它的门口显得越发地局促。

四牌楼书店则正相反，门口显得开阔了不少。不过这也是以不少大大小小的树

安徽图书城 2000 年 5 月 18 日正式开业

木的消失为代价的。最近听说它有可能在长江中路新一轮建设中消失，取而代之的是一座现代、高大的新书城。听后很有一些诧异和不舍，其实，在四牌楼路南的那两座“牌楼”被拆了之后，我就预感到，这个原先被称作“范巷口”的四牌楼的大动作的改变不可避免，但真的要和一个有着 50 年历史的老字号说再见，心里的确还没有准备好。不过一想到合肥人拥有一个更大规模的书城的愿望或许能够在这儿实现，又觉得心中多了一份期待。

一公里内三大书店，是长江路的一大特色。正是由于这三个大书店和其他一些小书店的存在，为这条被誉为“安徽第一路”的长江路，抹上一道清新、淡雅而饱满的色彩。

2008.9

一个人和一个书店

一个人，一个有些腼腆、有些浪漫、有些主见、有些固执的年轻人。

一个书店，一个崭新的、大型而专业的、人们期待很久又终于盼来的书店。

仿佛是为彼此期待而准备似的，20 年前，这个人与这个书店的轨迹有了一个明亮的交汇点。

这个人就是我，这个书店就是合肥科教书店。1985 年 9 月 26 日，她隆重开业的那一天，恰好是我的农历生日，那一天的巧合是我与这个书店 20 多年缘分的开始。

想起来时间的确过得很快。20 年前，我还是个一天要逛两次书店、爱书如命的小伙子。就是因着这份对书的痴迷，我跨进了书店的大门，开始了与书相伴的日子。如今回首，忆起 20 年来的点点滴滴，的确有一种恍若隔世的感觉。

那是最富激情与幻想的年岁，那是最具朝气与活力的年岁，我人生中最生动多彩的岁月全部留在了那座如今看起来不算高也不算大的书店里。生命里最重要的词汇里自然也少不了“科教书店”这四个字。

清楚地记得，当我走近建设中的科教书店大楼时，是那么的激动与憧憬。

清楚地记得，在用书架和图书将她充实与丰富起来的时候，我们付出了多少体力与汗水。

我曾不止一次地对别人，对书店的后来者说，当年我们是如何弓着腰，一趟又一趟地将两包、三包甚至更多的图书背上楼去。

科教书店最初的模样

我更时常说起书店开业的那一天，读者是怎样跨进书店的大门的。走了进来？不对。拥了进来？不准确。难道是冲了进来？对，就是冲！大门打开的一刹那，激动的人们蜂拥而至，健步如飞地冲了进来。

全新的环境，文雅的布局，丰富的品种，这座省城第一家大型而专业的科技教育书店令渴求科学与知识的市民们热情高涨，从而创造出一个又一个不俗的销售业绩。

很长一段时间，科教书店是很风光的，在那个处于上升期的商业圈中，她超凡脱俗，毫不逊色，许多的称赞与荣誉映衬着她的辉煌。

又是很长的一段时间，她支撑着一个日渐式微的三孝口，场面与人气令许多人感到意外。

好的领路人，好的员工素质，好的工作态度，好的人际氛围与好的业余时光，读者看到的是整体面貌与状态，业内人更明白其背后的原因与动力。

我在那儿学习，在那儿工作，在那儿恋爱然后结婚生子，愉快与幸福是科教书店生活的主旋律。当然，也有过倦怠、失意与彷徨，但更有过思考、觉悟与进取，人生许多重要的决定都是在那儿完成的。

最让我不能忘怀的是 5 年前儿子突患严重疾病时，那儿的人们伸出的一双双给予我温暖与力量的手。走过来之后，我越发真切感受到他们是那样的伟大而可贵。

算起来离开科教书店快一年半了，尽管近在咫尺，尽管还在一个大集体里，但感觉还是有那么一丝的失落。在我内心深处，“科教书店”是一根敏感的琴弦。

很想讲一些让我难忘的事，比如那些可亲可敬的师长，比如那些谦和儒雅的读者。很想讲一些让我感动的情，比如同事之间，比如员工与读者之间。但我觉得自己得谨慎，因为记忆的闸门一旦打开，恣意纵横的情感会让我的叙述变得零乱而无序。不如让那些东西在内心沉淀、发酵、升华，从而成为一种美与力量，以一种平缓而自然的方式表达出来。

20年了，想起来的确很快，但一步步地走过，还是很不容易的。如今的科教书店，在沉寂了好一段时间之后，正酝酿着振兴与发展。深思熟虑过后，迎来的应该是切实的行动与光明的未来。对于这一点，我坚信并期待。因为一个人和一个书店的故事与感情还在继续，并且永远不会结束。

2005.9

一个书店与我

我原本是准备把这篇文字的名字叫作《我与一个书店》的，想一想觉得既不够合理也不够理性。事实上，就连是否要写这么一篇文字，我都在犹豫，因为关于这个书店的文字已经有不少篇了，在我自己，最近就有两三篇。但是不久前开始的，一下又一下的大锤、一天又一天残破的外观，让我觉得还是要写一写的，一个书店与我到底有着怎样的关系，我与一个书店到底有着怎样的情结。

我是一个一直有着改变的人，之所以这样认为，是因为我感觉我打小活到今天这样的岁数，发生在我身上的改变的确是很不少，并且一直在以我自己能够感受到的速度中继续着。比如年幼的我，是足够软弱足够胆怯的，一个人轻易不敢出门，不敢像邻居的那些孩子们那样满世界地去疯，但我敢一个人从三孝口走到四牌楼，到新华书店外面去看一看。我曾经在一篇文章里写道，那时候，在大多数人心目中，四牌楼书店就是新华书店，新华书店就是四牌楼书店，二者概念是重叠的。

一个人在充满激情的时候，往往会有些缺乏理智，会将一些东西发酵放大，但此刻的我，已经历过了这个书店谢幕时的百感交集、心绪难平。我认真地想了又想，年幼的我，喜欢到新华书店去是事实，但我很少会进入到它的内部，我会在它那大门两侧的几个高大宽阔的大橱窗前长时间地流连，很仔细地看着每个橱窗里的背景画面和图书。我喜欢看里面花花绿绿的装饰，忘不了一些让我好奇不已的小制作。比如，它曾经不止一次用过天安门的图案，但是它的天安门的城楼上，却有一个可以走来走去的伟大领袖，这让幼小的我好一阵惊奇。记得有一天晚上去新华书店，楼前空地上正在火热上演着话剧报剧，书店的大橱窗灯火通明，伟大领袖高举着右手在里面

惜别四牌楼书店特别沙龙(一)(2011.1.29)

走来走去,我那个激动啊,仿佛真的见到了伟人一样。

其实在那个年代,书店里的书也是有限的,但毕竟是卖书的地方,不认识字的人、不愿意读书的人是不敢轻易跨进它的大门的。我虽然年纪小,但是愿意读书,喜欢捧一本书的感觉。于是,胆子壮的时候,人多的时候,会溜进去四处转转,感觉那是一种满足和享受,当然那时候估计还不知道什么叫"满足和享受",只觉得心跳加快。

现在想想,可能就是缘分这东西在起着作用。几辈子读书成为一种本能和习惯了,忽然之间,文化被"革命"了,家里的书一下子没了,不能朝夕相伴了,心里空落落的。这时候居然还能够找到一个有很多书的地方,自然就会心向往之、情所钟之。

只是转转看看的原因是因为年纪小,更是因为手里一分钱也没有,那个年代一分钱是可以买一本薄薄的书或者一本小人书。在这个国家有了一个巨大的改变的时候,我也到了个子有些高、胆子有些大、口袋里有些钱的年纪。那时还在读高中,上体育课或者自习的时候，我和同学们会走上一段路，到新华书店去看书、买书，同学之间相处的快乐、与书亲密接触的快乐，让日子越发的明亮。

上个世纪八十年代初期的那几年，是我与书、与四牌楼书店最亲密的时期。每天，不去的时候心里惦记着，去了之后陶醉着，我像幼时流连于那几个高大宽阔的大橱窗一样流连于一排排书架前（那时候已经开架售书了），翻看挑选着自己喜欢的图书，心中的那份感觉真是没办法形容的。对于书的痴迷，对于那样一种氛围的痴迷，让我最终选择了将自己的人生与图书、与新华书店联系在了一起，那时候已经是八十年代的中期。

如果说冲动的话，的确是有些冲动，因为那时有许多的选择，有些可以说是唾手可得，现在看来也是不错的，但年轻的我选择了自己痴迷的，并且一直痴心不改，纵然是不顺心的时候，纵然是有着其他诱惑的时候，不能不说是一种任性。当然，也可以用一个好听一些的词:执著。

惜别四牌楼书店特别沙龙（二）（2011.1.29）

我在新华书店的第一个岗位是四牌楼书店，不到一年，我便离开那儿。在我幼时逛书店的出发点三孝口的一个崭新的书店一待就是近20年，一段不远的距离让我始终对它保持着一份牵挂。

其实，八十年代的时候，感觉四牌楼书店已经有些老旧了，但它似乎也就是从那个时候开始，一直在改变着。它的经营管理者们花费了不少的心思，力求使它保持着一种风度与高度，特别是本世纪初的那次改变，更让它出落得清雅动人，让人眼前一亮，让人对它更加的依依不舍。

有时候我觉得上苍似乎对我尤为眷顾，它不但让四牌楼书店成为我职业的起点，也使它成为见证我人生的改变与跨越的地方。我重新回到四牌楼书店，是在它最近一次的华丽转身，算来也有近8年的时光了。在那样一个时期，在我正从人生的低谷艰难而坚定地往上走的时候，再一次的出发肯定不是简单的重复，沉静而自信的人生已经让许多阻隔成为徒劳，甚至成为一种超越和突破的反推力。

关于四牌楼书店拆除重建的事政府已经想了许多年也议了许多年，但迟迟下不了决心。的确，一件关乎许多人感觉和感情的事，是没有理由不谨慎慎重的。不过，政府最终还是下了决心，让一座大厦取代它。爱书的、喜欢逛书店的人们的心一下子变得不平静起来，因为在这样一个有着50多年历史的书店，注定与他们有着千丝万缕的联系。感情上的事就是这样，平日里或许是波澜不惊、没事一般，可一旦触及，便会引发不小的动静和难以平复的涟漪。

一月底的一天晚上，一群年龄悬殊、身份各异的人聚在一起，谈着各自对四牌楼书店的记忆和感情，激情澎湃的有之，恋恋不舍的有之，还有那不能够理解有些愤愤不平的，还有那情不自禁老泪纵横的，无不流露出一份源自内心的真情。

对于一座城市来说，一个书店所处的地位和所处的作用，是其他任何一个商家所不能比拟的。它是一种知识的传承与传递，一处精神意义上的氧吧与栖息地，一个可以让心静下来让大脑开动起来的加油站。读者们带着满足的表情，会意的微笑，来来去去，身姿轻盈，穿行在四溢的书香之中。如果你是一名在意这样感觉的书店从业者，你会觉得自己是值得的，因为能够感受到别人的快乐与满足，就是一种幸福啊。

一个书店与我，在一段算起来很不短的时间里，不断复制着这样的感觉和幸福。

二月份的最后一天，四牌楼那开启了50多年的大门缓缓地合上了，一个经营了半个多世纪的老字号画上了一个重重的逗号。许多的遗憾，许多的不舍，在那一刻，全部转化为想象与期待。

记得在这之前的一天，书店邀请了各个时期在四牌楼书店工作的前辈们举行座谈，请他们谈一谈他们和他们的四牌楼书店，谈一谈他们心目中未来的四牌楼书店是怎样的一个模样。巧合的是，座谈会结束后，一行人陆续离开的时候，我正好在马路的对面。傍晚时分，阴沉的天气，远远地望去，缓慢甚至蹒跚的步伐，花白或者全白的头发，以及那多多少少有些前倾的脊背，渐渐地拉开，渐渐地远去，让人蓦然间感受到一种象征的意味，像一段历史，更像一首诗，绵延、悠长。

忽然想起，自己应该也会老的，像前辈们那样，八十、九十甚至更老吧。那个时候，一定是退休了许多年了，但新的四牌楼书店不会太老太旧的，里面的员工一定都是很年轻的。他们不会知道，这个流连于一排排书架之间、目光中似乎蕴含许多东西的老者，曾经在这儿工作了很多年，同时，把自己的一份真挚的感情留在这儿。这儿，是他某种意义上的另外一个家。

2011.5

在春天的丝雨中谢幕（外一篇）

今天，2011年2月28日，晚上7点，一座有着53年历史的书店——合肥市四牌楼新华书店的大门缓缓关闭。门外，是一群依依不舍的人们和漫天悄然飘落的雨丝。

身在安徽图书城的我，是在今天下午才得到确切消息：四牌楼书店按原计划于明天（3月1日）正式停业。尽管是早已明了不过、早有心理准备的事情，可一想到明天，她的大门将不再开启，她的店堂将会在一片忙乱中失去宁静从容，心里便像被人揪了一把。相关的内部通知、信息不断传递过来，更让我有一种坐卧不宁的感觉，直觉告诉我：我应该过去，在那个再熟悉不过的大楼里，走走转转，和她交流，与她话别。

那是个阴沉潮湿的一天，下午4点多钟的时候，我独自走在有些沉闷的街道上，心里涌动的是一些很奇怪的东西，它们让我感受到一丝淡淡的忧伤。走进四牌楼书店的大门，并没有想象中的那种惜别的场面与氛围，看上去一切如常，可能由于天气的原因，人并不是太多，大厅显得有些阴暗，让人感觉有些压抑。

估计也是心理作用，觉得有一股浓厚的气氛围绕着我，阻碍我的思维与行动，甚至影响着我的呼吸。我想，那应该是不舍的情怀，是依依的彼此放手。

漫步在一排排的书架之间，回忆回味着她的过去、自己的过去，心念着那水一般逝去的岁月，以及那些带走的、留下的，有些感慨，有些恍惚。

有同事提出要照几张照片留作纪念，于是我们就在店堂里，以书架和大屏幕为背景，因为不同的身份与经历，变换着不同的组合，拍了一张又一张。又有人提出，应该到店外，以书店大楼为背景，更有意义，于是撩开厚厚的门帘，走出大门。

刘政屏与四牌楼书店（2011.2.28）

刚刚站定，便感觉到一阵凉风带着雨丝拂面而来。

是那种极细极柔的雨丝，在黄昏的时刻制造着更为忧郁、沉闷的氛围。我心里又是一动，或许是天意，或许是民意，这样一座承载着这座城市以及城市中人们太多记忆的书店，应该不会在一种太过平常的天气与氛围里谢幕的。

的确，一座滋养了一代又一代人的知识殿堂，一个让人流连让人陶醉的精神家园，关于她的一切，都必定会引发或大或小的反响。今天上午，就有一位刚刚从北京回来的女作家给我打电话，说她听说四牌楼书店今天是最后一天营业，她要去那儿转一转，买几本书。当时我还用有些安慰的语调对她说，还没有最后确定明天就关门歇业，同时动员她参加有关四牌楼书店的征文。现在想来，多亏她的坚持，不然的话，我没准会很后悔的。

是的，转一转，买几本书，留一张最后一天的购书发票，作为一个纪念。因为这，为同事、为自己寻觅一本合适的书，成为我在四牌楼书店的最后一项活动内容。因为时间的关系，同时也因为这本书必须有些不同寻常，问题一下子变得有些复杂、困难，让人一时间思维短路、感到难以下手。好在凭着多年的经验，凭着一名“老书店”的直觉，问题在很短的时间得以解决，那本肩负着许多“使命”、承载着多种“内涵”的图书被找了出来，它的名字叫《长别离》，作者：玛格丽特·杜拉斯。

精装，雪青色的封面，简洁而大气的设计，透着一股浪漫与小资，很符合那一刻的气氛和心情。据说人们在一些特别的时刻都会产生一些丰富的联想和附会，比如今天，比如这本书：特制的售书章，号码竟然是013，是啊，“要散开了”；不厚的图书价格，居然是19元，看来，因为期待中的崭新的书店大厦，洋溢着四牌楼的书香，一定要，也一定会是“长长久久”的；只不过，对于我们，对于这座“老”书店来说，从此以后，的的确确是要“长别离”了。

无语，伤感。

很长一段时间里，感觉自己的内心已经被岁月的风霜磨砺得粗糙而刚强，一些普通的和看似不一般的感动已经不能够轻易感染和打动它。没料想，在今天，在四牌楼的书店里，它竟然会涌动起温暖的柔情和细致的涟漪。想来，或许是太久的记忆，或许是深刻到内心的感情，让我找回过去、唤醒真我。

或者，还有那独特的气场，那浓郁的书香；或者，就是因为这飘落在初春里的雨丝，这看似平静内敛的谢幕。

2011.2

附：

几个让人难忘的细节

在四牌楼新华书店最后一天营业的那天（2 月 28 日）下午，有几个细节，很让人感动、难忘，记录下来，做个纪念。

第一个细节，是一个经过我在两天里不断求证并终于认定的细节，现在可以很仔细地对外发布了。

照说我是不应该如此地怀疑、不确定的，因为它是来自极富信誉的潘林松主任的口中。作为同事与文友，我对于潘林松可以说是比较了解的，严谨、认真、追求完美，但这个细节实在太像是小说电影里的情节，让人不得不产生怀疑。

这个细节是这样的：28 日晚上 19 点，当四牌楼新华书店结束一天的营业，当打烊的铃声最后一次在那充满浓郁书香的营业大厅里响起的时候，最后一名读者来到一楼的收款台，他手里拿的，是一本员工们再熟悉不过的书，书名是《阅读合肥》。

付完款以后，那位读者提出，请书店的员工在书上签名留念，员工们说，你让潘主任给你签吧，他正好是这本书的作者之一，书的封面上就有他的名字呢。我猜想当时的潘林松也一定是心绪不平、充满着不舍，否则一向低调的他不会立刻答应读者的要求，接过读者的书。

似乎是不假思索，又似乎是想了很久，潘林松在图书的扉页上写下“永恒的时刻——潘林松于 2011 年 2 月 28 日晚 19 点”。

我想那位读者所拥有的，真是一本很有意义的书，因为它诞生的整个过程，没有设计、造作，那么真切，那么自然，一气呵成。

用相机记录，用心灵记录，为员工拍照，大家一起合影，直至送走最后一批读者，潘林松做得一丝不苟。走出四牌楼书店的大门后，他马上拨通我的手机，当他连问了两遍“你猜那本书的名字叫什么？”后，我立刻说出了“阅读合肥”四个字，因为我感觉，唯有这本书，他才会有这样的语气；唯有这本书，他才会这么问我。如同当初为了这本书我们曾经一同努力、一同辛苦过一般，他是要与我一同分享，分享经过我们的手诞生的一本书，在那样一个特定的时刻，扮演着那样一个独特的角色。

紧接着，潘林松又说了另一个细节，依然是四牌楼书店晚上关门之前，一位读者急匆匆地赶到，把手中的一捧鲜花，送到书店工作人员的手中。

又是一个太像小说电影里的情节一般的细节，又是一个让我心生疑窦的细节，以至于当时我就在电话里对潘林松说：“是你设计的吧？或者是你臆想或者编造的吧？或者，那两个读者都是你？”反正，我就是不相信。

我当时确实是怀疑，我主要怀疑的是，对四牌楼书店有着深厚感情的潘林松，为了表达自己的感情，为了让这座有着五十多年历史的“老字号”有一个比较符合“身份”的结尾，而特意设计了这么一个结尾，有些煽情，有些唯美。

但事实证明，这一切都不是设计好的，我问了当时在场的员工，我看到了那一捧被精心保养的花束，甚至还看到了那位献花读者留下的字条，现在，它就在我的案头上：

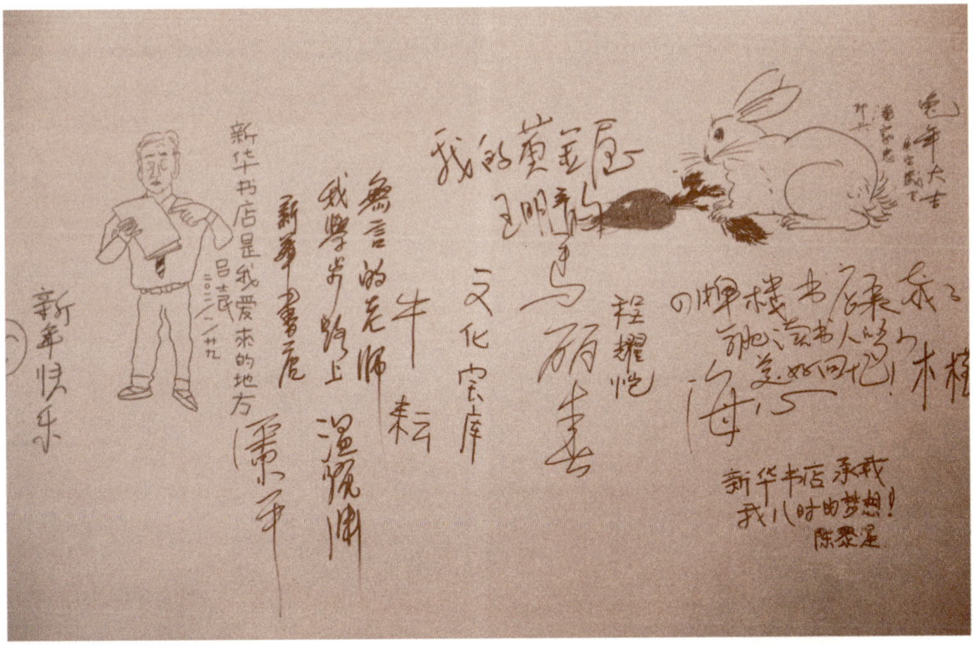

四牌楼书店读者签名墙（2011.1.29）

四牌楼新华书店：

刚刚看到书店前的通知，我预先也没有什么准备，我不知道送什么才合适，我想还是送束花比较好。

两年多来，新华书店让我学到了很多宝贵的知识，过往的每一点、每一滴往事都浮现在我眼前，手拿水笔，千言万语，却不知怎么下笔，只能说声谢谢了。（后面是特别要感谢的包括营业员、收款员、保安在内的一串书店员工的名字，有些只知道姓什么的，就称呼“师傅”或“大哥”）

信的结尾是一句很流行的话，和一个很亲切、很有个性的署名：

致以谢谢的 n 次方（n＞10000）

（此处省略十万字）

你们常说的“小帅哥读者” 敬送

我觉得，我真是不必要再说什么了，我也不想继续讲述那一天发生的更多的细节与故事了（尽管它们一样的让人感动、难忘），的确是一切都不需要设计，一切都不需要担心，该有的一定会有，该得到的一定会得到。

足矣。

2011.3

掌柜子说书城

2013年的3月，对于安徽图书城来说，是一个新的开始，关于卖场的许多全新的计划与设想从这个时候开始实施，而最新落地的便是三楼少儿区域的调整。让有着很高坪效的数码助学产品专柜连成一片，形成气候，把销售领头羊的少儿文学专区移至比较开阔敞亮的地方，突出了重点、方便了读者，对能够提高孩子们动手能力的拼插玩具、市场逐步回温的连环画也给予充分关注。

一座业绩不俗的老书城

说安徽图书城“老”，是有点歧义的，因为它不过13年的历史（开业于2000年5月），但如果把这个“老”理解为面积上的不够大，业务流程上不够顺畅，配套设施上的不够齐全，那么它的确是有些“老”。

安徽图书城营业大厅共有3层，分为四大区域：一楼经营社科、文学、经管类图书；二楼经营科技、艺术类图书和文房四宝；三楼北厅经营音像制品、文体用品、少儿读物、数码助学产品；三楼南厅经营工具书、教辅用书和外语、素质教育、高等教育类图书。林林总总的图书跻身于只有近4000平方米的建筑面积里，其局促之处可想而知。

没有新书分拣加工的地方，没有用于周转的仓库，甚至没有一个通畅的进货通道，有的只有一些挖空心思挤出来的边边角角，不周不正，不成气候。

但就是在这样一个地方，却创造了连续两年的两位数增长的好成绩，坪效、周转率都处在一个良好的状态，有些逆风飞扬的意味。这其中有市场调整变化、城市急剧扩张的因素，更有书城全体员工的智慧和汗水。

其实还应该有泪水在里面。这一点，图书城二楼科技大厅的员工们的记忆是深刻的。由于种种原因，2010 年年终盘存的时候，他们领到的是十多万的盘亏大单，徘徊于整个大厅的那股互相推诿、人浮于事的暗流里又增添了悲观与相互抱怨。针对这种状态，大楼管理层一方面坚持原则，该赔的一定得赔，另一方面调整人员结构，将任务细化到各个小组，通过算账，让每一位员工明白销售和盘亏与自己收入的关系，从而在业务上苦练内功，管理上严格把关。一年下来，销售位居大楼前列，2011 年盘亏较上一年整整减少了十万！与此同时，其他楼层也取得了很好的销售业绩，年终结算的时候，大伙儿惊喜地发现，他们的收入创造了历史新高。

有了一个良好的基础，2012 年可以说是比较顺利的，全面推行的小组核算制与

安徽图书城一楼门厅

人员使用上的激励机制，使得书城的工作平稳有序，员工们的热情高了，责任心强了，不但保持了较高的增长态势，还使盘亏率达到千分之三以下的历史新低。

虽然看上去似乎有些“老”了，但安徽图书城却焕发出了令人欣喜的勃勃生机。

一群踏实能干的卖书人

在安徽图书城，四大板块图书和音像制品，最少的板块年销售额约 900 万元，最多的则达到 1600 万元。平时每天的几百件，旺季时的上千件到货量，下货，拆分，加工，员工的劳动量可想而知。辛苦之余，员工们明白，这仅仅还只是开始，如何将合适的书卖给合适的读者，要做的工作还有很多。

在图书陈列方面，尽可能地腾出地方，加大平铺的比重，一楼大厅更是除了中心展台，常年举办一些重点图书展销，还有高低错落的几个展区，对重点图书给予充分展示。

设立各种主题专架，也是安徽图书城的一个特色。从“茅盾文学奖获奖作品专架”开始，“鲁迅先生作品专架”“韩寒作品专架”“郭敬明团队作品专架”“百家讲坛作品专架”“开卷上榜图书专架”等均受到读者不同程度的欢迎和好评。他们认为，专架这种形式，既方便了读者选购，也引发他们的购买欲望，一些机关单位的图书馆（室）更是觉得这对他们丰富馆藏图书品种非常有效。这对书城开拓做精做细市场的思路有了很大的鼓舞，只要你用心做事，读者就会真心给你回报。

在安徽图书城，还有一批专架因为做得非常及时，很有些抢眼。比如“最是那一低头的温柔——徐志摩逝世 80 周年纪念书展专架”、2011 年 10 月 6 日乔布斯逝世当天设立的“乔布斯纪念图书专架”、2012 年 9 月 30 日南怀瑾先生逝世次日设立的“南怀瑾先生纪念书展”专架，因为是第一时间设立，受到社会各界的广泛关注，一些媒体还对此做了专题报道。值得一提的是，2012 年 10 月 8 日，在还没有确定的情况下，安徽图书城就在一楼的显眼位置设立了“莫言作品专架”，同时与上游采购公司合作，从相关出版社大批量进货。12 日一大早，当激动的读者前来抢购莫言作品的时候，他们惊喜地发现：他们没有扑空，莫言的作品正一批接着一批有序地上柜。

安徽图书城一楼大厅

书城的管理层深知，一支高素质的员工队伍是做好书城工作的关键，一句内行的话，一句恰如其分的评价，往往会促成一本书乃至一批书的销售。为此他们力求在书城内部营造出一种学习的氛围，2011 年 6 月，又在员工中间开办了“读书会”，提倡、鼓励员工读书，他们觉得，作为书店的一员，无论是从加强自身修养方面考虑，还是从了解熟悉图书方面要求，都应该静下心来，读几本书，从这个意义上来说，卖书人也应该是个读书人。

目前，读书会已经举办了十几期，所读图书既有古代经典的也有现当代以及外国的文学名作，既有网络热门博客结集也有商务礼仪必读。通过阅读，员工们渐渐感受到其中的魅力与乐趣，读书的热情也呈稳定上升趋势。

安徽图书城特色专架

一些极富特色的营销

在进行一些常规的营销活动的同时，安徽图书城还经常会举办一些比较有影响和特色的活动。比如，和出版单位联合举办的一些名家签售活动，有着很大的影响。近年来就有数十位作家、学者和社会名流在书城为读者签名售书，其中有王蒙、阿来、苏童、陈丹青、白岩松等。

书城一直着力于文化皖军的宣传与助推，关注皖籍作家、学者。已经举办过两届“皖籍作家图书联展”，为多位皖籍名家举办新书首发式和签售会，同时，设立“皖籍作家图书专架”，既彰显了文化皖军的实力，又方便了读者的选购。

书城已经连续三年承办了安徽发行集团与安徽电视台合作举办的“新安读书

安徽图书城的读书沙龙总是很红火

月”卖场部分的活动。并在每年的暑期，与教育、出版部门合作，举办“暑假读一本好书”活动，丰富了少年儿童的暑假生活。与此同时，择机邀请一些作家、名流走进校园，与同学们进行面对面的交流。

在安徽图书城的管理层看来，书店的店面营销没有做、可以做的还有很多。许多年沿袭下来的习惯思维和经营模式，使得大家打不开思路、放不开手脚，以至于总是徘徊于比较低层次的状态中。当然，图书有着自己的特殊性，这就要求他们不可能照搬一般商场的营销模式，要有自己的创新和特色。

把读者吸引到书店的卖场来，让他们感受到书店卖场特有的氛围，从而达到稳定乃至扩大消费群体、刺激消费、增加销售的目的。这就要求书城要有针对性地开展一些营销活动，比如新书的推介活动，开放式的读书沙龙，与媒体及其他社会团体联合开展一些读书会、报告会活动。在这些方面，安徽图书城都曾经做过一些有益的尝试，并取得了不错的效果。

通过实践与思考，书城人感觉还有很多方面可以做的更深更细一点，很多事情可以把它们做成系列。通过认真、细致、有始有终的营销活动，逐渐总结经验、锻炼员工和营销队伍，最终实现营销的常态化和个性化，并拥有属于自己的营销品牌。

2010年8月，针对卖场晚上7点以后人流量相对较少的情况，安徽图书城联合媒体开办了"周末七点档"读书沙龙。开办之初，书城员工的心里是没有底的，但是读者的反应却是出乎他们的预料，积极参与、出谋划策、义务服务等，使得沙龙越办越好，越办越红火。

《1Q84》的翻译者施小炜，《酥油》的作者江觉迟，"金牌编剧"王丽萍，教育专家孙云晓，网络美女写手安意如，央视"百家讲坛"主讲胡阿祥等陆续做客沙龙，给合肥乃至安徽的读者很大的惊喜和意外，有些读者甚至从外地赶过来参加沙龙的活动。这让书城的员工深受鼓舞，同时感到只要你用心去想、用心去做，就一定会受到读者的欢迎。有新意有内涵的文化活动不但可以聚拢人气、促进销售，更可以提升书店品味和影响力。

一个值得期待的未来

安徽图书城坐落于合肥市最繁华的长江中路，整体外观清雅大方，细节之处充满文化特色及浓郁的书卷气息：大楼东侧墙面的文化墙上镌刻着100位历史名人书写的"书"字，店标系我国书法大家启功先生亲笔题写。

安徽图书城尽管整体营业面积不大，但依然保持一楼大厅的宽敞明亮。日常频繁的签售活动，以及"周末七点档"读书沙龙都在这里举行，使其成为合肥城市文化活动的新地标。

书城特别注重人性化管理，把"便捷、舒适、温馨"作为其追求的目标，对于读者

安徽图书城精品区博古架

的一些随性自我的举动持宽容的态度，使他们有一种放松的心态，把逛书城当作是一种享受。

书城三楼设有休闲茶座，供读者小憩，一些老读者把这里当作他们日常生活的重要场所，朝来暮往，乐在其中。

随着卖场软硬件的提升，自助查询系统，图书定位管理，更多更舒适的读者阅读和休息的专区或位置，都将一一落实。每一天都在行动，每一天都有变化，为了自身的发展，为了产业的明天，安徽图书城正在努力把大门打开，把读者迎进来。

2013.3

（《开卷》2013 年 4 月号专稿，原文名：《安徽图书城——把大门打开　把读者迎进来》）

一包书的分量

一包书有多重?我说的是那种标准件。这个问题对于业外人士来说,也许是个问题,但对于业内人士来说,只不过是张嘴就来的事:40斤啊,这有什么好问的?

当然,按照现在的要求,应该说20公斤或者20千克,但是几十年了,一下子还真难改过来口。不过这也从某个方面说明,我们国家一包图书的标准重量应该是20公斤左右。当然,纸质较好的画册一类的图书,一个包件的分量要重上很多。现在一般书的开本似乎有越来越大的趋势,反映到包件上,就是异型包越来越多,超大、超小,四四方方的,瘦瘦长长的,什么样的都有,其分量自然也是围绕着20公斤,幅度不小地变化着。但是有一点是肯定的,那就是基本上是不超过25公斤的。

这么一分析,大家大概都会明白,一包书似乎不算太重,大多数的成人估计都能够一手就拎起来的。但如果让你一口气拎上个几十个甚至上百个,估计就会有一大批的人败下阵来。如果再是成年累月每天都这样干,那么一定会有更多的人望而却步。

但是就有些人在做着这样一份活,而且这份活只是他们工作的一部分。这些人就是在书店工作的一批人,他们的正式称谓是“图书发行员”,平日里,人们对他们的习惯称呼是:卖书的。时下,在安徽图书城,从事这种职业的,有一百多人。

早就知道在合肥的三大书店(四牌楼书店、科教书城和安徽图书城)中,图书城的人流量最多、业务量最大(是其他两个书店的总和),但进货的通道却是最不通畅的。按说这么大的一个书城,怎么着也应该有一个像模像样的进货通道啊,宽宽大大,能够让厢式货车一直开进去。

安徽图书城员工进货时的场景

但图书城就是没有。在它开业后的近10年的时间里，员工们每天在书城一楼东侧门的平台上。把一包包的书从厢式货车或者面包车上下下来，码放在一辆辆的小推车上，然后几个人合力，通常是一个在前面用力地拉，两至三个人在后面使劲地往上推，把小车弄上与书城一楼地面一样高的一个月牙形的平台上，然后拉进书城，卸下来，按楼层和单号进行粗分。等到所有的书全部拉进来分好、点清、确认货单相符后，再按楼层把包件放上车子，通过大厅的扶手电梯运送到各个楼层。最后，拆包、清点、上架。

在这样一个繁复的进货流程中，有两个环节很容易出事，甚至是潜伏着很大的危险。

第一个环节是把装上书的小推车推上月牙形的平台上。因为平台有着近30度的坡度，如果几个人不能够齐心合力，一口气将车推上去，小车势必后退或者侧翻，伤及员工。另外，前面拉车的那个人（通常是男性员工）必须首先用力将车提起，然后快速倒退着向高处拉，直至月牙形平台。在这个过程中，他必须时刻注意调整自己的步伐，否则，很有可能被小车的轮子压到脚（我就曾经不慎中招）。

第二个环节就是把第二次放上小车的包件通过大厅的扶手电梯运送到各个楼层。因为是读者站立向上的扶梯，小车上去以后势必呈现出45度的角度，小车重心向后，推车的员工必须双手向前，让自己的身体成为一个有力的支撑物，保证小车不倾覆、不往下溜，进而伤及自身和读者。

与此同时，这两个环节无一例外地最容易扭伤员工的腰。

因此，不少人反映、呼吁，要求重视、改善、改变这种状况。因为随着图书城业务量的日益加大，进货通道这个问题显得尤为突出。终于在前两年，经过上级决策机构协调，同意书城使用大厦的一部内部电梯运送图书。尽管电梯面积很小，一次只能够运载一部小推车，而一部小推车最多只可以拉不到20包的书，而且由于大厦楼层多，电梯运行一个来回需要不短的时间，员工们为拉货通常需要耐心等待很长的时间，但总算是消除了一个重大的安全隐患，并且节省了体力。

第二个问题是在我的手上解决的。我是去年（2010年）8月到书城工作的，在与员工一起下了一段时间的包件后，我想到一个主意，在通往月牙形平台的台阶上搭建一个“月台”，直接和厢式货车的后门对接，免去了员工爬坡之苦。

其实我说到现在，都是以装书的货车能够开到书城的东侧门为前提的。如果有车或者其他物件挡住了道路，我们的员工们就不得不从几十米远的停车场用小车把包件一车一车地拉过来，然后才能进行到我前面描述的流程。平常的天气还要好一些，大不了人辛苦一些，但如果遇着一热一冷的天气，那我们的员工可就要遭罪了。

让我记忆深刻的是去年夏天的一次下书，那一阵子的气温出奇的高，由于是销售高峰，到书量也是出奇的大。那天通道又被堵了，员工们只得拉着小车一趟趟往返于停车场与书城东侧门之间。骄阳似火的天气里，不过一会儿的工夫，员工们就个个汗流浃背了，我看在眼里，感觉心里很不是滋味。也许是潜意识里所谓的“新闻感”在作祟吧，看着员工们脸庞涨红、挥汗如雨地来来回回地辛苦着，我竟然想到了打一个电话，让在媒体工作的摄影记者朋友过来拍一组照片，让公众了解一下书店员工的这份辛苦。但这样的念头只是一闪而过，因为我觉得，在那一刻，和员工们一起努力地去干，争取早一点把几百包的书运进书城是当务之急。

事后想一想，如果当时真有一位摄影记者在场，拍下那样一组画面，发表出去，没准会感动许多人呢。但无论如何，这样的画面已经深深地刻在我的脑海里。

谁会想到在书店里竟然还会有这样繁重的体力活，谁会料到平日里那些衣着体面的书店员工们还有如此生猛的另一面，谁会清楚从一包书到一本书之间居然会有着如此多的付出与汗水，谁会明白有许许多多的人在文明的进程中并不起眼但却是不可或缺。

有的时候我感觉自己真应该静下心来，好好地写一写书店和书店里的员工，写一写他们的工作、他们的生活、他们鲜为人知的内心世界，让这世上更多的人能够理解他们、尊重他们、爱护他们。

一包书的分量也许不算大，一百包书的也许也不算大，但一千包、一万包、十万包呢？是的，十万包。在安徽图书城，突破这个数字，用了不到一年的时间，以后或许还会是300天、200天，因为随着四牌楼书店的拆除重建，更多的读者选择了图书城。

2011.2

有关书的一些事

我近来与书的关系日益地紧密了。且莫说整日置身于书城之中,也不说提前些日子参与接待诸位文坛名流,单就是文友之间的新作馈赠,就让我欣喜得不得了。有些文友的作品,早已有了,一些还细细地读过,可在书城的某个架子上蓦然遇着,竟然还会有一种惊喜的感觉。

那日见到员工的工作台上摆着几本关于西湖旧事的书,便指着问道:“知道作者是我们安徽人吗?”员工微微地摇了摇头,有些尴尬。我说:“其实也怨不得你们,我如果说出他的笔名,或许你们还会耳熟一些。”

这件小事反映出的是文人许多尴尬的一种,当他的笔名为世人所熟知之后,忽然又在出书时用起了自己的本名,让人误以为是一个新人或陌生人。当然,日子久了,或者名气大了之后,倒也不失为一段佳话逸事,但此刻,少不得要吃一些亏的,特别是在家乡,更有些闷心亏的意味。

也有处理得好的,或者本名与笔名兼用,本名为主,笔名次之,或者索性将笔名一用到底,发文章、出书、参加圈内圈外活动,都是笔名。我省散文名家苏北就是如此,那天,在卖场看到他去年出版的《一汪情深》和春樵兄的《酒楼》紧挨着摆在了中心平台上,觉得有些奇怪,问过之后,知道是新又进来的。

赵焰的新作《在淮河边上讲中国历史》出版的时候,请几位朋友吃了一顿,被文友们戏称为“首发酒会”,每位参加者都有幸获赠签名本。不几日,此书发到书城,才区区几本,大为感慨之余,立马嘱咐业务添加,待赵焰问及、热心读者预定时,已将一切搞定,额外收获一个“表彰”。

“表彰”自然是笑谈，文友的作品，多一些关注是应该的。一本书从写作到出版，其中的不易与无奈，不是外人可以想到的，投入书海之后，如果缺乏宣传与关注，很有可能就会被淹没了，的确是很可惜。尤其那些高水准的书，更是如此。其他地方我们无能为力，自己跟前的一亩三分地再做不好，那就太不应该了。

在我的记忆里，赵焰的作品一直卖得都很好，许春樵的《酒楼》、江泓的《一半明媚一半忧伤》销得也很不错，闫红、安意如、六六的作品销售更是本本表现不俗。

还有一本书，算得上是书城里的“畅销书明星”了。它就是《阅读合肥》，一本 60 人写就的关于合肥方方面面的大型散文集。去年 10 月 1 日首发以来，在合肥地区的门市零售达到 1000 多本，大大出乎我们的意料。

在《阅读合肥》的作者中，大多数都有自己的作品集在书城销售过。温跃渊和潘小平、许辉和苗秀侠的关于沈浩和农民工的作品新近上的柜，在书城还可以找到他们的其他作品。另外，老作家石楠老师的作品也是常见常新。

前些日子，李传玺到书城，送给我一本他的新作《做了过河卒子》，主要是说胡适先生抗战期间做驻美大使那一段的事情。让我意外的是，这竟然是一本准“毛边书”（因为只有上边是“毛”的）。一谢再谢之后，突发奇想，如果引进一批本土文坛名家作品的毛边书，不知道会引发读者何种反应。困惑，好奇，欣喜，或者投诉？——纸都没有裁开，质量有问题！不过，不管圈外人如何看待，我可有些迫不及待了，自己的下一本书，一定也来它百把本毛边书，跟一回风，过一把瘾，来他个“物以稀为贵”。

2010.10

叫醒库房里的书

在安徽图书城的一楼，有一个很小的库房，里面堆满了各种各样的书，除了那些畅销书的复本外，还有不少长年休眠的书。

那可都是一些重量级的图书啊，从定价上看，从几百元到几千元；从数量上看，从一套几本到几十本甚至上百本；从包装上看，从一个个精致的函套、礼盒到一个纸箱、包件，那可真叫一个多。

精品图书《二十四史》展示

因为没有合适的架子，因为没有适当的位置，因为可能要一段时间才会销售一套，因为时常会发生丢失的现象，它们被收在了这里，甚至是从进入书城的那一天起，它们就没有进入店堂。

它们只好待在那狭窄的库房里，一个挨着一个，一个压着一个，时间一久，它们渐

精品图书《资治通鉴》展示

渐麻木了，睡着了。

假如有一天，有一个合适的地方，或者有读者问到了，它们也会被书城的员工从书堆里掏出来，和读者见面，被喜欢的读者带回去。但是这必须要有一个前提，那就是书城的员工要记得住它们。因此它们命运的最大可能，是在被尘封了几个月乃至几年后，被原封不动地退回到出版社去。

真是很可惜，真是很不应该。

如今，2012 年的初春，它们的命运发生了一个巨大的变化。它们无一例外地全部被翻找了出来，然后被整理得干干净净地摆放在店堂里、书架上、精品柜里、特定的专区里，整整齐齐、满满当当，给读者一个大惊喜。

它们醒了，在新的一年的春天里。它们醒了，在书城员工的觉悟中。它们醒了，等待着与有缘的读者约会，展现出它独特的魅力。

它们感觉很幸运，它们感觉很幸福，书城的员工和读者都这样认为。

2012.3

遭遇“摔跤哥”张Y

首先就得说明的是，“摔跤哥”是我起的，感觉这名字既符合时尚，又便于记忆。另外，之所以用“Y”来替代“摔跤哥”的名字，还是心存一丝不忍，想放他一条生路，是否就对，很是忐忑。好了，闲话少说，马上进入故事——遭遇“摔跤哥”张Y。

周末下午，有读者摔了一跤

那是一个比较轻松的周五的下午，尽管对于我们这个书城来说，只不过是高峰期中的一个相对低点，况且还要就兄弟县店一批员工第二天要来考察一事进行安排，但总体来说，大家的心态还是相对轻松的。

6时许，正在召开由行管人员和楼层主管参加的周末例会，一位员工向值班经理反映，有位读者称其在3楼少儿柜组书架间的走道摔了一跤，看情形蛮严重的。另外，那位读者还大声嚷嚷：来人啊！人都要摔死了都没人管啊？值班经理听后匆匆赶了过去，发现那位读者身材魁梧，询问之下，对情况也有了大概的了解。据那位读者说，他是被地上的一摊水滑跌倒的，现在屁股那一块很疼。

值班经理抽空回来做的这个简单汇报，让我心头一沉，连忙查问读者的伤情，是否可以蹲得下去。因为我知道如果能够蹲得下去，那就没有伤及尾骨，如果不能，那可就麻烦了。但情况偏偏是那位读者不能够下蹲，因为工作人员一边关心安慰着他一边搬来椅子请他坐下来休息休息，但他表现出痛苦、难以坐下的样子，真是有些不妙。

过了一会儿，员工反映，那位读者不见了。一口气还没有松完，就接到一楼总台电话，原来该读者到了总台，说自己在3楼少儿柜组摔倒了，要求书城派人带他去医院检查。容不得多想，无论是出于人道还是义务，都应该带这位读者去医院检查一下。于是安排值班经理、楼层主管等3位员工带他去附近的某大医院门诊，但因为已经过了下班时间，他们又打车带他去另外一所大医院挂急诊。

去医院的路上及就医期间，通过闲聊，我们的员工对该读者的个人信息有了一个大致了解：张Y，辽宁人，今年40岁（虚岁，1972年出生），曾经是摔跤运动员，后来改行从事建筑方面的工作。身高1米81，体重220斤（110公斤）。2003年去了广东，曾经去过深圳，在深圳，他结识了两位“恩人”（一对夫妻，给他介绍过一份很不错的工作），碰巧这两位“恩人”都是合肥人，他这次到合肥就是为了寻找这两位“恩人”的。据他说，他曾经在深圳受过骗。他还说了一句“名言”：没有受过骗，就等于没去过深圳。当然，这些信息是否真实，还无从考证，特别是寻找两位“恩人”那件事，有点像编的。

还是说急诊，经过急诊科的医生和拍片检查，初步诊断结果是尾骨确实严重损伤过，从侧面看疑似骨裂，开了痛血康胶囊、云南白药气雾剂、曲马朵3种药，嘱咐其回去趴着睡，观察两天。对此，张Y非常不满，称：伤在我身上，你怎么能知道（有多厉害）？伤筋动骨还要100天呢。另外他还对书城工作人员说医院的医生业务不行，“这么明显的病情都看不出来”。

检查结束后，值班经理打车送其回下榻的快捷酒店。他进入房间之后立马脱去裤子，并谢绝我们值班经理的帮助，自行用云南白药气雾剂喷了尾骨处。

看似清楚，还是有不少疑惑

说实话，从一开始我就有些怀疑，中年壮汉，怎么就会轻易地摔倒了，并且摔得这么厉害？但这样的疑惑仅仅是一闪而过，毕竟人家是那样的痛苦，我们不能没有凭据就去怀疑读者。但员工们的七嘴八舌却又让我“一闪而过”的疑惑重又回来，并且越来越多、越来越重。

比如有员工反映，张 Y“跌倒”的时候，周围 1 至 3 米范围内有 4 位员工，3 位员工在整理书架，1 位员工站在不远处卡片柜附近。但大家都没有听到动静。平时偶尔一个小孩子不小心跌一跤，都会“咕咚”一响，把大家吓一跳，他 1 米 81 的个头，220 斤的体重，突然摔倒，是不可能没有一点儿声响的。另外，因为有疑问，一位老员工随即询问了可能看到张 Y 摔倒的几位看书的小朋友，他们均称没有看见有人摔倒。

一位员工说，她腰不好，犯病的时候只能慢慢地坐下，慢慢地起来，但当他们搬来椅子请张 Y 坐下休息的时候，张 Y 在即将坐下的时候，突然表现出痛苦状，并立即弹起，这有些夸张，有悖于基本常识。因为尾骨骨折的病人，一般是不可能做出弹起的动作的，即便应激性弹起，也会有随之而来的一阵剧痛，而张 Y 没有。

还有就是，张 Y 在“摔倒”前，曾经在书城的教材大厅购买了一本家教方面的书，“摔倒”后，又用手机拍了书架附近地下的一小块水迹，在一楼总台，反复要求书城派人陪他去医院检查，在没有得到明确答复时，说：“反正我和你们说过了，我要去医院检查的。”并拿了印有总台号码的便民卡片。种种迹象表明，他在关键地方，都是很用心并留有证据的。

张 Y 在医院的时候，就吃了医生开的片剂，回到酒店，立即自行喷药，给人的感觉是熟门熟路，不是如他所说的那样，在东北冰面上走路都没有摔过，这回是大意了（才摔倒的）。

晚上近 7 点以后，陪同张 Y 去医院看病的员工陆续回来了，询问他们的感觉，他们均认为不可能有假，张 Y 真的很痛苦，打的的时候他连坐都不敢坐，半蹲半跪在那儿。

我有些糊涂了，直觉和现实的巨大差异让我有些不知所措。如果一切都是真的，那么随之而来的将是一连串的协商和谈判，以及绝不会太少的钞票，而这，还仅仅是指基于相互理解、心平气和的理想前提下。如果一切不是真的，那么又会是怎样的一种情况？伤害明摆在那里，虽然是“疑似”，但似乎没有什么可疑的。

第二天是周六，本来就是要值班的，遇上这档子事，更是早早地便去了。上午 10 时许，一楼管理员到办公室汇报，张 Y 打来电话，称其已经去医院取到片子的诊断书

(当时没能拿到,我们准备周一早晨去医院拿的),是尾骨骨折加错位,要书城派人去医院看医生的诊断。看来,张 Y 的确是有些怀疑医生偏袒书城,大事化小,便抢在书城前面去医院拿 X 光片的诊断书,经过与医院沟通,我们得知,张 Y 对放射科的医生(不是头天的那位)说,他是自己在家里摔伤的,以骗取医生的信任,写下了对他有利的诊断。就在我们调查、分析情况、寻找解决问题的方法的时候,张 Y 又一次打电话到总台催促。

求助网络,蓦然间柳暗花明

因为张 Y 说他曾经是摔跤运动员,所以我有些怀疑他是否是旧伤。另外,如果他涉嫌作假,那么难说他不会在网络上留下蛛丝马迹,于是我决定上网搜一搜。

我首先输入"辽宁""摔跤""张 Y"等关键词,尽管内容不少,但没有发现什么有价值的线索。不过,一篇章回小说里的一句话,让我感觉似乎是冥冥之中对我的一个暗示,鼓励我继续查下去。那句话是:"明明摔跤的人是我,你怎么也莫名其妙的弄得一身是伤,真是的……"有趣的是,说这句话的人,就叫"张 Y"。

于是再找,反复变换着关键词,忽然,一个叫作"跌跤跌出的诈骗案"条目出现在我的眼前,急忙打开,没看上几行,我就像受了很大刺激一样,拍案大呼:"啊,怎么会?""不可思议!""哦,就是他!"

员工们听到声音,也纷纷围了过来,我定一定神,重新认真地读了起来。

整篇文字显然是上海的一部电视纪实片的文字脚本,讲述的是一个多次发生在上海各大超市的十分离奇的诈骗案。

某日,上海市杨浦区的一家超市里,一名顾客在卖水果的地方摔倒了,而这名摔倒的顾客,名字就叫"张 Y"。面对记者,他是这样说的:"从卖水果的地方往外走,踩到一个芒果皮,我摔倒了。"摔倒后,张 Y 在地上坐了很长时间,超市的管理人员得知有顾客摔倒,立刻赶到了事发地点。据超市的管理人员介绍:"当时在现场他就是满头大汗了,那么我们也怕顾客有什么意外,要对顾客负责嘛,他也提出要求说要去医院检查,那么我们马上就陪同他去医院检查去了。"

在医院里，医生给张Y拍了X光片，并给出了诊断结果：尾骨骨裂。在医院检查时，张Y通过电话叫来了一个名叫孙WY的朋友，孙WY和他是老乡。由于张Y有伤在身，所以孙WY就出面帮助张Y与超市进行了协商。

孙WY告诉商场负责人，他急着在第二天中午赶回沈阳去，为了证实他说的话，他还出示了火车票。由于时间比较紧，超市必须尽快对这件事提出一个解决方案。张Y和他的朋友孙WY认为，摔倒的主要原因是超市没有做好清洁工作，超市负有全部责任，应当负责赔偿由此造成的所有损失。

他们开的价钱是1万元，超市觉得1万元好像太高了，提出只能给5000元，最后的妥协结果是：超市赔给了顾客张Y交通费、医疗费、一次性赔偿费用等总计6000多元。

然而没几天，这样的事情又发生了。在闵行区的一家超市也发生了类似情况，一名顾客在超市购买水果时摔倒。据顾客自述，他是踩到地上的一个葡萄后摔倒了，疼得要命，让超市的工作人员马上送他去医院检查。在医院拍了X光片后，医生认定为尾椎骨挫伤，需卧床休养。受伤顾客提出一次性赔款5000元来了结。但超市觉得金额太高，经过讨价还价，超市最终同意赔款1500元。

让人意想不到的是，这两家超市都买了保险，而且是同一家保险公司的公众责任险，两起理赔事件的理赔单先后汇总到了保险业务员徐先生的手里。面对这两起事件的资料，徐先生发现了一个问题，那就是：两名顾客的名字都叫“张Y”。

通过与超市核对，两起事件的当事人的信息资料完全一样。查阅了以往的案例，发现这个叫张Y的人一共摔过四次，都是尾骨受伤，其中有一次是在外省市的超市。

同样一个人，同样一个做法，让保险公司的人感到这个“张Y”有诈骗嫌疑，于是，他们立即向警方报了案。另外，为了防范这类事情的再次发生，保险公司向相关的超市、商场发出了预警信息。

整整一个月后，在全国流窜作案多起的两名犯罪嫌疑人在昆山的超市作案时露出了马脚，被警方抓获，并被判刑10个月。

简直是如出一辙！我们身边这个张Y应该就是在上海栽了的那个张Y！

不过，让人不能够理解的是，这么多年了，他（张Y）怎么还干着这种勾当，并且没有什么长进？另外，他怎么还敢一直继续用真名作案？特别让我们感到气愤的是，他也太小瞧我们合肥人了，居然连摔都不摔一下，就想讹钱。

当然，我也有一个疑惑的地方：上海的超市诈骗案发生在2006年，5年过去了，张Y的尾骨的伤怎么还没有好？

惊弓之鸟，急撒手逃之夭夭

通过在网络上的进一步搜索，对于张Y这个人，他的作案手法、他的伤势，我都有了一个比较清晰的了解。

据他自己向警方供述：他2005年在深圳的时候，有一次和一帮人到饭店去吃饭，摔了一跤，摔得很严重，到医院去检查，尾椎骨摔坏了。这次的经历让张Y得到了4500元的赔偿，并在床上躺了1个多月，但是经医院检查，伤口没有长好。

虽然尾椎骨没有完全长好，但是已经不影响正常生活了。事后，张Y和他的朋友孙WY一同来到上海，时间一长，身上的钱所剩不多。于是张Y想到了利用自己尾椎骨上那个没有愈合的伤骗点钱，于是他们选择了人流量较多的超市作为他们作案的目标。

至于张Y和他的同伙究竟是凭借什么一次又一次地骗过了商场和保险公司？医生的解释是：尾骨骨折后一般伤口愈合比较缓慢，再加上张Y多次的故意摔倒，对尾骨愈合造成了一定的影响，所以原来的伤一直是老样子，一般的检查手段根本分辨不出他是新伤还是旧伤。而正是利用了难以分辨新旧的伤口，张Y在超市里面才能不断地故伎重演。

至此，所有的问题都真相大白了。但因为网络上没有照片，我心里还有一丁点的嘀咕，于是决定试探试探他。我让员工在回复电话中解释，领导现在不在，在向有关部门汇报后，得知需要履行相关手续，并提供一些证据。毕竟，他摔倒时，没有目击证人。对此张Y十分恼火。

员工在电话中私下“提醒”张Y：可以选择拨打110报案，兴许可以处理得快一些。他说,他昨天晚上打过 110 了,110 说这属于民事纠纷,他们不管,让他找消费者协会,他下周一就去消费者协会投诉。

张 Y 的表现,更加证实了我们的判断。不愿意报警,也没有拨打新闻媒体的电话,而是希望私下协商解决,有悖常情。

碰巧的是,电视台的朋友知道了这件事,他们和我们的感觉一样,这样的骗子太可恨,不但其作案手法一般人难以分辨、识破,而且是属于惯犯、流窜作案,不把他的行径公布于众,还不知道会有多少人上当受骗。

第二天,书城的员工和电视台的记者到旅店去"探望"张 Y。据他们回来介绍,如果不是事先知道他的底细,那么他们一定会被张 Y 所蒙蔽,因为,他做得太像了。这让我忽然之间有一种感悟:有时候,做得太像了,也容易露馅。

一行人走进张 Y 的房间的时候,只见他趴在床上,说话的口气文文的、弱弱的,再加上有些阴暗的天气,让人不由得生出许多怜悯与同情来。

他说他这两天一直躺在床上,一日三餐都是服务员送的;他说他一直服用着医生开的药(仔细看看药品,的确是少了不少),不知道什么时间才能好;他绝口不提要求赔偿多少钱,只是一个劲地说,你们看着给,相信你们这么大的一个书城,不会欺负我这个屁民。

他还拿出他的证据,一本在书城买的《今天我们怎样做父母》(他说他有一个儿子,7 岁了),手机里几张拳头大水迹的照片。

第三天是周一,张 Y 显然是有些坐不住了,他不断地拨打书城工作人员的电话,要求解决问题。让他到书城来谈,他说他没办法行动,问他有什么具体的要求,他还是那句话:"你们看着办。"

他显然是对曾经的惩戒心有余悸(没准还不止一次呢),并且有着很高度的自保意识,比如他坚决不说他要多少钱,他让你开价,这样他可以比较自由的进退,让你抓不住什么把柄,最多只是个诈骗未遂。

我们决定耗着他,让他不但是颗粒无收,而且是血本无归。他一天的房钱是 168 元,加上吃喝,至少要 200 元的开销,他耗不起。

果然,他真的急了,他也能动了。他去了消协,去了工商所,在那儿大打悲情牌,引得工作人员很是同情，打电话敦促书城解决问题。同时，他终于开价了：五六千，七八千，乃至 1 万元钱都可以。“在我来说，自然是越多越好啰。”我们和电视台的朋友商量后，觉得该结束了，我们不陪他玩了。

周二的上午，我们一方面与相关部门进行沟通，取得他们的支持与指导，一方面通知张 Y，让他下午 4 点到书城办公室来谈“赔偿”事宜。他很犹豫，特别是对我们要求他不但要写书面材料，还要带他的身份证复印件感到有些敏感，他足足犹豫了六七秒钟后，下决心似的说出了个“好”字。

但是他在最后时刻，选择了放弃，他装模作样地打来电话说，他先回去养好伤，以后再来谈“赔偿”的事情。我们说到他住的地方去，他说他已经退房走了，问从他那里拿的他的就诊资料还要不要，他说不要了。像一只惊弓之鸟，他惊慌失措地在一瞬间消失得无影无踪。

那一时刻，我的心五味杂陈

寻找、蹲守，经过近两个小时的努力，我们明白，这个企图在合肥捞一些不义之财的“摔跤哥”，真的是跑了。那一刻，我的心难以平静，我觉得我应该和他谈一谈，一来我要最后确认一下，他是不是就是 5 年前的那个张 Y，而我们没有冤枉他，二来我要和他谈一谈，那种私下里的交谈，把我心中的感受告诉他。我明知道他已经不接听任何电话，依然用书城总台的电话一次又一次地拨打着他的手机，希望他能够接听。

出乎我的意料，他竟然在我第二次拨打他手机的最后时刻接了电话。我问他：“张 Y，我是书城的（工作人员），你走了吗？”他说：“我走了。”“你的病历和片子不要了吗？”“不要了，放在你们那儿吧。”

一时间，我感觉自己真的是无话可说，这个挺拔高大的男子，因为多次在超市摔倒，使他原本就有伤的尾椎骨一再受到冲击，一直无法痊愈。如今他依然要忍受尾骨的疼痛。“一坐下来就痛，一坐下来就痛，痛的时间长就受不了。”一旦遇到阴冷潮湿的天气，伤口更是疼痛难忍，连走路都困难。根据上海警方和我们向医生了解，他这种情况应该是很危险的，如果不注意，很可能会造成残疾。他为自己的行为付出了很大的代价。

但即便是这样，他依然还要做，真正的死不悔改！

稍稍平静了一下之后，我说："张Y，有几句话，你不管爱听还是不爱听，希望你都能够听一听。"他犹豫了一下说："你说吧。"显然，他也想听一听我这个对手会对他说些什么。

"张Y啊，你今年40了，你儿子也有7岁了，你能不能不再这么干了？你这么'摔'来'摔'去的，又能够'摔'出几个钱？"（这时候他插话："先生，你听我说，这次是个意外。"）

"你别编了，全世界都知道（是怎么一回事），就你不知道，告诉你，从一开始我们就怀疑你，你所有的情况我们都清楚。"（他下意识地说了句："是吗？"）

"5年前你在上海这样，今天你还这样，有意思吗？我们问过医生了，你这样不断地'摔'，老了以后会留下残疾的，值得吗？"（他似乎有些感动："谢谢你，先生。"）

"你做什么不好？偏要做这个？你一米八几的个子，堂堂的一个男子汉，凭脑子凭体力挣钱过日子，踏踏实实的多好。"

他不停地说："谢谢你，先生。谢谢你，先生。"最后，他告诉我他要上火车了。我说："那好，你好自为之吧。"

他最后说了一句："好的，谢谢你，先生。"

电话挂了，我感觉自己的心里五味杂陈，不是个滋味。

一场精心策划的碰瓷诈骗案就这样收场了，作恶者是否真的有些反省，善良者是否因此提高了警惕，我们不得而知，但有一点是明确的：还是本本分分地过日子好，踏实。

2011.8

以书的名义聚会

“沙龙”一词应该来自西方。从意大利语中的“大客厅”，到法语中引申为贵妇人在客厅接待名流或学者的聚会，逐渐演变成一种品位与身份的组合。因此，所谓正宗的“沙龙”大多有以下几个特点：定期举行；时间为晚上；人数不多，是个小圈子；自愿结合，自由谈论，各抒己见。

对于中国人来说，“沙龙”并不陌生，但也始终没有比较合适的土壤与时机，倒是在合肥，十多年来一直有一种被唤作“沙龙”的聚会时断时续地进行着。据我所知，影响力比较大的，至少有两个：合肥新华书店的“读者沙龙”和《新安晚报》的“新安文化沙龙”。前者开始于上世纪末，紧扣“读书”，在读者中有一定的影响，特别是这两年，几次主题沙龙的影响很大；后者虽然起步较晚，但依托媒体的资源与社会的力量，场面与影响力都很大，更接近传统意义上的“沙龙”。

由合肥新华书店旗下的安徽图书城与《新安晚报》联合举办一个沙龙，应该属于强强联合，自然是一拍即合。

日子记得很清楚，8 月 1 日的晚间，一次文友聚会上，即将到图书城工作的我，提出一个设想：把书城晚间 7 点至 8 点的时间利用与丰富起来，创立一个“周末七点档”品牌。当时朋友们一致叫好，也有几位在媒体工作的朋友表示愿意加入联办。这让我信心满满，第二天就做好了策划方案，“周六版”“周日版”甚至“周五版”的概念也随之出现。

也就是不过两天的时间，接到马丽春老师的电话：“你那‘周末七点档’我们两家来办，我和领导汇报过了。”我们立即协商确定了以下几点：安徽图书城与《新安

首期读书沙龙的主讲嘉宾施小炜（2010.8.28）

晚报》两家联办"周末七点档"周六版，定名为"新安读书沙龙"，时间为每周六晚上7点至8点（也可以随机提前），地点为安徽图书城一楼大厅。

很快，第一期的嘉宾与举办日期都确定了下来：8月28日晚上7点，与《1Q84》的译者施小炜先生面对面。

紧张的准备工作开始了，除密集的电话联系之外，马老师还于24日特地到图书城实地查看磋商，并在26、27日两天的《新安晚报》上发布预告消息。书店这边的工作则是沙龙背景的设计与制作、光源的增强、工作流程的制定、相关图书的货源组织。在暑期销售与活动高峰的同时，腾出手来，做这样的一件事，确实有些忙上加忙的感觉。好在有公司领导们的支持，有员工们的通力合作与支持，齐心合力，有条不紊。

终于，一切都在预定的时间内解决了，更让人惊喜的是，许多读者早早地来到了

读书沙龙嘉宾与部分读者合影（2010.8.28）

图书城，等候着沙龙的开始。尽管卖场里前一场活动刚刚结束，尽管由于忙乱，很长时间内，音响设备都没能安装调试到位，尽管一切流程还不是那么周密流畅，但读者们显然并不在意、十分地包容，因为他们在意的是有这么一场活动，有这么一个与名家面对面、共同谈一谈他们感兴趣的村上春树与《1Q84》的机会。

真是很感动，读者的纷纷到来与积极参与大大出乎我们的预料。我在想，也许，我们的设想正好契合了一些读者的想法；也许，这座城市里早就该有这样的聚会；也许，还有那么一丝浪漫的情结在里面：周末的晚间，闹市区的喧嚣渐渐地退去，柔和的灯光下，一帮人聚在一起，以一种轻松的姿态，用现场气氛营造出一种朦胧的、浪漫主义的美感所激起的情趣、谈锋和灵感，演绎着别样的气场与氛围。自此，合肥周末的夜晚，多了一缕飘逸的文化气息与书的清香。

据说，但凡沙龙，一般都会有一个美丽的女主人，我们的“新安读书沙龙”自然也不例外。从第二期开始，我们不但有主讲嘉宾、提问嘉宾，我们还有了一个美丽的女主持人——梅兰。

梅兰主持“新安读书沙龙”完全是义务的，但她还是欣然答应了，因为她喜欢读书，喜欢做这么一件事。娇美的外表，不凡的机敏与修养，梅兰以其端庄、大方，为整个“沙龙”添色不少。

后来，江觉迟带着她的热门小说《酥油》来了，闫红、胡迟、张远帆等一群都市里的写作女性来了。她们谈生活、谈经历、谈感悟，当然更多的是：谈读书、谈文学。文化的气息、书的清香自此愈发滋长、浓郁。

真是很欣慰，每次紧张有序的准备之后，都能够有一场很有情调和内容的围绕着书的聚会，每次夜色浓厚、放松倦怠之际，都有一个很美好的记忆让人感到充实和值得。

第二期读书沙龙关注江觉迟和她的《酥油》（2010.9.4）

关于这一点，我和马丽春老师有过交流，我们和我们的记者、员工们所有的辛劳与付出，目的其实很简单，为公众的文化生活，为省城周末的夜晚，做一点事，尽一份力。

在"新安读书沙龙"的参与者中，有许多老朋友：写书人、爱书人和藏书人，他们有的是逢场必到、期期不落，有的是有备而来、成竹在胸，更有几位女士，无论是在穿着上，还是在举止上，都是精心、细心的打扮和梳理，引得不少的目光，"沙龙"的感觉由此更进一步。"新阅读·新感受"，为书而相聚，以书的名义聚会，合肥乃至全省爱书的人开始了新一轮的聚集。

2010.9

第三期读书沙龙关注女性写作（2010.9.12）

“周末七点档·新安读书沙龙”微博记录(上)

(2010年8—12月)

第一期:主讲嘉宾:施小炜

嘉　宾:陈家桥、苏北、闫红

时　间:2010.8.28

第一期,难忘的第一期,因为是第一次在卖场举办开放式的沙龙,显然是怎么做都难以一下子做到位的,比如音响,比如座椅。当时将活动场地放在书城一楼东侧,难免局促。不过,反响倒是出乎意料的好,嘉宾们也都能很快进入状态,我则客串了一回主持人。村上春树、施小炜和《1Q84》,是那天晚上话题的聚焦点。

第二期：主讲嘉宾：江觉迟

嘉　宾：许辉、孙叙伦、洪波

时　间：2010.9.4

本期沙龙之前，我并不知道江觉迟这个人，但沙龙之后，我不但认识了江觉迟，还记住了她的《酥油》。另外有几个变化：还是原来的场地，但是换了一个方向，坐西朝东；增加了一个赠画的环节，这得感谢吕士民老师；最为重要的是，沙龙有了一位专业的美女主持人梅兰，我则改行当最后的总结者，压力依然挺大。

第三期：主讲嘉宾：闫红、胡迟、张远帆

时　间：2010.9.12

第三期沙龙因为是关注女性写作，人气挺旺，坐不下时，我和马丽春老师就站着，心里却是喜滋滋的。三位嘉宾也是挺有特色，闫红、胡迟，一对才女，张远帆老人85岁了，依然爱读书、爱写作，着实感动人。梅兰、吕老师和我依然做着各自的规定动作，一二三，大家慢慢地就上路了。三个女人一台戏，这戏唱得挺好。

第四期：主讲嘉宾：闫红

时　间：2010.9.19

闫红绝对是沙龙的强有力的支持者，这刚下了场，又赶着热乎劲，来了一场独角戏。新版电视连续剧《红楼梦》引发很大争议，听听曾经“误读红楼”的闫红怎么说，绝对是卖点。本期沙龙又增加了一位帅哥主持，还有一位神秘嘉宾——铁杆“红粉”。总是有点变化，总在琢磨着怎样才能出彩出新，为此我们一直在努力。

第五期：主讲嘉宾：张松、杨国新、石兰

时　间：2010.9.26

这是我唯一缺席的一场沙龙，也是我最为关注的一场沙龙。根据照片和员工与读者的反应，挺好，挺正式，还有录像的呢。省美协的主席、副主席山水画家张松、油画家杨国新、女工笔画家石兰，挺好的一个组合。聊艺术，聊创新，聊巴黎，聊市场意识，话题很多，但一直围绕着绘画这个主题，听起来一定是很过瘾。

第六期：主讲嘉宾：郭中一

嘉　宾：裴德海、闫红

时　间：2010.10.17

来自台湾的郭中一教授气场很大，以至于沙龙结束时还有不少人围在他身边，问长问短。有着深厚国学功底，受过良好的系统教育的郭教授知识面很广，听他聊天，不仅仅是一种享受，更是一种学习与吸收的过程。为这期沙龙，特地找了一本郭教授在大陆出的科普读物《科学，从好奇开始》，薄薄的一册，也很受欢迎。

第七期：主讲嘉宾：许春樵、赵昂、苏北、刘政屏、吕士民

时　间：2010.10.30

本期沙龙嘉宾挺多，《五虎出列》的五位作者悉数登场；沙龙的题目挺大："当文学遭遇市场"。上午的签售后聚餐，不胜酒力的我被送到医院打点滴。尽管头晕目眩，我还是坚持赶回书城，然后赶上去救场，所幸发挥正常。本期的主持人由美女出版人朱丽琴客串，许春樵、赵昂和苏北，精彩对话，谈得很多也很深。

第八期:主讲嘉宾:黄复彩

嘉　宾:苗秀侠、汪爱武

时　间:2010.11.7

因为一本书确定一位读书沙龙的嘉宾，这是马丽春的特别之处,看完《梁武帝》,便把它的作者黄复彩从安庆请到合肥。因为一位员工的婚礼，我没有参加前半场的活动，匆匆赶回书城后自然是一时找不到什么感觉,但是作家苗秀侠为了这次活动特地从北京回来,令人有些感动。梅兰与吕老师的回归,自然是安心又亲切。

第九期:主讲嘉宾:孙云晓

嘉　宾:何炳章、闫红

时　间:2010.11.13

孙云晓的名气极大,因为在安徽教育出版社出了一本书,所以有机会参加我们的沙龙。因为是谈孩子的教育,所以本期沙龙很火,大家紧密地围在一起,感觉暖暖的。不过话题却有些让人心里发凉,因为孩子的教育从来就是个问题。地点改了,在大厅中心地带,开阔多了,又多了个网上同步提问,这个主持有些不好当。

第十期:主讲嘉宾:王丽萍

时　间:2010.11.27

王丽萍是合肥的媳妇,也是新华书店沙龙的老朋友,早年在合肥的时候,名气就挺大的,现在写了几部热播的电视连续剧,更多的人认识了她。天气冷了,读者的热情却很高,大家都是笑呵呵的。互动环节更是热烈、温馨,那个亲切劲啊,着实打动人。又添置了一批新椅子,结实、时尚,这沙龙越做越有模有样了哈。

第十一期:主讲嘉宾:李国彬

时　间:2010.12.4

这一期关于《杀人有理》的沙龙我也是只参加了后半段,不过因为事先做了一点功课,结尾的发言还算凑合。因为大家都不在,所以马丽春是上阵母女兵,轮番提问,辛苦得很。不过台下倒是坐了一批文化人,互动起来,也蛮热闹的。身边的推理小说,给人一种别样的感受。社会是多姿多彩的,文学自然也应该如此。

第十二期：主讲嘉宾：金美净

嘉　宾：陈家桥

时　间：2010.12.11

这期沙龙好热闹！韩国人金美净成了中国人的媳妇，还写了一本书叫作《嫁到中国》，可有的聊了。我又当了一回主持，与金美净对起话来还算顺溜，当然关键原因还是她的中国话说得好。作为本期沙龙的发起者，作家陈家桥又当了一回嘉宾。韦君琳、潘家忠两位同场赠画，这是第一次。回想起来，这期沙龙很有意思。

第十三期：主讲嘉宾：吕士民、赵昂

嘉　宾：潘家忠

时　间：2010.12.12

赵昂、吕士民这一对老少搭档已经合作了三本书，当天上午做的签售，晚上连续作战。梅兰又出现了，潘家忠现场解读吕老师的画，自然专业又热情，不过最热情的还是吕老师的那些乡亲和粉丝们，把图书城弄得像是办喜事似的。吕老师显然有些激动，举着话筒说了很久。想想看也是，这么些年来，老吕同志不容易！

附录：

周末七点档·周末读书会

第一期：主讲嘉宾：季宇、潘小平、赵焰、闫红

时间：2010.10.24

“周末读书会”是“周末七点档”的另一个栏目，只做了一期，便没有再做了。精力有限，资源也有限，还是集中力量把一件事做好才是。不过这唯一的一期嘉宾阵容超强，季宇主席领头，潘小平、赵焰、闫红各具特色，并时常交叉、交锋，听起来很带劲、过瘾。沙龙主题是“王蒙的道理”，我则又操起话筒当主持。

“周末七点档·新安读书沙龙”微博记录（下）

（2011年1月—2012年4月）

第十四期:主讲嘉宾:韩月

嘉　宾:张国琳、祝凤鸣

时　间:2011.1.8

这期沙龙我有点找不到感觉,因为有一大批艺术圈子的人在,而我则是个门外汉。不过开场白还是我说的,因为又来了一位新主持,安徽音乐广播电台主持人、低调文雅的孙晨。韩月出生在合肥,是韩美林的女儿,就冲这,自然就有不少话题。还说到孩子,说到三聚氰胺,记住了一句话:“不要勉强孩子,不要害了孩子。”

第十五期:主讲嘉宾:闫立秀

嘉　宾:丁玉兰、刘晓明、裴章传

时　间:2011.1.22

闫立秀是个人物,两本自传体小说写得都不错,口才也很好。七十年的人生,生命中的五位女性,吉普赛人似的走南闯北,充满了坎坷和传奇,不容易,更不简单。丁玉兰、刘晓明、裴章传这些文艺名家的到来让这位草根作家很有面子和底气,老家长丰人更是开了好几挂车来捧场,那个人气和热闹劲头,真是很少见。

第十六期:主讲嘉宾:潘小平、王明韵、温跃渊、牛耘

嘉　宾:程耀恺、吕士民、潘家忠、梅兰、孙晨

时　间:2011.1.29

这是第一次在书城之外举办的沙龙,主题是“回望四牌楼——合肥人的读书记忆”,因为老字号四牌楼书店即将拆除重建。来了很多本埠文化名流,说起四牌楼书店,都是充满了感情。潘小平的独特见解,王明韵的长诗,温跃渊的新书和日记本,牛耘老人的深情叙说,吕士民老师的伤感泪水,都给人们留下了深刻的印象。

第十七期:主讲嘉宾:温跃渊

嘉　宾:关友江、张秀华、王晓勤

时　间:2011.2.20

这是一期独特的沙龙,因为嘉宾温跃渊老师堪称安徽文化的活字典;因为其他几位嘉宾的不一般:来自小岗村的关友江、张秀华,沈浩的夫人王晓勤。这是我最初比较大胆的设想,没曾想还真的就做成了。孙晨第三次担纲主持,不同的嘉宾不同的话题,感觉很好。音响设备升级了,说的人和听的人都感觉轻松了不少。

第十八期:主讲嘉宾:郑春华

时　间:2011.3.13

郑春华是沙龙请来的第一位儿童文学作家,她的作品《大头儿子和小头爸爸》可以说老有名了。因为是开放式的沙龙,所以不同的读者可以根据自己不同的喜好确定自己是否留下来听一听。所以对本期沙龙感兴趣的都是一些小孩子的父母,就孩子教育与培养这个话题,大家在一起对话探讨,已是孩子妈的孙晨可投入了。

第十九期：主讲嘉宾：孙禹

时　间：2011.3.19

孙禹来了，梅兰也来了，但娴熟老道的梅兰却控制不了张开嘴来便一发不可收的孙禹，因为孙禹太能侃了。大话题与小话题混搭交织，普通话与合肥话轻松变换，让听众们笑成一团。哪里是什么美声歌唱家，整个一个喜剧明星，太得味了。海外经历，文化家庭，写书出书，什么都能说上一大堆，典型一个“人来疯”啊！

第二十期：主讲嘉宾：江觉迟

嘉　宾：张苏、孙叙伦

时　间：2011.4.17

第二次在书城之外做沙龙，给同一位嘉宾做两次沙龙，是本期沙龙的特色。因为江觉迟《酥油》的广播版的完成，所以才有了这场特别沙龙。两位文坛宿将张苏、孙叙伦和江觉迟一起讲述的《酥油》的出版过程，令人唏嘘感动，电台播音员们的专业主持、讲述和朗诵，让大家享受了一场听觉盛宴，一切都很专业也很温情。

第二十一期：主讲嘉宾：孙叙伦、苏北、陈家桥、沈晖

时　间：2012.4.23

在每年的“4·23”世界读书日做一期沙龙，是我们一直坚持的。本期沙龙的嘉宾很棒，孙叙伦、苏北、陈家桥、沈晖，他们和书之间的故事很精彩，也很打动人。来自电台的张晓伟友情客串了本期沙龙主持，五个男人倾情演绎着关于书的故事与传奇，让很多人停下了脚步。很美好的一件事，一如茶几上那一捧盛开的玫瑰。

第二十二期：主讲嘉宾：刘继潮

嘉　宾：章飚、班苓、王永敬、李健锋

时　间：2011.5.21

刘继潮是沙龙请来的第五位艺术名家，他的由三联出版社出版的《游观：中国古典绘画空间本体诠释》是一本研究中国画空间问题的专著，反响很大。我因为和绘画距离比较远，所以基本上是在看热闹。不过有一句话我是听懂了，那就是不能只用手画画，而是要用头脑画画，事实上写作也应该如此，道理是一个样的。

第二十三期:主讲嘉宾:潘小平、许春樵、王刘生

嘉　宾:赵宏兴、苗秀侠、鲁书妮、雷曼、贺建军

时间:2011.5.29

松潘,一个很遥远的地方,但它和我们却又很近,因为它是我们安徽定点援助的地方。《高天上流云》,我省一批实力派作家潘小平、许春樵等去松潘实地采访后写出来一本纪实文学作品。很多故事很感人,很多细节很让人震撼。近一年来,梅兰主持了整整十期沙龙,很敬业,也很辛苦。感谢梅兰,感谢那些义工们!

第二十四期:主讲嘉宾:赵斌元

时　间:2011.6.19

这是一期最为低沉悲情的沙龙,同时又是一期温暖难忘的沙龙。《此生未完成》作者于娟的丈夫赵斌元博士,与合肥的朋友们在一起说着于娟,她的病和她的博客,她的理想和追求,她的懊悔和反思,她牵挂不已的儿子"土豆"。这是孙晨第六次主持沙龙,她对于话题、气氛和节奏都把握得很好,一个很难忘的沙龙。

第二十五期：主讲嘉宾：李霄峰

时间：2012.4.7

十个月后，“周末七点档·新安读书沙龙”迎来了它的最后一期。嘉宾是一位从合肥走出去的个性男孩，集作家、编剧、演员和影评人于一身的李霄峰。《失败者之歌》是他的一本新书，写得很好，轻松俏皮，个性张扬，很有文采。他评价我的主持：“做足准备，深入浅出，现场的节奏感控制得非常到位。”谢谢霄峰！

教育牵动大伙儿的心

——第九期"周末七点档·新安读书沙龙"侧记

2010年11月14日晚上7点，著名教育专家孙云晓先生来到安徽图书城，和读者一起探讨孩子教育的方方面面，受到空前的欢迎。参加沙龙的读者人数超过以前任何一期，由此也可以从一个侧面看出：教育的的确确是牵动着大伙儿的心。

"周末七点档·新安读书沙龙"到今天已经举办了九期，之前有不少著名的作家、翻译家、画家来到沙龙做嘉宾，而作为著名的教育专家做客沙龙，孙云晓先生是第一位。对于"新安读书沙龙"来说，这是一种拓展和尝试，当沙龙结束的时候，我感觉，它成功了。

由于店堂布局调整，本期沙龙的场地有所改动，从图书城一楼东侧移至正对大门的中心展台前，同时对沙龙的形式也做了一些调整，读者的座位改为圆弧形排列，嘉宾前的台子上铺上了比较温馨的布艺绣花台布，将读者与嘉宾的距离拉得更近，将沙龙的气氛渲染的更浓。

17年前，孙云晓先生以一篇名为《夏令营中的较量》的报告文学而震撼全国、一举成名。之后一直从事教育的研究与探索，声名卓著，成就颇丰，有《教育是人的解放》《让人幸福的教育》《拯救男孩》等多部教育专著，广受关注与欢迎。

尽管在持续近100分钟的时间里，孙云晓先生谈及的内容很多、涉及的面也很广，但主题只有一个：孩子的教育，怎样才能教育好孩子。由于我既要做好组织调控，又要做好接待沟通，同时还要不时客串一下沙龙主持，真正能够静下心来听的时候并不多。但即便如此，还是有不少的收获与共鸣，简单梳理一下，形成以下几个

第九期读书沙龙听孙云晓谈教育(2010.11.13)

关键词:

"尊重":包括尊重孩子的权利,尊重孩子的兴趣,尊重孩子的选择。

"父爱":孙云晓先生曾经说过"一个父亲胜过百名老师",可见父亲在家庭教育中的位置。孙云晓先生认为,对于孩子,特别是男孩子来说,父亲的关心和教育,至关重要。有时候,母亲费半天劲也解决不了的问题,由父亲出面,就会变得简单得多。

"拥抱":要学会拥抱自己的孩子,在孩子成功的时候,在孩子失败的时候,在孩子遇到困难或者与父母对立的时候,一个亲切的拥抱,或许能够表达更多的内涵,化解许多的矛盾。

"读书":孙云晓先生在讲话中为书店做了两次"广告",呼吁家长多到书店买书。当然,孙云晓先生的本意是要广大的家长为孩子营造一个读书的好环境,要舍得花钱为孩子买书，在教育孩子、与孩子相处遇到问题时，可以到书店寻找相应的图书，获取办法与帮助。

“大耳朵小嘴巴”：多听少说，做智慧的父母。

“父母好好学习，孩子天天向上”：这是沙龙结束时，在我要求出席本次沙龙的三位嘉宾，每人说一句话时，孙云晓先生说出的一句话，很新颖，也很发人深省。是的，我们总是在要求孩子这样那样，但我们忘记了作为父母的我们，应该怎样去做。我们要学习，不断地学习，学习丰富我们内心、增加我们修养的知识，学习养育孩子、教育孩子的理念，学习与孩子相处、帮助孩子进步的方法，只有我们这些家长学好了做好了，我们的孩子才有可能会变得更好。

2010.11

又见王丽萍

——第十期“周末七点档·新安读书沙龙”侧记

又见王丽萍，是在很多年之后，她应该是没有什么印象，而我却记忆清晰。这应该是名人与普通人之间的区别，她只是匆匆地来、匆匆地走，而我则是一名普通的接待人员。

有一件事情很有意思，那就是许多年以后，再次见到王丽萍时，她依然是嘉宾，

第十期读书沙龙，王丽萍的人气很旺（2010.11.27）

我依然是一名负责接待的工作人员,而她参加的依然是一场"沙龙"。只不过那次的沙龙叫"读者沙龙",这一次则是"周末七点档·新安读书沙龙"。

王丽萍在合肥有着足够的人气,她的名字会唤起许多人内心深处的记忆。从合肥走出去之后的王丽萍给合肥的,更多的是一些抽象的消息片段,远没有其一部接着一部的作品,更为直接,更能引发共鸣。

因此,当王丽萍回到合肥,回到读者的中间的时候,会是怎样的一种场景,应该是可以想象的。

至于我,事先不但是有所意识,更做出一些准备:添置一批质量好、外观上乘的椅子,增加了一些光源,紧急协调、调运了她的作品(长篇小说《媳妇的美好时代》,散文集《戏·颜》)和海报,还有与新安晚报马丽春老师的密集沟通……一切的一切,都是为了这一场沙龙能够如期、顺利地举行,毕竟人家在外地,毕竟人家的名气已经是今非昔比。

有些忐忑的心在27日的上午就放了下来。在季宇主席作品签售会上,我看到她与先生鲁书潮,那时她正静静地排着队,等待着购买《新安家族》。

多年之后,王丽萍的模样没有太大的变化,但更为大气、稳重了一些(当然,变换一个场合,你又能看到她截然不同的另一面)。这样的感觉在晚间的沙龙里得到进一步的印证:收放有度、从容不迫,给人的感觉是一种成熟的美。

因为有着广泛的读者群,因为有着许多的话题,沙龙的气氛是轻松活跃的,用一句文学一些的话来说,是"温馨",如果更正式一点,那就是:和谐。

王丽萍是聪明的,她能够在不显山露水之间,将她要说出的话,想表达的心情,需要透露的信息,娓娓道来;王丽萍是机智的,她能够轻松应对各种各样的人、各种各样的问题,巧妙切入,因势利导;王丽萍同时还是非常自信的,坦诚的语言、真实的表达、鲜明的观点、清晰的自我定位,都源于一个很坦然的心胸。

一个多小时紧凑而又热闹的沙龙结束的时候,我相信所有人心里都是轻松、轻快的,他们经历的这一种随意、放松的交流,说出来的与听到的,将一颗在生活中被种种的不如意与不愉快所侵扰的心,轻轻地抚平、温暖。而这,或许就是沙龙的功效与魅力吧。

又见王丽萍，看到的是一种被演绎得瑰丽灿烂的人生。又见王丽萍，我们的心中生出许多的思绪与期待：矢志不渝，自信勤奋，华丽转身，更高更远。王丽萍的人生轨迹也可以是你的、我的，我们的。

2010.11

身边的推理小说

——第十一期“周末七点档·新安读书沙龙”侧记

由于一些事务，没有能够完整地参加第十一期“新安读书沙龙”，但是我还是尽力赶时间，参加了沙龙的后半段。

马老师见了我，立刻让我说几句话，我说等一会儿，我得让自己尽快进入情绪。可我拿到书还没有翻上几页，马老师又发话，让我上去说几句。没办法再推了，只好

第十一期读书沙龙关注《杀人有理》(2010.12.4)

从命。

首先我表示了歉意，紧接着向本次沙龙的主讲嘉宾李国彬老师问好，然后谈了自己的一点小小的感受。我说，像我们这般年纪的人，一提起推理小说，很自然就会想到日本，因为在我们年轻的时候（呵呵，有点沧桑感啊），书店里卖的推理小说，大多数都是源自日本。如今，忽然发现就在我们身边，就有写推理小说的，而且，还被安徽文艺出版社发现，将其正式出版了，感觉真是很特别。我希望大家能够关注，关注小说、诗歌、散文以外的推理小说，关注我们本土的推理小说。

我觉得自己说的是真心话，而且通过了解及随后的观察，我感觉沙龙的气氛的确如朋友介绍的那样，很不错。充分交流、沟通之后，大家了解了“李氏风格”的推理小说，它的特点和它与国外推理小说的不同之处。

沙龙结束的时候，我有幸得到一本李国彬老师的《杀人有理》，并且回到家里就开始翻看。在我一口气读完几个章节的时候，我发现自己已经看出它的一些风格与特色，感受到它不同于其他推理小说的地方。

文字不错，脉络清晰，但主观的东西多了一些，而且还有些少儿不宜。边读边想：李国彬老师真正的了得，是在推理小说的外衣下，演绎的是一幕幕的世态风情，人间冷暖，将本来有些暧昧、纷乱的社会，拨他个云开雾散，冷冰冰甚至血淋淋，明明白白得让人没来由地生出几丝寒意来。

2010.12

关注本土的文化与人物

——“最合肥”读书沙龙综述

时间的确过得很快，转眼间，安徽图书城的“周末七点档”读书沙龙已经办了4年了。2012年11月以后，由于合作方的变化，它的名称也有了改变：周末七点档·“最合肥”读书沙龙。形式没有变，流程没有变，甚至连背景也没有变，在读者的眼中，依然是一个书香浓郁的开放式沙龙。当然，细心的读者会发现，它更关注本土了——本土的文化，本土的人物。

回首一年多来举办的十二期沙龙，我们可以发现，其主角无一例外都是生活在合肥的文化人，或者是从安徽走出去的文化名人。

沙龙的前三期的主讲嘉宾分别是孙禹、安意如和胡阿祥，他们的参与，无疑为沙龙增添了光彩与人气。

曾经多次参加过沙龙活动的孙禹是一个话痨子，话匣子打开以后哗啦哗啦说个不停，现场的效果极好。此次他回合肥主要是为了他的散文集《大家闺秀》，说起母亲，这位高达粗犷的美声演唱家瞬间变得深情款款，让人唏嘘不已。

安意如出道早，名气很大，她的《人生若只如初见》可以说是一本开先河的作品，印数之多，影响之大，令许多人只能望其项背。安意如最新作品是《再见故宫》，以其纤细之笔描绘恢弘之故宫，应该是难为了她。安意如是先天性的轻微脑瘫，但她坚持用双拐走路，其艰难步态，让人们内心很复杂，钦佩、怜悯兼而有之。不过，坐定后的安意如呈现给众人的，却是一个眉目含情的美女的形象，着实让人感叹不已。最让我感到意外的是，沙龙上的安意如，居然会在温婉雅致的同时，忽然愤青起来。想来也不奇怪，毕竟还是年轻人。

安意如吸引来许多读者(2012.12.9)

胡阿祥博士是我和太太的朋友,一直从事历史地理的研究,听说他去央视"百家讲坛"讲年号后,我就在寻思什么时候请他回来给大家现场讲一场。很快,机会来了,因为中华书局将他整理过的讲稿出版了,书名很大:《正名中国》。2013年3月中旬,我给胡阿祥打电话,提到签售和做沙龙的事情,他一口答应了,我放下电话马上赶写沙龙预告,然后紧锣密鼓地安排他在合肥的行程。可以说,此次胡博士合肥之行是最为顺利和成功的,一天之内,两场活动,做得是张弛有度,井然有序。

胡博士的声音不大,但口才很好,说起话来,不紧不慢的,很能抓住人。从年号到城市名、道路名、企业名,直至一个人的名字,把一群人说得一愣一愣的,沙龙结束了,依然兴趣盎然,紧随其后,讨教咨询。

潘小平、许春樵、裴章传、侯露、翁飞可以说是本埠的重量级的作家学者了,他们作为嘉宾的沙龙自然是一番不同寻常的景象。潘小平老师的《前朝旧事——晚清风云人物》是一本很有分量的书,2013年8月25日上午举行了这本书的首发式和签售会后,晚上潘老师又精神抖擞地返回图书城,谈历史谈人物,激情洋溢。许春樵、苏北等嘉宾的加入,更是让沙龙充满了浓郁的人文气息。

作为客串主持人，我对潘老师新书中所叙述的一些名人轶事充满了兴趣，并就此提了一系列问题：李鸿章是如何巧妙地把礼送了出去？曾国藩为什么要一头扎进水里去？鲁迅的祖父因何获罪，又因为什么原因被判“斩监候”？而且七年里每年“秋决”的时候，周家遭受的是怎样的一种煎熬？这件事对于鲁迅有着怎样的影响？还有，潘老师为什么会认为曾写过“我劝天公重抖擞，不拘一格降人才”的龚自珍“性好冶游，放荡不羁”，并说“风流莫过龚定庵”？龚自珍的儿子是怎样一个荒唐的人？

对于我一连串的问题，潘老师不厌其烦地一一作答，快人快语，妙语连珠，让一干听众大呼过瘾。

裴章传去年出版的长篇小说《暗枪》，是一部典型的合肥人写合肥人的作品。作者是合肥“土著”，另一位合肥人则是《暗枪》的主人翁王亚樵，不用翻书，就知道一定是料够足、味够浓的一部本土佳作。裴章传曾经写过毁誉参半的李鸿章，厚厚的两

胡阿祥深入浅出谈国号(2013.3.24)

皖藉作家合影(2013.8.25)

大本，如今写王亚樵，又是一位充满争议与传奇的人物，我们有些好奇：裴章传老师下一个该写谁了？

今年是甲午战争120周年，在这样一个特别的年份，能够讲着正宗的合肥话的侯露老师创作了大型庐剧《丁汝昌》。6月21日下午5点，最新一期的“周末七点档·‘最合肥’读书沙龙”请来了侯露老师和翁飞老师。两位老师从各自的角度讲述了120年前的那场海战，海战中的各位壮士英雄，他们的豪气冲天与他们的无奈困顿，当然，话题的最后，一定是归结到丁汝昌这位悲剧英雄身上。两位老师激情澎湃的话语引发众多读者一阵阵热烈的掌声。我觉得，这样的气氛，这样的场景，对于我们这些组织者来说，无疑是最大的鼓舞与嘉奖。

走出去又走回来的还有赵美萍和林特特。其中赵美萍走得很远，当她从万里之遥的美国回来的时候，她的成名作《我的苦难我的大学》的增订本《谁的奋斗不带伤》由安徽文艺出版社出版了。看上去挺瘦弱的赵美萍也是上午首发式加签售会，晚上参加读书沙龙。这样一期沙龙自然是人气极旺的，这对于我这么一位业余又业余的主持人来说无疑是极大的挑战。也幸亏之前忙里偷闲地做了一些功课，能够与赵美萍就一些关键的事件与情节做一些有效的互动。当我与赵美萍一起向读者讲述她的患病的父亲回家的那一个瞬间的时候，赵美萍显然是很激动的，她的眼睛湿润了。那一刻，现场的每一位嘉宾和读者都感受到了一种爱和一种痛。

相比赵美萍，合肥人林特特走得就不算远。这次她从北京回来，过五一节的同时，参加我们的读书沙龙活动。闺蜜闫红一直陪伴始终，让林特特更加自信从容，善写的她同样也是一位特能说的主，估计与她曾经做过教师也有不小的关系。

林特特我是第一次见到，但她的文字却是读了不少。不过最让我印象深刻的还是她的作品的名字，《以自己喜欢的方式过一生》《爱人与仇人都会老去》，典型的“标题党”。当然，仅仅是标题党还是不行的，这一点，身为出版社编辑的林特特比我

赵美萍的故事很感人（2013.10.13）

们懂得多。据说她正在编辑一套有关甲午战争的专著，我们期待着她能够带着她编辑的新书再回合肥。

保健专家戴光强，少儿作家李秀英、美女作家许诺晨的主题沙龙因为关乎人们的健康与孩子们的早期教育和课外教育，自然也是引发了许多人的围观。

关注本土文化的人，自然是不会放弃任何一次很好的机会，于是今年的“4·23世界读书日”专题沙龙的主题就被定为“合肥本土地域文化”。鲍雷讲了几位被外人以“合肥”冠名的合肥名人：“龚合肥”龚鼎孳，“李合肥”李鸿章，“段合肥”段祺瑞。萧寒则从合肥地名的历史与内涵，谈到地名的宣传与保护。他认为，对于更改地名这件事千万要慎之又慎。我自然还是讲合肥方言，新的反响和新的感受。做过好几期沙龙客串主持的我这一回又当了一回嘉宾，不但别人不习惯，自己也总觉得有些别扭。不过，主持人的位置让给一位年轻的美女主持，多少让大家有些新鲜的感觉。

说到主持人，还真的有几位专业人士客串过几回呢。来自著名电视栏目“帮女郎”的著名知识型美女主播吴婷，来自安徽音乐广播电台的陈锐，都来到咱们安徽图书城当了一回“业余”沙龙主持。

当然，让我感到特有面子的，是安徽电视台的著名播音员袁媛的加入。作为正宗合肥人的她，为同样是正宗合肥人的我和大名鼎鼎的“白丁”（王光汉教授）做沙龙主持，自然是有趣得不得了。

那一天是2013年的8月31日，袁媛“小大姐”上午才为我和吕士民老师主持过新书《享受合肥方言》的首发式和签售会，又不辞辛劳地主持有关合肥方言的读书沙龙，真是让我感觉有些“承情不了”。没办法，老乡就是老乡，为合肥方言，为本土文化，没话讲的，干起事来一身是劲。在这一点上，王教授、袁媛和我，都是一样的。

附：“周末七点档·‘最合肥’读书沙龙”十二期嘉宾简介：

第一期：2012.11.12，嘉宾：孙禹

第二期：2012.12.9，嘉宾：安意如

第三期：2013.3. 24，嘉宾：胡阿祥

第四期：2013.6.1，嘉宾：许诺晨、李秀英

第五期：2013.8.4，嘉宾：裴章传、乔延凤、高金

第六期:2013.8.25，嘉宾:潘小平、许春樵、苏北

第七期:2013.8.31，嘉宾:王光汉、刘政屏、吕士民

第八期:2013.10.13，嘉宾:赵美萍、许春樵、朱寒冬

第九期:2014.3.8，嘉宾:戴光强

第十期:2014.4.23，嘉宾:鲍雷、萧寒、刘政屏

第十一期:2014.5.3，嘉宾:林特特、闫红

第十二期:2014.6.21，嘉宾:侯露、翁飞、段婷婷

一起享受合肥方言沙龙

今天的主题：白岩松

这是一件没有办法的事情，我今天生活的主题只有一个：白岩松。原因有两个：一个是工作，一个是一本不错的书。

白岩松到安徽图书城来签售这件事，因为高层的重视和运作，已经成为一件规格与意义都很大的事情，操心办事的人一多，我似乎就没有什么事情可干了。但真正事到临头，还是有些紧迫感和责任感的，早上早早地出门，然后是早早地安排、布置，接下来是早早地准备好一切，只等待着主角登场。

白岩松今天的行程很紧凑，上午九点多飞机落地，媒体见面会、读者见面会、书城签售会、安徽大学报告（签售）会，一场连着一场，可谓马不停蹄，很是辛苦。想来应该是时间宝贵，出来一趟是一趟，所以安排得满满当当。

媒体见面会我没有去，据说有好几十人，小会议室人满为患。读者见面会倒是去听了一会儿，由于记者继续跟进，现场的秩序有些乱，提问的读者似乎大多为女性，比较激动，甚至激动到了语无伦次的地步，感觉有些好笑。

白岩松看上去要比电视上高大俊朗得多，但说话时还是非常“拎”着，像是在做节目，态度也不够谦和，着实让我有小小的失望。不过，若不如此，又该怎么样，估计他自己也不好拿捏。

读者的热情真的是很高，在排队这一块，用“前所未有”应该不为过的。围绕着卖场的书架，画一个大大的圈，然后延续到书城的门外，沿着长江中路排上一大溜。书城所有的男员工各就各位后，我顺着这条长长的队伍不停地转着圈，督促大家往前走，维持着秩序，稳定着大家的情绪。很快就满身大汗。

签售会非常火爆（2011.3.27）

今天的读者的确是很让人欣慰，文明、安静，很长合肥人的脸。

图书的销售自然也是很不错的，这对于一本已经畅销好一段时间的图书来说，很不容易。更让人感叹的是，另一本再版书《痛并快乐着》，居然也有着不俗的销售记录。

这次白岩松主签的图书《幸福了吗?》最近出了一种口袋书，与过去的小 32 开大小相仿，书城此次到了 100 本，颇受欢迎。当我发现它只剩下最后几本后，当机立断，买下，请作者签名。

下午 5 点多钟带着这本《幸福了吗?》回到家里，原本没有想到要马上就读的，因为很疲乏，没料到一旦上手竟会放不下来，一口气看了许多，晚餐后继续，又是好一段时间。

内容很好是自然的，很多内幕的东西，很多大众关心的东西，但我感觉它吸引人的地方还是，有思想，有个性，有真切的感受，能说一些真话。它的语言风格与作者在电视上的是一致的，读起来感觉蛮熟悉、亲切的。

白岩松出生于1968年，今年43岁了，非常的阅历与思考使其作品有着不同于其他名人作品的独特魅力，看得很开、想得很通、说得很到位。于我而言，把读他的书作为一种交流与思考、一种释放与收获，很值得，很惬意。我想，今天的主题将会继续，演绎并且放大。

2011.3

辛苦并欣喜着

——“世界读书日”琐记

活动的规模很大，所以早早就开始准备了（2012.4.23）

为“世界读书日”举办一些活动，已经有几个年头了。作为一个读书人、卖书人，能够为一年一度的世界性的“读书日”做一点事情，也是分内之事，应该的，没有什么可以表白与抱怨的，但今年的“世界读书日”却是有些不同，有些劳累，有些紧张，有些——辛苦。

首先是事情赶到一起了。原本每年这一天只有做沙龙这一件比较重要的事情，但今年却是两件相当重要的事情：上午到逍遥津公园的省直机关读书游园会现场活动，下午在卖场举办“世界读书日”特别沙龙。

流动的规模很大，30 米长的台子，10 多万元的图书，许多细节、许多规定要求我们必须及早到书城，将台子、书籍等等一大堆物品运送到公园。然后搭台、拆包、把书摆放到位，接下来就是介绍、出售图书……整个过程要求我们员工必须精力集中、手脚麻利。

因为此次沙龙主办方由两家变为三家（安徽小说评书广播加入），又有一名新主持人张晓伟友情加盟，而且嘉宾多达 4 人，设计的环节与细节也是多出以往，所以，明显感觉到一种压力，担心有什么疏漏和差池的地方。

早上 5 点多起床，不到 6 点的时候到达书城。因为前一天晚上的应酬与事情，实际睡眠时间不到 4 个小时。中午原本是要补一会觉的，但科教书城下午 3 点有一场活动，希望我过去看一看，因此午餐后只能睡上一会儿。

天气是阳光明媚，但这样的天气也是容易犯困的。整个

选书的人儿还真不少（2012.4.23）

读书日专题沙龙也很红火（2012.4.23）

活动从准备到进行，一个环节连着一个环节，几乎没有停歇的时刻，终于到了结束的时刻，感觉总体还是不错的。但还是不能真正地松一口气，因为后面还有一个热闹而有趣的聚会，让人提神而开心。

晚上 9 点的时候，众人散开，走在街上，暖暖的风拂面而来，身心一下子放松开来，直觉告诉我，累了，真的是累了。

早上的一切是那样的紧凑流畅、收获颇丰，晚上的沙龙是那样的精彩热烈、人气空前，主持是那样的出彩，嘉宾是那样的给力，读者是那样的欣喜投入，有了这一切，我觉得自己应该感到满足，虽然放弃了一整天的休息，虽然这一天过得有些辛苦。

的确，人与人是不一样的，有些事情，有些人愿意去做，有些人不屑于去做，有些人则要求付出与得到对等；但在我来说，凡事不想得那么太多，认准了就去做，追求的只是一种感觉：做自己应该做、愿意做的事情——辛苦并欣喜着。

2011.4

我们内心的善良

这些年，操办过许多场大大小小的名家签售，也操办过许多场各种形式的沙龙，但昨天（6 月 19 日）下午的那场签售与沙龙却是最为特别的，心情也是最为复杂的。我发现参与这两场活动的许多朋友和读者，都和我有一样的感觉。不需要任何的求证，我确信我能够感受到，感受到一样的压抑，感受到一样的小心翼翼，感受到一样的关切，感受到一样的感动。

第一眼见到赵斌元博士的时候，我的心一紧，他显然是没有回过来劲的样子，脸色不好，人也显得很落寞孤单。只是那一眼，我就觉得，自己该为他做些什么，就像二十多天前我拿到于娟的《此生未完成》时，觉得该为这本书做些什么一样。我觉得我应该帮助他，让他在合肥的几个小时里，能够多一些放松，少一些局促，多一些宽慰，少一些提防，多一些温暖，少一些悲凉。

我、马丽春、孙晨等开始与他进行小心翼翼的沟通，从沙龙的形式到流程的设计，从话题的选择到互动的形式，还有哪些内容应该注意避开，哪些状况需要提前做好应对措施。赵博士很随和的样子，说他没有什么需要特别避讳的，只要不是特别过分，都可以谈。尽管如此，我还是对他说了一些类似承诺一般的话语，请他放心，一定会为他及时化解可能遇到的尴尬，在需要的时候及时站出来“保驾护航”。

我是这么承诺的，也是这么做的。在这之后的几个小时的几场活动里，我一直是全程陪同，这在近两年里，是很少有的。

一个略显沉闷的工作午餐后，我一面安排赵博士到书城办公室稍事休息，一面检查落实下午一系列活动的有关细节。

于娟的丈夫赵斌元（2011.6.19）

首先是签售，下午2点半到3点半，一个小时的时间。我既担心没有读者或者读者很少，也担心读者会有一些不够妥当的言行，要知道赵博士在合肥的这场签售，是他在书店卖场举办的真正意义上的第一场签售。在此之前的5月19日哈尔滨全国书市上的首发仪式，在复旦大学的演讲会，在北京制作专题节目，或许也有些签售，但都是一个附带环节。当然，复旦大学演讲会后，出现过1200多本书一抢而空的情况，可那是于娟的母校，其他地方是不能类比的。

另外，准确地讲，这是一场没有作者参加的签售。

2点钟之后，有员工报告，一楼签售现场有一些读者在等候，这让我稍稍放心一些。2点半，我陪同赵博士准时到达一楼的时候，见到的是几十位读者默默地排着队，等待着签售活动的开始。

没有客套的话语，更没有任何渲染，赵博士在签售台前坐下后，随即进入签售环节。读者很有秩序，一个一个走过来，请赵博士签名，然后很有礼貌地点头表达谢意，

沙龙的气氛有些压抑(2011.6.19)

然后离开。有要求写上自己姓名的,有要求写上一句话的,赵博士均一一予以满足。

我因为是一直陪伴在旁边,自然也会观察那些读者,发现他们几乎包含了所有的元素,其中女性似乎要比男性略微多一些。印象很深刻的是,有一位中年女子,文雅素净,她买了两本书,赵博士为她签名的时候,她的眼圈红红的,很快便有泪水流了下来。还有一些女读者,在等待的过程中,不停地吸着鼻子,似乎努力在忍着不让自己哭出声音来。男同胞们的脸上一律是严肃沉重的,他们往往会在赵博士为他们签名的时候说一两句安慰鼓劲的话,当然,更多的是伸出手来,用力与赵博士握一握手,我想,所有的安慰与鼓励,应该都在那用力一握上。

这真是一场特别的、难以忘怀的签售。

负责为赵博士翻书的员工是一位敏感的女孩子,整个签售过程中,她一直看似很平静地做着自己的工作,只在一回,眼圈红了起来。事后她告诉我,一位男读者告诉赵博士,他也是癌症患者,比于娟大几岁,赵博士听罢,在书上写一句为他鼓劲加油的话(应该有“胜利”“勇士”字样),然后站起来,用力地握了握他的手。

时间过半的时候,我从担心读者不多到担心时间不够用,因为,紧接着就是媒体见面会,而书城还准备请赵博士预签一些书留给那些没来得及赶过来的读者。事实证明的确是这样，结束的时间一拖再拖，最后一次离开时又折回头签了3本，那可都是匆匆赶来，又匆匆去服务台买了书赶过来的啊。

因为赵博士要赶最后一班火车回上海，“周末七点档·新安读书沙龙”提前到了下午5点半。这真是一场特别的沙龙，人们大多着素装（这是我事后看照片的时候发现的），主持人孙晨也是很出乎意料地穿了一件白色上衣，配搭着一条素花丝巾，看上去很特别。

为了这次沙龙，我们特地事先约了一些本地的文化人，请他们先读一读于娟的书，以便更好地和赵博士交流。苗秀侠、胡迟、汪晴、菜农（网名）等，无不既用心去读了于娟的书，又用心谨慎地准备了和赵博士交流的话题。她们可都是平日里特别忙碌的一群人，为了于娟，她们来了，用她们的真情和爱心，配合着主持人和赵博士完成了一个成功流畅的沙龙。

尽管我们的沙龙是来去自由的，但这一场沙龙的参加者却是超常的稳定，特别让人感动的是，那些围在座椅外围的读者们，就这么一直站着听了整整一个小时。

沙龙即将结束的时候，我说：作为一位重症患者的亲人，赵博士不离不弃，承受着巨大的压力和痛苦，很不容易，很了不起。如今逝者已矣，而生者却要继续承受着巨大的压力和痛苦。今天是父亲节，我提议大家伸出自己的双手，用鼓掌方式，祝福土豆（于娟的儿子）、祝福“光头”（赵博士）。

热烈的掌声让我一直压抑的心情得以稍稍释放，我想，参加沙龙和签售的大多数人恐怕都和我一样，一直压抑着自己的感情。大家都是怀着一颗善良的心，围拢到一起，呵护着赵斌元、呵护着我们自己。于娟的离去，让许多人的心都受到了不同程度的伤害，他们内心最柔软、最善良的那部分被凸显、放大出来。

其实，在许多人的内心，都有着一份或多或少的善良，尘世当中，它们渐渐地被遮盖、掩藏，很深很隐蔽，以至于轻易不能够发现和唤醒。于娟和她留下来的《此生未完成》让我们在一瞬之间感受到一种深到骨髓里的痛，人生的无奈与无常让我们记起，原本我们都是需要在索取与付出的同时互相温暖的，而善良，我们内心的善良，似乎慢慢地被我们淡忘了。从这层意义上来说，我们的确需要感谢于娟。

2011.6

亲和随意　大智若愚

——林清玄演讲会侧记

4月，台湾著名作家林清玄来肥，为读者签名售书。其间，林先生在中国科学技术大学、安徽大学做了两场演讲，听了林先生的讲演，颇多感慨和收获。

林先生的长相虽不能说“恐怖”，但在我们看来，的确与“好看”沾不上边。可是，在科大的那场讲演，林先生却正是以自己的相貌为开场白的。当时，学校的大礼堂里聚集了几千名热情的科大学生，当林先生在热烈的掌声中走上舞台时，很多人立刻有了一种掩饰不了的失望，尽管有科大领导的热情洋溢的介绍，但似乎也是于事无补，作为对林清玄其人及其作品有一定了解的我，看到这样的场面，不禁暗暗为林先生捏了一把汗。

只见林先生首先放弃了校方为其准备好的讲台与座椅，他走到舞台的正前方，颇有些自嘲地说：“我要让大家看清楚，我是多么的英俊。”看似很随意的一句话，一下子就让全场的气氛活跃了起来。学生们嬉笑着、议论着，无拘无束。就这样，似乎在不经意中，林先生为其整场的讲演定下了基调：轻松、活泼。

虽然有“一个好的开头就意味着成功了一半”这样的说法，但这并不意味着林先生的讲演不存在着困难。毕竟，大陆与台湾有着半个世纪的对立与封闭。社会背景，文化修养，思维方式的差异，固然可以引起人们的一定的新鲜感，但也极有可能使人们产生一种隔阂与陌生，以致难以沟通与交流，对此，林先生会怎么做呢?

林先生似乎很放松，只是以极通俗的语言聊天似的讲述着一个又一个虽然真假难辨，但极富寓言色彩的个人故事。诙谐、幽默的语言与故事情节，引得会场内的听众笑声、掌声不断，人们前仰后合，喜不自禁，场面十分的热烈。等到一个故事在笑声中结束时，林先生便会及时地说出一两句好像随意说出的话。由于有一个生动的故事作铺垫，人们便会很容易地去接受这样的话语，并且很自然地将它们留在了记忆中。

例如，林先生说在他小时候第一次独自喝了两瓶汽水，并打了一个长长的嗝之后走出茅房时，他忽然感到：当你有一个好的心情看这个世界，这个世界完全不一样了。

当他真切地意识到生命体每天都在变化时，他深刻地体会到：世界上没有什么能使自己比现在更年轻，因为人每天都比昨天更老。

当他遭遇到一次次失败的恋爱之后，他理智地认识到：超越是人的本能之一，但它分为被迫超越与自愿超越两种。被迫超越很痛苦，自愿超越则不同，它要求一个人要有超越人生的态度，要突破固定的思维，心存超越的眼睛，从一个更高的角度看自己。

……

待到整个讲演会结束的时候，人们发现，脑袋里充溢的尽是林先生讲述过的生动的故事，以及由此而引发出的一些闪亮的思想——充满智慧与哲理的结论。至此，人们已不再注意他的外貌，不再在意他是台湾的还是大陆的，他们为林先生的才华所倾倒，更被他独特的讲演艺术所征服，地域与背景的差异阻碍不了这位台湾大“才子”的才华横溢。

讲演会散场后，我与一位记者边走边聊。她说，林清玄没有大陆作家的“架子”，也不把自己定位于高人一等的位置上，更不会去说一些高深玄奥的话，但恰恰获得意想不到的成功。如果我们的思想工作，也能达到如此的水准与效果，那该多好。同事带去的十来岁的儿子，整个讲演过程中思想集中，时而开怀大笑，时而专注聆听，走出礼堂后还兴奋不已，他说：真的很好听，我都能听得懂。然后便津津乐道地重复着林清玄的故事。好一会儿后，他突然想起什么似的说：哎呀，我好渴，小便也急了。看着他焦虑不安的模样，大伙儿全笑了，同时也不能不佩服林先生的高超而独特的讲演艺术。人们在思索：我们是否能从这场讲演中得到一些启发与帮助呢？

1999.5.8

一个儒雅智慧的人

——陈丹青印象

这些年由于工作的关系，见过不少的文化名人或“准名人”，但又仅仅因为是工作关系，大都只是有过一些泛泛的接触，说些客套的话，做些客套的事，然后就是，他们走了，留下些许的印象。

由于这个“工作”大多都是与签名售书活动有关系，因此又多出一些其他的感受。由于关注点集中在“活动”是否成功，更准确地说，是“是否过得去”，便容易将所谓的“嘉宾”给忽视了。事后回想，这样真是本末倒置，将一些讨教和观察的机会给放过了，的确有些可惜又无奈。

此次陈丹青先生来了，属于一帮名人“接踵而至”中的一位，事先的准备一切都是按程序走的，其中就包括了解一下他的作品。

陈丹青的大名早就是知道的，他应该属于总有动静的新闻人物，因而对他的观点和花絮也是了解一些的。但其作品，买过，却没有很正式地读过。结果一读起来，竟然是不由得佩服，放不下手了。

于是，赶紧将其属于一个出版社的 5 本作品全部买下，等着陈先生来，当一回“追星族”。同事中有同好者，有全部买的，也有挑上个三两本的。

陈先生是 5 月 8 日到合肥的，两天的行程里，两场报告会，一场签售。8 日晚间，正翻看着他的最新集子《荒废集》，有短信来：“陈丹青的书果然好看！还要买。”我笑了：“那你可要破费了。”的确，有时候，该花的钱是省不了的，即便是每日面对着柴米油盐不免算计的女士也是如此。与同事短信交流以及接下去继续沉醉于“荒废”的时候，估计也是陈先生到合肥的时分。

从容淡定（2009.5.9）

有人提前索要名人签名本的事，有过，但不多。如今的人们对于书，淡了太多，签售之事，除了“明星”级的热门人物，余下的，也淡。或许是现在“腕”多了，也很难得提得起精神。但这回，竟然不止一位索要陈先生的签名本。供职媒体的一位兄长告诉我：“陈丹青不错的，有机会和他交流交流。”

新闻界的热情也是出乎我的预料，预约采访的事还真是不少，有些“总动员”的感觉，足见陈先生的影响和分量，我不由得更郑重了一些。

9日下午进行签售，天气突然的暴热，让我“习惯性的担心”又多了几分。提前一个小时到书城，竟有几位读者在等候，并且都是手捧着5本、10本，甚至更多，不觉有些宽慰：冷场的事，应该不会有了。

说实话，陈先生的读者应该属于小众，其作品基本上还是归在“叫好不叫座”的行列，最为“火”的《退步集》，摆在全国畅销书榜里，还是一般的。因此，我对于卖场签售的预期，明显要低于上午在科技馆及第二天在科大讲座时的销售。

但早早赶来的读者却很罕见地络绎不绝起来，一会儿工夫再下楼，居然有了几十人，而且都是捧着好几本书。大家安静地站在那儿，等着陈先生的到来。

由于陈先生的身体有些不适，皮肤过敏一类的（因此推迟了一天的行程），中午又迟了些，记者见面会不得已延至签售之后，因而陈先生进了书城的大门，便直接走向签书台，坐下便签了起来。

果然是大家风范，从容淡定，但又不端着架子。只见他不疾不徐地签着，不厌其烦地几乎是每一本书都签上落款，间或和读者交流几句，极真诚的那种。

读者的反应是平静的，但从他们的表情中可以一眼读出对陈先生的敬佩和喜爱。他们中有提前一两个小时到的，有坐了两个多小时车从外地赶来的。一位池州的

总有那么多的人，总是那么安静地等待。（2009.5.9）

读者，是位企业家，中午看到报纸上的预告，开着车赶来， 直追到签售后的记者见面会。

中老年的，是铁杆读者，或是同样下过放的“知青”，陈先生通常以“插兄”“插妹”称呼。年轻人，多是陈先生的“粉丝”，激动之余，有些语无伦次，陈先生显然很

在意那一张张青春的脸庞，与他们谦和又耐心地聊着闲话。有读者带来陈先生作品的早期版本，让不少人羡慕不已，陈先生也是一样地一本本仔细地签着。

总有那么多的人，总是那么安静地等待，不同于以往有时候会意外出现的狂热，这样文雅的签售场面出乎我的预料，但感觉又是和我心中的某些期待相吻合。

与那些总是匆匆结束的签售不同，陈先生一直在签。一个小时过去了，仍然有许多人，再过半个多小时，结束在店堂的签售。到休息的地方，还有好几十本等在那儿。

要书店员工“追星”不容易，此次却是例外，不但有，而且不止一人，每人往往不止一本。媒体记者在这样的场合一般不会花钱买书：见得太多了，激不起热情。但这回也有些沉不住气，自掏腰包买上几本，很认真地等待陈先生的签名，着实让我有些意外。

由于时间富余，签售后的记者见面会有些沙龙的意味，随意、轻松。陈先生也趁机过足了烟瘾。聊的东西自然是很随意的，关于绘画、关于文学、关于鲁迅、张爱玲，还有就是皖籍名人，刘文典、亚明等等。陈先生对亚明人品的敬佩、对张爱玲作品的理解，给大家的印象最为深刻。从他的言语中，可以很清晰地看出他的性格和品位。

陈丹青，一个很儒雅智慧的人，一个很有个性的人，一个从骨子里敬重并且执着地追随着鲁迅的人，他的到来，的确让人有一种触动和感动，而这样的感觉，于我们，很宝贵也很重要。

2009.5

研究李鸿章的刘申宁教授

刘申宁教授是个儒雅的人，无论是从长相还是谈吐，都是这种感觉。因为李鸿章，因为他写了一本《评说李鸿章》而他又在安徽图书城为此书做签售，使我有机会和他做近距离的接触。

刘教授原本是从事军事历史的教学与研究，著述曾获多种奖项，1989 年转业后，专业从事中国近代史研究，1992 年与人共同编辑的古籍整理项目《孙子集成》一书，获 1994 年全国古籍优秀图书奖一等奖。而刘教授与合肥、与李鸿章结下不解之缘是 1992 年的一天，他在上海图书馆查资料，偶然发现一大批李鸿章的手稿资料，据考证系李鸿章的孙子李国超（？）1948 年赴美之前交给顾廷龙先生的，顾先生整理之后，将这些材料存放在上海图书馆。于是刘教授找到顾先生，希望顾先生能够牵头将这些文稿整理出来。已 90 高龄的顾先生说，我年纪大了，你就去做吧。刘教授觉得不妥，于是又请了戴逸先生，两位老先生做主编，刘教授等 4 人为执行编委。此书被列为国家古籍整理重点项目，39 大卷，2800 万字，先后经过 7 校，其中 60%为新公开发行。它的出版发行，对于中国近代史和李鸿章的研究有着很大的贡献与价值，刘教授也因此与李鸿章结下了不解之缘，成为研究李鸿章方面的专家。

16 年来，刘教授一直从事对李鸿章的研究，编辑出版了好几部相关的专著。2007 年，他又应安徽电视台的邀请，在《新安大讲堂》做了 17 期的电视讲座《合肥李鸿章》，获得了很好的反响。

这些年来，因为研究李鸿章的缘故，刘教授和合肥的接触不少，也交了不少的朋友。上世纪 90 年代初期他在合肥住过几个月，经常带着一帮朋友去古玩市场淘宝，听了他有关收藏的只言片语，能够感到其在收藏方面也是很有眼力和修养的。

晚间吃饭聊天的时候，因饮酒引出有关健康的话题，没想到刘教授还是一位健康专家。人们常说“久病成良医”，刘教授就是这样。

刘申宁为读者签名售书(2008.12.11)

刘教授患糖尿病已经15年，如今已是3期，说到这，刘教授撩起衣服，给我们看他腰间配挂的胰岛棒，这可让我们这些外行大大地吃了一惊，一连串的关心与不解纷纷投向了他，有血糖不正常者更是异乎寻常地关切。刘教授从容淡定，娓娓道来，从他患病治病的经历讲到他对糖尿病的了解、治病的心得，其专业与自信，让人不得不由衷地佩服。他关于治疗的一些观点和看法，更是一如其做学问的风格：平实、客观，给人以鼓舞和启迪。人生如此，应该是一种极佳的境界了。

这几天一直在读刘教授的《评说李鸿章》，感觉受益不少。与刘教授近距离地交

刘申宁、刘政屏的合影（2008.12.11）

流，听他说一些有关疾病的话题，又是收获颇多。如此看来，无论是做学问还是过日子，循的应该都是一个道理：有一个开阔的心胸，有一个务实的态度，然后一步一个脚印，走着自己的路。

2008.12

一个人需要“心和仁爱”

——孔健合肥说孔子

2009年5月30日上午，著名孔子学研究者、作家、孔子第75代孙孔健先生在安徽图书城为读者签售其新作《素王孔子》。与其他作家、学者不同的是，孔健先生签售之前，恭恭敬敬地请出老祖宗孔子的铜质立像，摆放在签售台的中央，然后才落座提笔。

孔先生签售时的风格也很独特，他不但很耐心地用他自备的特制毛笔为读者签上落款，还根据读者的姓名和面相，作一个简短的演绎，给读者带来不小的惊喜和特别的感受。一时间，为先生、为孩子、为朋友代签的读者络绎不绝，一个多小时后，当孔先生准备上车离开时，还有读者赶来请他签名。

据介绍，孔健1985年赴日本留学，获新闻学博士。现任中国巨龙新闻集团总编辑、中国画报日文版总编辑、日中文化体育交流协会理事长、日本软银金融大学教授等职。他一直致力于孔子的研究和宣传，其著作有数十部，在“中国文化演讲”“孔学传播”方面颇享盛誉。

为纪念孔子诞辰2560周年，孔健创作了《素王孔子》。据他介绍，这是第一部孔子后代撰写的先祖史传，也是中华史诗电影《孔子》的唯一影视文学素材原本。它以影视文学的方式演绎了孔子的一生。有评论说这本书“忠实地反映出了孔子的高尚人格、坚定的操守、博大精深的思想，以及追梦未遂、历经坎坷的一生。同时，该书也关注孔子的性格和情感世界，对圣人的一生做了立体化的描绘”。

笔者对孔健先生的采访，自然也少不了谈正在摄制中的史诗大片《孔子》。孔先生认为，拍摄这部影片对于宣传孔子是很有好处的，对于公众质疑周润发扮演孔子

孔先生签售时风格也很独特（2009.5.30）

是否合适这个问题，孔先生认为周润发扮演孔子是合适的，以周润发的演技和影响力，对于影片走向世界，对于在世界上宣传孔子都是有益的。

笔者问孔先生，作为一名姓“孔”的人，他的感受是什么。孔先生笑答，第一，不敢做坏事，怕给老祖宗丢脸。第二，感觉到一种无形的压力，说“负担”也行，说“有一种使命感”也行。当笔者问他，是不是有一种心理暗示在左右着他的言行的时候，孔先生表示认同。笔者问：作为孔子的后人，您一直致力于宣传孔子，目的是什么？是为了家族还是为了社会，或者二者兼有？孔先生沉吟一番后，真诚地说：“我觉得，更有义务将孔子的思想‘张扬、弘扬’开来。”他说：实际上人生就是4个字——“定位、到位”。他以前做过许多事情，进行过许多尝试，但最后他选择了对孔子的研究，并且一直坚持至今，因为他感觉现在对孔子的研究和宣传远远不够。

孔先生认为，人生在世，最需要的是“心和、仁爱”，所谓“心和”就是要有一颗平常心，而平常心来自于修养，修养的获得来自于读书和学习。

孔健先生曾经留学日本多年，目前仍在日本兼做教授等职，其作品中也有不少关于日本的，如《儒教和日本人》《日本人永远不懂中国人》等。他坦言自己受日本文化影响比较大，比较“唯美主义”。当被问及他喜欢哪几位近现代作家、学者的作品时，他说，还是几位曾经在日本生活过，受日本文学影响比较大，比较“唯美”的，比如梁启超、鲁迅和冰心。他认为上世纪30年代的中国文学受日本的影响最大。

对于几千年来历朝历代对于孔子的“毁”和“誉”，孔健先生认为，孔子的思想总体来讲是偏于保守的，因而，当政权更迭的时候，肯定是要反孔的。但对于五四运动和鲁迅的反孔，孔先生认为，他们不是反对孔子，是反对“孔家店”，“孔家店”里是一帮打着“孔子”旗号的人，他们与“孔子”不是一回事。

当了一回特约记者（2009.5.30）

关于《素王孔子》，孔健先生说，孔子是一介布衣，在历史上并未作为君王统治过哪个诸侯国家，当年几乎游遍中国，却处处不得志；曾经弟子三千，贤人七十二，却无著作传世。要将这样一位在华夏历史长河中传承了两千多年的“至圣先师”，早已成为中国文化“符号”的“素王”，还原成一个真实的人，让国人能够认可，对于任何一个作者来说都是非常棘手的难题。但作为孔子的后人，他愿意去尝试。他在《素王孔子》的序中说：“我不想再神化或扭曲先祖形象，只想让我心中的布衣孔子——我感受到的一位真实的孔子，走入大众的心间，以恪尽我作为孔家后人的责任和义务。”

2009.5

郑渊洁侧记

郑渊洁被称为“童话大王”已经有不少年了，但我对他的了解却是极其的有限。让我感到奇怪的是，儿子从小到大，似乎也没有读过多少郑渊洁的童话。我并不是在刻意回避、排斥，但回过头想想，也搞不清楚究竟，他简直就是个“万人迷”，狂热的“粉丝”从幼儿到中青年，不计其数，可咱怎么就是没有注意到呢？好在终于有个机会和这位名人做近距离的接触和了解——5月中旬，郑渊洁来到合肥，下午在卖场签售，上午则到一所小学，讲演并且签售。

有关郑渊洁的个性和做派，故事很多。见到本人，也有这种感觉，似乎是一个不太好打交道的人。感觉把“童话大王”与眼前这位壮汉联系起来，的确还是需要一些想象力的。没承想面对孩子时，郑渊洁完全是一派和蔼慈祥，说小故事，讲大道理，把孩子的注意力抓得紧紧的，时而还会引发一阵欢笑与惊叹，让你不由得佩服：不愧是“童话大王”啊！孩子们在想什么、喜欢什么，他都了如指掌。

演讲中，郑渊洁说了这样一个故事：很多年前他到一个学校去，有一个小女孩给他戴红领巾。由于紧张，折腾了半天才系上，而且还系得特别紧。用郑渊洁的话说，就是“差点把我给勒死了”。郑渊洁看出了孩子的紧张，便安慰和鼓励那个漂亮伶俐的小女孩说：“不要紧张，你长大以后会成为一个很优秀的主持人的。结果……”郑渊洁说到这里，卖关子似的问小朋友们，“后来她真的当了中央电视台的主持人，你们猜她是谁？”全场孩子们的胃口都被吊得高高的，当“月亮姐姐”的名字被说出时，一千多个孩子发出了巨大的感叹声。相信孩子们不但记住这样的场面，更记住了一个让人难忘的成功故事。

面对孩子，郑渊洁一派和蔼慈祥（2009.5.14）

郑渊洁特别强调一个孩子一定要有想象力，据他考证，5万个人当中，只有一个富有创造力。而有创造力的人首先要有想象力，其余的都是在重复别人。因此，他认为12岁以前的孩子的学习成绩不是最重要的，而保持想象力，对于事物存在一颗好奇的心，弥足珍贵。为了证明自己理论的正确，郑渊洁不仅引用一大堆名人成材的故事，并联想到他对自己儿子独特的教育方式。感觉在家庭教育方面，郑渊洁还是有过一番研究的。

在一个多小时的演讲中，有一个环节让人难忘。当时郑渊洁问孩子们，在他的一篇童话里，主人公通过圆珠笔和谁交谈。好一会儿，才有一个女孩举手回答说：是蚂蚁。郑渊洁大加赞赏，说他写过两千万字的作品，而那篇童话只有短短的一千字，这个小女孩能够记得，很不容易。接着他请小女孩上台来，说要送给她一个礼物。不过在送礼物之前，他竟然首先要求女孩给他签个名。他说，他要好好保留这个签名，也许等到十几年后，眼前这个小女孩成了名人，那么，他手上的这个签名就“值钱了”。如果二十几年后，小女孩成为一名诺贝尔奖获得者的话，那么，他收藏的这个签名没准要值好几万块钱呢。一时间，那个女孩又是兴奋又是激动，接过郑渊洁亲笔签名的图书和扑克，更是让其他一千多个孩子羡慕得不得了。女孩一下台，马上就被媒体记者包围了起来……

郑渊洁自称他的父亲是山西人，母亲是浙江人，因而他在经济方面“特别有感觉”。笔者发现，的确是这样，比如他很配合媒体记者的拍摄，但如果有一架摄像机始终盯着他拍摄，他的助手就会很“及时”地上前提醒，如此不厌其烦。到最后，郑渊洁终于忍不住了，停下话头：没有办法，市场经济，我（演讲和讲座的录像权）已经被买断了，（别人）不能够老是拍摄。说完话，回过头来竟然记不住刚才他讲到哪里。

郑渊洁去年曾被联合国授予“国际版权创意金奖”。他在演讲中也一再强调小

见面会的场面很大（2009.5.14）

朋友们要到新华书店去买书，要养成买正版书的习惯。签售的时候当他很敏感地发现一个孩子手中的书是盗版时，他立刻拿了回来，加上5个字："此书为盗版。"还有一个细节：郑渊洁喝的矿泉水都是被撕去商标的，据说他曾经在这方面"吃过亏"，因而现在格外敏感。只是在外人看来，似乎太有些"矫枉过正"了。

那天，郑渊洁的兴致显然很高，近两个小时的演讲结束后，接着就是签售。孩子们的队伍在操场上排了个很大的圈，"尾巴"则在教学楼的楼梯里，不停地往外输送着手捧着他的书的大大小小的孩子。所谓"见首不见尾"，迷阵似的队伍，逗得郑渊洁和我们不停地往楼梯那边看，问：还有多少？

还有一个很有意思的插曲。正当郑渊洁行云流水般签得正欢时，一个小女孩捧着签过名的书不愿走开。郑渊洁很奇怪，问她为什么。小女孩说她有两本书，现在只有一本了。说着，小女孩竟然哭了起来。郑渊洁一见，似乎有些慌乱："别哭别哭，叔叔给你一本。"看来，"挺男人的"郑渊洁也是看不得小女孩子流眼泪的。

2009.5

“鞠萍姐姐真好！”

久旱之后，这几天的雨应该是喜雨，但在我，却是一点儿也喜不起来，不是因为出门要带伞，要注意脚下是否有积水，也不是因为出行只能选择公交车或者打的但车也不好坐、的也不好打，而是因为“鞠萍姐姐”今天下午要在图书城签售。这么大的雨，怎么会有这么大的雨啊！

上午在家里有些坐立不安，打电话请有关部门早些安装背景画面，放在一楼大厅的正中间，然后再把鞠萍与陈群博士合著的《成长也可以没有烦恼》码一个大堆，也算是再做个宣传吧，目的是吸引读者的注意力。

其实，以鞠萍的名气，我完全是没有必要担心的：央视少儿节目的开山前辈与看家花旦，大名鼎鼎的鞠萍姐姐，那是谁人不知谁人不晓啊，可以毫不夸张地说，现如今30岁以下的中国人，都是看着鞠萍姐姐的节目长大的。如今，真人走下荧屏，现身合肥，该让多少大朋友、小朋友们激动不已啊。但偏偏老天不开眼，没脸色地一个劲地下着雨，鞠萍迷们还会来吗？会有很多人来吗？

做了这些年的市场营销和卖场管理，我太了解签名售书这件事里那些个弯弯绕了，而老天下雨则是签售活动的大忌之一，读者再大的热情都会被瓢泼而下的大雨浇他个透湿冰凉的。更何况孩子还需要借助大人的力量与决心呢。凡事真是不能想，越想越觉得心里虚得慌，思来想去，还是到了现场踏实一些。于是，中午12点半便匆匆走出家门，打车去了书城。

天气一如既往地继续糟糕着，书城里的情况也是非常不容乐观。因为下雨的缘故，原本应该人头攒动的正午时刻，却是出奇地冷清，似乎没有多少人关注巨大的签售背景，而且似乎也没有人翻阅购买鞠萍的书。与出版社的朋友碰面后，共同的感觉都是担心冷场的难堪，作为应对，我们紧急磋商，制定出一系列的措施和预案。

下午 2:30 是鞠萍媒体见面会的时间，出版社的朋友有些忧心忡忡地上楼去了，我则是忐忑着下楼查看情况。让我感到欣喜的是，一楼大厅的人气居然有些旺盛起来的势头，读者已经排起了队伍，尽管队伍不是太长，但不时有新的读者加入。值班经理告诉我，有一位老人家，七十多岁了，坦言自己就是冲着鞠萍来的。

随着 3 点钟的临近，卖场的局面发生了很大的变化，仿佛是转眼之间，读者一下子冒了出来，呈现一个不小的聚集。人们看着我站立的方向，因为他们已经感觉到鞠萍会从我这边出现。

鞠萍姐姐为读者签名售书（2009.5.14）

3 点整，在一批记者的簇拥下，鞠萍姐姐笑容可掬地出现在读者面前。没有矜持的亮相，没有作势的言语，拿起话筒，对大家冒雨赶来表示感谢，然后坐下便签。一边签着一边还不忘用她那独特的"鞠萍姐姐"的腔调对大小读者说着：把你们的名字和要写的字儿写在小条子上。然后一笔不落地写着孩子的名字、一句祝福的话、她的名字，然后还有签售的日期，然后抬头，一个笑脸，双手递上书。

孩子们兴奋了，家长们自然高兴，同时不愿放弃这个难得的机会，尝试着请求鞠萍能否与孩子合个影。鞠萍笑道:可以呀。然后招手让孩子绕到签售台内侧,遇着小不点儿时,则一把抱起来,笑,职业的,甜甜的。

可以题上款,可以题词,可以合影,这无疑让孩子与家长们兴奋不已。于是一个又一个孩子跑到鞠萍姐姐的身边,美美地照上一张合影,甚至连家长们要求合影的,鞠萍也是一概地来者不拒,遇着大孩子,她还会站起身子来,以方便读者的拍摄。

这让我有了一个不小的感动和感慨。签售嘉宾中,我见过不愿意合影的,见过不愿意题词的,见过不愿意写读者名字的,还见过不写签售日期的,更见过只愿意写自己名字而且将自己的名字写得谁也不认识的。像鞠萍这样的,不多,屈指可数。

当然,如果等候签售的读者太多,有些细节来不及去做也是情理之中的事,但如果读者连一个完整的可以分辨出的名字都得不到,那么签售的意义也就没有什么了。按说,鞠萍绝对是名人大腕了,但她却能够神闲气定地一笔一画地从容写来,着实让人不由得另眼相看。

这么胡思乱想着,忽然想到了一件事,上前对鞠萍低语:人多,如果读者不要求,可以不写题词。我的意思很明确,一是告诉她,等候的读者不少,可以适当加快一点速度;二是提醒她,不必因为担心冷场而多做功课。鞠萍似乎是头都没有抬一下:没事儿,今儿下午就这事儿。一句话又让我高看她一眼。

那位冲着鞠萍来的老人家终于排到了鞠萍跟前,老人家不但签了书,还在无数个相机和手机的闪光灯里和鞠萍好好地合了一个影,原因据说是老人家今年已经九十二岁了。我听了,一阵诧异,不是说七十多岁吗?怎么变成九十多了?早知道就让老人家先签了。不过看上去老人家一脸的轻松,似乎并不感觉到累。

签售进行到一个小时的时候,出版社的一位朋友估计再有半个小时便可以结束了,当时我便说,不可能,估计还要一个小时。结果,真的是又签了一个小时。一场不被看好的签售变得异常地成功。

应该是没有刻意,没有心机,但因为淡然、平和,却赢得更多、更好,不能不让人感叹:人算不如天算,平心静气、顺其自然,才是最高的境界。

考虑到不少的读者因为天气的原因没能过来,书城决定再请鞠萍预签一部分图书,另外还有一批记者与工作人员等着要签书,所以鞠萍到了书城三楼办公室后依

和鞠萍姐姐合个影(2010.6.18.)

然是签个不停,超过一百本的图书当中,包括了我的一本。因为是关于孩子教育的书,原本我是不准备买的,孩子大了是一个原因,名人的审美疲劳也是一个原因。但冲着鞠萍今天的做派,我感觉自己还是应该买一本,请她签一下,然后再合个影,做个纪念。

小范围里,鞠萍显得更放松了,一边说着话一边签着,调侃、逗趣什么的,轻松自如。看着近在咫尺的鞠萍,我感觉眼前这个人已经把人生看得很开,把日子过得很透,更为关键的是,她似乎没有把自己当作一个了不起的名人。

有的人,远远地看去,很可敬可亲,近了,却不是那么一回事;有的人远远地看去,有些距离与隔膜,近了,却感觉一如周围很普通的一位好人。鞠萍应该就是这样的人,按照一位可爱的小姑娘的话来说,就是:“鞠萍姐姐真好!”

2011.6

老年人追星也疯狂

2010年3月27日是央视《夕阳红》栏目主持人黄薇、张悦在合肥签售栏目新书《家有妙招(4)》的日子。出版方十分重视这件事,除了事先的联络准备之外,提前一周就派人来肥,实地落实各项准备工作。

要备货。要多多地备货,济南签了五百多本,南宁签了七百多本,要多准备一些啊。还有《家有妙招》的前几本,还有相关的一些图书,都要备货,多一些,尽可能地多一些。

说实话,这样的话听多了,的确有些不以为然,但是还是尽量按照出版方的意思去做了,同时根据我们的经验,在四牌楼书店以外的其他两大卖场也准备了一些。

预告消息在报纸上发出来了,会员的通知短信发出去了,参加见面会的记者也落实了,背景、音响等,全部到位,只等着27日上午10点半签售的那一刻的到来。

26日是一个阳光灿烂的日子,气温在逐步回升,参与筹备的每一个人心里都信心满满:明天一定是个好天气,签售一定会顺利进行。至于读者的多与少就随他了,只要不太难堪、说过得去就可以了。

等到27日到来的时候,特别是我早晨8点多钟到达书店的时候,发现一切都与我们的想象掉了个个:天气是多云,并且云越来越多,直至滴滴答答地下起了小雨。读者却是超乎我们想象地多,早晨7点多,就有几位老阿姨赶到书店的大门外,8点多,签售台刚刚开始搭建,老人家们就自动排起了长队,并且很快就形成了相当的规模。

随着时间的推移,稀稀拉拉的雨滴变得密集起来,书店工作人员的心里开始沉

张悦、黄薇始终微笑着（2010.3.27）

重起来，不仅是为了签售和销售，更主要是考虑到那些热情的老年读者，可不能让他们淋着冻着啊。

预案，几套应急预案，很快就在一个简短的路边碰头会上形成了，几顶大红的帐篷为签售台和廊檐以外的读者遮雨，记者见面会在众多记者的理解支持下，被缩短了许多。两位主持人下楼的时候，时间刚刚过了十点一刻。

当黄薇、张悦出现在签售台的时候，让我绝没有预料到的一幕发生了，鼓掌、欢呼，那一张张布满岁月印记的脸，是那样的激动、那样的舒展，有些老阿姨甚至是跳跃了起来。

问候、交流、赞叹主持人的风度与容颜：那样真诚，那样投入。

递书、注视，然后是如获至宝地接过来：那样认真，那样高兴。

送上小礼物，自己用毛线织的手机袋一类的东西。

送上小纸条，有诗、有文、有小秘密让回去才能看。

还要用相机、手机拍下签售嘉宾与场景，还要想方设法与她们合个影，哪怕是不认识的人相机也可以。

还有想拥抱的，还有想长聊的，还有想当众表达他们的心情的。

还有一个人或一家人从外地赶来的，还有上海的一位80多岁的老奶奶打来长途，委托在书店工作的亲戚代买代签的。

实在是让人吃惊，实在是让人感动，老年人的低调、内敛此刻全都没了踪影。

老年人追星也疯狂！

是的，老年人追星也疯狂啊，老年人当起“粉丝”来也是绝对的称职到位。最好玩的是那些大伯、大爷们，虽然不似老太太们那般狂热，但也是掩饰不住内心的激动，老干部、老学者、老公安、老工人，异口同声地说那些老太太们是“粉丝”，他们则是“粉条”。

好一个“粉条”！真正是“爱在心中口难开”，绝对的真诚、执着。事后，我与两位

老年人追星也疯狂（2010.3.27）

主持人交流的时候告诉她们说，今天的“粉条”可真是不少啊！整个签售过程一直在笑着的两位主持人笑得更欢了——感动、开心！

雨尽管一直在下着，但始终没有到不可收拾的地步，一切按部就班照常进行。看来老天只是跟这些疯狂的老年“粉丝”“粉条”们开一个小小的玩笑，而老人家们也是丝毫不受影响，热情不减分毫。

买一本书的读者，有，但很少。更多的是两本、三本，甚至全品种的六本，至于帮别人代买代签的，更是满满的一大抱！

至少200多位的读者，至少600多本的图书，至少20000多元的销售码洋，超过以往来肥签售的大多数的作家、学者，超过那些或红或紫的明星歌手，唯一可以媲美的，只有超一流的学界大家与超火红的“小四”（郭敬明）及其旗下团队。

不得不服，不得不叹，不得不深思，不得不惊呼：老年人追星也疯狂！老年人追星真疯狂！

2010.3

我的心充满惆怅

今晚，一种莫名的挫败感包围着我，让我感到压抑、郁闷。

应该是醉了，恍恍惚惚之间，被人架上车，架上楼，放在客厅的椅子上，然后，向前滑……

沉沉地睡过两个多小时后，醒了，也清醒了，想着这几天经历的一件事，感觉心里又堵得厉害。

是一件工作上的事情，上个月的时候，湖南一家出版社的业务员打来电话，说他们社出版了一批有关恐龙的书，近期计划安排主创人员在一些省份做一些名家进校园的活动，他们首先想到了我们，他们社长因为和我们之前的几次成功的合作而对我们书城感觉特别好，让她打电话征求我的意见。说实话，刚听说的时候，我是有些犯嘀咕：恐龙？能有什么可讲的？别只是讲讲故事与传说吧。可当我听说届时会有绘画作者和文字作者一起参与活动，边讲故事边教孩子们画恐龙的时候，感觉还是颇有新意的，于是便答应下来，然后安排人员落实。

出乎我的预料，落实工作出奇地顺利，因为当时正在安排一位儿童文学作家进校园活动，所以便将两项活动放在一起联系，没承想校方很感兴趣，有的对此活动的热情甚至超过了那位颇有名气的儿童文学作家，有的学校表示两场活动都做，如果只可以安排一场的话，就安排恐龙讲座。

得知这个情况后，我也琢磨了一下，这些年进行过许多次名家进校园活动，但那些“名家”似乎都集中在儿童文学作家和青春励志类作家，间或还会有一些教育专家，科普方面的少之又少，出版方很少有这方面的动议，书店方面也似乎不太看好。

这回有了这么一个机会，学校自然不会放过的，于是不由得对校方的敏感高看一眼。

因为，那位儿童文学作家日程在前，我们向出版社提出将此项活动放在五月的中旬，出版社业务员说她请示了社里，没问题。某天，我忽然想起每年的“科技宣传周”在五月的第三个星期天，瞬间感觉这简直是天意，里子面子都兼顾到了，一时间感觉特好。

真是应了那句话：人算不如天算。如果四月份麻利地将这件事做了，一定会是非常成功的，校方满意，学生高兴，图书销售也会是相当不错的。但是五一刚过，就有消息说，教育分管部门下了文，禁止开展名家进校园活动，原因据说是有家长投诉学校强迫学生购买图书。我不知道那位或者那些投诉的家长是不是特指新华书店的名家进校园活动，还是学校其他方面存在着强迫学生购买课外图书或者教辅用书的现象，在我的记忆中我们应该是从来没有一次是有丝毫“强迫”的意味在里面，校方事

孩子们可喜欢恐龙书了

先预告一下，孩子们愿意买就买，不愿意买也丝毫没有关系，以前买的从家里带来也可以。

如果说这些是闲书，我可以理解，在一些老师和家长眼里，除去教学与考试必需的图书，其他一律都是“闲书”，反对甚至禁止孩子们去看，更不用说鼓励孩子们去买了。

但是孩子们喜欢在校园边的小书店、在路边的小摊上，用他们手中的零花钱悄悄地买一些他们喜欢的闲书看。不可否认，其中有不少的书，充斥着低俗和不健康的东西。想来也是，正规的出版机构都免不了会出版销售一些不那么靠谱的戏说，搞笑、注水过多的儿童读物，更何况那些缺乏监管的小书店与路边摊呢。从这个角度说一些老师和家长的反感、反对是有道理的。但如果因此就因噎废食，那又未免以偏概全，伤害了孩子。

扯远了，关于孩子读闲书的话题改天再说，还是说一纸文件禁止名家进校园这件事。不好的的消息一个接着一个传来，不能做，不敢做，或者是还是很想做，但是不是可以只做讲座不卖书，有的学校甚至说，他们愿意以学校的名义买上一千元的书。看来他们是真想做这样的活动。

几经交涉，我们妥协了，做，不卖书也做，行程已经定下来了，如果更改会影响到那些坚持愿意做的学校。但是，还是害怕，算了吧，正在风口浪尖上，等等吧。可是专家们不能等啊，作为具有国际影响的著名古生物复原专家，赵闯在业内可是大名鼎鼎，他的作品不但登上了英国《自然》杂志封面，而且他长期为世界顶级科学期刊和研究机构提供科学美术作品，国内许多的博物馆，包括咱们的省博物馆都有很多他的作品。一边讲着生物的进化史，一边画着各种各样的图画，这样的机会真的是可遇不可求的。但是，因为学校害怕，放弃了，许许多多合肥的孩子就这样与这么一场恐龙盛宴擦肩而过了。

因为赵闯和他的文学搭档杨杨提前一天到合肥，所以在周日（也就是今天）的下午在图书城安排了一场活动。孩子们还是很喜欢的，呼啦啦一下子围了上来，几十把椅子瞬间坐得满满的，赵闯和杨杨状态很好，一边画一边说，从三十亿年前一直讲到恐龙出现、壮大和灭绝，最后还回答了孩子们提出的一些问题，那种场面和感觉真是好极了。

我一边看着，一边想着，如果明天新联系的学校不能落实，我该如何面对赵闯、杨杨和出版社的朋友们，我更为担心的是他们在合肥的冷遇是不是影响他们对合肥的印象和感情，以后，他们还会再来吗？

晚餐的时候的确是有些强打精神，甚至都有些强作欢颜，大家说说笑笑，听我们说着合肥的故事与名人，尤其是现当代的一批极具影响力的才女，我们自然也会谈到我们的交往，谈到前年 6 月合作的《此生未完成》的一系列成功的活动，专程从长沙飞过来的社长甚至说于娟的这本书之所以可以从几万册卖到二十几万册，与我们合肥那些成功的营销活动有着非常大的关系。业务员说，他们社里在多次讨论研究此次全国活动时，每每提到合肥，总是跳过去，说合肥没有问题。后来因为我们把时间安排在 5 月，他们便调整了计划。

无语，百味杂陈，有些对不住人的感觉。很好的一件事啊，竟然做成了这样，真是很对不住这些来自北京和长沙的朋友。

可以不谈钱，可以不卖书，可是不可以让合肥的孩子们与他们特别喜欢的“恐龙”擦肩而过啊！我在检讨我们的工作，思想太过单一，把所有的心思都花在市区的一些公办学校上面，偏远的、郊区的学校，和其他一些教育机构也会有很多渴望知识、快乐的大眼睛在盼着。更多一些平常心，更多一些公益心，而不仅仅是盯着销售，或许，我们可将这件事办得好得多。

让这个城市的人能够有更多的机会接触到好书，让这个城市的人能够有更多的机会接触到一些著名的作家、学者和名流，可以说是我职业理想的一部分，尽管实现起来一直都不是很顺利，但总是在做，总是会有收获，没做成、没做好的时候不少，但这次对我的打击似乎最大，为什么？我自己都不是很清楚，寂静的夜里，远处隐约传来的刘欢的歌声：

我的心充满惆怅，只为了那遥远的歌谣……

2013.5

“3个女人8本书”的台前幕后

在一些重要节日举办一些营销活动，是我们经常做的一件事。如何能够把这些“应景营销”做得有声有色，是我们一直在思考和探索的。在做完获得媒体和公众的高度关注的2·14情人节的“爱情小说展销”之后，我们就开始着手策划“三八”妇女节的营销活动。

我们首先考虑到要在形式上有所创新，要能够吸引读者的注意力，进而愿意参与其中。很快，一个创意浮出水面：围绕“3个女人8本书”做文章。

确立活动主题之后，就要进入落实阶段。我们首先想到的是闫红——我省文学院签约作家、当红网络时尚写手。她因为一本《误读红楼》而为世人所知，随后出版的《她们谋生又谋爱》则更是有着不俗的销售记录，今年年初，她的第三部作品《哪一种爱不千疮百孔》面世，北京华文天下公司有意为此开展一些市场运作，与我们的想法正好契合。很快，IT精英、职场成功女性、作家姚云又被确定下来。至此，已有2位女作家和4部作品，但一个问题随即出现：这第3位必须是要有至少4部作品的女作家，在合肥这样的女作家并不多。我们想到了省作协副主席潘小平老师，可潘老师太忙，正在写一个“大部头”，很难抽出时间。我们思考再三，觉得无论从哪个方面来讲，潘老师都是最合适的，在公司领导的支持下，我通过做工作合理安排了潘老师的几项活动，潘老师终于同意参加签售活动。

准备工作有条不紊。签售场地布置，包括背景和海报设计、电子屏字幕，及媒体邀请，均一一落实。因为有北京的图书公司和安徽联想通力合作，活动规模相对以往要大许多。签售图书的组织更是得到了包括省作协、市委宣传部和相关出版社的大力支持。公司员工也为此付出了不少的辛劳。

3月8日很快就到了。连续阴雨的天公仿佛也在为我们加油，天气出乎意料的好。户外的电子屏幕广告和店内的大幅海报吸引了很多读者驻足观望。在安徽图书城三楼的闫红新书发布会现场，闫红的粉丝甚至早早就占好了座位，可见美女作家的魅力有多大！

潘老师签得很认真（2009.3.8）

中午，图书城一楼大厅的横幅、大型背景板、签书台、席卡及门外的宣传用的易拉宝、大屏幕文字一应到位，下午2点45分，潘老师也风尘仆仆地从外地赶到现场。这时候，书城大厅里已经有大批的读者在等候，这样的情形不禁让作家感到兴奋，也令我们的员工感到鼓舞。3点整，当3位女作家出现在手扶电梯上，并缓缓下到一楼时，给大家的感觉是眼前一亮，纷纷鼓掌欢迎。

3位作家刚落座，随即开始为读者签名。许多热心的读者向作家们献上一束束鲜花，并和他们喜爱的作家合影留念。著名作家潘小平拥有众多读者，美女作家闫红也来了大批粉丝，新锐作家姚云社会影响力极大。从年龄上看，3位女性又分别代表了50后、60后和70后，3位女作家的完美组合使签售会挤得水泄不通。等待签名的读者中，有前来捧场的作者的亲朋好友，有正在书店选书看书的普通读者，但更多的是作者的“粉丝”，从他们的表情可以看得出，他们非常重视和珍惜这样的机会。整场活动一直持续了近2个小时，直至结束，还有许多读者留在现场，还有一些读者陆续赶来，场面十分感人。

看着火爆的签售场面，我们知道，多日的忙碌终于有了一个比较理想的结果。抹去额头的汗水，回味着这次活动的前前后后，我们感触良多，觉得有几点值得在以后的工作中加以注意和坚持。

首先，活动无论规模大小，都应有一个新颖的创意，找到好的切入点，最好还要有一句比较独特的口号或名称。我们这次活动确定的“3个女人8本书”，就获得了不少读者和业内人士的肯定。

其次，要进行认真细致的准备，每一个方面，每一个细节都要注意到，要有一个具体的实施细则，逐条落实。活动主题确立后，这一点尤为重要。

这个三八节真热闹(2009.3.8)

第三，打好“组合牌”。今年元旦，我们策划组织过一场“安徽散文家协会”丛书作者的签售会，虽然参加签售的作家无论从名气和影响上都不算大，活动却出乎意料地火爆和成功，究其原因，就是打好了“组合牌”。不同职业、不同社会背景、不同性别、不同年龄段，优势互补，令人耳目一新，是成功的关键。这次活动，我们对3位女作家的名气和人气，以及年龄、写作风格、社会背景进行综合考量和评估，所以产生优势互补、影响放大的效应。

第四，要宣传到位。“宣传”包括媒体宣传、卖场宣传，卖场宣传又分为海报、横幅、大屏幕和图书重点展示，在签售活动当天，还需将背景画面提前安装好，以吸引读者的关注。宣传到位，才会扩大影响，让更多的人知道并参与进来。

等到以上几点全部落实到位，活动也正式开始以后，还要注意和掌控现场的局面。秩序、安全是一方面，读者分布和作家的感受更为重要，采取一些必要的措施，及时进行干预或补救，避免尴尬和被动的局面出现。等到签完最后一名读者的书、作家离开签售台，一根紧绷的弦才可以放松下来。

“3个女人8本书”，掀起卖场购书潮，一切趋于平静之后，静静地琢磨一番，我们觉得自己又多了一份收获。

2009.3

文学皖军的一次集体亮相(外一篇)

——写在“皖籍作家作品联展”开幕之际

在经过一场似乎不会很快停下来的绵绵秋雨之后,天空竟然会一下子变得晴朗起来,着实给了我很大的惊喜。走在清爽干净的街道上,抬头看看蓝蓝的天空,深深地呼吸一口清新的空气,感觉心情格外的轻松愉快。

2009年11月1日,是“皖籍作家作品联展”开幕及三位皖籍作家联袂签名售书的日子,一个很好的天气无疑会为这场活动提供一个好的条件,因此,当原本是一场久旱之后的“喜雨”开始飘落的时候,我的心里,是说不出的一种感觉,既希望它雨能够下下来,给大地一个滋润;又希望它能够在周日的早晨结束,让更多的读者走出家门,参加这么一场很有意义的活动。结果,真是天遂人愿,雨在下了几乎一天一夜之后,竟然神奇地停了下来,着实给了我不小的惊喜。

刘湘如、汤湘华、许刚联袂签售(2009.11.1)

举办一次皖籍

媒体高度关注首届皖籍作家作品联展（2009.11.1）

作家作品联展的事，已经想了很久，在出版了《阅读合肥》一书，完成国庆的所有营销活动之后，这个方案又被提了出来，并且在小范围征求意见时，得到作家们几乎是一致的赞同和支持。当联展日期确定之后，便进入准备阶段，确定书目，落实首日签售嘉宾，以及一些细节的准备。让我没有料到的是，这其中最为困难的竟然是落实参展书目，要想在卖场数万种图书中将皖籍作家的作品找出来，委实不是件容易的事情。

凭着记忆和感觉，找出了一批，然后又通过相关资料和查询手段又找出了一批，最后到卖场一个架子一个架子地去搜，又是一批。同时，与本地相关的出版社联系，委托他们代为寻找并提供一些图书。如此这番之后还是觉得不踏实，于是又提前一周在卖场张贴告示，请作家与读者提供自己或别人的作品信息。几天下来，终于整理出一份比较详细的参展作品清单。

与此同时，架头牌、横幅、签售背景、嘉宾席卡等也都在紧锣密鼓地准备着，并且在10月30日（周五）全部到位。有关海报和新闻稿件也都起草完毕。一切就绪之后，就看老天是否开脸了。

媒体对此次活动的关注也是超乎寻常的，五家报纸和一些网站都先后发布了相关消息，省电视台的卫视、新闻频道、公共频道更是在活动开幕当天同时派出记者，进行采访报道。

媒体在采访中都提到一个问题，就是：为什么要办这样一个“皖籍作家作品联展”？我的回答是：基于两种原因，第一是我们安徽从来就不缺乏有实力有影响的作家，但是我们的读者不了解，他们不知道他们很喜欢的作品是安徽的作家写的，比如徐贵祥、洪放，比如安意如、闫红。第二，有一件很让人费解的事情，就是往往皖籍作家的作品在外地有着很好的影响和销售，但是在我们安徽却是默默无闻、销量平平。究其原因，缺乏宣传和推广，而此次联展的目的，就是集中宣传和推广安徽的作家和作品，让文学皖军做一次集体亮相。

签售活动原定于上午10点半，结果由于电视台要求采访，9点半钟，作家刘湘如、汤湘华、许刚就相继来到卖场，接受现场采访。由于读者陆陆续续聚集起来，十点一刻不到，就很自然地进入了签售环节，让我感到特别的有意思。

签售现场的气氛一直是温馨祥和的，亲友团和慕名而来的读者与作家交谈、合影，电视台记者的见缝插针的采访，使得整个活动一直持续到中午近12点钟。大家对新华书店举办这么一个活动给予充分的肯定，希望能够有更多这样的机会了解和走近安徽的作家和作品。这让我感到很欣慰也很振奋，内心有一种很畅快的感觉。

2009.11

附：

各界称赞“皖籍作家作品联展”

2009年11月14日上午10点，作为“皖籍作家作品联展”系列活动之一，我省著名作家、漫画家陈家桥、赵昂、吕士民将在安徽图书城，联袂为读者签售长篇小说《云南往事》、文配画《画里有话》《开心麻辣串》、散文随笔集《穿裤子的汉字》等作品。作为60位作者之一，赵昂还将为读者签售大型散文集《阅读合肥》。

为期15天的“皖籍作家作品联展”自本月初开幕以来，获得社会各界的好评和称赞。

陈家桥、赵昂、吕士民联袂签售（2009.11.14）

作家石楠说："合肥新华书店在金秋举办皖籍作家书展这一创意举措非常有意义，对推动和鼓励皖籍作家的创作热情，对振兴文学皖军将起到积极的影响和推动作用，也是对皖籍作家在这段时间作品的市场检阅"。

作家刘湘如则认为："皖籍作家书架是一种标志，承载着文学皖军灿烂的风景；是一座桥梁，联系着安徽文学博鳌天下的讯号；是一个平台，让皖军在这里振翅高飞；是一枚动人的文化符号，从一个侧面宣誓出安徽挺进文化强省的信心；是一脉春天的画廊，展示出安徽文学扬帆远航的姿态"。

畅销作品《小岗村的故事》的作者陈桂棣、春桃，刚刚参加过法兰克福书展，从德国回来。得知合肥新华书店举办"皖籍作家作品联展"，特地从北京打来电话表示祝贺，他们认为此次书展对于集中展示安徽的文学成果，推动安徽文学的发展，提升文学皖军的影响，有着非常大的意义。

2009.11

苏北办大事

作家苏北这两年可谓高产，新作频出，作品集也是一本接着一本，先是专集《一汪情深——回忆汪曾祺先生》，后来是散文集《那年秋夜》和小说集《蚁民》。2011年7月9日上午10点，在安徽图书城一楼大厅举办了他的新书首发式和签售会，新闻、出版与文学界诸多名流到场祝贺，出版社、省电视台的社长、台长、总编、主任等，

苏北签得可认真了(2011.7.9)

与我省著名作家许春樵、赵昂、赵焰、许若齐、莫幼群等挤挤地站了一大排。

苏北兄的这场新书首发仪式和签售会筹备了很久，但从四月开始，不是他有事，就是其他方面有状况，总是没有做成。赵昂兄的《闲言漫笔》是在其之后面世，都趁热打铁地做了活动，苏北兄他还在优哉游哉、不急不慌。不过，自本周一开始，他老先生一下子提起神来，紧锣密鼓地操办起来。我自然是责无旁贷，一件件一桩桩地仔细做来，确保在周五的下午全部落实到位。

其实还是有插曲的，不过所幸没有影响。真的，这两天我一直在心里默默念叨：苏北兄难得下决心办一件大事，怎么着也得顺汤顺水地把它做好才是啊！

以苏北兄的性情，应该是不太喜欢做一些太正式的活动的，但以苏北兄的成就与名声，又的确是应该做哪怕一次符合其影响的事情，所以大伙儿还是很支持他办一场场面大一些的活动，几位虎兄弟更是乐意出谋划策，好让苏北这个“乖乖虎”能够把这件大事办得顺溜、周全。

苏北新书首发仪式及签售会(2011.7.9)

做首发仪式和签售会这些事是最讲究天时地利人和的。真是难得，今天居然是这样好的一个凉爽天气，“亲友团”又来得这么齐全，发言又那么给力，活动岂有不成功的道理。紧凑、热闹的活动之后，一帮人聚在一起，吃了一顿“大”餐，说它“大”，是指包厢大，餐桌大，场面大。超过20人围在一起，那个闹腾劲儿，没的说。

为了今天的活动，苏北做了一个很完备的方案，充分表现出他“公家人”职业的一面，他的答谢词写得也是超级棒，早上在等美女主持梅兰的时候，他在小车上用他那方言很重的普通话，声情并茂地朗读了一遍给我听，让我佩服不已。今天上午因为嘉宾们都说了很多，他似乎是节选着读的，有机会请他把原文晒出来，让更多的朋友欣赏欣赏。

苏北说，办完这次活动后，他基本上不会再做这样的事了，除非是一帮人在一起做着玩。的确，签名售书这个活儿，的确是不太好操办与把握，作为作家，偶尔玩玩可以，多了，肯定受累。这么说来，苏北兄此番的确是做了一件大事，可喜可贺，同时也是印象深刻。许多年后翻翻老照片，我没准就会一脸的得意与欣慰地对儿子儿孙们说：那年啊，著名作家苏北办大事的时候，我可就在一旁，而且还敲了不少的边鼓呢。

2011.7

赵焰的大动作

从外形上看，赵焰属于文雅低调的那种，但做起事情来，绝对是风风火火、动作很大。比如此次一下集中推出一套5本“赵焰第三只眼看徽州”系列丛书，再比如今天上午在安徽图书城举办的新书首发仪式和签售会，一签就是10种书，绝对的大动作。

其实，关于是不是要在图书城举办一场签售这件事，我与赵焰兄曾经有过多次商议，主要还是赵焰兄总是有所顾虑，当然也有时机方面的问题，于是一拖再拖。此次能够做成，安徽大学出版社的确是功不可没。

赵焰在为读者签名

作为一个大学出版社，安大出版社能够一次性策划、包装、推出赵焰5本有关徽州的书，进而又积极策划、举办这么一个新书首发仪式和签售

赵焰新书首发仪式及签售会(2011.7.16)

会,很不简单。由于是第一次,难免有许多的不清楚、不明白,但他们很仔细、很用心,事无巨细,不厌其烦地一件一件地做来,着实感动了我。

作为出版方的牵头人,朱丽琴总编辑尤其是尽心尽力,在她的带领下,一群人齐心协力,将一件并不简单的事情做得很好。

赵焰兄的粉丝也是很捧场很给力的,全程多方位地参与,到位的评价与推介,都使得活动显得更为生动多彩。

当然,作者和作品的作用是最为关键的,无论是"晚清三部曲",还是有关影评的两部专集,还是徽州系列作品,都有着很好的评价和市场,但论影响面而言,应该还是以"晚清三部曲"最为广大,前不久香港三联书店推出其繁体版便是一个例证。

另外,我还很喜欢赵焰兄的《忙里偷闲做男人》,这本与徽州系列丛书同时面世的随笔集，做得很精致、很有味道，据说书名是改了又改，的确是有些抓人。“忙里偷闲做男人”，怎么“偷闲”的？又怎么样去“做男人”了？有了这些疑问，读者难免要打开翻一翻的。比起《男人四十就变鬼》，这个《忙里偷闲做男人》要更为小资、暧昧一些。不愧是报纸总编，书名做得就是非同凡响。

还是说签售，虽说做了这么久，但每每都要在一些相同的问题上劳心费力，比如图书货源与数据的到位，比如背景画面的设计与确定，以及一些做了似乎感觉不到，但如果没有做到，立刻就会让你冒汗的细节，都会消耗掉你的不少的精力和体力。比如此次活动，员工就存在着预估不到位的问题，还有就是做多了，难免“疲劳”和松懈大意，而这一切，都会让我着急上火。

所幸一切都还在掌控之中，整体的活动成功圆满，赵焰兄的大动作达到了预期的效果，有些环节甚至超乎我们的预料。粉丝团的热情，美女们的花束，好友们有些夸张的举动，等等等等，无不折射出其人与其书的精彩。

记得前一天，赵焰兄在微博上曾戏言：“不得不出卖‘色相’了，呵呵。”现在看来，此次赵焰兄的“色相”卖得真是很成功。真如我在首发式所说的：要感谢赵焰兄一直倾力研究推介徽州，让更多的人能够了解徽州、认识徽州，进而爱上徽州；感谢赵焰兄能够积极促成和参与此项活动，与读者作近距离的接触，在充满书香的氛围里，大家在一起交流，感受文学的魅力，感受别样的人生。

在我而言，工作与责任之外，还有一份独特的享受。

我在乎这样的享受。

2011.7

文化皖军的一次盛会（附外一篇）

——第三届“皖籍作家图书联展”综述

从8月4日开始，到9月28日结束，在将近2个月的时间里，一场启动仪式，七场首发式及签售会，三场读书沙龙，另外一次特别活动，可谓是好戏连台，盛况空前。

第一届“皖籍作家图书联展”2009年11月1日开始举办，也正是那一次联展，我们提出了把皖籍作家的作品集中在一起展示的这一设想。第二年的11月，第二届“皖籍作家图书联展”开始的时候，“皖籍作家作品专柜”正式揭牌。三年后，专柜已

吴雪、林存安、胡正言、许辉等为“第三届皖籍作家作品联展”揭幕（2013.8.4）

第二届皖籍作家作品联展期间季宇签售《新安家族》(2010.11.27)

由初期的1个扩大为3个,文化皖军的新作佳作频出,的确是可喜可贺。

此次联展,无论是从数量上,还是从规模上,都远远地超出了前两届,近百位皖籍文化人参加了活动,著名评论家苏中、唐先田、段儒东、王达明,著名诗人刘祖慈、时红军、周志友,著名小说家完颜海瑞,著名散文家孙叙伦、周根苗、梁毅等许多文坛名家的出席,使得活动更显正式隆重。书画、文艺界名流吴雪、林存安、胡正言、黄新德、陈飚、吕士民,文化学术界名家翁飞、王光汉等的出现,则给活动现场增添了别样的色彩。

许辉、潘小平、许春樵、裴章传、赵焰、赵昂、苏北、赵凯、许若齐、莫幼群等,无论是担纲主角,还是捧场助兴,无一不是热情洋溢、儒雅大气。一时间,慕名前来安徽图书城的读者络绎不绝。

当联展活动圆满结束之后，回顾两个月来的桩桩件件、点点滴滴，颇有感慨。从某种角度来说，怎样做文化，怎样做书店，实际上是一个问题。既要有深度有个性的新思维、新想法，也要有认认真真、踏踏实实的一个接着一个的行动，做起来，做下去，一定会有反响，也一定会有回报。

我一直认为，文化皖军并不缺乏人才，缺乏的是环境、氛围与平台，作为一名卖书人，我一直愿意并且努力为此做一点事情，思考起来，这些年来的确是：工作着，收获着，快乐着！为此，我感到欣慰和安心。

附录的《夏秋之际的皖风书韵》一文系书城才子叶纯所写，很全面，很有些感觉，作为一名冷静而细致的观察者，叶纯为本次联展做了一件很有意义的事情。

裴章传签售《暗枪》（2013.8.4）

附：

夏秋之际的皖风书韵

叶　纯

2013年的夏天，老天爷名叫“飙”哥，那个热啊，中华大地，唯余橙红，大河上下，一片见底！40℃的高温算什么，根本排不上全国前十，大热天，心里除了堵，就是憋得慌。

地处江淮的合肥，虽也是烈日当空，但丝丝皖风夹杂着浓浓书韵，宛如从西伯利亚南下的冷空气，让人为之一振，舒坦。

2013年8月4日，上午10点，第三届“皖籍作家作品联展”在安徽图书城盛大开幕。在中国文坛，皖籍作家方阵是一道靓丽的风景，在接下来两个多月的时间里，一幕幕

潘小平、赵昂为读者签售新作（2013.8.25）

刘政屏签售《享受合肥方言》(2013.8.31)

别具风味的“徽剧”登场，读书人有好“戏”看了。

吴雪、林存安、胡正言、许辉等为联展特制的大型书模揭幕，这些可都是平时难得一见的人物，吴雪是省文联党组书记处书记、著名书法家，林存安是合肥市委常委、宣传部长，还是安徽省美术家协会常务副主席，胡正言则是南京军区原创作室主任、电视中心主任，正军级作家，许辉则是省作协常务副主席、秘书长，著名作家。他们的到来，为这次皖籍作家作品联展活动增色不少。

著名作家，安徽作家协会副会长裴章传新作《暗枪》的首发式及签售会率先登场。传奇王亚樵！行刺蒋介石，枪击宋子义，刺伤汪精卫，炸死侵华日军总司令白川义则，一句“老子抗日，他却在抗老子”，尽显英雄本色。有评论，《暗枪》是安徽的，也是民族的，此话不假。老家窝子，乡里乡亲，裴章传可以称得上是一位人气王，热热闹闹地，为本届皖籍作家作品联展弄了个开门红。

许辉新作《又见炊烟》首发式及签售会（2013.9.14）

在合肥，驻扎有一支部队，功勋卓著，却鲜为人知，它就是武警交通六支队。三十多年前，这支神秘的工程兵部队，从内地赶赴天山，历经磨难，成功开辟了我国西部边陲第一条国防公路——独（山子）库（车）公路。长达 563 公里的高山公路上，留下了 168 名烈士的英魂，数万官兵受伤致残……廖振华，一名有 15 年兵龄的军人，曾经参与四川汶川抗震救灾、天山守墓退伍老兵陈俊贵和舟曲特大山洪泥石流抢险等重大宣传报道，并多次立功受奖，被官兵们誉为“兵记者”。他的新书《戎涯丝语》，亮相安徽图书城，以这种特别的形式拉开了“拥军爱民、悦读相约”活动的序幕，让更多的读者了解军营和军人。

潘小平和赵昂，是老搭档了，潘小平称赵昂是“一棵思想的芦苇”，潘小平新著《前朝旧事》，赵昂新著《看来看去》，签售效果不凡，出现图书断档的现象，当天下午读书沙龙也是有的聊了。嘉宾许春樵、苏北，都不是外人。《前朝旧事》系潘小平读史札记，语言个性，见解独到。所写人物，虽是晚清政治舞台上的重要人物，所写事件，也多为晚清历史上的重大事件,但潘小平多从小处落笔,以求还原历史的细节和生命的温度。快人快语,酣畅淋漓,引经据典,谈古论今,是一种学习,更是一种享受。

曾经感慨,写合肥方言的书太少了,不过这一切因为一位“合肥土著”的执着,慢慢发生着改变。《享受合肥方言》是刘政屏继《阅读合肥》《倾听合肥》后,又一部关于合肥的力作,只是这一次的视角却是合肥“方言”。不论你走到哪里,乡音是骨子里永远无法抹去的印痕。160 则生动有趣的微博加 160 幅趣味盎然的水墨漫画,以及 16 篇内容丰富的“趣谈”,“借方言的歧义来表达自己的人文理想和人生态度”,让读者在较短的时间内能够深入浅出地了解合肥方言,进而达到“理解”和“享受”的境界。作家潘小平在《享受合肥方言》的序言中对此书的出版给予高度评价:“拯救方言,就是拯救地域文化,就是打捞民间记忆,就是提升文化自信。”难能可贵的是 160 幅漫画,配合着精炼的文字,将那种“合肥味道”演绎的丝丝入扣,“三不三”“烈躁”“屎头混子”,句句入耳,亲切之情油然而生。8 月 31 日,可以称得上是合肥方言日,签售接着沙龙,那个热闹紧凑劲儿,没的说。王光汉,吕士民,一曰“白丁”,一曰“杏林画家”,娓娓道来,加上著名电视主持人袁媛的客串主持,沙龙现场,一个字:“赞”。

数学和文学之间,似乎有着不可逾越的鸿沟,一位教数学的老师居然出书了,你信吗?反正我信了,书就在眼前。《点面之间》的作者杜明成是合肥一中的数学教师,作者通过四十年的人生经历与读者分享成长的故事,包括每一季的拔节,每一丝成熟的轨迹,并不离奇精彩,但有足够的诚恳和真实。一位学生说道:“遇见一个会教数学的老师容易,但遇见一个会教学生做人的数学老师难,而你,恰巧是这个人。”学生的话,我相信。签售那天,许多他的学生结伴而来,给老师送上了束束鲜花,师生情谊,令人感动。

《又见炊烟》是许辉最新的散文作品集。朴实无华的语言,漫记的形式,记述了淮北大地的风物人事,倾注了作者对故乡一草一木的无限深情,再现了乡村生活的细节之美,保留下许多鲜活有趣的旧时风俗。他写出了失去故乡的人珍藏在心底的故乡记忆,他笔下的故乡比所有人记忆中的更美。因为此,刘震云点评,“又见炊烟起,勾起往昔”。许辉现在是安徽作家协会常务副主席兼秘书长,绝对是相当有分量。9 月 14 日签售当天,我省几位重量级的作家、评论家和诗人苏中、刘祖慈、唐先田、段儒东、时红军等都出席了仪式。

郝□和郝朝帅,是姐姐和弟弟。二人联手撰写,漫画家韩一民配图的《风从哪里吹——热眼看传媒》比较有意思。通过新闻人的视角透视媒体现象、点评媒体行为,漫画大师韩一民创意独到、技巧娴熟的漫画，更是为给本书增色许多，姐弟档是这场签售的一大特色。

作家邱晓鸣带来的作品是《乡里·城里》《像狗一样奔跑》。散文集《乡里·城里》荟萃了邱晓鸣近年发表的优秀散文 60 余篇，作品既有对远去了的乡村生活的真实描述，也有作者对生活的发现、认识和感悟。新书《像狗一样奔跑》集结了邱晓鸣近年创作的 6 篇中篇小说精品,具有现实生活浓郁的人间烟火气息，节奏明快，语言风趣幽默，故事生动，引人入胜又发人深省。尽管是“非主场作战”，但无论是签售场面还是效果，都让人记忆深刻。

邱晓鸣作品合肥首发式及签售会（2013.9.28）

赵美萍的《谁的奋斗不带伤》被誉为一部超越苦难的励志经典，读这本书，速度会很快。10 月 13 日那天，许多老读者慕名而来，他们都看过她的《我的苦难我的大学》，一位读者说，听说这本《谁的奋斗不带伤》是最新的修订本，主要补充了作者真实的情路历程，特地赶来购买，非常喜欢美萍的文字，就像读知音杂志一样，很亲切。其实，你会觉得，这确是一本会讲故事的书，情节曲曲折折，不过比起《我与地坛》的思想的深度，还是仁者见仁，智者见智吧。作为一个时代百姓生活的见证，这本书还是很有看点的。谁都会有自己独一无二的历史。

不知不觉中，盛夏已然过去，一幕一幕，精彩回放。敲完这些文字，忽然有些汗颜，如今已经很少用笔写东西了，想想昨天，中国汉字听写大会，载誉归来的合肥五十中的几位小选手，他们都才九年级。我想，会写一手好字，是每一个文化人传统的根，当下，是不是有些不经意的东西，我们丢下的太多?

在北京逛书店

上周，带着一帮人去了趟北京，前后用了3个整天时间，来回都是夜车，两头占，应该是充分利用了时间。

此行的目的是考察北京的书店，因为第一次去北京的人较多，四处转转也是免不了的。

我们是周日早晨到的北京，安排好住处后，一行人直奔西单图书大厦，因为大家都是书城的骨干，可以说都是内行，因而一进大门，便立刻散开，奔着自己对口的目标去了。我因为是多次去那儿了，所以更关注它这两年的变化。一楼中心展台的形式与布局有所变化，架头牌改变了，过去一溜边码垛的地方，改为展示墙了，等等。往上走，也都有或多或少的变化，数码学习产品的区域大了一些，但没有多少柜台，都是些立体的玻璃展示柜，艺术区域变化也不小，其展架更为整齐实用。

其实我说了半天，都是一些枝枝叶叶的东西，总体的感觉没有说，那就是：尽管是周日，但它的人气明显的要低于往年。那种一摞一摞地抱着书，一车一车拉着书的读者明显地少了。据有关方面的信息，近两年来，特别是今年，全国各大城市的大型书城的销售都呈现下降的趋势，而像我们合肥这样的中等城市则有着两位数的增长，其中的原因尽管是显而易见的，但还是值得业界及社会认真地研究与思考。因为不是一句话两句话可以说清楚的，这儿便略过不去说它。

我们去的第二个书店是中关村图书大厦，这是一个很特别的书店，因为它特定的地理位置，导致它对于市场有着极敏感的反应，往往是一本书上架不久，书店就会做出自己的判断，补货、重点展示往往也是起着一个风向标的作用，久而久之，也就

在西单图书大厦邂逅《五虎出列》(2012.5.8)

使得出版部门对其刮目相看。上上下下转了一圈后，发现比起3年前，它也有不小的变化，首先是一楼缩减了不少，据说是租给了别人做生意了，过去大量的平铺展示也少了许多，某些布局上的改变暗示着对那些只看不买并且损坏图书的读者的某种拒绝。

曾经，在中关村，密布着许多国营民营的书店，但随着市场的变化，近几年来，持续削减，实体书店的境遇由此可见一斑。

因为机械工业出版社的缘故，我们还去了百万庄图书大厦，那是一个典型的大卖场小书店，因为经营主体、所处位置等原因，8000多平方米的营业面积估计也只能够做出一个网点门市的销量，但它对于机工社的图书展示，对于大型的招标、采购的作用却是不可小觑的。

我们是在离开那一天的晚上去的老字号“王府井新华书店”。黄金的位置，略显局促的场地，都妨碍不了它独特的地位与影响。在我看来，王府井书店的主要客源应该是外地的读者，从它的布局与商品的结构上可以看出，他们是因人而异、因地制宜的。在我去过的书城中，它的单层面积无疑是最小的，但它的卖场楼层却又是最多的，连同地下一层，整整7层，让人有些难以穷尽的感觉。

我也不是第一次在晚间去逛王府井书店（我经常把它作为我离开北京时的最后一站），因此对于它的感觉是较为准确的，和西单图书大厦一样，这一次，我感觉到了它的一点点清淡。

的确有些感慨，书店特别是大的书店（书城），在一座城市中的作用，远远要比我们想到的要多得多，但我们却往往是一边依赖、要求着它们，一边把手中的钞票递给了网络。我们没有错，我们需要最为便宜、便捷的方式，但我们的确也是不能没有一座座拥有几十万品种的书店（书城），否则，我们的生活将会少了不少的趣味与色彩。当然，一切并不是绝对的，关于这，书店的从业者与读者都应该好好地想一想，怎样做才会趋向一种理想的状态；怎样做，才不至于让一座座大大小小的书城书店从我们的生活中渐渐地消失。

事实上，这样的思考一直伴随着此次北京书店行的整个过程，当我在西单、中关村、王府井的书店里发现了许多位皖籍作家的作品时，特别是当我看到自己的几本书，看到我曾经为之或多或少地出了一点心力的李海燕近作《灵魂如玉》、李学军散文集《岸边的风景》、五人合集《五虎出列》时，这样的思考变更为展开了一些。一个实实在在的存在，与各种各样人相遇或者亲密接触，难道不是一件令写作者向往并感动的事情吗？有些意味，有些浪漫，有些温暖，书店的氛围成就的不仅仅是一笔笔清晰明了的交易，更是一段段难以忘怀的憧憬与记忆。

在西单图书大厦外合影（2012.5.6）

2012.5

法兰克福书展之旅

2012年10月13日至21日，集团组织一行10人的参观考察团前往德国法兰克福，参观享誉世界的法兰克福书展，随后又前往法国、瑞士和意大利等国家和地区，考察了那里的出版发行行业及其他文化设施，与当地同行进行了有益的接触与沟通，很有收获。

一个令人难忘的书展

作为一个卖书人，能够有机会去德国法兰克福参观那里的享誉世界的法兰克福书展，是一件很幸运的事情，而今年，这样的幸运事竟让我给摊上了。

我们的考察团是10月12日启程的，由上海搭乘飞机直飞法兰克福。一万多公里的距离，十二个多小时的不间断飞行，的确是有些辛苦。加之行前一直没有很好的休息，更让我感觉自己无论是在体力还是心理上，都没有做好准备。不过，一想到很快就能够到达法兰克福，便又觉得平静了许多。

1949年开始举办的法兰克福书展是世界上最大规模、最享盛誉的书展，被誉为“世界出版人的奥运会”。它为来自世界各国的出版商、代理商以及图书馆人员提供一个洽谈版权交易、出版业务及展书订书的场所。

13日早晨，我们的考察团抵达法兰克福机场后，旋即前往书展场馆，开始我们的考察之旅。因为有导游全程陪同，有地陪事先安排，一切显得很顺利。

初进场馆，并没有感觉到很大的规模和气势，只看见熙熙攘攘的人流井然有序地办理着入场手续，我们随着人流走过一条长廊，抵达展区，旋即被来自世界各地的出版商们的风格各异的展区吸引了过去。

由于语言的障碍，我们没有办法与参展商们进行很多的沟通，但是凭着职业的本能和敏感，我们还是可以感受到外国出版发行业的特色和优势。那一本本或制作精良或轻便易带的图书，无论是在装帧设计上，还是在细节的用心上，都有着我们能够借鉴学习的地方。

刘政屏在法兰克福书展大门外留影（2012.10.13）

许多出版商不但在自己的展区准备了一些精美的糖果点心，还准备了一些精心设计制作的书签和明信片，馈赠给参观者。这些书签和明信片无一例外的都是一些图书的书影、插图、作者及内容的展示和介绍，精巧别致，颇受参会者的青睐。

一些大的展区，不但是展示内容丰富，而且在陈列上也是颇费了一些心思。不但吸引了人们的眼球，而且招惹得人们纷纷拿出相机，噼里啪啦地拍上一通。看来，用心与特色，永远是能够让人们关注与难忘的。我们还在一个名为 4D 地球仪的展区驻足许久，在一面由大大小小晶莹剔透的地球仪墙前实际操作、摄影留念。

也有做那种现场演示的，把厨房搬到了书展会场，让读者们不但知道怎么做菜，

刘政屏在法兰克福书展厅内（2012.10.13）

还能够看到、闻到，可谓新颖独特，用心良苦。

但无论是图书展区，还是相关产品展区，或者是色香味俱全的现场演示区域，都是那么的安静、秩序井然，到处人流不息，到处干干净净，人们也新奇兴奋，但是那种挂在脸上的兴奋；人们也交流，但一律是那种低声的、文雅的对话，这让我们这些习惯于（或者是在某些公众场合不得不）大声说话的人，在多少有些不习惯的同时，萌发出不少的感慨来。

这么些年来，参加过多次国内各种各样的书展与订货会，论场面论规模，都应该是盛大的，但那样的喧嚣与嘈杂，以及无处不有的广告与图书目录，却每每让人恍然置身于大型商场甚至农贸市场。

由于一直在用心地看着，不知不觉走了很久，看了许多，蓦然回首，才发现法兰克福书展的场馆其实很大，一个展区连着一个展区，一个展馆连着一个展馆，那可真是一个书的世界，一个汇聚着全球文明智慧的知识的海洋，徜徉其间，的确有一种流连忘返的感觉。

默默地献上一份敬意

法兰克福不但有举世闻名的书展，而且还拥有一位举世闻名的大诗人、文学巨匠——歌德。在法兰克福的市中心，不但有歌德的故居，还有歌德的展览馆。

歌德 1749 年出生于法兰克福一个官宦人家，其父亲是皇帝顾问官，外公是法兰克福市的市长。从出生到 16 岁时到外地去上大学，歌德一直住在这座四层小楼里。我们知道歌德写过著名的《少年维特之烦恼》，更知道他的代表作是《浮士德》，但我们之前并不知道，年轻的歌德正是在这座小楼里完成了它们的初稿，由然起敬的同时，不禁对法兰克福这座历史悠久的城市刮目相看。

让我们感到意外的是，我们看到的歌德故居实际上是一个复制品，真正的故居在第二次世界大战的轰炸中被完全被坏，所幸室内的用具因为及时转移疏散而幸免于难。战后，法兰克福人对其进行了精心的复原修整，由于技艺高超，被公认为德国建筑修复技术最高水平的杰作。

在巴黎的街头，有一个著名的喷泉，它的名字叫做“莫里哀喷泉”，喷泉的背景是一组雕塑，中间的位置，是一尊莫里哀

刘政屏在巴黎圣母院外留影（2012.10.16）

的青铜塑像。作为一位伟大的戏剧家，莫里哀在世界上享有崇高的地位，在法国，更是受到了广泛的尊崇，从1996年起，每年4月被定为“莫里哀戏剧月”，全国各地上演莫里哀的名作。

佛罗伦萨但丁故居（2012.10.20）

莫里哀是法国17世纪古典主义文学最重要的作家，古典主义喜剧的创建者，有人说在法国，莫里哀代表着“法兰西精神”。《无病呻吟》《伪君子》《唐璜》《吝啬鬼》等名著可谓家喻户晓，歌德曾经这样评论莫里哀：“他的喜剧接近悲剧，戏写得那样聪明，没有人有胆量想模仿他”。但就是这样一位“如此伟大”的人，生前却贫困交加，为了剧团的生计，抱病上台演出，最终倒在了台上。面对着莫里哀的塑像，回味着其不幸坎坷的一生，不禁感叹唏嘘不已。

在法国的时候，还曾在一个名叫贝桑松的城市住了一个晚上。由于旅店位于城市的边缘，给人一种世外桃源的感觉，青山绿水，云雾缭绕，一切是那么的静谧美好。冥冥中总感觉贝桑松这个名字有些熟悉，查阅有关资料，发现竟是著名作家雨果的出生地，不禁啧啧称奇：在法国，你如果想绕过雨果，还真不是一件容易的事情。比如在巴黎圣母院，人们在欣赏着有着八九百年历史的宏伟建筑的同时，一定会想起雨果同名长篇小说中主人公——吉卜赛少女艾丝美拉达、敲钟人加西莫多。

我们行程的最后一站是意大利，在佛罗伦萨的街头，我有一种和在法国时同样的感觉，那就是无论你走到哪里，似乎都绕不过但丁这位伟大的诗人。特别让我感到激动的是，但丁的故居，但丁少年时与表妹一起去过的教堂，但丁遇见梦中情人的大桥，各式各样的但丁浮雕、塑像，遍布在佛罗伦萨的各个地方，你极有可能在不经意间，就会感受到他的气息，感受到他那忧郁而深邃的注视。当我们经过市政广场东边的一条幽深街巷，来到但丁的故居——一座古朴甚至些破旧砖石结构的小楼前的时候，我一如此次行程中邂逅那些文学巨匠们一样，静下心来，在心里默默地回味着他们的身世与成就，并默默地献上自己的一份敬意。

那些风格各异的书店

作为一名图书发行的从业者，在此次参观考察之旅中，将自己的关注点，瞄准那些各式各样的书店，是情理之中的事。在我看来，无论是巴黎新区规模很大的综合书店，还是塞纳河畔一字排开的古旧书摊，或者那些跻身闹市的各种特色书店，以及车站、机场、高速公路服务区与街头巷尾的便利书店，无一不向我们传递着一个信号：只要你适应并且跟上这个时代，那么就一定会有你应有的平台与空间。

通过交流，我们发现，西方的实体书店和我们一样面临着市场和网络的冲击，人们阅读习惯与购买习惯的改变对实体书店造成严重的影响，但相对于我们，西方的实体书店应该是更早一步做出了改变，用务实的进货标准，灵活的价格调整，较小的营业面积与充分的空间利用，吸引一批忠诚的读者。另外，一些在旅游区的书店，会拿出很大一部分空间展示诸如旅游图、风光明信片、画册、精致小巧的旅游纪念品等，引得许

法国的书店内景（2012.10.15）

多游客驻足。

当然，最让人印象深刻的，还是塞纳河畔的绵延近3公里的旧书摊，晚上，它们是收叠整齐的一个个绿色铅皮箱，静静地待在塞纳河的护堤墙上；白天，把绿箱子上的锁打开，掀起顶篷，就是一个个摊位，箱盖上摆满了书，箱子里则插满了图书或者一些工艺品或者旅游纪念品，任人翻阅、选购。

据说这一独特而传统的服务模式开始于16世纪，延续至今，已有400多年的历史，在这些“绿箱书摊”中，有900个铁箱（分属240个巴黎旧书业主）已经被联合国教科文组织列为世界文化遗产。

有人说，塞纳河边的“绿箱书摊”是巴黎古风犹存的见证，与巴黎这座古老而又时尚的文化之都相得益彰。在那里摆卖着各个时代的旧书多达30万册，有些甚至是很珍贵的古籍。还有许多或许值得有心人收藏的旧期刊、图画、明信片和邮票，可谓琳琅满目，堪称文化艺术品的宝库。

相比起不远处的卢浮宫和巴黎圣母院，塞纳河畔的旧书摊一点儿也不显得陈旧简陋，相反，它们早已成了巴黎这座大都市里一道极具特色的文化风景线。

坚持做，做出自己的特色，塞纳河畔的那些旧书摊和我们一路上见到的形形色色的小书店，无疑给了我们一些很好的启示。

2012.10

意大利的小书店（2012.10.20）

开个小书店

开个小书店，可能是很多有文化的人都想做的事情。我指的是很有个性，很有品位的那种书店。

想做这件事情的人，往往都会是一些没有去动一动经济头脑，只是想圆一个梦、过一把瘾的。该注意的细节，他们往往会忽视，但有些东西他们却精细到了极致。比如他们会设想用一些什么样的书架什么样的灯具，不同的书架与不同的灯光会收到怎样的效果，但他们很少去计算购买这些书架和这些灯要花多少钱；再比如他们会说在我的书店里，一定要有某某诗人某某名家的作品甚至全集，还要有许多书任读者翻阅，但他们根本没有想到成本的问题。

因此，当某一天他们大脑一热真的想干起来的时候，资金与大量实实在在的事务，顷刻就能让他们清醒，然后撤退。一条道走到黑的那种人，要么蜕化为唯利是图、在良心与法律法规之间打着擦边球的书商，要么就是因生意清淡、入不敷出而关门大吉。

但偏偏有人不信这个邪，就是要开一个书店。因为在他们看来，第一，他们有这个情结，第二，不是没有人成功的，名利双收。这不，又有朋友告诉我，他要开书店。这一回，我除了一如既往动之以情、晓之以理之外，心里却感觉有那么一点点底。因为他不是那种单纯冲动型，他有从商的成功经历，还有着一套比较成熟、务实的思路。

但是，在卖书这个问题上，他也是那么理想化，那么一厢情愿。

估计但凡喜欢到书店买书的人，对于书店都会有这样那样的不满意吧，除去嘴上说出来的，闷在心里的估计还有很多。但不管有多少的不满，其中一定会有这么一句气呼呼的话：哼，如果我来开一个书店……

过去，总是奇怪，为什么文人记者们似乎都对书店不满意，一有机会必定要口诛笔伐，言辞激烈。后来想明白了，书店是他们经常光顾、经常要打交道的地方，比起一般人来说，他们对于书店更熟悉，因为他们爱书店，就会在心中对书店持续关注，用文人独特的眼光和情趣去衡量书店，甚至对书店产生恨铁不成钢的感觉。

人就是这样有意思，觉得一个书店这也不好那也不是，还是要天天往那里跑，因为有书在，因为喜欢书，就会情不自禁地过去。一本书捧在手里，是什么都会忘记的。

再说开书店的事情。这么些年来，不同的人不止一次地问过我，你是否想过开一个属于自己的书店。说实在的，做了这么多年的书店，我也曾想过自己退休以后，也来开一个小书店，也是按照自己意愿去做的一间有个性、有品位的书店。前提是：有充裕的养老金保障生活，有富余的资金和精力，有合适价位和地段的门面。总体一个字，玩，轻松、愉快地玩。

当然，不会不上心去做的，只是不必太辛苦，随心所欲地去做，潇潇洒洒，快快活活。

书店的面积不一定要很大，五六十平方米就可以了，但一定要是一个上下两层的空间。

下面是门面，原木的书架，按照独特的方式分类摆放的图书，中间摆放着一些全玻璃的柜台，用于展示一些珍本图书，还有一些雅致的商品或者收藏品，比如各种的藏书票、书签，各色的有画面的明信片、扑克，一些小挂件，一些小摆设，等等。

上面是会客聊天的地方，沿着墙是一圈存放库存图书和物品的货架，加上的整件或者零散的图书一定是有条理地放置的，屋子的中间，是一圈舒适厚重的沙发，实木布艺，茶几上下放着各种茶叶、饮品及器皿，不张扬，不奢华，实用、耐看。窗户的下面，要有很多花花草草，以方便打理的常青植物为佳。如此，有新朋老友，楼下看书选书，楼上喝茶聊天，生意照做，朋友照交，惬意舒心。

当然，靠近窗户的某个角落，会有一套简易的桌椅，闲暇时候可以写写小文章，网上贴贴，多了以后，出一本书（那时候出书应该是比现在还要方便得多了），然后，就放在自己的书店里，任人索取，或者有买家愿意付钱的，那么就放一个大的陶瓷老虎储钱罐，任他们随意往里塞着。至于为什么用老虎储钱罐，你退出门外往上看一看就会明白了，因为那上面的一块木头上写着五个字：打盹斋书屋。

2011.6

下辑：

读书人

初识麦绥莱勒

我不懂得艺术，却喜欢版画，特别是那种黑白木刻版画，觉得其中值得欣赏玩味的东西真是太多。

其实我这种喜欢也只是零零星星买一些这方面的作品集，在偶尔空闲的时间取出来翻一翻，仅此而已。

不过这点偏好倒是影响到了集邮，遇着版画家或他们作品的邮票，少不了快速出手。前一段时间，因为得到了两枚珂勒惠支的肖像邮票而喜形于色。

一个飘着雨丝的春日，与儿子漫步至一间十分冷清的书屋。散散地转悠着，竟然发现几册小巧、别致而考究的木刻版画集。仔细翻过，才知道是一套个人作品选集。

作者的名字是知道的，叫麦绥莱勒。作序者更是知道：鲁迅、叶灵凤、郁达夫、赵家璧、王琦。大略看了一下，这是些上世纪30年代就被鲁迅先生等介绍到中国的几套连环木刻画集，前几年又重新印了几千册。于是以极低廉的价格买下了它们，自然，也将一个夜晚交给了它们。

麦绥莱勒，比利时版画家，生于1889年，卒于1972年，18岁学习绘画，不久便走上社会，走出国门，周游列国。“在博物馆研习绘画，从社会生活中汲取灵感”，用黑白木刻表现他眼中的世界。其第一套连环木刻是《一个人的受难》，随后又创作了许多连环木刻，表达了他对时代的感受与思考。

这些连环木刻最能打动人的地方是它的表现手法，简约、粗犷、富于变化，给人以一种强烈的冲击力，以及许多的回味与共鸣。

麦绥莱勒的作品，看似构图简单，甚至有些单调，而且既没有题目，也没有文字说明，一切在于你的理解，从中品出幽默与洒脱。如果你不经意地将它与你的境遇与经历结合起来，那种倒了五味瓶的滋味，也只有你自己去体会。是松了一口气还是压了一块石头，也全凭着你自己的选择。

不过，我终是逃了出来，并且因为在邮册中发现了一枚作者的自刻像邮票而忽然变得轻快了起来。

不管怎么说，今天认识了麦绥莱勒，并且因为他说出了我心中的一些感觉，而对他起了由衷的谢意。

书，就放在案边，我想，我还是会时常去翻看它们的。

2002.4

一本好得味的书

——王光汉（白丁）《庐州方言考释》

肋叶天，热头标多好，晒得人标多抻担，我跑到书店去闹闹，看到叶本书有毫赞，名则叫《庐州方言考释》，看了一会，我才晓得，云来，王光汉就是白(be)丁，白(be)丁就是王光汉，大名点点的安(ran)人教授。赶紧买叶本回家慢慢瞅(cǒu)，哪晓得，越看越死还，看到好得味的，都把我笑屁得折。

不能再这样写下去了，首先这样写，估计大多数人看不懂，其次是我也是写不下去了，太难，找不到相对应的字。

白丁先生在《合肥晚报》上开“乡音小考”已经有好些年了，一直喜欢看，觉得特亲切，特有意思，也曾准备将它们留下来做个剪报，可是因为不是每天都有，时间跨度太大，只好作罢。后来，我还给报纸的编辑打电话，询问白丁先生的情况，打听他的“乡音小考”是否已结集成书。

那时我并不知道，白丁先生研究合肥方言好多年，并且已经有十几万字的作品，其专著也在积极寻找出版机会。

2008年年底，白丁先生《庐州方言考释》终于出版了，这个消息让我着实高兴一阵子，因为我知道，这样一本学术专著，写出来不容易，出版出来也不是一件容易的事情。

翻看着这本并不是太厚的书，我竟然有一种恍惚的感觉。那醇厚的乡音，将我的记忆一下子拉回到很久远的过去，陌生而亲切。而在此之前，我一直以为自己并没有多大的改变，时光并没有在我的身上留下多少印记。太天真，太麻木了。

真的很感谢白丁先生，将那些被我们渐渐忘怀的乡音俗语收拢起来，经过考证研究，呈现在我们眼前。让我们在倍感亲切之余，感慨不已。

小的时候，我们经常会对小朋友说："你不要'盖'(kǎ)我(骗我)"，因为我们怕他们"屁磨"(撒谎)，我们最喜欢跟着大人到人家家里"闹门子""吵闲话"，如果能够"扛锅铲子"，吃上一顿，那是再好不过的事情了，即便是有人开玩笑说我们"瞟(biào)吃瞟喝"，也无所谓。

多么好玩，多么得味，我们曾经避之不及、嗤笑不已的合肥土话，竟然会给我们带来如此的乐趣，真是想不到的事情。

合肥方言土话还有一个突出的特点，就是生动、简练、到位。比如，说一个人支撑、帮扶不起来是"扶不起的猪大肠"；说一个人很难处、很难说话，是"搭(de)僵"；说与人将就挤一张床睡，叫"捣腿"；应付、打发、凑合、处责，叫"对答(dèide)"。

民间的智慧，老祖宗的遗产，多么好的东西，应该珍惜，应该好好地挖掘、整理、继承、发扬，就这么随手丢弃了，真是很可惜。

我们合肥人对待自身特有的东西，一向是忽视和排斥的，究其原因，是骨子里的那份自卑，急于摆脱多年缠身的贫穷落后的同时，将它们也给一起抛弃了。殊不知，日后若再想找回，就很难了。

当时光在我的眼前流去了许多的时候，当别人从我的口中基本上听不到一句合肥土话的时候，我忽然有了一些变化，并且越来越多地，将目光和注意力转向身边的这块土地，关注着那些渐行渐远的东西：庐剧、方言、老房子……

说来有趣，自从买了这本《庐州方言考释》之后，我不但因此有所启发和感触，写出了一系列有关合肥俗语的文章，还因书结缘，认识了白丁先生，具体情况，我还是用合肥方言来讲一讲。

后子，我蛤当真革看到白丁先生了，人标多实在，标多热闹，标多幽默(me)。白丁先生跟我讲，他滴本书卖得蛤不错，过一炮子，他准备补充叶思内容再版叶次。我听了好快火，跟他讲，你攒紧搞，滴麻个，书出来了，我蛤要买叶本。你别讲，没四干的时候，回味回味合肥土话，蛤真有毫意思赖。

2010.3

卖书人也是读书人(外一篇)

——安徽图书城举办员工读书会

不花钱就能够得到一本本好看实用的书,有这样的好事吗?你别说,在安徽图书城的“读书会”,就有这样的好事。只要你愿意,并且真的读了,那么就把这本书送给你。

初衷很简单——提倡、鼓励员工读书。因为作为书店的一员,无论是从加强自身修养方面考虑,还是从了解熟悉图书方面要求,都应该静下心来,读几本书。从这个

第一期读书会后合影(2011.7.1)

意义上来说，卖书人应该是个读书人。

于是想到成立一个员工读书组织，书城员工均视同为读书会会员，参加读书会的活动。设立读书会工作小组，负责挑选书目，设置测试题。它的活动流程是，读书会工作小组选定书目；员工可从读书会工作小组以8折优惠的价格购买图书；会员独立撰写一篇不少于800字的读后感；10天后择时举行读书会聚会。

读书会聚会是"读书会"的重头戏，交流读后感，现场测试，搞得像模像样。因为紧张，或者心中没底，难免会有些尴尬、搞怪的场面出现，那时气氛会一下子变得轻松起来。何况，还可以申请补测一次，如果仍然没通过，书款返还不了，就算自己买了一本书，也不影响继续参加下一轮活动，多宽容！另外还有抽奖环节，尽管奖品算不上丰富，但感觉还是很好，员工个个都很期待呢。

第一期读的是三联版《毛泽东的读书生活》，第二期是于娟的《此生未完成》，正在进行的第三期则将目光转向《经典天天读》。

开始的时候，大伙儿都有些忐忑，别太正式了，别太严肃了，读后感通不过怎么办？ 期下来，大家都松了一口气，原来，读书也可以是一件比较轻松的事，甚至还是一件挺愉快的事情，静下心读读书，不但可以长知识，而且可以长见识，对于我们自身的业务，也是效果明显。比如，读了《毛泽东的读书生活》，对于《辞海》《红楼梦》的近代版本就有了一个比较清晰的了解；读了《此生未完成》，知道了一些医学常识和域外风情，这应该也算一个意外收获吧。

在安徽图书城的读书会里，这样的"意外收获"肯定不止这些，因为大家明显感觉到，一本书给我们带来的，远远超出我们预期的长度和宽度，而那种意料之外的收获，给我们的感觉的确很好。

工作之余，捧起书本，卖书人也是读书人。

2011.6

附：

我们为什么还要读书？

——在安徽图书城首期读书会会上的发言

为什么还要读书？

我们都已过了或者正在走过上学读书的年龄，为什么我们还要读书？

我们已经读了很多书，甚至我们的孩子都已经读了很多的书，为什么我们还要读书？

我们每天看报纸、看电视，什么不知道？什么不清楚？为什么我们还要读书？

我们天天面对着书，搬运它、整理它，把它们送到读者手里，为什么我们还要读书？

是啊，我们为什么还要读书？

我曾经对一位年轻的母亲说过，为了以后你孩子没完没了地问这也为什么那也为什么时可以轻松应答，让他（她）觉得你了不起、很伟大，而不是看不上、瞧不起，觉得你没文化，你需要读书。是的，为了你的孩子（或者孙子），你必须要读书。

第二期读书会（2011.8.12）

我曾经对一位年轻的小伙子说，为了你和别人聊天甚至吹牛的时候，你可以比别人知道得更多更准，你能够说得别人一愣一愣的直佩服，你需要读书。是的，为了你以后的交际，为了能够给更多的人留下个好印象，你必须要读书。

我曾经有很多时候追求一些不该追求的，计较一些不该计较的，看不明白许多东西，搞不清楚

第四期读书会（2011.11.16）

许多问题，但后来我发现读书可以教会我许多，让我明白许多，让我的日子自在许多、敞亮许多。看来，为了好好地活着，潇洒自如地活着，我们必须读书。

你们都是我的同事，你们应该记得，我曾经在不同的场合说过一句，哪怕仅仅是一句的内行的话，没准就会促成一笔生意。因为我们是图书城的员工，介绍图书、让读者买到他们想要的图书是我们的义务，卖更多的书，让更多的书随着读者从图书城的大门出去，而不是从图书城的后门退回到出版社去，是我们努力的方向，因为只有卖更多的书，我们才会有更好的收益。因此，为了我们的工作和生活，我们必须读书。

我说清楚了吗？你们听明白了吗？我的同事们，我的同学们，为了一个更好的未来与更好的人生，让我们读书吧！

从现在开始，加入我们安徽图书城的读书会！

谢谢你们！

2011.6

让人生有一个很好的“完成”

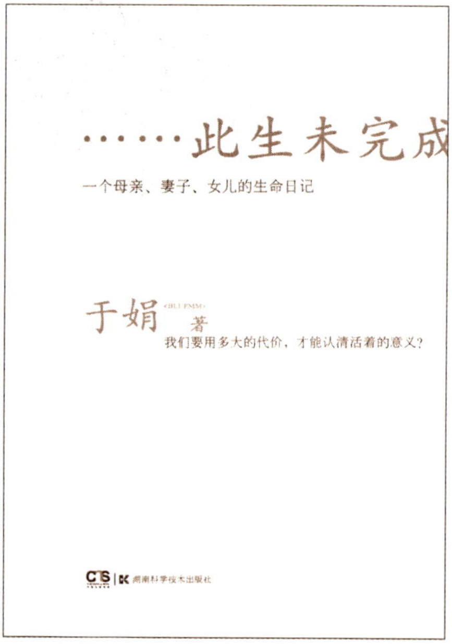

下午下班的时候，在书城的一楼大厅发现一张新的招贴画，宣传的是一本叫做《此生未完成》的书，作者是因病中的博客，特别是她的真实与达观而广为人知的复旦大学女教师、博士于娟。书是本月20日才出版的，我应该算是比较早买到这本书的。

回到家中就开始读这本看上去素净得有些苍白的书，很快就被感染感动了，因为这不是一本让你难受让你哭的书，读着这本书，你会难过，但你更会会心地笑起来，甚至会大笑起来，之后，你会不由自主地去想、去思考，一位32岁的女教师，忍受着难以忍受的病痛，写下这些文字，到底是为了什么？

于娟说，在这样一个纷乱浮躁的社会中，是这场病痛让她重新获得了新的生命。她希望自己能活下去，用生命的火光去温暖家人、学生、朋友和更多更多的人。

有报道说：于娟在文字里忠实地回忆与反思，这样抛开生死的生命写作是一种个体的记录，但更如同敲响的警铃，让我们在忙碌的生活中突然明白要停下来，思考我们要用多大的代价，才能认清活着的意义。

当我继续往下读的时候，渐渐感受到一股逼人的寒气。那隐在笑容后的痛苦、无奈与艰辛，在于别人，也许会读不出、感觉不到，但在我，却是清楚得不能再清楚，那份心痛和同情，自然也比别人来得清晰而真切。因而，时常会感到书中的许多的语句与段落让人感动。

“我甚至想，哪怕就让我那般痛，痛得不能动，每日像个瘫痪的人，污衣垢面趴在国泰路和政立路的十字路口上，任千人唾骂万人践踏，只要能看着爸妈牵着土豆的手蹦蹦跳跳去幼儿园上学，我也是愿意的。”（于娟儿子的小名叫“土豆”）（79页）

对于她的一些体会和感慨，也自然是感受颇深。

“有时候，（医生）的一句话就是一条命。”（79页）

“略去所谓惊险与苦痛，写赫赛汀（一种化疗药）治疗的经历只是为了提醒人们，不要忽视所谓百分之五的概率，做好一切防范准备去应对少有的不良反应出现。买彩票中奖率那么低还是有人能中奖，药物过敏的百分之五比中奖率高了去了……我们（指癌症患者）是黑夜里在悬崖间踩钢丝的病人，容不得一丝一毫的小错误和小概率。”（104页）

“现在想想，都不知道那些日子（指放疗期间）是怎么过来的，但是也过来了。我不是基督徒，但我知道耶稣受难三天后，是复活节。我不是伟人圣者，但是我知道，再苦再难的日子，时间都会让它成为过去。”（101页）

在经历了一次九死一生的骗局之后，她沉痛反思：“人但凡有欲望，就会辨识不清真相，就会误判，就会被骗。哪怕这种欲望，仅仅是求生。”（107页）

同时，她也以少有的辛辣而深刻的语言说道：“我终于相信了，原来世间真的有人可以把一把年纪活到狗的身上，人生在世都不容易，选择打砸骗抢，就不要投胎为人的那套人心肚肠，不要投胎为人的那张人脸，这是个人的选择。只是，去做这样的选择的时候，好好想想，你已经为人父母，你的子女，终究要脚踏黄土头顶青天，他们要以人的样子活在人世间。”（117页）

敢爱敢恨，痛快淋漓！

还有她的反思，也是理性而深刻的，充溢着无尽的懊悔与沮丧。

“我很喜欢自己的性格，从来不认为有什么不好，生病后才不得不承认，自己的性格不好：我太过喜欢争强好胜，太过喜欢凡事做到最好，太过喜欢统领大局，太过喜欢操心，太过不甘碌碌无为。简而言之，我之前看不穿。”（62页）

“有太多的计划要完成，有太多的事情要应付，总是觉得等做好了手头的事情，陪父母也是来得及的。反正人生很长，时间很多。现在想想并不尽然，只有一天天的过，才是一年年，才是一辈子。无头绪的追逐与奔忙，一旦站定思考，发现半辈子已经过去，自己手里的成败并无多少意义，然后转身，才发现陪伴亲人父母的时间已然无多，发现最重要的幸福已然没有时间享用，人生的最大悲哀莫过如此。”（140页）

许多的癌症病人，不管他（她）病前是多么的优秀、果敢、强势，一旦病了，立刻就像跑完了气的气球，生机全无，完完全全败下阵来。于娟则不然，她镇静、理智，将属于自己的最后十几个月过得有声有色，甚至是有滋有味。可那是些怎样的日子啊，作为一个远远的旁观者，我们都会时常感觉到不寒而栗，何况作者本人。用“钝刀捅心”“剜心割肺”这样的词汇，真的是一点都不过分。

于娟不但是勇敢地活着，而且还是仔细地活着，她不但记录着自己苦不堪言的生活，还理性地反思和检讨过去的生活，以便给别人以提醒与警示。有时候，我在想，于娟的生命委实是过于短暂了，的确有些“未完成”的感觉，但于娟绝对是一名高手与快手，她在常人不能够忍受的境况下，做出了常人难以做到的事情，将自己过于匆忙的人生，做一个回顾与反省，记录下自己与病魔顽强的抗争，给别人以启迪与力量。

感动、感慨之余，感觉我们这些活着的人，似乎都应该好好地想一想，怎样度过自己的人生，怎样才能够让自己的人生有一个很好的“完成”。

2011.6

三个男人的故事

——我读《天行者》

三个男人，三个边远乡村里的相当不走运的男人,他们的不走运源于他们选择了一份叫做民办教师的职业。曾经,在咱们中国，身份问题被放在了一个很高的位置,非常管用,非常敏感。同样是教师,因为前面多了“民办”两个字,就注定了他们的命运中充满了艰难和辛酸。同时,也因为他们的忍受和坚持,他们又显得是那么的不一般。

这三个男人,就是长篇小说《天行者》里的三位主要人物——界岭小学的三个老师:余校长、邓有米和孙四海。

他们真的是很不容易，在那样一种异常艰辛的环境下，他们一直尽力做着一件非常了不起的事情:乡村的基础教育。他们的待遇、他们的收入、他们的处境,桩桩件件、点点滴滴,的确是让人感动。但他们一直在忍受着,坚守着,因为他们一直在追求着一种质朴的理想,同时他们一直没有放弃对未来的希望。

其实,从某种角度来说,他们三个,也不过是生活中普普通通的男人,有自己的个性、特点和爱好,他们也有平常人一样的想法和做法,他们也会和平常人一样为了一些利益而算计和暗中使劲,甚至,他们还会有一些似乎是不够光明磊落的言行。但这一切在他们大的人格与精神跟前，都会显得不那么重要，甚至还从反面映衬出其人性的完整与真实。

实际上我们每一个人，都是一个各种元素与各种矛盾的交汇体。有时候，我们会感觉到一个人很好、很有意思，有时候我们又会觉得他有着让人难以忍受的言行举止，其实这很正常，没有必要因此对别人或者对自己做出片面、偏激的判断。其实，一个人最要记住的是：如何遏制住自己对于社会和家庭来说负面的东西，不让它们在伤害别人的同时败坏了自己的声誉。

他们，界岭小学的三个男人做到了。面对朝思暮想的转折命运的机会，面对一些利益一些诱惑，他们做得大气磊落，让我们这些旁观者在心里油然而生出一股敬意。他们很了不起！

当然，在《天行者》这本书里面，还有万站长、胡校长、余村长这样几位男性，但他们的所作所为，无论是在为人还是处世上，注定只能是配角乃至反角。当然，在人生道路的选择上，每个人因为各种各样的原因和理由，做出自己的选择，应该都是正常的，设身处地的去想一想，我们应该理解、同情和宽容，没有必要故作姿态地去说三道四。但这一定是基于一条底线，过了，自然就是另当别论了。

其实，还有三个小伙子：张英才、骆雨和蓝飞。他们曾经或多或少地做过界岭小学的老师，但他们最终都选择离开了，走得不那么硬气、大气，不那么见得人。当然，我们或者也可以称呼他们为“小男人”，之所以这样说，是因为他们三个人的确不大，二十来岁，但最主要的还是因为他们在人格和人品上，还是没有完全成长定型、存在着或多或少明显缺陷的毛头小伙子，相对于余校长他们三位，他们“小”得太多。

三个满脸沧桑的男人，撑起了界岭小学的一片蓝天，也撑出了界岭百姓和我们大家心中的一缕阳光。这些，对于我们的未来和人生，不但是不可或缺，而且是至关重要。

因为我们活着，就是需要有一股气在身后顶着，《天行者》给我们带来的，就是这样一个气场，感染，感动，从现在，到久远。

2011.11

礼仪:一种修养,一种分寸

在我们的读书会已经读过的图书当中,有传统的精髓《经典天天读》,有优秀的当代文学《天行者》,有关于读书的《毛泽东的读书生活》,有记录人生况味的《此生未完成》。而本期之所以跳出文学社科的圈子,选择一本非常简明扼要的图文版《你的礼仪价值百万》,主要基于现实与实用的考虑,因为礼仪之于我们这个行业、我们这么一群人,的确是太必须、太重要了。

我是用了几种方法去读这本书的,顺着读,跳着读,挑着重点再读。读过来读过去,感受越来越多、越来越清晰,同时,有一种心虚的感觉和一种紧迫的感觉。心虚是因为自己礼仪这一课竟然是如此的欠缺,紧迫则是感觉到时不我待,自己应该尽快地补上这一课。

说实话,这本并不是太厚的书充其量只能算得上是一个扫盲读本,其中的许多东西都是我们生活中经常碰到的,而且我们也知道如何去做。但有些东西却是我们的盲点,要么因为我们不知道该怎么去做而常常犹豫不定、手足无措,要么就是凭感觉和胆量行事而误打误撞、贻笑大方。当然,我们可以藏拙,可以跟着周围的人后面学，但问题是如果我们都不懂，都不知道该怎么去做，那又将怎么办？

举一个最常见的例子，我们去参加一个宴请，该怎样着装怎样寒暄，坐在什么位置，在怎样的时机敬酒什么时候退席，都是些看似很简单的问题，大家都不讲究的话也就马马虎虎地算了。但问题是如果有一些人了解，还有一些在悄悄等待着安排，只有你揣着礼让客气的心态或者处于某种动机，做出了让人尴尬诧异的举动，难免不让人侧目和耻笑。

还有一件事，也使我耿耿于怀很久了，那就是我们大家对于婚丧礼仪的漠视与无知。着装、言语、分寸等等方面，基本上是没有一点的禁忌与讲究，想怎么着就怎么着，看上去相当的不妥当和不应该。缺乏仪式感，缺乏最起码的规矩，说大了是对主家的不尊重，往小的方面讲，则是丢了自己的脸。但往往是，大家似乎都不明白、都这么一窝蜂地大大咧咧、随随便便，真的是让人有些无可奈何，哭笑不得。

在读这本书的时候，我还有一个感觉挺搞笑，那就是我发现自己似乎基本上是不会站不会坐了，特别是在坐的方面，不明白做错的地方真是不少，这不免又让自己又冒了一阵冷汗。想一想自己过去这么多年，居然是如此的大意和散漫，真是感觉汗颜。

我们书店的店堂不仅是一个汇聚与展示人类文明成果的文化场所，更是一个社会各阶层人士都可能会光顾的公共场所，这就要求我们必须要了解和掌握较为全面的礼仪常识。我们的一言一行、一举一动，不但是要接近乃至符合礼仪的要求，更应该是展示与传播礼仪文化的载体。我想，只要我们能够静下心来仔细看一看、听一听，就一定会发现，我们需要改进的，我们应该去做的，的确有很多。

我们可以试着时常问问自己几个为什么，为什么自己总是这样，而别人总是那样。

我们可以试着时常反思反思，自己一向如此的言行举止是否就是正确的。

我们可以试着将自己身上的“个性”“习惯”等表层的东西拨开来，看看它们掩盖、庇护的，到底是一些本真的东西还是一些偏执的、恶劣的东西在作祟。

我们还可以想，有关礼仪规矩，我们从上辈人的身上得到了一些什么，它们对我们的个性与人生产生了哪些影响，同时，我们又将会把哪些东西传递给我们的孩子

安徽图书城员工集体阅读《你的礼仪价值百万》(2011.12.31)

们,它们又将会怎样影响着我们的血脉我们的后代。

文明的进步,应该包含着物质文明的进步与精神文明的进步两个方面,富有也应该是物质与精神两个方面,只注重物质一个方面,忽视了精神层面的东西,是很不完整很不应该的。当务之急我们要做的,就是从明白自己的缺失开始,努力去学、努力去做,学会正确,改正谬误,同时影响、带动周围的一些人,做一名真正、全面富有的人。

不过,我们也不必把礼仪看得太高不可攀,因为从来礼仪就是一种总结与传承,这就是为什么我们没有专门去学习,也能懂得许多的礼仪的原因。同时,我们也不必机械僵化地对待礼仪,从而显得刻意、拘泥,在该讲究的时间地点讲究,更多的时候,我们只要守住底线,其他则完全可以分开,所谓"百无禁忌",所谓"家无常礼",讲的都是这个意思。显然,在这里也有一个"通"与"不通"的问题。

当然,礼仪与每个人的修养与素质也是密不可分的,古人有"腹有诗书气自华"一说,外国人有"一个(男)人要对自己四十岁以后的相貌负责"一说,一个人的仪容举止仅仅是依靠装和做作是不行的，只有理解和领会了礼仪的内涵与真谛，才能够做得得体、自然。

其实，说白了，礼仪就是一种修养，一种分寸，一种生活的必需品。通晓礼仪、举止得当的人会显得从容自信，同时会赢得人们的认同和敬佩，从这层意义上来说，你的礼仪价值百万，是一点也不为过的。因为有些东西，从来就不是金钱可以买得到的。

2011.12

再读纪伯伦

很多年前，一次偶然的机会，我接触到纪伯伦的作品，感觉是那样的好，以至于有一段时间到了朝夕相伴、手不释卷的地步，用现在的话来说，就是纪伯伦的超级粉丝。

现在再读纪伯伦，感觉当年的那份美好依然如故，但深层次里的感触却发生了不小的变化，这几天我一直在想，纪伯伦是一个怎样的人？

他应该是个天真浪漫的人，彻底的理想主义者。

在《安息》里，他写道：“请取下我身上的麻织殓衣，用茉莉、百合花瓣为我裹体……请你们不要用呻吟、叹息掩盖我的胸膛，而要用你们的手指画上友情与欢乐的符号和标记……请你们不要穿黑衣哀悼我，而要披白纱与我同乐。请你们不要伤心地谈论我一去不复返，而要闭上眼睛，就会看见我今天、明天和以后都在你们中间……请你们用松软的土将我掩埋，每把土里都要掺入百合、茉莉和长寿花种，让群芳吸收我的遗体的养分，在我的墓上生长；开出的花儿，在空气里散发我心底的馨香；高高扬起头，将我灵魂里的秘密诉与太阳；随微风摇曳，让过路的人们记起我过去的爱好和梦想。”

多么浪漫，又是多么的本真，在他的笔下，死亡不但没有那么可怕，而且还是那么的唯美。叹息没有了，眼泪没有了，也不要那么肃穆，更不要那么悲伤—— 一个典型而彻底的理想主义者。

他应该是个极其睿智的人，才华横溢神采飞扬。

在《论婚姻》里，他说：“你们要彼此相爱，但不要使爱变成桎梏”“你俩要相互相斟满杯子，但不要用同一杯子饮吮。你俩要互相递送面包，但不要同食一个面包。一道唱歌、跳舞、娱乐，但要让各忙其事；须知琴弦要各自绷紧，虽然共奏一支乐曲。”

这样的话语，现在读来，非但是没有过时，反而显得是那么地理性、前卫。联想到他在《论孩子》里惊世骇俗的一句“你们的孩子不是你们的”，我们就不得不佩服他的非凡的见解与思想的高度。

他是一位智者，同时他还是一位诗人，如此，智慧的光彩才会有一个华美绝伦的载体。在他的文字里，哲思睿语随处可见。

“生活是多么可爱，我们距离生活又是多么遥远！”

“在这人类舞台上常演不衰的悲剧，为之叫好的观众大有人在，而精心沉思者却少之又少。”

“爱总是这样，不知其深，除非到了别离时辰。”

这样的思想，这样的语句，应该是看过就忘不了的。

他应该是一个博爱慈悲的人，安抚弱者传播希望。

纪伯伦对于弱者、底层的人充满了怜悯与同情，他深知他的“穷朋友”们“生在不幸摇篮，长在屈辱怀抱，在专制门庭虚度青春，边叹息边吃你那干面饼，和着泪滴喝下污水”。但他对他们说：“你们不要失望！超越这世界的不公，超越这物质，在这乌云之外，在这苍穹之后，在这一切之后，有一种力量，那才是真正的公正，完全的怜悯，地道的温情和完美的爱。”

“你们是生长在阴影里的花，和煦的微风将吹过来，把你的种子带到阳光下，你们将在那里获得美好新生。”

“你们是冬雪重压下的光秃树木。春天将要到来，为你们披上繁茂的绿叶。”

用我们的语言来说，就是：一定不要绝望，一定不要放弃，希望是存在的，要努力，要有足够的耐心等待。

有点理想主义的味道，但谁又能说他没有道理呢？无论在哪里，也无论是什么时候，不沮丧绝望，不放弃追求和理想，没有错！

他应该是一个正直义气的人，唾弃邪恶嘲弄权贵。

一个人如果只是唯美，只是博爱，那么他一定是不够真实、全面的。纪伯伦是一个温文尔雅的人，同时纪伯伦又是一个爱憎分明、个性张扬的人，对于不公，对于罪恶，他的话语像匕首一样锋利。

在《昔与今》中，“一位富翁漫步在自己公馆的花园里，愁闷一直紧跟着他的脚步，忧虑在他的头上打转”，他回想着往昔虽然不富裕，但自由自在、无忧无虑地生活，感叹如今“竟成了贪欲的俘虏，钱财把我引向钱财，钱财又把我引入醉生梦死，醉生梦死将把我带入不幸境地”。“社会世俗的囚徒”“为金钱所累”，所有渴望追求的都变了味。最后，富翁缓步走向自己的宫殿，叹息道：“莫非这就是钱财？难道这就是神？我已成了它的祭司？”

在《两种死》中，死神全然不顾狠毒、自私、贪婪的富翁的威吓与利诱，毫不犹豫地摄取了富翁的灵魂，并将它交给风神带走了；然后死神又来到贫民区，将一个渴望跟他走的少年的灵魂摄走，放在自己的双翼之下。死神在空中盘旋，望着这个世界，对着风说：“只有来自永恒世界的人，才能回到永恒世界去。”

两个故事有些宗教色彩，有些虚幻，但对于穷人和弱者，它是一个安慰。它反映出作者对现实的不满与抗拒。

“兄弟们，我亲吻你们，我蔑视压迫你们的人！”

我们的生活缺少这样的柔软和慈悲，我们有些不习惯这样的同情与关怀，再读纪伯伦，我读到了这个世界上最美好的两样东西：善良和优美。

2012.11

信念和原则

——读《从优秀到卓越》

《从优秀到卓越》这本书在分类上属于“管理”类，因为它围绕着一个企业如何从“优秀”走向“卓越”这个命题，逐步展开，分析、论证，最终得出它的结论。说实话，这样的一本书，对于包括我在内的许多人，可能有些“隔阂”的感觉，因为我们和我们的企业与这样的一个命题应该有着不小的距离，但同时我又不得不承认，这样一本书对于我的启发与帮助的确是不小。我在想，如果不是一个近似于“强制”的读书活动，我一定会与之连“擦肩而过”都达不到，因为我很少去读这一类的书。因而，我感觉读这本书的最大收获，不仅仅是或多或少的启迪与感悟，而是又打开了一扇门，引领我进入一片全新的领域。作为一名企业的管理者，我觉得这是必须而极其有益的。

根据我的理解，作为个体的人，在一个企业中的作用的大与小，取决于他的境界与智慧。尽管我们说如果一个企业的兴衰与某个人的联系过于紧密的话，那么这个企业就不能够算作一个真正成功的企业，但我们不能否认，一个成功的企业一定是会有一群优秀的人士，一定会有一个由一位乃至多位优秀、卓越的人构建起的核心架构作支撑。从这层意义上来讲，唯有优秀和卓越的人，企业才能够优秀，进而卓越。

在这本书的第四章，有一个“斯托克代尔悖论”：“坚持你一定会成功的信念，同时，要面对现实中最残忍的事实，不论有多大困难，不论它们是什么。”前面，是“信念”，而后面，则是“原则”。在这个悖论中提出一个观点，那就是“现实中最残忍的事实”——肯定它们的存在，并且我们都有可能遇到。似乎有些耸人听闻，但应该是“现实”。我们不否认人与人之间存在差异，同样一件事，不同的人会有不同的认知和反应，但问题往往是，那些承受能力大的人所遭遇的困苦会更多更大一些，因为更多的人会早早地被打垮或者逃避开了。

第六期读书会（2011.12.31）

所以，我挺认同书上的一个分析结果，那是从国际受害者研究协会所做的关于“顽强精神”的研究结果中得到的一个结论。这项研究在对各种遭遇不幸的人进行调查分析后，发现这些人大致上可以分为三类：遇到不幸总是垂头丧气者；能够从打击中恢复到以往正常生活的人；把不幸经历当作动力，使自己变得更强大的人。结论：那些实现跨越的公司就类似于第三类，具有“顽强的精神”。

“顽强的精神”，一个很高的标杆与境界，当我们总是垂头丧气，或者只能够保持一种正常状态的时候，只有他们——那些具有“顽强的精神”的人们，才能够做到“把不幸经历当作动力，使自己变得更强大的人”。

这就是一种目标和追求了，从我们的精神层面开始有所准备，从我们生活中的一点一滴开始做起，逐步让自己从能够面对困难、挫折与打击，到逐渐地把它们变换成一种动力，最终使得自己变得“更强大”——哪怕只是比自己的过去“更强大”，也是值得骄傲与自豪的。人生在世，能够不断地提高自己、超越自己，就是一种成功！

当然，准确地说，我们不能够仅仅停留于自我的提高与超越，我们更应该让提高与超越成为一种习惯和状态，不断地进取，朝着一条公众共有的标杆努力、进取，才有可能、有机会上升为卓越，同时为企业实现从优秀到卓越的跨越贡献自己的一份力量。而这，应该成为我们一个执着的信念。

当然，我们一定要记住那个不可忽视的“原则”，这个原则就是“你一定要面对现实中最残忍的事实，无论它们是什么”。

要有充分的思想准备，要明白，一定会有困难，一定会有坎坷。

要有理性的心理准备，走向成功的路上，大风大浪是常态，一帆风顺则是个例。

要想清楚，得到的同时一定会有失去，而你所设定的目标值不值得你去追求，值不值得你为此舍弃掉一些东西，哪怕有些东西也是挺有价值、挺宝贵的。

要想清楚自己到底要什么，它是不是你真的应该去追求的，它是不是对于你真的有很大的意义，能够让你的人生达到一个很高的境界。如果是，那就不要犹豫，如果还没有想清楚，那还是应该好好地想一想，盲目地去做，往往会是很大的浪费。

思想上、心理上都准备好了，该想的问题也都想清楚了，也就是记住了那个必须记住的“原则”，那就奔着你的“信念”去吧，努力、执着，相信自己“一定会成功”。

从优秀到卓越，从完善自我到为企业做出更大的贡献，永远不要丢失你的信念，永远要清楚原则是什么——合上书的时候，我对自己说。

2012.4

很多的滋味

已经是第二次读吴念真的《这些人，那些事》了，第一次读的时候，应该是去年的年底，虽然已经过去了大半年时间，但当时的感觉依然很清晰：感动，甚至是震撼。因为在我们的生活中，很少可以见到这样纯粹、干净的文字。

于是我向许多朋友推荐了这本书，包括一些眼光很厉害的媒体资深编辑，因为我很自信自己的判断。结果自然是一片叫好，有人说，很久没有读过这样的文字了，有些事情有些话，如果在别人那里，或许要叨叨地说上许多，还不一定能够说明白说到位，但在吴念真这儿，只消三言两语，便能够明白如话。的确，吴念真的文字之所以特别，是因为他已经到达了一个很高的境界，而这样的境界，是需要很好的基础，很长时间的历练，以及极高的悟性。

与当下的大多数图书相比，这本《这些人，那些事》不算大也不算厚，文字似乎也不够多，但它给我的感觉却是沉甸甸的，因为那一个个小故事里的真情实感，能够直抵我们内心最敏感的地方。也许有人会觉得，不就是一个个或长或短的小故事，不就是一些普普通通的小人物吗，还不一定就是真的，至于吗？但在我看来，它们是太真实不过的了，因为贯穿其中的感情，是真实的，人物，是鲜活的。

那些长年在井下挖煤、最终染上矽肺病而苟延残喘的矿工；那些挣扎在生活底层，始终没曾失去对生活的热情且本性善良的男男女女、老老少少；那些有着这样或者那样缺陷或者污点，同时又不失其阳光、率真，让人爱恨交织的人们；那些失去了底线，将自己的人生经营得让人不屑、不齿的人，都是那么的生动、鲜活，栩栩如生。

《母难日》中那位贫苦、善良、执着的母亲很感人。她为了还愿与感恩，在儿子的婚礼上，穿上一辈子没穿过几次的旗袍和高跟鞋，跪拜一百次，然后再在她坚持要求搭建的简易舞台上，用颤抖的声音唱着歌……这样的细节让人忘不掉。

《只想与你接近》和《心意》里的那位简单、粗暴、不善言辞的父亲很感人。他与孩子们之间一直没有找到一个合适的"亲近的方式"，但他们之间的超乎言语之外的那些细节：在午夜里装睡只为等待感受父亲搬动他们时的温情，伴随着一支奖励给儿子的俾斯麦钢笔的那句冷冷的威胁的话语，在台北住院时与偷偷跑来看他的儿

第八期读书会（2012.8.2）

子一瘸一拐地去看电影……都会让人记忆深刻。

《博真情的朋友们》这一章节里很多细节很感人。卖菜女孩阿圆，在关键时刻说了句“他们没偷啦，是我……放错了。”试图为采买兵开脱；那个不顾难以忍受的气味，认真仔细地捡拾着自杀士兵尸块的六十多岁的沉默老人说：“虽然我不认识他（指死者），但可以这样相识也是缘分。”大专兵阿哲在十二位兵弟兄被炸死后发出令人心碎的哀鸣，以及被指定负责把这些兵弟兄的骨灰从金门送回台湾时说：“真的不重。”

当然，最让我感慨、感动、不能够忘怀的，是《遗书》。故事中的“他”，对弟弟那种又爱又恨的复杂的感情，让人难忘又纠结。是的，纠结，设身处地地为“他”想一想，摊上这样一个弟弟，的确是够烦心的了，问题是，弟弟并不是那么一无是处，他有他值得同情的不幸和不走运，他有他让人难忘的善良和可爱，于是，纠结。一家人之间，往往就是这样，互相最了解，了解彼此的好，了解彼此的不好，都是到了根底里的那种了解，好的自然是一团和气，好处理，反之则会多出许多的闲气与烦恼。但无论是再烦、再讨厌，依然是舍弃不了、放不下来，因为他们毕竟是自己至亲的亲人。

吴念真的确不愧是“台湾最会说故事的人”，将一个个故事说得那么有声有色，看似波澜不惊的叙述中，展现着一幕幕人间的悲欢离合，其中的酸甜苦辣，自然也是分量很足地让你品尝。

另外，在貌似平白如话的叙述中，常常有着迂回曲折的情节、出乎意料的结尾，让你在读完之后或宛然一笑，或怔忡良久，或者，感觉内心丝丝的冷、隐隐的痛。

还有一个感受也很强烈，那就是，读吴念真的文字，可以了解到台湾许多的风土人情和语言习惯。可能是因为他是一位来自底层的作家，可能是他在几十年的文字生涯里做足了功课，在他的文字里，有一股来自乡野的气息，有一种难得一见的质朴与坦荡。用现在流行的话来说，就是“原生态”。

我还会继续向朋友们推荐吴念真的作品，不是职业的本能，而是为了心底的那份沉静与感动。

2012.7

史铁生——一个高度，一种境界

应该是很多年之前，就读过史铁生的《我与地坛》这篇散文，再之前，还读过他的《我的遥远的清平湾》。

在我看来，史铁生的文字，只要你用心、细心地去读，是可以读出不少的东西的。

比如他的细腻敏感，由于家境，由于他的身体状况，他的心是极其敏感甚至可以说是脆弱的，一句话，一个眼神，或者看似不相干的一个物品、一件事，都可以让他产生许多的联想和感慨。至于他的细腻，应该是源于他长期的思索与总结。

读史铁生的作品，还有一个感受很真切，那就是他的善良，对母亲、亲人、儿时的伙伴、成年以后的文朋挚友，他总是心存感念，总是觉得愧对，他念叨着别人的好，他惦记着别人的生活状态。而实际上，他的善良与爱是建立在自身的不幸与困顿之上的。

的确，史铁生是相当不走运的，正值青春年华，病了，继而瘫了，母亲愁苦忧虑而终，而他却在之后才深切意识和体会到母亲的艰辛与伟大。他的苦，太深太重。我们

第九期读书会(2012.11.14)

可以想象他的心里是怎样的百转千回,苦不堪言。

读史铁生的书,有一种感受很强烈,那就是史铁生的文采,纯文学,深度的积淀与功底,是如今的一大批所谓“作家”“写手”不可企及的高峰。

说来惭愧,一直以为自己曾经读过《我与地坛》这本书,捧读之后,才发现自己不过是读过这本书中的一部分。就像对于作者本人,我一直感觉自己是了解的,但实际上差得太远,需要好好琢磨、认识对方的还很多。大半生只能坐着的史铁生,实际上是一个高度,一种境界,一种力量的源泉。

通过《我与地坛》,我再一次认识史铁生,通过已经在另一个世界的史铁生,再一次审视了自己的生活与人生。

2012.11

不同寻常的《蛙》

尽管我说《蛙》不同寻常，并不是因为它获得了茅盾文学奖（如今它又获得了诺贝尔文学奖），但不可否认，如果不是因为它获得了茅奖，我很有可能不会去读它。当阅读成为一种必须甚至工作的一部分的时候，作为第八届茅盾文学奖获奖作品的《蛙》，我是一定要读的，并且拿起来便放不下手。

计划生育的题材是不好把握的，拿捏得不好，不是流于表面，便是有悖于国家的大政方针。但《蛙》却偏偏选择了这样一个敏感题材，而且写得有声有色、有血有肉，真的是很难得。

但凡一部优秀的作品，一定是要有一些生动真实的人物，有一些抓得住人的情节，从而构成一个让人难忘的故事。“姑姑”这个角色是成功的，她的性格，她的遭遇，让人们既欣赏敬佩，又感叹同情。陈鼻、王胆、陈耳、陈眉一家子的命运更是牵动着读者的心，最让我难忘的是“姑姑”带人水上“追捕”超生的王胆那一节，紧张惊险，扣人心弦，场面与细节的铺陈与把握，理性与人性的交织与碰撞，让读者在不自觉中进入情节中。

尽管小说通篇围绕着计划生育这个主题，但我们不难发现，实际上它是被放在一个大的背景下展开的，这个背景就是我们这个国家近60多年的历史，许多章节的历史背景与事件甚至比主题更抢眼更让人难忘。

不单一，就会显得丰满，就会让读者找到自己的兴趣点与关注点，这很重要，也很讨巧。莫言显然是这方面的高手，在他的笔下，《蛙》才显得这么独特，这么与众不同。

小说的结尾，有些虚，有些宿命，用的是曲笔，很多东西没有说得那么清楚，需要读者自己去理解和感受。想来也是，原本世上许多东西都是讲不清楚的，很多的人和事，只能说到某种程度，留下的，是想象的空间，是一个谜面。

的确，从表面上看，《蛙》说的就是计划生育这档子事，有些主旋律的意味。但在我看来不是这样，作者的个性与表达贯穿书的全部，耐下心来，静下心来，你才会读出一些，读懂一些。而这些，或许是这本书的真正价值所在。

说来挺有意思，尽管没有在第一时间去读《蛙》，但我却是在第一时间见到它与它的作者莫言。2010年的1月，北京图书博览会上，《蛙》的出版发布会的会场上，到处都是红红的海报，海报上，是一个土黄色的剪纸小孩和一个工工整整的“蛙”字。

2012.12

老舍《茶馆》读后感（微博体）

（一）

一个人，一个有些小机智的善良的掌柜，从年轻到衰老，经历了许多，更看到了许多，满眼兵荒马乱，满腹辛酸凄凉。一个地方，一个各色人等进进出出的茶馆，从开始到结束，有悲欢离合，更有家破人亡，唏嘘感慨之间，一辈子没有了。老舍先生的《茶馆》是一部中国近现代的民间史书，浓缩凝练，过目难忘！

（二）

我了解老舍先生的作品，大多是通过荧屏、话剧、电影和电视剧，《我这一辈子》《茶馆》《骆驼祥子》《四世同堂》等，感觉的确是不同凡响，一批响当当的艺术家的表演着实为作品增色不少。石挥、于是之、蓝天野、斯琴高娃、李婉芬等塑造的一个个鲜活生动的人物形象，已经深深地印刻在我的记忆中。

2013.3

我们都会这样的

——《谁动了我的奶酪》读后感

我们都会这样的，拥有的时候没有什么感觉，甚至还很麻木，一旦失去了，特别地受不了，喋喋不休地怪东怪西，怨气很大，唉声叹气。

我们都会这样的，失去后拼命地想着找回来，因为我们日复一日总是这样，习惯了，已经产生一种依赖了，以为生活原本就是这样，总是这样。

但是我们基本上都会失败的，我们再也找不回原来，找不到过去的那份感觉。

我们多想生活是一种特别的收获模式，得到以后便能够永远拥有。如此，我们的周围便会堆积起越来越多我们想得到的东西。

我们多想让别人多一些辛苦，自己多一些安逸，梦想成真的总是自己，一劳永逸总是自己，然后，享受，长久地享受。

但是我们往往都会很失望的，因为我们总是主宰不了这个世界，我们甚至掌握不了我们的人生。

当然，我们也可以尝试另外一种思路和心态，在拥有的时候很清醒，明白一切获得都不会是永久的，只有相对状态的占有，没有绝对意义的获得。于是就不会松懈，就会继续努力，让得到多于失去，甚至是远远地超过。同时还要提醒自己，生活永远是变化着的，未来不会也不可能是今天的重复和翻版，也不一定会比今天更为绚丽精彩。明白了，就不会纠结于一种模式和感觉，就会在不松懈的同时坦然、淡定。

某种意义上，这个世界是公平的，付出的就一定会有回报，得到一定会伴随着失去。

有人会说，方向不对的努力会有回报吗？其实是有的，那就是教训，是重新启动的平台。

有人会说，借助外力或者投机取巧的获得会伴随着失去吗？我想这是很明白的，因为他自身的生长能力在萎缩、丧失。

如果我们一定要计较一时一事的获得，那么我们就一定要明白，“获得”从来是一个综合的概念，有时它是物质的，有时它是精神的。

如果我们一定要清楚一点一滴的失去，那么我们就一定要知道，生活的意义有时就在于失去，唯有失去我们才有快感，唯有失去我们才有动力。

在一遍又一遍地读过《谁动了我的奶酪》这本书之后，我有了以上的一些想法，同时再一次地审视自己，我是谁？书中那四个有些搞怪的主人公中哪一个和我很相像、类似？

琢磨又琢磨之后，我发现自己应该经常有“嗅嗅”的敏感，但我常常没有“匆匆”的果断，太多的顾虑与松懈影响了我的行动；我一般不会像“哼哼”那样一条道走到黑，但也不是总能够像“唧唧”那样及时做出调整。想一想，其实这也是正常的，因为每个人本身就是一个综合体，只是在这样一个综合体里各种习性所占的比例是多少很关键。所谓的不断完善自己，就是要把这个比例调整到一个比较理想的状态。

要坚持不要固执，坚持自己的信念与追求，但绝不固守眼前的一切，忽视内在与外在的变化。对于新华书店来说，外部所发生的林林总总的一切，从表象上看，的确是负面的、消极的占了绝大部分，但这不一定就是不好的事，也许它们是一个警醒和契机，终结者与开拓者有时往往是共存于一体的，关键在于我们怎么看、怎么做。

就安徽图书城而言，如果我们只是看到市场在日渐萎缩，对手在日渐强大，我们一定会很消极。但如果我们沾沾自喜于自己每年都有一个好的增长，而忽略了其中各种因素和自身的各种问题的话，我们又一定是一种盲目的乐观。

对于我们来说，其实市场还是很大的，只是我们没有感觉到，也很少走出去切身感受一下。从近一两年逐步开始的走出去尝试来看，外面的"奶酪"不但是丰富的，而且很新鲜。

有时候，我会设想我们这些新华人如果失去了自己的奶酪，会是怎样的一种状态。我可以很坦率地说我会很担心，因为我们不但已经失去了一个良好的心态，同时也失去了很多对外界的适应能力与自体再生的能力。我常与同事们在一起讨论，以我们目前的状态，我们还能够做什么？没有清晰的思维，也没有敬业的工作状态；没有全面的综合素质与修养，也没有过硬的业务技能，走出新华书店的大门，我们能干什么？留在新华书店里，我们又能够干出点什么？

我们常常在抱怨，我们的付出在增加，我们的获得在减少；我们总是会说别人做得太少，自己做得太多；我们熟视无睹于身边的许多的问题，我们无限放大自己的一些要求。

我们在想，是不是要等到一切都理顺了，我们才开始做；我们在想，是不是等到相对的公平到来后，我们才卖力做；我们还在想，什么时候我们的这份工作能够让许许多多的人羡慕。但我们就是没有想，所有的一切都不是可以一蹴而就的，而且，等到这一切真的到来的时候，我们是不是还适合于现在的岗位，还能够稳稳做着现在的这份工作。

我们要想，我们要多想一想，只有真正地去想并且想通了，我们才会有方向与目标，有信心与干劲，我们才会把职业的追求与自己人生的追求联系在一起，坦然接受与享受不断的变化，让自己的日子过得滋润、踏实。

的确，很多时候我们并不能左右我们的工作与生活，但这并不妨碍我们让自己的人生精彩演绎。外界的评价只是一个部分，内心的感受才是最重要的。既然选择了一份工作，就把它做好，这是最低的要求，也是最高的境界。

2013.4

值得好好琢磨的笑话

——读《笑话中的经济学》

刚拿到《笑话中的经济学》的时候就读了一部分，这几天又读了一大部分。总体感觉是这本笑话不简单，轻松的外表下，是一个个我们应该了解、必须掌握的经济学方面的理论与常识。

我读这本书，一般是先看看小笑话，然后看一下几句话的“趣评”，再仔细读一读“笑话中的经济学”部分，感觉自己基本上清楚明白了，再回过头来琢磨一下“趣评”，便会有不同于之前的感受。

纵观全书，给我印象深刻的部分是第5辑“读笑话，谈消费者需求与产品市场”。读后感觉很有启发。

这辑共有17个笑话，几乎可以说个个对我都有启发和帮助，为了加强记忆、反复咀嚼，我把它们一条一条地抄下来，来它一个“理论联系实际”，正所谓：“读笑话书，谈书业事。”

1、需求层次：“消费者的需求是有层次的，赢得消费者的关键在于满足他们的现实需求。”——我们书城的读者何尝不是如此，读者的需求和偏好各有不同，我们要做的，就是千方百计地满足读者的这些需求和偏好，而不应该让读者跟在我们后面转，我们想进什么就卖什么。我们永远要记住，读者需求是第一位的，而读者的需求是分层次的。

2、消费者需求："不同消费者对产品的需求有独特的个性需求。"——"个性需求"是构成读者总需求不可或缺的一部分，满足了读者的"个性需求"，往往就能够长久地留住读者，使他们成为信赖我们的"老读者"。

3、消费者偏好："萝卜白菜各有所爱，消费者在选择商品时偏好各不相同。"——了解了这一点，我们就应该在满足率上下功夫，就可以以一个理解的姿态倾听读者的不满和抱怨。

4、市场细分："消费者的需求是多样化的，因此，企业必须细分市场，以满足不同的消费需求。"——"细分市场"是提高满足率的一个重要举措，你只有清楚和明白了读者需要什么，才能够满足读者的需求。了解，是满足的前提和基础。

5、消费者示范效应："一个小青年不会和他爷爷穿一样的衣服，但是会和他的同学或同事穿一样的衣服，背一样的包，理一样的头发。这就是消费者示范效应。"——因为有"消费者示范效应"的存在，我们就应该注意利用关键读者引导市场，同时了解市场动向，及时适应市场。所谓"关键读者"就是那些有号召力和决定权的读者，他们的爱好与阅读取向会影响一大批人。"了解市场动向，及时适应市场。"尽管有些被动和滞后，但也不失为一种行之有效的办法。

6、虚荣效应："虚荣心使得人们在市场上乐于购买那些独一无二的高档品，以显示其地位。"——有些人买书主要是为了读，有些人买书主要是为了收藏（当然，很多读书人同时也是图书收藏者），有些人则就是为了做效果、装门面，以显得有些文化和气氛。这些人自然也是我们的服务对象，在这方面，品种、品相、价格等元素相对重要得多。另外，但凡读书人，都会或多或少地追逐一些制作精良的精品书，以满足自己的某种情结。

7、凡勃伦效应："一些商品价格定得越高，就越能受到消费者的青睐。"——对于这个问题，结合书业的具体情况，我的理解是：便宜，并不是做好销售的必须，有人喜欢买便宜的，有人喜欢用消费实现所谓的实力和身份。这是现实。

8、消费者剩余："当你对一件商品所支付的价格低于你愿意支付的价格时，这部分剩余叫消费者剩余，它是吸引消费者争相购买的有效动力。”——真正的读书人，往往是某种状态下的囊中羞涩，所以，特价书便会深受他们的欢迎。另外，特价书还可以让一部分犹豫不决的读者下单。

9、市场均衡：“任何一件新产品的出现，都是从打破均衡开始来创造商机的。”——打破市场均衡，创造商机，是我们最没有意识，最不擅长的，也是我们亟待学习和实践的地方，是有着很大前景的一个方向。

第十三期读书会（2013.10.25）

10、市场需求：“贴近市场开发产品，才有销路，为市场所接受，才能赢得客户。”——读者需要的，是我们应该引进的。一己的判断要服从于市场，这一点，毋庸置疑。

11、潜在需求：“一旦条件成熟，潜在需求就转化为显现需求，为企业提供无穷的商机。”——这个“条件”，我们要去争取和创造。我曾经与同事们探讨：应该说，每一位到书店来的读者都是我们潜在的客户，一本心仪的书，或者一个好的接待，一番专业而生动的介绍，都可能激发他们的购买欲望，关键是要看我们怎么做。

12、产品生命周期：“任何一种产品都会经历从诞生到成长，再到衰退，最终退出市场的生命周期。”——对于这一点，要有清醒的认识。但是，每一种商品的生命周期是不一样的，有的很短，热闹一阵子便过去了；有的很长，甚至能在很长一段时间里持续走高；有的，尽管从一开始就没有特别突出的表现，但是能够以一种不俗的态势走得很远。了解了这些，就会做到成竹在胸。

13、替代品效应：“用途基本相同的商品在市场上互为替代品，一种商品降低价格，在增加自己销量的同时，会降低竞争产品的销量。”——同行业与本部门都是如此，要区别对待。如何对待本部门同质化的图书，如何在某一种（类）图书的销售上占领市场，都是值得我们好好研究的。

14、互补品效应：“一种商品的销售能带动另一种商品的销售，这两种商品则为互补品。”——这既是一个销售秘诀，也是一个常识，要了解，更要落实到实际中。

15、产品包装：“一个能恰当地展现产品特性和内涵的包装设计往往能为商品赢得更多的消费者。”——作为出版者，应该重视图书的书脊、封面以及护封、腰封等的设计与制作；作为一名书店的员工，则需要重视图书的外观的展示和保护，利用图书的外观元素宣传和推销图书。

16、过度包装：“产品的包装很重要，但最根本的还是产品本身的品质。”——最要重视图书的内涵，这是一本书的生命力的根本保证。

17、品牌个性：“品牌个性是品牌赖以存在的根本，丧失了个性，品牌也就消失了存在的依据。”——从自身来看，必须珍视和保护企业的品牌，自觉维护好“新华书店”这个金字招牌。从业务的角度来看，出版部门的口碑和实力，是我们与之合作的依据，也是我们销售时的卖点之一。

逐条理解、逐条琢磨之后，我发现自己的思维得到一次清理和提高。学无止境，做生意同样如此，只有用心尽力，才可能做得更好。这样看来，有时候，还真是不能小看了笑话。

2013.11

我们缺乏的是情怀

——读毕飞宇《人类的动物园》

毕飞宇的书买了不少，但读过的并不多，只有《推拿》和这本《人类的动物园》而已。读完《推拿》，很有些激动，我买了他的7卷本文集，现在又读了《人类的动物园》，我想应该梳理一下自己对毕飞宇及其作品的感受了。

《人类的动物园》选取了作者2个中篇小说、7个短篇小说，以及散文随笔12篇。通读全书，印象深刻的有《青衣》《雨天的棉花糖》和《相爱的日子》，《哺乳期的女人》《怀念妹妹小青》《生活在天上》及其他两篇也是不错的，只是相比之下要单薄晦涩一些。散文随笔部分比起小说来距离挺大的，小说家就是小说家，写起散文来基本上没有什么感觉，有时候写着写着又回到小说那边去了。

《青衣》是一部非常传神的小说，戏剧演员的内心世界在毕飞宇的笔下被演绎得惟妙惟肖。筱燕秋这个文学形象真实、饱满，其一招一式、一举一动，无不透露出一个职业演员的气质与神韵。毕飞宇是了解戏剧演员的，我甚至怀疑他曾经在梨园圈子里待过很久，或者他长期关注过戏剧界，某个行当某个人，否则，他是很难写出《青衣》和筱燕秋的。不过这也难说，因为当时看《推拿》的时候，我也曾有过类似的疑问。或许这就是毕飞宇过人之处，也正是因为此，我一直坚信他一定会走得更远，为世界上更多的人熟悉和喜欢。

毕飞宇说过："我不喜欢（筱燕秋）这个女人，可是我一点也不恨她。筱燕秋是一个我必须面对的女人，对我个人而言，无视了筱燕秋，就是无视了生活。"说得真好，作为女人的筱燕秋，是不招人喜欢的，但作为演员的筱燕秋，却是让人佩服的。分裂的性格，不太和谐的组合体，或许就是做艺术人的宿命。事实上，一切"一根筋"地追求某个领域极致的人，其性格与人生或许都是残缺的，这真是一件没有办法的事情。

第十五期读书会（2013.12.31）

毕飞宇的语言准确、精练，富有节奏感和美感，《青衣》里这样段落和句子很多，比如写到筱燕秋经历坎坎坷坷之后终于重登舞台时，很快就完全放松下来，"她开始了抒发，开始了倾诉，她彻底忘记了自己，甚至彻底忘记了嫦娥，她把满腔的块垒抽成了一根绵延的细长的丝，一点一点地吐了出来，缠绕了起来，挥洒了起来。”“这是喜悦的两个小时，哭泣的两个小时，五味俱全的两个小时，缤纷飞扬的两个小时，酣畅的两个小时，凄艳的两个小时，恣意的两个小时，迷乱的两个小时，这还是类似于床笫之欢的两个小时。筱燕秋的身体连同她的心窍，一起全部打开了，舒张了，延展了，润滑了，柔软了，自在了，饱满了，接近于透明，接近于自缢，处在亢奋的临界点。筱燕秋就感到自己成了一颗熟透了的葡萄，就差轻轻地、尖锐地一击，然后，所有黏稠的液汁就会了却心愿般地流淌出来。”——淋漓尽致，一气呵成！用一句时尚的话语来说，就是：神一样的句子！

总体来说，《青衣》的基调是低沉、压抑的，这似乎也是毕飞宇作品的特色，这样的特色，在《雨天的棉花糖》里得到淋漓尽致的发挥。

红豆的个性和命运，应该属于小众，但小说反映出的那么一个社会环境和人性，却是值得我们深思的。一个羸弱、苍白而内向的小伙子，一曲低缓、哀婉、凄迷的二胡曲，总是在我的眼前和耳边晃荡，总是在我脑海里盘旋。不能说出太多的感受，是因为我陷入在小说所构建的那种迷惘和悲哀中，很难走得出来。

《相爱的日子》尽管也是低沉的，但它整体却是舒畅、明快的。两个在城市里挣扎的年轻男女，相爱了，爱得那么纯粹、干净，让我们这些旁观者都为之感染、感动。细节，生活的细节，情感的细节，乃至做爱的细节，都是那么的真切、到位。可以说，正是这篇《相爱的日子》，让我相信，毕飞宇的短篇小说，已经跻身于世界短篇小说的最高端。

毕飞宇说过：“人到中年以后，情怀比才华重要得多。”又说：“情怀不是一句空话，它涵盖了你对人的态度，你对生活和世界的态度，更涵盖了你的价值观。”“我们不缺乏才华，但我们缺乏情怀。”我想，毕飞宇道出了文学的真谛，也表明了他的文学观与写作姿态。基于此，他才会写出《青衣》《推拿》这样的绝好的作品。

2014.6

说明白话　做明白人

——读《姥姥语录》

倪萍的《姥姥语录》出版已经有 3 年了，当它从一本畅销书逐步变得不那么畅销的时候，再来读它，发现它非但没有过时，而且还有着其独特的价值。倪萍不是一位专业的作家，这本《姥姥语录》也不是一本纯粹意义上的文学作品，但是，其中的所包含的一些东西，却是一些所谓的“作家”和“文学作品”所没有的，那就是：真情、真话。

在倪萍的笔下，活了 99 岁的姥姥是一位吃苦耐劳、明理智慧的老人。虽然她只认识自己的名字，但她懂得许多识字人不懂的道理；虽然她矮小瘦弱，却把自己的日子过得自信充实。

读《姥姥语录》，让人有一种恍惚，仿佛姥姥就在我们的身边，因而感觉特别的亲切自然，入耳入心。关于“帮助人”，姥姥说：“有一碗米给人家吃，自己饿肚子，这叫帮人；一锅米你吃不了，给人家盛一碗，那叫人家帮你。”“给人一座金山是帮，给人一碗水喝也是帮。你帮了别人，早晚人家也会帮你，不信你试试？这一辈子你试不出来，下一辈子你孩子也能试出来。”如果说姥姥的话说得朴实到位、富有哲理性的话，那么，姥姥关于如何去帮助乞讨者的那句“你记住，孩子，多穷的人都有脸……给人吃点东西先要给人家个好脸”，则更让人印象深刻。书中关于姥姥如何不让人尴尬地帮助人，或者提醒、暗示倪萍去帮助人的例子不少，生动感人。

姥姥说：“有好事想着别人，别人就老想着你。你有好事不想着别人，只顾着自己，最后你就剩一个人了。”但姥姥又说：“靠山山倒，靠人人老。靠来靠去你就发现了最后你靠的是你自己。”看，在姥姥这儿，做人的学问可不简单。

姥姥当年在农村的时候，关于不拿自家的瘪花生换生产队做种用的好花生的那一番话很震撼人：“大花生、小花生吃到肚子里都得嚼碎了，种在地里可就不一样了。好种子结好花生，孬种子结小花生。孩子也是这样，你们都在眼前看着，我要是做那‘聪明’事儿，你们长大了就不聪明了。种下什么果子就长出什么果。”但姥姥也绝不是那种正气凛然的“高大全”，她总是天黑以后再挨家挨户地送她家种的苹果，因为“有和咱近的，也有和咱远的，有咱欠人家情大的，有欠小的，咱这苹果也就分大筐小筐，天黑了不就看不出来了吗？邻里之间就怕个厚薄，本来小筐就挺高兴的，一看那家是个大筐，你这小筐就变味儿了，变成意见了，好心就办了坏事了。”总是想着别人，总是顾及着别人的感受，这样的姥姥真不容易。

“管哪儿的肉皮都好撕开，就是脸皮不好撕。撕一块儿你试试？这一辈子脸上都有一块儿疤。”“人不可贪财啊，财是个狼，你贪它它就贪你，你吃它它就吃了你。”姥姥这样的话给人的感觉已经不仅仅是震撼，更是过目不忘，发人深省！

当然，我们在敬佩、认同姥姥语录的同时，也要记住倪萍的一句话：“（姥姥）她的局限性阻止了她对大社会的深刻认识。永远以善对付恶，这不是唯一的办法。”

当年倪萍在央视主持节目的时候，亲切自然，像一位漂亮伶俐的邻家大姐，广受观众的喜爱。但后来令她饱受诟病的，也恰恰是她这个“邻家大姐”的台风。如今，拿起笔写《姥姥语录》的倪萍，依然不改邻家大姐的风格，随和亲切，但也免不了唠叨，不过，感情是真实的，道理是真切的。

人人都明白的理，家家都遇上过的事，倪萍和她的姥姥，是一对善良的女性。

2014.2

有关史玉柱的思绪碎片

——读《史玉柱自述——我的营销心得》

在没有读《史玉柱自述——我的营销心得》之前，对于史玉柱，我基本上是没有什么概念的。所有的信息加在一起，无非是：安徽人，“脑白金”是他搞的，特能忽悠，特别厉害。当然，他还有一栋特别出名的烂尾楼。看了这本书，我才知道，他其实是一个特别有才、特别有激情的人，他的关注点早已经从网游转移到了金融。

在我看来，《史玉柱自述——我的营销心得》是一本编得不咋样的书，拼拼凑凑，将一些碎片化的东西弄到了一起。但不可否认的是，这本书的信息量还是很大的：它能够让我们学到很多营销的技巧与方法；能够唤起多年前的记忆，让我们了解许多幕后的故事；同时能够让我们受到很多的启示，关于产品、营销与人生。

“脑白金”可以说是史玉柱最为成功的一个产品，准确说，它的成功不是在于产品如何好，而在于其广告实在是太有特点了。搞怪、恶俗，多少年就那么一句“今年过节不收礼，收礼只收脑白金”，怎么能够一直那么火呢？想来应该是剑走偏锋、出其不意，让人们在或不屑一顾，或哈哈一笑的状态下牢牢地记住了它。

史玉柱是一位广告奇人，他在广告上面的悟性极高，有些话语堪称经典。抄录几句，日后慢慢消化：一、病句是最容易让人记住的。二、广告其实是持续性投资。广告是一个积累，最怕的就是打一段时间就换。三、做广告，定位准确比广告形式更重要。四、最好的广告就是推销产品。五、广告是绝大部分企业的命脉。

应该承认，史玉柱对于媒体是非常了解的，他清楚什么电视台在什么地方影响大，通过分析比对，他发现“在乡镇一级，中央电视台占据绝对优势”。他的产品是全国性的，而且它的消费是以三线城市及乡镇这一级市场为主的。充分了解了媒体，明晰了自身的产品定位，在什么地方投放广告，自然就不是个问题了。

用 3 个亿的钱，做了 30 亿的广告，史玉柱以其对于电视台和市场的了解，硬是用国际品牌在中国广告成本的十分之一的钱，让“脑白金”家喻户晓，获得了巨大的成功。谈判技巧、内部信息、投入广告的时机和技巧，以及“海（海报）陆（商促）空（电视台）”的全面覆盖，成就了史玉柱的广告神话，不服还真的不行。

史玉柱论述产品广告的话，多读几遍，肯定会有收获：一、新产品上市，要告诉消费者相对多的信息。二、营销没有教科书，要靠自己摸索、体会。三、好广告是改出来的，发现错误就要改。四、最好的策划导师就是消费者。五、消费品公司，每个人都应该了解消费者。六、能让人记住的广告，特点就是不停地重复。

“明星效应对于广告效果作用有多大？”史玉柱认为：“明星代言没用，你如果用一个明星，消费者看完之后都不知道这是谁花钱播的，因为他的注意力不在那个地方。”看了其比较详细的解读之后，感觉挺有道理的，多数明星代言的确是瞎掰，但也不能一概而论，比如陈道明代言的利朗，在我这儿就挺有效果的。

史玉柱说他自己适合创业，不适合守业，我想这应该和他的个性有关系。于是他在管理多元业务时，采取的办法是在某段时间内集中优势兵力做一件事，在同一个时间，一定只管一件事。这对我很有启发，的确，一个人的精力是有限的，所以要把有限的精力用在自己喜欢做的、必须做的事情上面，才有可能取得成功。

什么是“网游”？网游为什么会有那么大的魔力？看了史玉柱的解说，我感觉自己有了一些了解。史玉柱因为自己喜欢玩网络游戏，玩着玩着就想着自己来开发，结果获得了巨大成功，挣了很多的钱。这让人感慨：什么东西到了史玉柱手里，都能够让一大批人心甘情愿地掏钱，因为他摸清了他们的软肋。有点可怕啊！

“只要是面向消费者的生意，都要研究消费者。”史玉柱的这句话说得不错。但怎样去研究消费者，学问可就大了。作为一名生意人，如果我们守在店堂里混沌度日，不去观察研究我们的顾客，怎么可能做好生意。因为市场从来是青睐那些有心人的。用心做事，才可能有回报，想要消费者掏钱，你必须要让他们心动。

“只要有团队和产品，摔倒也能再起来。”“只要有信心和实力，摔倒了也能再起来。”前一句是史玉柱说的，后一句是我的。一个既团结又有实力的团队和一批很好的产品，是一个企业成功的关键，这个很容易理解。其实一个人又何尝不是如此呢？你只要精神不倒，实力在身，那么“从头再来”就不仅仅是一句歌词。

“策划在网游行业的地位”这一节我既没有多大兴趣，也似乎不大看得懂，但有一点感觉很深刻，那就是史玉柱玩转了玩家，高人一个！还有几点印象很深刻：一、他在策划上花的精力最多；二、他认为让玩游戏的老手上手不难，最难的是让新手上手；三、他认为战术实际上说的就是细节；四、价值是压力压出来的。

史玉柱说：“一个企业付出的最大成本、最大的浪费，并不在于它的实际操作，

第十七期读书会（2014.3.31）

实际上，决策失误所付出的代价是最高的。”现实中，决策失误这个代价最高的成本往往不是史玉柱所说的“策划”，明白的不敢说，或者人微言轻，拍板者则又不明白，那就“杯具”了。更为可怕的是那种故意的决策失误，当然这是另一个话题。

史玉柱说“做好一个产品要过产品关、策划关、团队和管理关”，其中最重要最难的是策划关。史玉柱又说：“做策划，最难的是广告语，这个广告语要既简单又要有冲击力。”史玉柱还说：“凡是做好的产品，大多数名字取得不错。”我就想了，咱们图书城是不是也应该有这么一句“既简单又有冲击力”的广告语呢。

读史玉柱讲述其创业过程，感触很多。极高的研发天赋，极强的营销能力，以及“破产”后的反思与重整旗鼓，都很感染人。尤其是他琢磨员工为什么愿意跟着他干的原因，即第一个是收入，第二个是自我价值的实现，很实在，也很有道理。他说：“老是用事业心、企业文化去淡化这个（钱），事实上是不对的。”

经过了顺境、逆境、顺境这么一个轮回之后，史玉柱说逆境有三大好处：一、逆境中成长最快；二、逆境中做事比较冷静；三、逆境中企业负责人过得更舒服。仔细琢磨一下，还是很有些道理的。另外，他听来的那句“成功的时候总结的经验是扭曲的，失败的时候总结的经验教训才是真实的”也很有一些意味深长。

在谈到“如何从低谷中站起来”的时候，史玉柱提到了几个关键词和句：“不灰心”“果断地放弃”“重新起步要选择自己最熟悉的行业”“聚焦聚焦再聚焦”“在低谷的时候要及时总结”。当然，不是所有人都能够像史玉柱那样东山再起，再创辉煌的，但我们可以尝试努力，为自己争取一个相对理想的未来。

读了史玉柱的微博选，感觉还是颇有些味道的。比如他说“舍得”“祸福”“富贵”“年轻人”等，都很透。他说反对派有很多好处：一、反对派一般纯粹、简单；二、反对派从多数人的沉默和疏忽中挑毛病，话虽难听，往往有价值；三、挑刺是能力，发现不容易发现的问题，没有理由不善待有这种能力的人。

碎片化的图书，用碎片化的文字来写读后感，应该是合适的。边读边写，不会将那散落在文字中闪光的东西遗落了，不会将脑海里刹那间的感受与感动遗落了。这真是一次很不一般的阅读体验，像是在上一堂课，又像是在听一位老乡在吹牛聊天，很有趣，很开眼界，很有收获。从此认识他、关注他，一个叫史玉柱的人。

2014.3

《酒楼》里的变与不变

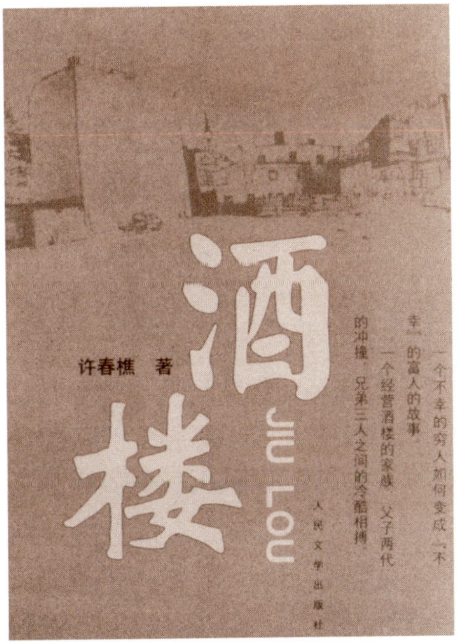

利用双休日两天的下午，读完了许春樵的长篇小说《酒楼》，很过瘾，同时也有一些激动。也许有人会觉得“激动”一词有些夸张，但一部能够抓住人，打动人的小说，不但能够让人们产生许多联想与感慨，同时也能够让人们有所启发和收获，心情不能平静，于是有些激动，实在是情理之中的事情，更何况它的作者就和我生活在同一座城市里。

真是很佩服许春樵的叙事能力，凝练紧凑，节奏感极强。尽管没有什么大悲大喜、大起大落，但却能够紧紧抓住读者的心，以至于读到整部小说三分之二的时候，一句“转眼三年过去了”，才让我松了一口气。

《酒楼》所讲述的是一个家族和一座酒楼的故事，人物不多，内容也算不上复杂，但它却紧扣住时代的发展与变化，反映出社会变革大背景下人们的手足无措与彷徨迷乱。有时候，你会觉得酒楼还是那座酒楼，进进出出酒楼里的人变得太快了；有时候，你又会感觉酒楼因为被改得太多，有些面目全非了，而那些变来变去的人们似乎又并没有变到哪里去。于是，人们会思考，变与不变之间，到底有着怎样的背景和理由；不变与变之间，又揭示了什么、追问着什么。

大哥齐立功，二哥齐立德，老三齐立言，老爷子齐修仁，还有几个或重要或不重要的女人，几个少不了的社会各层次的人物，让酒楼从头至尾就没有消停过。

落魄不堪的齐立言后来富得流油，趾高气昂的齐立功最后可以说是一贫如洗。无论是从学历还是从经历，这一对哥俩儿似乎都差得太远，但如果你仔细琢磨琢磨，会发现，其实他们两个人实在是太像了：都能够在起步阶段卧薪尝胆、吃苦耐劳，一步一个脚印地将生意做得很大很红火；但同时又都在发达了之后狂妄自大，冷血自私，势利吝啬，贪婪放纵。当他们用同样的手段制造着所谓的“野味”的时候，他们的共同点达到了极致。这真是一个悲剧，一个充满宿命色彩的悲剧。

但是，齐立言毕竟不是齐立功，更不是齐立德，在他的身上，有着许多难得的闪光点。他智慧、执着、刻苦、勤奋，他能够执着地研发农机甚至小汽车，也能够以壮士断腕的气概，义无反顾地从头做起，从最底层的搓澡工、收破烂做起，这就让我不能不另眼相看的同时，肃然起敬了。

没有发达之前的齐立言，在拥有前面所列举的种种优点的同时，还拥有着对于一个人来说非常重要的品质——诚实、善良、知恩图报，而这为他后来的成功打下了坚实的基础。把对于收破烂的他来说简直就是一笔巨款的 8 万元交还给素不相识的王千，把苦苦积攒下来的 3 万元钱借给曾经在他最为落魄时给了他 800 元的走投无路的钱辉。这样的事情，没有多少人能够做到，正因为此，也没有多少人能够像他那样成功。世间的事，常常就是这样环环相扣，因小失大，顾此失彼的事情多了去了。

当然，早期齐立言的弱点也是显而易见的：偏执、狭隘、理想主义色彩浓厚。而这，在有意无意之间，伤害了不少人，尤其是他最亲近的人。因为此，我始终是以同情乃至理解的眼光去看齐立言的前妻张慧婷，作为一个敏感、虚荣的女人，她在忍受着齐立言给她带来的种种不堪的同时，用语言和行动刺激和伤害着齐立言。失败的婚姻一定不单单是一个人的问题，所以不能够把所有的错都归在张慧婷的身上。同样，大哥、二哥等家族里的人对于齐立言的种种言行，也不是一点理由没有的，况且亲人之间原本就是没办法讲道理的。

让人们感到失望的是，成功了的齐立言竟然会用同样的方式方法去对待曾经伤

第十八期读书会(2014.7.30)

害过他的兄长亲人,相对于大哥齐立功在几个齐立言生死存亡的关键时刻毅然决然地说不,他的伤害似乎更不能让人原谅。

往往就是这样:一个人成功、发达的时候,会暴露出身上许多以往不为人知的丑陋。

相对于整个齐家的吵吵嚷嚷、庸俗不堪,王韵玲的出现,让我们看到了一抹明亮。好似戏剧舞台上的追光,王韵玲走到哪里,哪里便会是明快舒朗的,哪怕她在哭、在生气,也是这样。因此,当王韵玲似乎人间蒸发一样地消失得无影无踪时,整部小说也就不可避免地在黯淡中走向终结。

合上《酒楼》,我在想,天德酒楼倒了,复兴酒楼又会走向何方?它如果一直开到今天,一定又会面临一次重大的改变,齐立言还能够从容应对吗?随着时间的推移,他的心胸和境界,是开阔提高了呢,还是愈加地狭隘降低了呢?王韵玲会回来吗?他们的儿子会成为复兴的第二代吗?人生真像一场戏,想知道后面的情节,我们往往会有些急不可耐。

其实我也知道,我在意的是我们自己的生活,希望它能够更好一些,因为更为明亮多彩的明天会让今天的我们多一些期待和信心。

2014.6

《爸爸爱喜禾》及其他

一、《爸爸爱喜禾》简介

书　名：《爸爸爱喜禾》

定　价：18.00元

出版社：新星出版社

作　者：蔡春猪

内容简介：

一位自闭症患儿的微博结集，看似轻松诙谐、幽默搞笑，近似于脱口秀，百无禁忌，甚至还有些“过”的感觉。但你只要稍稍读上几页，就可以感受到一位父亲的苍凉胸怀，那种深到骨子里的痛，那种欲哭无泪的悲伤。于是你就会感动，以至于心情久久不能平静，甚至于情不自禁、潸然泪下。

图书卖点推介：

整本图书文字不多，应该属于轻松阅读一类，但因为内容的沉重，又让人有一种不忍卒读的感觉，属于那种既可以一口气读完，又能够让你回味许久的书。

作品特色：

思维灵动跳跃，文字清新耐读，感情真挚感人。

作者简介：

蔡春猪，湖南人，先后做过时尚杂志编辑、文学网站主持、时事脱口秀策划兼副主持、影视剧编剧等。儿子喜禾两岁时被诊断为自闭症，后在新浪开设微博“爸爸爱喜禾”。被称为“自闭症之父”。

装帧特点及价格优势：

开本小，整体设计素雅，封面上喜禾的涂鸦及腰封上的文字与图片（爸爸与喜禾在一起）很能够打动人。

适读人群及推荐对象：

所有有爱心的人。

掌握顾客心理并引导其消费：

这本书不但可以让我们了解一个自闭症男孩及其父母的故事，更能够让我们走近自闭症患者，了解自闭症究竟是怎么一回事，我们应该如何去看待自闭症，如何去帮助自闭症患者。

同类商品推荐：

周国平的《妞妞》，同样不幸的孩子，同样了不起的父亲，让我们领略到什么叫从容镇定，什么叫父爱如山。

注：此文系为2012年参加全国业务竞赛的选手撰写的一组“图书介绍”中的一篇。

二、喜禾与大福的明天

有一部电影，让我每次看它都会感到难过、揪心，悄然落泪；

有一部电影，让我改变了对两位演员的既往的看法；

这部电影的名字叫《海洋天堂》，两位演员的名字叫：文章、李连杰。

看到《海洋天堂》很偶然，第一反应不是对电影本身，而是对李连杰居然能够演出这样一个朴实的生活化的人物感到诧异。我很有些好奇地看着电影，很快就明白这是一部关于自闭症患者的影片。尽管之前对于自闭症有一些了解，但真正面对这种病和这个群体，还是通过《海洋天堂》。

对于文章，我也是缺乏了解，但通过大福这个角色，我感觉文章是一位不可多得的好演员。能够演好一个正常人，已经是一件不容易的事情；而要演好一个自闭症患者，更是难上加难。不能概念化，更不能脸谱化，能够让观众感觉就应该是这样，演员是要下很大功夫的。文章显然是做到了，独特的表情和动作，看似呆板僵硬，却让人难以忘怀。

一个“星星的孩子”，一个被唤作“雨人”的青年，多年来一直与父亲相依为命。不幸的是，父亲被查出是癌症晚期。孩子的将来怎么办？成为父亲的一个心病。能够想到的办法都想过了，包括和孩子一起投海自杀。影片的最后，父亲死了，孩子似乎找到了一个比较合适的安排。但稍微多想一想，就会发现，这样的安排还是有着不少的问题。因为大福是一个自闭症患者，所以他注定是不能够按照我们这些所谓的正常人的思维模式生活，他注定会遇到他父亲和关心爱护他的人所没有想到的事情，他注定还会遇到一些连正常人都会欺骗、伤害的坏人，那时的他该怎么办？我不能想象。

说穿了，生离死别原本就是不可避免的正常的事情，但大福和他父亲的生离死别却是那样地令人揪心。每次看《海洋天堂》时，我都在想应该怎么办？每次看完电影，我依然是找不到一个好办法，并为此纠结、惆怅许久。

这是一个问题，一个关乎千千万万个家庭的大问题，百分之一的发病率，百分之百的不可治愈率，给我们这个社会提出一个大问题，如何给这些生活在自己的世界里的人以呵护，如何给自闭症患者的家庭以帮助，是一件刻不容缓的问题。

这个世界上有着很多的苦难和不幸，自闭症患者以及他们的家庭只是其中的一种，但他们显然没有做好生活在这个世界的准备，这个世界有责任和义务帮助他们。

喜禾与大福的明天能让我们安心吗？——我总是这样在问自己。

好有味道的《又见炊烟》

现在的书做得越来越雅致好看了，特别是一些散文集，真是很有些艺术的味道。最近连续读了几本这样的书，手头的这本叫作《又见炊烟》。白色调的封面上，有一个小小的图画，乡村的景象，有山有土地有树有房子，自然还有炊烟。

内容也挺好，长长短短的一些散文短章，写农村里的饮食，写老的民俗，写乡间趣事、风物，写那些总在心中的真情和往事。休闲，散淡，读起来既轻松又有趣。

还有那些插图。一律彩色，民俗年画风格，应该是专门为这本书画的，看上去很享受。

有人说鸿篇巨制方能显示出作者的功底和实力，在我看来，散文短章、只言片语似乎更能读出作者本真、生动的一面。

比如，在那篇《匠人》里，作者写道：“我相信，每一个男人与生俱来都有做匠人（木匠、泥瓦匠等）的愿望、小聪明和能力。”于是，他用了一个多月的时间，把阳台上的洞隙堵了起来，“砌起了一种最简单潦草的台子”，然后把厨房搬到阳台。接着又把厨房铺上地砖，把门窗都漆了一遍，在铺墙纸的计划泡汤后，他又自己动手把家里的墙面刷了一层乳胶漆。最后的结果是:“墙上涂了涂料,虽然各处都漓拉了一点;地上铺了地砖,虽然高低不平了一点;窗户漆了新漆,虽然颜色厚薄不均了一点……”

比如,在《自制的邮品》里,作者说:“我做什么事情都是一时兴起,一阵风,一阵迷,风过去了,也就算了。但在风头上,迷进去了,一切不顾,几乎失去理智,那也有点怕人。”

“民俗忆旧”里的《赶集》,简直就是一篇关于乡村赶集的小百科全书,什么是“大集”,什么是“小集”,什么是“露水集”,什么是“骑路集”,什么又叫“赶闲集”。作者说起来如数家珍。让人印象深刻的是,有一年作者沿老濉河步行,连着赶了濉河附近的六七个集。

还有让人感动的,无论是父母乡亲,还是同学朋友,亲情、友情,是那么的真挚、感人。

在关于父亲的几篇文字里,外表严厉的父亲对他的关心与牵挂让人感动。有一次作者“手头一时紧张,打电话向父亲借五百块钱,并言明不日即还。父亲在电话里说:五百够不够?给你八百吧。他又在电话里激动地说:还什么还?你说说,我们还留钱有什么用?我握着话筒说不出一句话来……”

作者有一位大学同学,他们在学校里的交往并不是太多,但他们“互相有一种信任感,有一种尊敬对方的自觉,有一种无言的信赖”。大学毕业后,他们也仅有一次相见。几年后,这位同学罹患癌症,很快就去世了。作者有一段文字很让我感动:“两个月后的一个晚上,我独自一人到电信局给他的我没有见过面的夫人拍唁电。我默默地排在两个人的身后,心中反复暗诵着要拍发的唁文……英年早逝……英年早逝……这是我心中的朋友，我的心友。”

《给大舅寄报纸》也是很感人的。作者的大舅新中国成立前教过私塾，思想开放，接受新事物特别快。他特别喜欢赶集，逢集必赶，作者的赶集爱好也是受他的影响。作者的父亲生前每个月都给他寄《参考消息》等报纸，父亲去世后，作者接着给他寄各种各样的报纸，这让这位乡村宿儒很感动。他写给作者的信很短，一般三五句话，四五十个字，但言简意赅，很见功力。有一封信是这样的：“你好。从春节到现在，我已收到你二十份报纸了，我对时事特别有兴趣，若不是你经常寄报纸来，我会闷坏的。”

还有让人感觉亲切的，关于书，关于书房，关于读书的。因为其中不少的记忆和经历与自己的相似甚至重叠，所以读起来尤感亲切。

前面提到的《匠人》里，作者之所以要在家里大兴土木，是因为他想把厨房改为书房。不过，这要比他之前的境遇要好不少，那时候，作者干脆直接是把灶台挤到卫生间去，把书房安在厨房里，与水池、案板台等共处一室。可见其当时的生存空间是何等的艰苦局促。后来，作者终于有了一个四十多平方米的大书房，作者的欣喜快慰可想而知：“我真的觉得我甚至就可以不出门了，我可以不离开家就能够做我想做的事情了，我就可以这样生存下去了。”

在《癫狂的嗜书者》里，作者细数其从小到大“嗜书”的经历；在《读书的记忆和联想》等篇章里，作者写道：“人的读书……我觉得都是有阶段性的。年幼时是好奇，年轻时渴求和汲取，过了三十岁是爱好，四十岁以后再坚持读书，那就多半是执着或者固执了。”很有感觉也很有道理。

在书的最后，有一则类似微博的文字：“暮晚，四牌楼十字路口自行车停车线旁一棵女贞树上，数十只麻雀齐聚噪叫，每日如此。”呵呵，好熟悉的场景，好温暖的记忆。无论是对于作者这样的爱书人来说，还是对于我这样的卖书人来说，已经不复存在的老的四牌楼新华书店，总在心头上，总在记忆里。

呵呵，有些话唠的感觉，一开口叨叨地说了半天，竟然忘了说作者的名字了。许辉，“淮北佬斋主”斋主许辉。

2013.8

听潘老师说前朝旧事

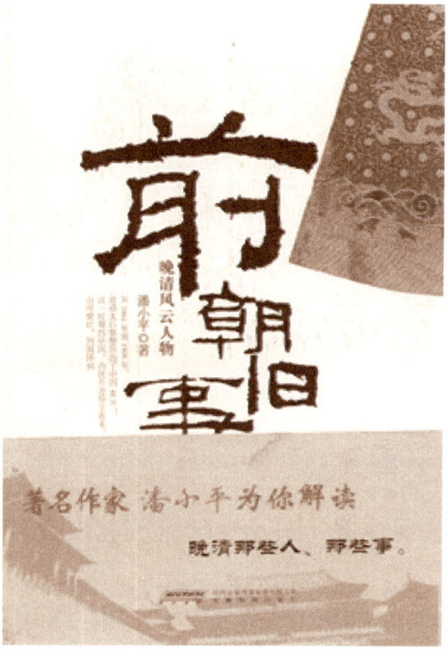

至少读了两遍潘小平老师的《前朝旧事——晚清风云人物》后，我在想，读这样的书虽然有些费劲，但收获的确是不小。尽管潘老师试图用通俗的语言，轻松的笔调为我们描画出晚清 40 年间的那些风云人物，但毕竟是以正史为主要依据，以近乎学术的眼光去观察和分析，所以读起来还是有一种“上课”的感觉。当然这也是与我历史知识匮乏有关系，有些东西，在别人读来兴许是会心一笑，但在我这儿，却还得木木地琢磨消化个半天呢。

真是很佩服潘老师的语言功力，她的文字保持着她的说话风格，生动、有趣，让人印象深刻。同时，在叙述风格上，快人快语，充满个性与见解，读来感觉爽快过瘾。

《前朝旧事——晚清风云人物》是潘老师先通读五百三十六卷的《清史稿》，并由此旁及多种清人笔记后，感觉自己对晚清一段历史有了较为自如的把握后完成的系列读史笔记，其中正编 38 篇，附录 6 篇，可谓是厚积薄发。

潘老师说：“旧事要写出新意，颇为不易，而要涉史成思，涉笔成趣，就更难了。”又说：“虽说所写人物，无不是晚清政治舞台上的重要人物；所写事件，也无不是晚清

《前朝旧事》签售（2013.8.25）

历史上的重大事件，但总归从小处落笔，才能还原历史的细节和生命的温度。”在我看来，潘老师显然是做到了，在她的笔下，许多的人和事，不但让人印象深刻，忍俊不禁，同时还会给人以启示与触动。

潘老师在《丁宝桢当当》这篇文章的开头写道：“丁宝桢是同光两朝都很有名的一个干部，史书上说他‘政尚威猛’，对部下很严厉。”又说：“这个人个性很强，刚介自许，按说不会讨上头的喜欢，但奇怪的很，慈禧太后很喜欢他。”一下子抓住了读者的胃口。在叙述了丁宝桢清廉耿直的一生后，说到因为其政尚威猛、清廉刻苦，得罪了不少人，有人造他的谣，有人打他的小报告，慈禧太后听了，说了一句“很深刻的话”：做个清官也不容易。

这样的人，这样的话，很抓人，让人难忘。

《宝廷自劾》里的主人公宝廷是宗室，隶满洲镶蓝旗，郑献亲王济尔哈朗（皇太极的堂兄弟）八世孙。和一般庸暗的清朝贵族不同，宝廷是同治七年的翰林，“八旗子弟中少有的名士，一向风流放诞，才气自喜”。但这篇文字给我印象深刻的，不是他既“行止无状”，又“自请处分”，而是他的长子寿富之死。

寿富是光绪十四年翰林，为人刻苦孤峭，提倡新学，庚子之乱，八国联军破北京，慈禧太后仓皇出走，他和他的兄弟，也是连襟的寿藩相约，双双从容自尽。留下遗书：虽讲西学，并未降敌。潘老师写到这儿，用了四个字：“很有气节”。在我看来，这样的气节，正是当今社会里所缺少的。

《彭玉麟简阅水师》这一节写得也很精彩。在衡阳老家为去世的老母亲补行守制的彭玉麟，奉到朝廷以钦差大臣身份“简阅水师”的上谕，“童子二人，轻舟一叶，沿湘北上，直放岳阳”。在岳阳，“劝退”长江提督黄翼升，在石门，杀太湖水师把总张虎山，一行下来，“五千里江湖，一百天跋涉，奏劾水师官员，总计八百一十二人”，“不仅水师哨官畏之若神，民间不轨之徒也惊伏不敢出”，“彭公一出，江湖肃然”。

彭玉麟出身贫寒，虽官居一品，“也仍然是青衣小帽，自奉甚俭，没有当官的派头”。曾国藩评价他“书生从戎，胆气过于宿将，激昂慷慨，有烈士风”。《清史稿》中提到他从来是自己动手写公文，而且“每出皆为世所传颂”，纵观古今，这样的官员的确是很难得。

当然，让我关注和感兴趣的还不仅仅是这些。彭玉麟祖籍湖南衡阳，但他的出生地却是在安庆，因此安徽境内，还有着他不少的遗迹。他在担任长江水师提督时，选中铜陵荷叶洲练兵筹饷，他开设机构，统辖和督办沿江数省盐务。在他的主持下，在荒岛上修建了“三街十巷”，并改荷叶洲为悦洲，洲上百姓至今对他念念不忘。

潘老师这本书里提到最多的合肥人应该是李鸿章了。开篇《李鸿章送礼》展现的是李鸿章在官场潜规则中的另类智慧；《翁同书弃守》说的是李鸿章与翁同龢之间的恩恩怨怨；《张之洞闭目而行》在行文伊始将李张二人做了一个鲜明的对比：“李鸿章张目而卧，张之洞闭目而行。”至于《张佩纶兵败马江》，则将张佩纶与李鸿章的关系交代得清清楚楚。

张李两家是世交，李鸿章是在张佩纶被革职充军之后，把女儿嫁给他的。这件事在当时的社会，引起很大的轰动。文章列举的几副对联，多是打趣、讥讽此事的。另外还列举了一句很刻薄的话：“蒉斋（张佩纶的字）学书未学战，战败逍遥走洞房。”合肥人应该都明白，这"逍遥"二字是一语双关的，但有些合肥人可能还不知道，张佩纶的孙女，是著名的女作家张爱玲。

潘老师说："前世的喧嚷，如今都凝结成了历史和文字，阅读它们，会有一种地老天荒的寂寞。"读完《前朝旧事——晚清风云人物》，能够感受到这一点。

2014.6.14、16—17

赵昂说

赵昂说："软暴力是上对下、强对弱的俯视、斜视、藐视、鄙视、漠视、无视。"

赵昂说："重用庸才，其实是对人才的漠视和蔑视。"

赵昂说："面子是别人给的，尊严是自己挣的。"

赵昂说："成就大事业的人固然可敬可佩，甘心做个小人物而坚持不当小人，更值得敬重。"

赵昂兄的这些文字，都是我从他的《画里话外》中摘录的，他与吕士民老师合作的这本书出版于2010年，当时还有一个颇为热闹的签售会。但关于这本书的最为深刻的记忆，却不是这些，而是通读这本书的感受：感慨、敬佩，击节叫好。

认识赵昂不算太早，但知道赵昂和他的文字，却是很长时间了。在我的心目中，作家，写杂文的，而且还是警察，应该是不容易亲近的，某日，见了面之后，发现竟然是一副慈眉善目的模样，与心中的想象反差太大。

那时候赵昂兄已经与吕士民老师合作好一阵子了，并且已经有了两本合集。他们第一次联袂签售应该是2007年，地点是老字号四牌楼书店。那一天我在现场，亲眼目睹了一老一少两位搭档的签售盛况。这之后，我以策划人与主办方的名义为两人举办了3场签售，后面的两场活动更是与首发仪式合并举办，正式且隆重了许多。

当然，我与赵昂兄的关系不仅仅限于写书人与卖书人之间的关系，作为一名资深文青，我还有幸与赵昂兄有过几次搭伴出书的经历。第一次是2006年，新安晚报的马丽春策划出一套书，一共有10本，我和赵昂都参与其中，我的那本散文集叫《让记忆有个落脚的地方》，赵昂兄的杂文随笔集则取名为《穿裤子的汉字》，都有些特别，不过就内容而言，那可就差得太多了。记得很清楚，在一次策划编辑阶段的聚会中，是赵昂兄的一个"新安作坊"，将大家的议论纷纷归于平静，同时，冥冥中还有一种感觉：从此，我们就是一个作坊里的人了。

其实我心里明白，这只是这么一说，人生一世，聚散本是太正常不过的事情，果真能够相处得太久，不会太多。但与赵昂兄，却是自此之后，再没有断开。2009年，当我着手编辑一本60人写合肥的大型散文集《阅读合肥》的时候，赵昂不但是很快就发来他的作品，还积极帮着联络其他作家。不过，比起一年后的那本书，那么此次合作还仅仅是属于小试牛刀了。

熟悉我们的人都知道这本书其实是一本五个人的作品合集，五位属虎的作家在本命年里出的一本很精美的书：《五虎出列》。赵昂兄对于这本书的最大贡献就是积极促成此事并在书名的确定上发挥着重要的作用。

《五虎出列》不仅是文化皖军打组合牌的一个有益的尝试，也为安徽文坛留下来一段佳话，首发仪式的空前盛况更是至今还为人们所津津乐道。从那以后，许春樵、苏北、赵昂、吕士民和我不仅常常自我认知为一个有趣的组合，许多朋友也常会以"五虎"来指称我们五个人。关于为什么叫"五虎出列"，我觉得赵昂兄的一个解释很准确，我们都属虎，在本命年的时候，我们稍稍往前跨出一步，出列，展示一下我们过往的一些收获，仅此而已。

人们在谈起某个节点某个事情的时候，经常会说：是总结更是起点。说多了，有些套话的感觉，不过，《五虎出列》之后，的确有一种集体井喷的势头出现，春樵兄在小说创作上佳作频出，苏北兄在散文写作中独树一帜，赵昂兄则在一口气出了三本书之后，又积极筹划着第四本、第五本……

相比之下，我则惭愧得很，沉溺于事物与应酬，骨子里仅有的那么一点文学追求早不知被丢失到哪个角落里。疲惫麻木之余，唯有捧起书本，才会唤醒内心的一份宁静与安详。

于是，我就在不经意中，将看到的与记住的，运用到日常的话语中，赵昂兄的语录体文字则最容易被我记住。说起“语录”，许多人会有些别扭，感觉有点“文革”时的感觉，于是我就称之为“赵昂说”，在不同的时候不同的场合说，赵昂是这样说的，赵昂是那样说的。

曾经去过赵昂兄那个舒适清雅的家，参观过他小二楼上的“五杂堂”，也听赵昂兄说起他经常躺卧在客厅的长沙发上，休闲的同时，一则则警言妙语便如山间清溪，悄然而至。

赵昂兄肩负着重大责任，压力大，属于自己的时间少且零碎是可以想见的。在旁人，或许就此搁笔，让生活彻底滑向某种状态，但赵昂兄不愿意（或者说不甘心）这样。于是，他长的不行就来短的，时间稍长些或者心情宁静些，就从容一些，多一些收获，忙乱之时则将会将脑海中一闪而过的只言片语赶紧记下，日积月累，竟也达到上万条之多。这是怎样的一种坚持，按照现在流行的说法，那绝对是励志哥啊！

有时，我在想象，赵昂兄在怎样的环境里，想到“沉沦的是少数，清醒的是极少数，麻木的是大多数”。又是在怎样的心境下，写出“人在很多时候不是与别人作对，而是跟自己过不去”。

赵昂善于思考，喜欢琢磨一些近乎哲学的命题，比如：“计算是一种学科本领，算计是一种利益取舍。前者归于科学，后者关乎道德。”“闲与休闲其实是两回事儿：闲是无事可做；休闲是有事暂时不做，张弛有度。”

因为极具思想，赵昂自然也是一位极有性格的人，不然他就不会写出“很多时候，许多场合下，话语权不过是权力话语而已”“不在乎别人的脸色，才能确立自我的个性。这需要勇气，更需要底气”这样一类的话。

有的时候，你会觉得赵昂很超然，因为他觉得：“如果一个人看透了生和死，那么，生和死之间的一切从此就变得简单了。”“将平凡的生活过得有滋有味乃是一门艺术，把本该奢华的生活过得简单平凡更接近宗教。”

赵昂、吕士民《画里话外》签售会(2010.12.18)

有的时候,你又会觉得赵昂很现实,“合法地赚钱,道德地花钱——金钱的理想路径不过如此了。为钱所困固然不妙,为钱所累更不明智”,“过于主动往往被动。这是不争的事实,又是明确的警示。”

但更多的时候,你会觉得赵昂很冷峻,一针见血,毫不留情。比如他会说:“固执己见往往比懵懂无知更可怕。”“从不赞美别人像阿谀奉承一样,乃是心理不健康的产物。”“小聪明成就不了大事业,却能误得了大事情。”同时他也会告诉我们说:“小人物是社会选择的结果,小人则是道德选择的后果。”“独立思考的本意有两层:为求独立而思考;因为思考而独立。”的确是发人深省。

一直以来,有一种感觉很真切,那就是无论是与赵昂兄在一起聊天,还是读他写的书,都是很有益处很有收获。如此,再来看这个世界,看我们自己,或者是反过来看赵昂这个人,都会有一种超然与释然,因为赵昂兄说过:“人与人在很大程度上是不一样的。认识到这一点,可以减少对他人的苛求和对自己的苛刻。”

2012.12

一个热爱生活的人

一个热爱生活的人，一定是对生活充满了热情和激情，享受生活；一定是善待自己和别人，心怀感恩；一定是善于发现生活中美好，懂得珍惜。李海燕就是这样一位热爱生活的人。

李海燕喜欢旅行，祖国的山山水水、风土人情，异域的别样风光、独特文化，让她兴奋不已；李海燕痴迷玉石，她在乎玉石的品质，更在意其背后的禅意和故事。她留心于生活中每一个真切的感受、每一个她关注的人，她惊喜于生活中每一次的发现、每一次难忘的邂逅。

不但能够很潇洒地说走就走，而且还会在回来之后，静心写下一路上的见闻和感想，这是李海燕一直坚持在做的一件事，很不简单。游记看似是一种特别宽泛的文体，写起来信马由缰，十分轻松，但真正要写好游记，却是一件不太容易的事情。因为，如果没有自己独特的感受在里面，即便是资料很详实，文字很优美，也是苍白而无趣的。流水账、说明书一般的游记，我们见过太多太多。

李海燕的文字显然不仅仅是流水账和说明书，她将自己的新奇和喜悦融入到她的文字中去，将看似平白如话的文字注入一种力量，将你渐渐地带入她的视觉和感受里。

我很喜欢李海燕在《回西安》里的感觉：“秦始皇兵马俑是必去的。可以想象或不能想象的有多少人！沙丁鱼在海里游成群结队蔚为壮观，我们中国人在节假日到旅游景点游更蔚为壮观！排队等候的样子犹如笨汉汉斯要去见公主求婚，前胸贴后胸。真进去了就知道无论受多少罪都是值得的，英俊高大的秦朝的勇士们正站在那儿迎接我们呢！他们等候了两千多年，就是为了让我们高兴、让我们快乐、让我们自豪！秦始皇，真有你的！那么多年过去了，你的精神和物质都还是那么强大，强大到后辈子孙还在你支的锅里吃饭，而且吃得香香的。”

李海燕在台湾遇到一个不怕人的蜥蜴，欢快地爬来爬去，摆出各种姿势，直到她拍够了才离去，她的好朋友陈姐的解说是：“是不是谁的灵魂想托付它回大陆呢？”因为“她的亲舅舅，一个英俊魁梧的大学生就是一人孤老台湾的，终生未娶，终生未能回大陆！”这样的情节让人难忘。

记述其夫妇二人珍珠婚之际去内蒙古旅游的《两个人的大草原》写得尤其精彩，李海燕在感叹：“回过头看，简直不可思议，怎么就30年了呢？”的同时，更多的，还是将笔墨放在描述旅游带给她的的新奇与挑战上：“不行，我得赶上去，我得爬到前面的那个沙丘上。于是，手脚并用、气喘吁吁、大汗淋淋，使出了吃奶的力气，终于和他们会合了。又是一番新景象啊！我问，这个沙丘后面是什么？先生说。还是沙丘！沙丘连着沙丘！我们只是在大沙漠的边缘啊！真是泄气了，我再也爬不动了，回去吧。无边无沿的沙漠给了我下马威，大自然，既壮美又残酷。”

李海燕喜欢佩戴玉饰，更喜欢寻觅、购买和收藏各种玉工艺品，淘得自己心仪的物件的时候，闲暇把玩回顾的时候，李海燕会用文字写下她的喜悦和执着，写出她对玉的理解和一片痴情。因为长期的收藏经历和感悟，李海燕写起这一类文字的时候，轻松愉快，特别有感觉。

这样的欢喜很能感染人——“自从戴上这只心爱的玉镯（叠叠翠）后，我就再也没有取下过，实在是太喜欢了，看不到她我会手足无措失魂落魄的。时不时把手那么一扬，仿佛峰峦叠嶂的大山就在我的眼前，手腕上的风景滋润着我的心田，好不欢欣啊！”

这样的惬意很让人羡慕——“没事时，坐在家里的床上盘着双腿，就和陕北农村剪纸的老大娘差不多，手拿红绳子，左绕绕右缠缠，驰骋在结绳的天地里。这样，就开始了我的编结生涯。”

在这样欢喜和惬意中，李海燕滋润地过着一天又一天。

“现在，我坐在家里写东西，踏踏实实的感觉。所以，无论社会怎么变化，无论遇到什么困难，千万千万要保住你那个家。”

一个成熟女人的感受，真实、真切。

明白自己需要什么，知道自己该坚持什么，自然就能够感觉自信、从容。生活就是这样，不一定是最对的，也不一定是最有价值的，但一定是自己最有感觉、最为踏实的。而这样的生活，是许多人找不到的。

到了退休的那一刻，李海燕写了一篇很不错的《船到岸了》，在分析、回味了一个人在各个年龄段的不同的感受之后，李海燕感慨道：“曾经的你有过美好的青春，有过远大的理想，努力过、奋斗过、甚至辉煌过。现在，退休了，一点也不后悔。如果18岁的时候想不到退休这件事，那是千真万确的。可回过头来看，从那时候起的一步步，何尝不是在为这样一天的到来做准备呢？一个水手在大海中航行，极有可能漏水翻船，极有可能葬身大海，不是每一艘船都能到达胜利的彼岸的。一个人能平安退休，老有所养，老年幸福无忧，那才是最最欣慰的事。”这样的感慨，在当下落马者一片、很多人惶惶不可终日的大气候下，可以称得上是至理箴言。

在《寻寻觅觅十多年》里，李海燕说：“寻寻觅觅十多年，放下了，也就找到了。”

在《琐碎的事》开头和结尾，李海燕说“我们有大事可干吗？我发现我没有大事可干，有的要干的全是小事。”“琐琐碎碎又一年，日子就在平凡和琐碎中流淌着。”

在《巴根草》里，李海燕说：“时代就是一个阶段一个阶段地朝前走，一段好一段坏，一段阳光大道一段危崖坎坷。我们也要跟着走，人生就是这样。”

这些大白话一般的语言，蕴含的，是人生的大道理。

一个热爱生活、热爱文学的女性，一段看似平淡、却是缤纷多彩日子，李海燕笑呵呵地过着，从容而轻快。

在写出了《感恩的心》《灵魂如玉》两本书之后，李海燕又将《两个人的大草原》呈现在大家的面前，这真是一个很不错的节奏，也是一种很励志的人生状态。而这样的状态，是许多人不能够企及的。

快乐地生活，仔细过好属于自己的每一天，愿李海燕大姐以后的日子，越来越好，越来越有滋味。

2014.7

马丽春老师

我一直是称呼马丽春为马老师的，因为十几年前我第一次见到她的时候就是这么称呼她的。我太太是她做医生时的同事，也是我钟情文学的最强力的支持者，于是我与马丽春的相识便是一件不可避免的事情了。

我之所以犹豫再三还是去报社见了马丽春，因为实在想见识一下太太经常说起的那位勤奋善写的马老师到底有怎样的神奇，同时也想请她看一看我的那些总是在写着的文字是否有机会在她编辑的“人生百味”上露一露脸。

出乎我意料的是，马老师不但话语极少，而且还有一些腼腆，简单的几句交谈之后，我便告辞了。不久，我的一篇关于包公的文字刊登出来，后来又有几篇稿件陆陆续续刊发出来，但我始终觉得自己没找到感觉，因为被马老师毙了的远远大于发表出来的，于是，越来越怯于给马老师投稿了。直到有一天，接到马老师打来的电话，听到她简洁得不能再简洁的话语，然后在次日的报纸上看到自己的文字上了“人生百味”的头条之后，才略略有了一些感觉。

那天，马老师说：“你那篇读书的文章很好，可投给别人家了？没有？那好，明天见报。”

那篇文字的名字我还记得：《真想读书不容易》，是马老师改动过的。那版“人生百味”上，除了我的文字外，还有 3 到 4 位省内外的名家作品，它们除了带给我不小的忐忑之外，也让我由此渐渐了解了马丽春老师这个人。

那时的《新安晚报》，新锐张扬，一般的写作者都把能够在其副刊上发一篇文章作为一种奢望。而马老师恰恰是这个副刊的编辑之一，无疑肩负着许多的期待和压

马丽春、刘政屏在画展上合影（2013.12.31）

力。找门路、打招呼的，一定不少，左一个电话右一个短信询问的，肯定更多，搁一般人，一定是不胜其扰的，但马老师却似乎举重若轻，淡定得可以。用简单的办法对待复杂，用简短的语言对付唠叨，不知道马老师这般本领是先天就有的，还是后天练就的。

文章在几家报纸发得多了，与各位编辑老师熟悉了之后，我对于编辑老师们的理解日趋理性：不容易，不简单，需要把握质量，也需要照顾各个方面的关系，能够让不少人感谢感激，也容易得罪不少的人，如何处置拿捏，的确是一门学问。但马丽春老师似乎还不满足于此，她还有一位称职编辑所具有的一个特别之处：发现好文章，发现好作者。而这，是一件非常有意义，同时功德无量的事情。

那个时候的马丽春老师是忙碌的，同时也是日趋活跃的，外在的各种各样的因素都在试图影响甚至改变她，她也的确在改变着，柔和了一些，时尚了一些，自然也就世俗了一些。我这里的“世俗”可不是一个贬义的词，因为原先的马老师给人的感觉是过于学院派，有一些不食人间烟火的味道。

随着副刊越编越多，越编越好，马老师的职务和名声也是水涨船高，俨然成为省城文化圈子里面的一位很有影响力与号召力的人物。

我们那时候的距离还是很远的，彼此之间客客气气的。说起“客气”估计不少人会怀疑，难道马老师就没有直言不讳地说你写的东西不好不行不具个性吗？难道马老师就没有三言两语，或者一句话就把你打发了吗？当然是有的，不过在我的感觉中，一方面是个性使然，一方面是所处的角色使然，设身处地地想一想，就能够理解和释怀，更何况，像马老师这样敢于直言不讳的人并不多见，因为这不仅需要胆气，更需要实力。任何时候，仅仅因为自己处于比较关键的岗位，仅仅因为自己周围有着一大批讨好献媚的人，就感觉特好，不拿正眼看人，对待别人没有起码的尊重和涵养，那么这样的人一定是势利和浅薄的。但马老师显然不是这样，这从她一以贯之的性格和做派，或者从她强势面目下的谦和，都可以找到佐证。

我不知道别人怎么看待马老师的直言不讳，从我的角度来看，我感觉马老师的眼光是犀利的，因为见识面和思维高度，她往往能够一针见血地道出一篇文字的问题所在，也能够很到位地说出一篇文字的好处妙处不凡之处。以一个平常心态去咀嚼马老师的话语，应该是会有不少收获的。

说到这里，就不能不提到马老师的文字，干净、到位，充满了才华与个性，尤其是近期的文字，写人说事，更是让人忍不住拍案叫好。

回过头继续说我和马老师的交往。2006 年的一天，接到马老师的电话，邀我加入她牵头的一套丛书。几个月之后，一套名为“新安作坊”的丛书出版了，我与马老师彼此之间的了解自然又近了一些。

后来，我们时常会在一些聚会上见面，聊起来感觉没有什么障碍，这估计与我们的年岁相当有一些关系。再后来，马老师会邀请我参加她组织的一些诸如读书沙龙一类的活动，我也会请她参加一些活动和聚会，走动得多了，聊天的内容自然就要深入一些，而这，直接引出我们之间的“著名合作”——“周末七点档·新安读书沙龙”。

关于“新安读书沙龙”，尽管我和马老师之前都写过不少相关的文字，但要说的、可以说的话依然很多，以它的体量，做一本书是没有问题的，所以这里我还是三言两语地将它带过。

最佳的搭档，默契的配合，成就的是一个宝贵的品牌，留下的是一段温暖的记忆。马老师和我都很珍视这一段难忘的合作时光，时常会在一些场合提起我们的搭档关系，一批文友也时常津津乐道参加沙龙时的点点滴滴。

在别人的眼中，做沙龙是一件挺热闹有趣的事情，因为不少人跃跃欲“上”，多少还有一些“权力”，免不了会有人捧有人求。实际上，做沙龙真是一件辛苦的活，每一期从策划到落实到细节再到现场掌控以及结束之后的工作餐，所有琐碎之事，都需要想到落实好，否则，就会出状况丢面子弄得一头大汗。通常情况是：马老师是策划，我是操办，一切结束之后，我没事了，马老师还有一件“大事”挂在心上，那就是一篇整版的报道怎么把握，要全面、准确，还要精彩、好看。这种使闷劲的活，别人感觉不到，但我清楚。就像我操办、主持每场沙龙时的所作所为，别人看不全看不细，但马老师知道。

一起拜访郭因先生（2014.5.17）

我们的合作因为马老师工作的调整而中断，之后的马老师迅速转型，开始高调练字学画。这其实是一件挺冒风险的事情，有点不成功便成仁的味道，但这样的人，往往还真的就能够成功。马丽春老师有着书法的功底，以及不一般的眼力和悟性，成功似乎是顺理成章的事情，但旁观者不一定会体味到个中的滋味。马丽春老师是聪慧的，也是勤奋的，而要做到勤奋，是需要吃得了苦耐得住寂寞的，不要看她每天微博上热闹得很，那是好孩子做完功课后的一种放松。我们这些热热闹闹跟在后面的人得到的，往往只有热热闹闹，而在马丽春老师，则是一种释放和回味。

有一天，我突然想到，成功进军画坛，拥有很多人追捧和关注的马丽春老师，其实还是应该回归到文字的，因为她的文采，是从骨子里出来的，至于书法绘画，最多不过是一种装饰和色彩罢了。当然也不排除马老师能够如吴冠中、陈丹青诸位大家一般，绘画了得，文字也不得了，只不过马老师和他们是相向而行的。

我曾经说过："马丽春是安徽文化界一道靓丽的风景线"，有人或许会觉得有些言过其实，但我坚持自己的观点，时间会证明一切，更何况马丽春老师还处于一种向上走的状态呢，我期待着，同时也祝福她。

2014.2

听苏叔阳老师聊天

在我的印象中，苏叔阳先生是一位极著名的大作家，他因为一部《丹心谱》而广为人知。要知道在上世纪七十年代末，一部好作品会给作者带来巨大的影响和荣誉，而《丹心谱》就是这样一部作品，有人曾说《丹心谱》是一部里程碑式的作品。后来，苏先生又有很多部话剧、电影、小说作品问世，近些年的《中国读本》更是引发公众的广泛关注。但即便如此，说实话，我对苏先生的了解还是很少的。不过，这样的状态到昨天（3 月 22 日）有了一个很大的改变。

说起来还真的要感谢“大湖之约——艺术名家大讲堂”，因为这么一个公益讲座，使得很多人有机会和一些艺术名家近距离地接触，听听这些名家的经历和观点，从而有所启迪和收获。比如这次，我感觉自己在走近苏叔阳先生的同时，无论是在思想的深度与广度，还是在对待人生的态度上，都有着不少的收获。

苏叔阳先生属于那种平易近人、和蔼可亲的名人，不摆架子，不故作高深状，更没有那种拒人于千里之外的傲慢。记者见面会的时候，他娓娓道来，聊天似的，报告会的时候，他侃侃而谈，竟然也像聊天似的，但聊着聊着，便会将你带入他的精神世界中，让你感慨，让你点头称是，让你发出会意的笑声，让你陷入沉思。

给我印象深刻的是他对于徽文化，对于一些文化名人，对于中小学的教育，以及社会风气、个人操守，特别是关于精神上的高贵的论述。

在比较详细地谈了他对桐城学派、胡适、陈独秀等的敬佩与敬仰之后，苏叔阳先生起身，面向台下深深地鞠了一躬，让人既感动又震撼。

苏先生关于中小学生作文与演讲教育问题的论述，有个性，有深度。中国乐于教

刘政屏、苏叔阳合影（2014.3.22）

孩子们写作文，而忽视孩子们的演讲能力，所以，很多会写的人说不好话。在外国，大家都注重个人的语言表达能力，而会说话的人，他所说出的话就是一篇好文章。

关于社会风气问题，苏先生直言不讳地说，利益集团的生活方式和生活作风影响着社会的生活风气，以至于不讲诚信，说假话成风。

整个演讲中，苏先生反复提到“精神上的高贵”这个概念。他说，我们应该“向先辈学习，自我尊贵，追求崇高，内心该高贵”。在苏先生的心目中，屈原、司马迁、陶渊明、谭嗣同等都是“内心高贵”的人。苏先生认为，屈原是中国知识分子高贵精神的典范。他是为他的原则而活着的，当他的原则不存在的时候，生命就对他没有意义了。陶渊明他们能够自我守节，所有才会有那么美丽的高标准的文章。

在苏先生看来，中国文人的原则性、自尊，越来越淡漠了，中国人的生活自元代开始，世俗化了，而中华民族原本是一个诗性的民族。假如晚清没有谭嗣同，中国文人的脸上是非常难看的。

当今“中国的作家，中国的文化人，中国的艺术家，至少应该追求一些精神上的崇高，不是瞧不起别人，而是自我守节，守着自己道德的清高，内心的这块圣洁的土地，不被其他的给忽悠了，这才有一些意思”。

关于文学，苏先生显然是很有些话要说的。对于当前文坛的一些乱象，苏先生很直率地亮出了自己的观点：“文学艺术，如果不带感情，要它干吗？”与此同时，对于当代文艺界的一些问题，苏先生更是有些痛心疾首，因为在苏先生看来：一些“很尊贵的人，内心居然没有崇高感”。可尽管如此，苏先生在面对俄国姑娘“你们中国作家写作难道就是为了钱吗？”这样的提问时，苏先生还是有些打肿脸充胖子地说：“姑娘，你说错了，我们作家的心灵和俄罗斯的作家是一样的，我们都非常尊重俄罗

苏叔阳《大湖之约》讲座（2014.3.22）

斯的十二月党人，十二月党人可以说是心灵高贵的典范，我们是一样的。”

事实上，苏先生还是挺纠结于如今大家都一头劲地挣钱捞钱，他很有些不屑地说道：“要那么多钱干吗？那不发烧吗？你住房多大，你也就睡那么几平方米，你总不能晚上打滚儿睡，这屋睡 10 分钟那屋睡 10 分钟。”话音刚落，掌声一片。

说到自己，苏先生说：“我自己没出息，给我自己定了个‘三事’：政治上不惹事（因为不懂政治），经济上没有事（没有经济意识），多多少少给民族办点事。”他说自己是：“本事不大，活着就干，因为第二天（明天）的太阳我没有见过，我要见见第二天的太阳。”人们又报以热烈的掌声，向这位曾经遭遇两次癌症的老人致敬。

苏叔阳先生 1993 年被查出患癌症，先因胃癌切除一部分胃，又因肺癌切除左肺，又切去了脾脏。虽有这些痛苦经历，他依然笔耕不辍，写了 300 多万字的文章，出版了诸多著作。很不容易，很不简单。他调侃道：如今电影界的朋友一得癌症，就问我怎么治，好像我是大夫似的。

报告会持续了 3 个多小时，稍事休息，他又很有兴致地挥毫题词，很是辛苦，但出乎大家意料的是，晚餐的时候，苏先生依然是兴致不减，聊得更欢了。

苏先生是河北人，但却因为其鲜明的写作风格，被誉为“京味小说八大家之一”，说话时也是一口的京腔京韵。让人感叹的是，苏先生的语言能力的确是很强，各种方言变换自如。私下里闲聊，感觉苏先生更放开了一些，聊的内容也更为宽泛轻松，有些细节称得上是“揭秘”，让人在惊讶诧异的同时，生发出许多的感慨。当然，更多的是笑声，因为苏先生的风趣幽默，因为世态的丰富多彩。

听苏叔阳先生聊天，真是很享受的一件事。

2014.3

要男人干吗？

——有关男人的最雷人的书名别解

闲来无聊，打开某网站，查询含有“男人”二字的书，发现竟然有数百条之多，粗粗浏览一遍，感觉真是大开眼界。一本正经的、发人深省的、另类搞笑的、莫名其妙的，太多了，太出乎意料了。激动之余，挑出10个窃以为“最雷人”的，与大家分享。

需要说明的是，这10本书我都没有读过，不敢妄自评价，本文只议书名，不涉及其他。不过，仅看书名，我就有买一本来看的冲动，可见，给自己的书起一个特别的书名，是多么的重要。

以下排名，按照某种规则，采取倒着数的方式。

第10“雷人”：《为什么不用钱包的男人不能嫁》。对呀，为什么不用钱包的男人不能嫁？难道这里面有着重大玄机？想来真是一身冷汗，太太当年若是知道这事，肯定不会乐哈哈地嫁给我的，因为我似乎就是属于“不用钱包的男人”。不过，话又说回来了，他（作者）怎么就知道这个“道理”的呢？别是推销钱包的“托”啊，美女们一时冲动，决定退婚、离婚之前，还是仔细打听一下为妙。

第9雷人：《为什么爱打电话的男人都花心》。这就更奇怪了，首先不明白的是，这男人究竟是在什么时候爱打电话？谈恋爱的时候还是工作的时候？如果是谈恋爱的时候，是不是说打电话的时候彼此看不见表情，撒谎容易，所以花心的男人都爱打电话？如果是工作的时候，是不是爱打电话的男人容易借机调情，当然对方必须是女人，或者，男人喜欢男人？实在是想不明白，还是买书去。

第8“雷人”：《聪明男人与笨男人的距离0.01mm》。这本书的作者一定是个女人，而且是一个非常聪明的女人，不然她怎么就能够计算出聪明男人与笨男人的距离只有 0.01mm？太神奇了，简直可以获诺贝尔奖了。不过，话又说回来了，有时所谓"聪明男人"与"笨男人"之间的距离的确没有多大距离，老祖宗不是就有"失之毫厘，谬以千里"之说吗？可我就是不明白，她怎么知道是 0.01mm 而不是 0.001mm 呢？纠结！

第 7 雷人：《让自己聪明，让男人拼命》。女人一聪明，男人就惨啦！因为女人让自己变得"聪明"的目的，是要男人为她们"拼命"，拼命挣钱，拼命干活，和别人（男人或女人）拼命。总之就是成为女人的使唤小子，呆头呆脑，指东不向西。可我就有一点不明白，这样的男人真的就好？聪明的女人真的就喜欢这样的男人？这世道，真是越来越让人有些搞不明白。

第 6 雷人：《所有的男人都是消耗品》。当男人在女人的眼里只是一种"消耗品"的话，男人的命运可就岌岌可危了。"消耗品"，顾名思义，花钱去买，用完扔掉，回头再买。只是，我想知道，女人们怎样做，能够把"所有的男人"都置于"消耗品"的位置上？当"所有的男人"都成了她们的"消耗品"，她们就幸福了？也许，从某个角度来讲，这句话或许勉强能够说得通，但作为书名，实在是太雷人了。

第 5 雷人：《男人是最猛的毒》。看看，说来就来了，男人是一种"毒"了，一种"最猛"的"毒"。只是不知道这"毒"是用来吸的，还是用来"以毒攻毒"治病的，或者就是毒害女人、夺其性命的"毒药"？耸人听闻！想来真是要为我们这些男人感到悲哀，好好的，咋就成了"毒"了？怨不得有人写本书，叫作《男人这东西》，都成"毒"了，可不就是"东西"了吗？

第 4 雷人：《男人是没有进化好的女人》。越来越精彩了，男人居然是"没有进化好的女人"，也就是说，男人只是一个"半成品"。太精彩了！作者真是太有才了！不知道这是谁的错，让一部分人进化成功，成为女人，同时把那些"没有进化好"的变成了男人，而且这"男人"归根到底，还是"女人"！按照这个理论，男人是值得同情、值得原谅，先天不足，凑合着用吧。

第 3 雷人：《男人比不上存折》。我算是想明白了，既然男人"都是消耗品"，是"最猛的毒"，是"没有进化好的女人"，那么，女人的确也是指望不了男人什么了，男人自然也就很有可能"比不上存折"了。你别说，当今社会里，有时候一个男人还真是比不上一本存折，当然，这“存折”里一定要有很多的钱，有钱了，想干啥干啥，想吃啥吃啥，而这，男人有时还真做不到，想明白了，女人就大可不必再拿男人当一回事了。

第2雷人：《男人都是智障》。简直就要打官司了，一棍子把男人们全部都打死了。不知道这本书是怎么出来的，难道出版社里的社长、总编、责编等都是女人，不然的话，怎么会允许这样一本书出炉？真是“智障”！话又说回来了，如果男人都是智障，那么女人肯定都是聪明人。按照这个逻辑想下去，嫁给智障的女人，脑子一定也是有问题的，的确是没得挑了，咳，这女人们也真是够可怜的。

第1雷人：《要男人干嘛》。是啊，要男人干吗？过去，还指望着男人干活、挣钱、配合自己生个孩子，如今干活有机器人了，挣的钱可以放在银行里慢慢花，没什么要指望男人了。至于有些敏感的“生孩子”，科学发达了，已经不是什么问题了，简单“培养培养”，一个孩子就造出来了，的确是“要男人干吗”？没有了价值的男人要猛醒了，女人们都不需要你们了，赶紧想辄吧，第一要务，得想办法生出孩子来！不然，真的就要让女人们给“灭绝”了！

呵呵，天冷无聊，又是周末，给大伙儿找个乐啊！

2011.1

瞅着别人的稿子

如果不是有着自认为很真切的感受，如果不是有一种“伤”的感觉，我想我是不会写这样一篇文章的，所谓“切身感受”，估计就是这样了。

从来就是给编辑找事的主儿，没承想有一天自己也会狠狠地体验了一把，也算是一种“报应”。已是如此的年岁，竟然还是这般意气用事，一冲动，便找了如此大的一份活来干。

动机不可谓不好，作为书店管理者，我想在新中国成立六十周年大庆的时候，做一件有点创意的事：请60位在合肥的作家、学者等各界人士每人写一篇关于合肥的散文，然后整理成册，交由正规的出版社出版，10月1日首发。

各位前辈、老师和文友们的确是很捧场，二话不说，稿件源源不断地传了过来。开始的时候，兴奋、高兴，有些手舞足蹈。渐渐地，觉着不对劲了，要一篇一篇地看，要一篇一篇仔细地看，而且不仅仅局限于字词句，更多事先没有想到的事一个接着一个出来了。

首先就是找出错别字和明显错误的句子还有数字。这件事看似容易，实际上并不简单。十几万字的稿件，看过来，有；看过去，还有。毕竟大都是些作家学者，录入错误之外的，很不容易把握判断。无奈之下，请来援兵，害得店办主任双休日整整加了一天的班；吃字比我要厉害得多的太太，也被我隔三差五地从厨房里拉出来救急。其实，我也知道，书稿到了出版社后，会有专业校对一校二校三校的，但是总感觉交一份清爽一些的稿件，要安心得多。更何况，有些属于合肥本土的东西，即便错了，外人也未必看得出来。可单是这份活儿，就让我有些招架不住了。

因为自己也是个写作人，自认为是理解作为写作者的心态的，每个人都有自己的写作风格与习惯，只要是说得过去、理解得了，我们一般都不去动它，在这一点上，出版社和我们的想法不谋而合。不少极具个性的词句，能让你揣摩半天；一些时尚的词语，则需要理解和接受。我总觉得，只有各具特色、丰富多彩的文字组合在一起，一本书才会好看耐看。而尊重个性与特色，应该是一位编者必须做到的。

还有一个综合平衡的问题，可以说，作为单个的文章，这 60 篇散文大多数都是不错的，有些堪称精品。但如果放在一起，问题马上就出来了。题材重复及部分内容重复是一方面，同时，又有一些题材和内容存在空白。因此，必须和作者进行沟通，针对一些题材特别约请专业人士撰写，至于书店内部的 6 名员工，则在收尾之际，拾遗补阙。如此掌控、调整、沟通与修改，着实考验着一个人的智慧和能力。

要想做好，就必须努力。一个很简单的道理，却不是一件很容易做到的事情。当一件事反反复复做到有些焦虑的时候，说什么都迟了，所谓没有回头路可走，估计就是指到了这种境地。

做一个编辑的寂寞与辛苦，仿佛是在不经意间被感受和理解。要有一颗沉下来的心，要有着扎实的功底，要有比较全面的知识储备，并且要能够持之以恒、一如既往。如果说，以前自己仅仅是从一名作者的角度去看那些编辑的话，那么现在，我则学会设身处地地去看待和理解我们的编辑朋友。以一颗善良的心去对待一个人，远比不上以一颗理解的心去面对。人生的不易，不单单是你要真正地好好对待你自己，同时还需要真正地善待别人。

很多年前，我常常在想，等到我的学识和阅历达到一定的高度的时候，我一定会写出数量惊人的文字。但当我走到今天以后，我发现，自己的写作却越来越谨慎，越来越胆怯了。如今，又一下子研读了如此多的名家的同题材的文字，自然更是有些自卑，有时甚至觉得自己的写作实在是有些多余。

我清楚自己并不是那种特不自信、特爱退缩的人，但有过此番经历，我肯定会更用心且更小心地对待写作这件事。如果说，坚持、辛苦之后，终于做成了一本书，自己的毅力与恒心得到了考验，收获了一份可贵的经历与经验的话，那么，学会比较客观、理性地看待自己和自己的文字，明了自己需要改变和提高的地方实在是太多，更是一种难得的收获。

人世间的许多事都是这样，你开始的预想和目的往往与你最后得到的差许多。本意是做一本书,完成一个比较新颖的营销策划,不承想收获到的,除了宽容、友善、理解与支持,还有很多。刹那之间,感觉自己明白了秋天的更多内涵。因为瞅着别人的稿子,同样会有一种丰收的感觉。

2009.9

我拿到样书了！（附《阅读合肥》序言）

2009年 9 月 17 日下午，安徽图书城总服务台，我从总台员工手里接过了一本书，一本不同寻常的书，一本由专人从北京带来，又委托专人送到书店内的书，她的名字叫作:《阅读合肥》。也就是说，在那一刻，作为策划者、执行者、作者中的一员，我，拿到样书了。

这可是唯一的一本样书啊!

真是有些激动。轻轻地抚摸着她，轻轻地翻看着她，闻着那股淡淡的墨香，有一种想大声笑出来的冲动。这样的心情，应该是许久不曾有过。

尽管昨天中午，我就知道我今天可以见到她，但真的见到时的心情，还是和设想的不一样。北京那个小伙子说得不错，的确很漂亮，封面、装帧和插图，因为都是被极用心地设计和印制，所以效果自然是不同一般。捧着这样一本书，感觉多日郁结在心里的所有不安和疑虑，转眼之间都没了踪影。

忐忑，是的，忐忑不安。这些天，一想起她，我就有一种近乎焦虑的感觉，总觉得只有亲眼见着了，心里才能够踏实。我在出自己的那三本书的时候，似乎也没有这样

《阅读合肥》签售会（2009.10.1）

烦心，或者说不似此番这么劳神费力。

一直心中惴惴不安的原因很简单，那就是压力。公司上下的支持与期待，六十位作者的信任与帮助，作为献给新中国成立六十周年大庆的一份献礼，作为对于生养了我们的这片土地这个城市的一份真情，这本书，所承载的东西实在是太多了。因而越往后做，越是有些拘谨和不安，生怕会有些什么差池。

当一切终于顺顺利利地完成的时候，内心除了高兴，更多的应该还是感恩。要感谢很多的人和机构，要感谢冥冥之中给予支持、关注的那些人，要感谢一直一起合作、努力的那些人。

真的，心存感激。

下午，把样书带回单位，让公司的领导和同事们先睹为快，他们都赞叹不已，回家后，自然又是博得一阵赞叹。激动之余，打开电脑，决定在第一时间把这个好消息发布出来，让更多的人分享我们的喜悦和快乐。我要告诉大家，《阅读合肥》终于面世了。很快，我们都将能够通过这本书，来仔仔细细地阅读和感受一个全新的合肥。

2009.9

附：

《阅读合肥》序言

林存安

合肥，安徽省会，为皖之中，襟江带淮，素有“包公故里、科教基地、滨湖新城”之美誉。

两千年的合肥，金戈铁马，风云际会，人杰迭出，文脉绵长。六十年的合肥，小邑巨变，百业皆兴，大城气象，日新月异。

在新中国成立六十周年之际，六十位作者写就六十篇美文，结集曰《阅读合肥》，饱含深情，赞美家乡，祝福祖国，是堪称许。

纵览《阅读合肥》，“一时多少豪杰”。飞骑“东门小河桥”的吴主孙权，威震逍遥津的张辽，色正芒寒、名垂青史的包拯，“我家曾住赤阑桥”的姜夔，晚清苦撑危局、盖棺难论定的李鸿章，“三造共和”的段祺瑞……在浩浩荡荡的历史长河中，他们的面影清晰又模糊。他们或生于斯、长于斯，或客居此地、结缘于此。

纵览《阅读合肥》，“多少楼台烟雨中”。逍遥津、操兵巷自不必多说，藏舟浦、筝笛浦，名字何等雅致，渐渐黯淡了刀光剑影，但却无法完全消散了历史的烟云。一幅幅风情画卷，将合肥的人间百态、芬芳气味、波光桥影、云裳飘逸，诗意描述，灵动展现。

纵览《阅读合肥》，满腔热忱写宏图。作者回眸合肥建设历程，把目光投向合肥的大未来，心弦和着城市脉动，文字见证合肥嬗变，记录“城市，让生活更美好”。

纵览《阅读合肥》，情怀炽热，记忆清晰。不少作者来自合肥以外不同的地方。他们初识合肥、感知合肥、眷恋合肥、融入合肥的心路历程，令人怦然心动。他们深深的合肥情怀，并不逊于生于斯、长于斯的合肥人。悄然打开的记忆闸门，如静静流淌的画面，娓娓讲述中透出岁月底色，掠过沧桑美感。

六十位作者，有省内外知名的作家，有媒体资深记者，有机关公务员，有教育工作者，有企业界精英，有自由撰稿人，还有合肥新华书店有限公司的员工。作者分布如此之广，《阅读合肥》显得厚重、阔大、丰满，便在情理之中。六十位作者，年龄跨度六十年，长者八旬开外，少者年方弱冠。年龄跨度如此之大，从《阅读合肥》中读出平实老到、慨然感叹、意气风发，实属顺理成章。

《阅读合肥》的策划者合肥新华书店有限公司，系安徽省最大的图书发行企业，风雨六十载，以传播先进文化为己任，根植文化净土，守护心灵家园。此初涉出版，颇具探索创新意味，令人侧目。

城市发展，需要文化的支撑和滋养，文化就是城市的灵魂；城市发展，需要记忆和畅想，记忆和畅想让城市根脉穿越所有时光。当前，合肥现代化滨湖大城市建设势如破竹，气贯长虹，演绎着前所未有的光荣与梦想。《阅读合肥》在这样宏阔的背景下面世，值得合肥人和想了解合肥的人共同期待。

是为序。

二〇〇九年九月

在骨子里爱着合肥

——《阅读合肥》介绍之一

“一个城市的气息，其实是一个城市的精气神。一个人喜欢另一个人的气息，想必是爱上了这一个人；一个人喜欢一个城市的气息，也一定是深爱着这座城市。合肥这座城市的气息，是一种向上的气息，是人间烟火的味道。”这是作家苏北的散文《合肥的气味》结尾的一段话。这篇散文被收录在一本即将面世的有关合肥的散文集里。

这些日子，我一直在为这本散文集而忙碌着，把前期征集来的稿件，进行统筹、调整和校对，而这一切，都建立在看稿的基础上。

这是一件挺辛苦的事，因为要反复地看，因为要注意有没有错字和病句等问题，所以与平常意义上的阅读有所不同。但是，归根到底还是一件很好、很有收获的事情。一篇篇用心写出、饱含真情实感的文字，在反复的阅读中，被一点点地读出和体味，内心的感觉自然要远胜于平日里泛泛地翻阅，叹服、愉悦和满怀的收获让我时常处于一种情绪亢奋的状态。

我非常喜欢作家许春樵的《穿城而过》，那么全面、大气和自信。许春樵说他自己“是这座城市的新移民”，但他对于合肥的了解和认识，远远超过了许许多多的老合肥。方方面面，点点滴滴，信口说来，如数家珍，让你不得不信服和佩服。

其实让我最佩服的还是作家充溢于文字之间的那股自信，在我看来这样的自信正是我们合肥人所缺少的。当然，这样的自信不是盲目的，是在深入地了解与比较之后得出的，它给人带来的，是眼光和动力。

在许春樵的眼里，合肥这个“城市干净而清爽，环城绿化带古树参天、森林叠嶂，稻香楼、雨花塘处于闹市，却又被绿树浓荫遮盖得密不透风，一年四季数以千种的鸟类在这里栖息直至过冬，走进其中，你会觉得身处深山、森林，鸟粪随时会落到你头顶，这是在任何城市里也无法想象的……生活在这座城市，很舒适，很安静。合肥人喝的水应该是全国省会城市中最洁净的水，大房郢水库、董铺水库是合肥的两大水缸，水全都是大别山里佛子岭水库、梅山水库、响洪甸水库通过淠史杭灌溉工程运送到这里的，是大山里的泉水。说合肥人淘米用矿泉水，洗澡也用矿泉水，这是一点不夸张的。……我们吃的是巢湖、瓦埠湖的野生鱼，肥西的土鸡，三河的土菜，所以我在北京和上海等大都市的时候，首先感觉到的是饭菜的品质太低而且难以下咽，这算是一个具有农业文明倾向的城市带给它的市民们最大的安慰和满足了”。这样的文字，让外地人读后，不知要生出多少的想象和向往。

另外，许春樵这篇文章的开头也很新颖别致：“2009 年 5 月，从上海乘高速铁路 2 个半小时，从武汉出发 2 个小时，从南京出发 45 分钟，火车一停，每节车厢的喇叭里就会响起同样的声音：合肥到了。”

苏北则认为：“说世界是由气味组成的，也不为过。”而从“气味”来看，“合肥这座城市，应该来说还是不错的”。在这篇《合肥的气味》里，你只要跟紧了苏北，就会感受到我们生活的这座城市各种各样的气味。

在许多人的眼中，我们的合肥实在是过于低调和朴素了。在记者祁海群的心里，曾经对合肥有着许多的“介怀”和“别扭”，但后来，在某一个瞬间，他“第一次强烈地感觉到对这个城市存在着很多的误解和偏见”。他开始问自己：“我真的了解这个城市吗？我和城市之间到底是什么样的一种关系？如果假设自己是外地人，第一次来合肥，我又能看到什么？”而“存了这样的疑问，心中的樊篱不由得渐渐消失了，合肥的生动，像细雨润物一样，让我深入了城市的每一个细节之中”。

渐渐地，祁海群感觉到：“原来，这么多年，我都是带着太过挑剔的心思来看合肥，就像一个不懂事的孩子，总是嫌自己的母亲太过于粗俗，殊不知，在和她的耳鬓厮磨中，我囿于眼界，看到的是她大嗓门粗布裙风风火火的世俗一面，而她身上所潜藏的风雅，被我不自觉地屏蔽了。”读着这样的文字，我真的是很感动，为作者对于合肥的那份细心和理解而深深地感动。

是啊，“合肥，这座城市，就是这样的丰富和人性，每一个想生活在这里的人，开始时都会觉得她缺少了点什么。其实，那只是你没有发现她。她不是张扬的，所以你必须静下心来慢慢体会她的风情、她的品质，只有深爱着她时，才能体会到”（祁海群《合肥的芳香》）。于是，我们会认同胡作法对合肥的“印象”，认同他有关合肥是“中性之城”“温暖之城”“包容之城”的论述。

合肥风光（一）

听过朱少飞在《波光桥影话合肥》讲过合肥众多的古桥新桥之后，再听柴岚绮讲一讲那些早已被她“植于心底”的合肥大街小巷里的树（《佳木葱茏》）。我们还可以随着费冬忍的目光，走访和关注一下《“合肥土著”》，看一看韩贺彬笔下的《合肥的美女群》是如何将服装变成《舞动的时尚》（许丽文）。

其实，在了解和观察一座城市时，选取一个特定的“点”去看，也不失为一个好办法。在散文《早晨七点半》中，作家程耀恺以细腻的笔调为我们展开了一幅充满生机与活力的嘈杂的市井画卷，在作家的眼里，压力、烦恼与忙乱的背后，是生机勃勃、充满希望的现实和未来。因而，程耀恺说："可渐渐地，我仍然喜欢上了早上七点半。我喜欢它的复杂与混乱，喜欢它的激情与无序。虽说在这座为了让自己梦想成真的城市，我们正在丢掉自己的梦想，但是，只要我们没有失去对时代沧桑的承受能力，没有失去对人情冷暖的感知能力，城市和我们，就会像早晨七点半一样，在变动不居中，做出调整与适应，好让日子像鱼一样，在街巷里悠然游过，让生活像花一样，在屋檐下绽放，让时间在历史中变得悠长。"

合上这本关于合肥的书的"风情卷"之后，我在想：是的，"让生活像花一样"。我们所有的努力与付出，不就是为了这样一个结果吗？而它的前提，必须是你要真正地了解这座城市，真正地爱上这座城市——在骨子里爱着合肥。

2009.9

寻一处别样的风景

——《阅读合肥》介绍之二

上世纪70年代末，夏秋的夜晚，一群年轻人走出安徽大学，沿着校园外的土路，到附近的工厂看电影。“夏末秋初，微风习习，地面草丛里，或灌木枝叶间，一只只萤火虫闪闪烁烁，或停或起，特别有中国古典文学的意境美。在夜空中一闪一暗的流萤的引领下，成群结队的年轻人在小路上穿行。这样的时候……总会（让人）情不自禁地想起唐朝诗人杜牧优雅的诗句：银烛秋光冷画屏，轻罗小扇扑流萤。天阶夜色凉如水，坐看牵牛织女星。在中国古代文学中，意境之美是其传统文化性格的标志性符号之一，这样的生活实境，立刻就能唤醒我们沉睡着的美的感觉。”

作家许辉就是“这一群年轻人”中的一个，当时他把这种感觉幻化成文字，写了一篇题为《轻罗小扇扑流萤》的散文。前面所引用的文字则是最近他特地为一本关于合肥的散文集（刚刚定名为《阅读合肥》）而写的一篇稿子：《轻罗小扇扑流萤及其他》。

一个城市的风景在不同的时间、不同人的眼里，一定不是一个样子的。因此，听不同的人描述他们眼中的风景，自然会有一些新的发现和感受，一些新的眼光和角度。比如这回，因为读过一些关于合肥景色的文章，我这个一向以“土著”自诩的人，一下子发现了合肥的许多的“美”和“好”，对于合肥的那份自信与自豪又有了更多一些的底气。

比如稻香楼附近的鱼花塘（也有人称呼其为“雨花塘”），是我再熟悉不过的了，但是，当我读过老作家刘湘如的《鱼花塘小记》之后，发现这片并不算很大的水面，竟然会引发出老作家那么多的联想和诗意，真是一种享受。

“‘野桃含笑竹篱短，溪柳自摇沙水清’‘水天清话，院静人消夏……一霎荷塘过雨，明朝便是秋声’……这些古人的隽句，都是对她极好的勾绘。其实，若叫她荷塘更为确切，在暗蓝的波纹上，总是荡着几片荷叶，翠羽亭茎，荡漾出浅浅的轻涟，也有水草相攀，也有纤柳的俯吻。时有三三两两的恋人，在回曲的林荫小道上漫步。月亮从林间落下斑影，映在荷塘的浅波上，微漾着的圈纹里，便如一枚枚明亮的眸子，远远地睨视着：闹市的纷攘，马路的喧声……”

“当月朗风清之夜，我喜欢一个人坐于塘边，做许多遥远的联想。时而心驰神往，如荡一叶飞舟，沿着鱼花塘漂到遥远的童年的湖滨，没有车尘，没有嚣声，只有莹润的水光和清新的空气，沁人心脾的芬芳。我恍若听见了优雅的乐声，不似古时的筝笛，但愈加诱人，使人迷恋，沉吟……”

我想，当你读过这样的文字后，再去鱼花塘，一定会有另外一番的感受。

同样，在作家王静的眼里，由荒坡岗、污水塘，甚至刑场改造美化成的黑池坝风景区，是那般的风景如画、舒适宜人：“站在木桥一眼望去，两岸疏密相间的林木组成一道长长的绿色长廊，宽阔的水面像一条白色的水泥大道在林荫间延伸。蓝蓝的天空悬挂着一缕缕纤柔的云丝。又是夕阳西下时，整个景区都沐浴在一片灿烂的金色光芒之下。水面上一抹胭脂的薄媚，把河水都映得微微的明亮，使这条小河看上去更加妩媚也更加安静了。面对此景，真让人几乎不相信这就是闹市中的黑池坝，更为自己没有柔美至极的文笔来描述和赞美这美丽的城市景色而深深遗憾。”（王静：《走笔黑池坝》）

在上述几位男性作家眼中，合肥的景色是宽广、明快而富有诗意的。而在一些女性作家和作者的眼里，合肥则又多了一层柔美浪漫的色彩。

女作家鲁甄住在瑶海公园附近，在她看来“自己算是个有福气的人”。因为每天“上班的时候，穿过公园，沿着岸边树林行走，向池塘望去，闪亮的水面波光潋滟，有尘埃落定的安然。顿时，觉得天地畅达，绿水树木亲切自然。闲时，在自家的阳台上一睹天光水色，感谢居家之所有这么一池塘好水，让自己有个好心情……在有月亮的晚上，四周远处霓虹灯变幻，近处灯火点点，水面被月光映照得充满了神秘之感。常常，不由自主地想起那描写荷塘月色的名篇”。“甚至连蒙蒙的雨天，也觉得门前的

合肥风光（二）

水面氤氲着缕缕诗意”。（鲁甄:《合肥生活》）

多美，多么惬意的生活。

IT精英姚云几经辗转，住到了城西。在《在合肥，诗意地栖居》中，她这样写道：“漫步城西，这里有绿树繁花、风景怡人的高新区；有青山如黛、郁郁葱葱的蜀山森林公园；周围还有水天一色、浩渺无边的董铺水库。这里的天是碧蓝的，水是清澈的，这里的空气是湿润的，这样的日子，这样的生活，无疑是——舒畅的。那么，就让我继续盘桓在合肥，‘诗意地栖居’吧。”

女作家胡迟在《公园里的少年往事》中，为我们描绘了一幅幅明快而生动的画面：银河边，一个少女和她的母亲，还有一些其他的人……许多年后，“一片深深浅浅的绿”将作者的少年时光掩映其中，“那些记忆中的片段支离模糊”。由此，作者叹息道：“一生的岁月，就这样被分段收藏，景还在，人已非……”

同样感慨感叹的还有写出《走过黄山路》的李薇，只不过，她更多还是沉浸在一条路带给她的欣喜与满足中。

记者刘睿对于马鞍山路的记忆亲切而温暖，在文章的结尾，她说："写到这里的时候发现，原来这条街至今还在给我提供丰富的作文素材，只是似乎依然没有什么光辉之处，没有剪不断理还乱的心绪，没有与灵魂相涉的深刻，有的只是些零星回忆和温情，但这微微的温度是如此让人舒适而依恋。至少，现在我依然和所有住在这里的人们一样，每天早晨出发，是为了回到这里。"（刘睿：《从一条街出发》）

同样是女记者，金萍眼中的杏花公园则是那般的美轮美奂，因为在金萍看来，在杏花公园——这个"合肥最美的绿地"，可以倾听到自然的呼吸。"嫩绿，青绿，黄绿，碧绿，各种深浅的绿，洗亮了我整日被电脑污浊了的眼；抬眼间，有粉红的花一嘟噜一嘟噜地悬挂在我叫不出名字的树上，娇媚的嫣红，只能用惊艳来形容。如茵的芳草，映衬着她愈加娇艳欲滴。大朵大朵的花，簇拥着热烈地绽放，有举头向天的，有低头向着绿野的，努力开成一团团的火焰，似在向天地表白爱情。而那花下的满目的绿，又是那样的明亮，柔美，美得让人觉得不真实，如一道来自天庭的绿光，不知怎么，突然不小心泻进梦中。忙不迭地掏出相机，微距，再微距，试图把她瞬间的美丽，定格成永恒的记忆——心中是满满的感动，如水的柔情。这满树的芳华，是在向我昭示上苍的慈悲，和对生命的格外眷顾吗？"（金萍：《在杏花公园，倾听自然的呼吸》）是啊，"格外的眷顾"，因为生活在这座城市，因为你和她朝夕相处，和她有着千丝万缕的联系，所以，你了解她、爱着她，能体会和发现到她的许多的"好"，并于不经意间，找寻出一处处别致的风景。

2009.9

渐渐地体味与融入

——《阅读合肥》介绍之三

一个人在一个地方待得太久，或者他生来就在那个地方没有挪过窝的话，那么他对于这个地方的看法往往是被格式化了的，可没准他还会特自信，因为他觉得自己太了解这个地方了。但我敢说，他的看法多半是有些迂腐、陈旧和固执的。当一个外来的人对他说出自己对这个地方的看法的时候，他一定会感到有些诧异和搞笑，觉得那不是他所熟悉和了解的地方，外来的人太过于武断和片面了。

没错，由于惯性思维与偏见，以及接触了解的时间、范围和深度等种种局限，外来人的看法有时候会出现武断和片面的现象，但是外来人应该是更相信自己的眼睛和体验，然后将它们综合提炼，得出自己的看法。如果他就此一直生活下去的话，那么他所得出的判断一定是越来越理性，越来越准确。

对于我们合肥，也应该是这样。

在一本关于合肥的散文集《阅读合肥》中，专门有一个章节，是一些所谓的“外来人”（或者说是“新移民”）讲述他们在合肥的经历和他们对于合肥的看法。看过之后，你会感到很有启发，很受感动，你会发现他们眼里的合肥和你心目中的合肥并不完全一样，特别是平时被我们所忽视了的合肥的种种的“美”与“好”，让你会有一种欣喜和提气的感觉。

女作家潘小平来合肥已经有 17 个年头，对于合肥，她从一开始的“心中惴惴，始终有不安的感觉”，“多次想调回北方那座小城”，到一家人都来到合肥，一颗心才算定下来了。但后来还是有几次“动了想往南挪挪的心思”，但一想到她的一位同学的话，她就打消了念头。那年，她的同学从南昌来看她时，她还住在省图书馆后面的一排平房里，虽然简陋了一些，“但推窗满眼绿，梦中流水声，环境好得不得了”。那天，潘小平陪她在包河边散步，“正是夕阳西下时候，包河一片胭脂红，浮庄若沉若浮，在水面上漂着”。她转过身来，郑重地对潘小平说：“这是一个可以终老此生的地方，你可别轻易放弃了。”

如今，说起合肥，潘小平的一番见解独特、新颖、爽快：“合肥人好吃、好讧、好说大话，脑袋掉了碗大的疤，天塌下来地接着。合肥话中的‘好大事’一词，最能代表这座城市的‘人格’。当然，这也没什么不好。好吃说明胃口好，吃嘛嘛香；好讧说明有集体主义精神，不冷漠；好说大话其实是敢说大话，起码不是缩头乌龟，所以李鸿章、段祺瑞等等江淮枭雄，才非合肥莫出。你仔细想想李鸿章在外事活动中的一些做法，才深知合肥文化之伟大。”

虽然至今潘小平仍听不懂地道的合肥方言，但她“已经习惯了合肥口音，对每天萦绕于耳的喧嚣市声，感到亲近”（潘小平：《卜居合肥》）。

合肥风光（三）

籍贯苏州、出生在上海的沈敏特教授说："我的身份证是合肥的；要把我养到死的单位在合肥；我在事业上的成败得失大都在合肥铸成；我的可以称兄道弟的朋友大部分在合肥交往。在合肥的'土著'的眼里，我大概依然是'外乡人'，可一出安徽省，一概把我说成是'合肥来的'。以至于我不得不承认一个事实：我的荣辱感都与合肥相融，真是荣辱与共了。听到说合肥的好，我有点舒坦，说合肥的不好，我有点尴尬；几乎是一种下意识的反应。"

在沈教授看来，无论从空气质量、绿化指标，还是从用于交通的时间成本来看，合肥都是一个"宜居"的城市。同时，为了合肥"好上加好"，他提出了"城与城中人，共存同进"这个"宜居"的更核心的条件和内涵，值得我们重视和深思。（沈敏特：《城与城中人》）

20年前来合肥定居的马丽春，虽然在开始的时候感觉合肥"很土很小"，同时因为合肥的"土著"不管老幼，都喜欢喊她"大姐"，让她"很别扭而有点瞧不起这个城市"。但渐渐地，她对合肥的认识有了改变，在她看来："合肥是那种乍看不起眼，土里土气，城市格局不大，现代化气息不浓郁，不精致也不高贵，你不免平视它或俯视它，但生活得愈久，你愈感觉到它的可爱。"

对于今天的合肥，马丽春的感觉是："眼下不断向大城市挺进中的合肥，俨然有了更新的高度，更多的亮点，时间稍一刷新，我们去往不同的方位，就会不断有欣喜地发现——这个城市正在不断变美变新变大。""在这个老城的干枝上，不断向周边绽开出它的绿叶，向你展示着这个城市的空前魅力。"（马丽春：《关于合肥》）

作家赵宏兴认为合肥应该是一座移民城市，而"一个城市的发展永远离不开移民的背影"。（赵宏兴：《移民的背影》）

女作家苗秀侠说："合肥的变化，作为有十年居龄的在下，是有发言权的。几个月不上街，路就变得不认识了。购物、居住环境的改善，让人感慨的同时，不由为生在这个好时代而欣慰。"（苗秀侠：《合肥这个城》）

记者李春曾经"以相当的热情喜欢过（合肥）这座城市"，但她感觉她所定居的这座城市让她感到"迷惘"和"厌倦"，但有一天，当她一个人沿着包河的水畔走的时候，她感觉自己忽然读懂了这座城市："其实它和我一样不论如何成长，在心底深处，都有一处柔软的，波澜不惊的宁静、安详。而是我，在生活的奔波中，忘记了放慢脚步，忘记了边走边看，忘记了给自己一些时间，欣赏生活围墙外的风景，忘记我和这座城市应该拥有的相依相伴的情谊。”（李春：《不曾搁浅的情谊》）

对于合肥，每个人因为各自的经历和角度，会得出不同的结论。上世纪八十年代从大山深处的三线军工企业转到合肥的谭守谋，用“海纳百川”四个字来概括他心中那个“包容与宽厚”的合肥。而“行走在合肥的边缘”的陈家萍，则能够从各个角度向你说出让她想起“便暖意从生”的合肥的种种的“好”。叶纯说他与给了他“更多选择的机会”的合肥“渐行渐近”。在合肥生活了二十多年的海心则深情款款地说：“合肥，渐渐地爱上你。”

渐渐地体味，渐渐地融入，低调而宽厚的合肥让越来越多的外来的人停下了脚步，成为这座城市的新移民。的确，这样的一座城市值得我们为之注目、努力和骄傲。

2009.9

记忆中那些人和事

——《阅读合肥》介绍之四

如果要让我来写“合肥的记忆”，我能写些什么？最近，我经常这样问自己。因为集中地看了十来篇有关合肥历史与记忆的文章，很受触动，思维也时常纠结于此，不禁有了这样的问题：“我能写些什么？”

我能如徐子芳老师那般写出一篇气势磅礴、文采飞扬的《合肥赋》吗？不能，因为那需要深厚的文字功底，要对合肥的历史发展了然于胸，对合肥的一草一木充满着感情。不然的话，是无论如何也写不出“包公故里，合肥何其胜哉！科教基地，合肥何其新哉！滨湖新城，合肥何其雄哉！”这样的文字。

在《合肥赋》的结尾，徐老充满激情地写道：“怀往事而越千秋，顾当代而瞩百业。上承先贤之厚德，遥领神韵；下开新锐之风骚，续写华章。余一介书生，难承其命，探综索纬，不以尽言。赞曰：城变之于人，人变之于心；海有容则大，山久积则高。斯之谓也。”精当流畅，意蕴深远。

如果说徐老的《合肥赋》是一篇用文言文写就的佳作，那么记者张扬的《江南唇齿地》则是用白话文写就的“合肥的历史”。在文章的开头，作者写道：“两千多年前，合肥就出现在史学家司马迁的笔下。此后，同为史学家的班固，也提到了合肥。在两位大史学家的眼里，合肥是个舟车往来密集的商业都会。”

从金斗城改造时出土了“众多精美瓷器碎片，依稀可以让人们怀想这个唐宋时处于市中心的金斗城的热闹”到“合肥的气韵，实则繁杂而不纯，一如这个地方流行的‘倒七戏’”。从“溯源来看，商周时合肥地域内居住着淮夷族人，这一族人就勇猛善战，弯弓射箭，争夺地盘”到“三国时期，合肥是块肥肉，屡遭兵燹。曹魏与东吴为争夺此地，发生十万人以上的水陆会战，竟达十多次”。然后是张辽、曹操、包公、姜夔等与合肥紧密相连的历史人物，张扬是从容不迫、娓娓道来。

写合肥的历史，是绕不开李鸿章这个人的。王达明的《众说李中堂》角度很巧妙，通篇引用了7部有关李鸿章的传记和专著中对李鸿章的评价，他们的作者均为省内外知名的作家和学者。这其中，有一部梁启超先生《李鸿章传》的白话本很有特色，透过解说，我们对梁启超先生的判断有了更进一步的理解和认识：“要而言之，李鸿章有才气而无学识之人，有阅历却没有血性的人。彼非无鞠躬尽瘁死而后已之心，然彼弥缝偷安以待死也。”对此，王达明认为：“有才干却没有学识，有阅历却没有血性。梁启超说得很精辟、到位。同时，梁启超先生又说李鸿章并非没有‘鞠躬尽瘁，死而后已’的心，对待责任从不推卸，但却仅仅是缝缝补补、偷安等死，没有为后人做长远的打算。我感觉，这其实就是李鸿章的无奈与悲剧，那样一种形势与局面之下，李鸿章选择的是顺从与妥协。”

在《众说李中堂》的结尾作者引用了《绝版李鸿章》里面的一句话，很有意味。那句话是：“我们给你的只会是李鸿章的几个角度、几个细节、几笔速写，结论由你自己得出。”是的，有些东西的确是需要你自己找出答案。

比起李鸿章，人们对于杨振宁这位合肥老乡显然要熟悉的多，自诩为合肥“土著”的钟翼然另辟蹊径，写出《杨振宁眼里的合肥》，也很有意思。文章通过从小到大的杨振宁的眼睛所看到的合肥，勾勒出合肥的沧桑变化。文章的最后，在写到2007年11月，杨振宁听说合肥两年内将开通通往南京等地的多条高速铁路时，高兴地开起了玩笑：“那我下次回合肥不坐飞机了，一定坐火车！”的时候，作者感叹道：“这就是杨振宁，一位永远求变求新、永远将目光向着未来的老人，他总是在盼望着、憧憬着，盼望着他的家乡越来越好，憧憬着他再回合肥时又会有怎样的惊喜在等着他。而在他的眼中，合肥永远是最美最亲最让他牵挂的。”

合肥的“张家四姐妹”这几年越来越“火”，有关的研究和专著也是一本接着一本地在出。女记者江泓可谓是研究“张家四姐妹”的专家，她所写的《张氏四姊妹》洋洋洒洒四千多字，将张元和、张允和、张兆和、张充和的生平故事一一道来。只是，“那样的环境、那样的家庭、那样的时代，熏陶出那样的大家闺秀，已经是最后的绝唱了”。这样的话，让人生出许多的感慨与失落。

在《合肥的典当业》里，记者程堂义回顾了合肥两百多年的发展历史后说：“如今的合肥街头，‘当铺’再起。只不过和以前的当铺相比，现在的典当公司已被赋予了新的含义。”“作为一种新的融资渠道，典当公司已成为合肥市民生活中的一个好帮手。”

合肥风光（四）

名编（辑）戴煌在《梦里小巷几棵槐》里，通过对童年的回忆，对现在城市的建设提出自己的看法，他写道：“每每走在两面斑驳陆离的墙面中夹着的青石板小路，仿佛就像是在一幅画卷中徜徉，那把上帝用时间做成的钢刀，把过去的一切都雕成了立体的诗。只是，一些新建的都市忽略了这些城市中必有的元素，让他们无声无息地消失了，永远地消失了。”角度独特，意味深长。记者王晖则通过一种叫做“妈婆婆”的鱼，发现了“源自民间的诗意创作”。

女记者王小波对于老合肥一往情深，她在《我爱的那个老合肥》里说：“印象中的那个合肥城，贫穷却温情，它早已经呼啸着走远了，伴随着很多人很多事。当然，人的记忆是有选择的。那些岁月里的苦难、艰难和丑恶，在我的记忆之筛里早就被自动滤掉，剩下的，都是轻松、温暖和真情。老感情像老物件一样，偶尔把玩回忆就如同咀嚼青橄榄，回味悠长而甘甜。而带着温暖的老感情来观察今天的合肥城，心里又别有一番欣喜和欢畅。”同样是回忆，女教师刘咏梅的《一条街的记忆》则将淮河路的点点滴滴描绘得有声有色，亲切可人。

在又一次读过散文集《阅读合肥》的“记忆卷”，萦绕在我心头的还是那个问题：“关于合肥的历史和记忆，我能写些什么？”我在思考，在回味，在记忆的深处找寻着让自己难忘的那些人、那些事。

2009.9

或许我们已经忘却
——《阅读合肥》介绍之五

阅读一座城市，一定不能够忽略了它的文化，对于合肥，也是如此。散文集《阅读合肥》的第五节，就是有关合肥文化的，十篇文章涉及历史、戏剧、方言、书店以及饮食文化，玩具变迁发展等。内容还是比较丰富多彩的。

历史文化部分，选择的是和合肥有着绵延不绝联系的姜夔。记者章玉政在《这个城市，这个人》的开头，这样写道：

> “一个城市，总离不开文人的滋润。
>
> 有时候，一个文人往往就能影响一个城市的气质。或许这个文人早已走远，但他留下的气息，却总会飘溢在这个城市的上空，散发出淡淡的墨香，为灯红酒绿、车水马龙平添一抹幽静、一抹闲情。
>
> 对于合肥而言，姜夔可能就是这样一个与之千丝万缕、情深意切的文人。”

老戏剧家刘定九先生的《关于庐剧》，专业系统地介绍了庐剧这个在“江淮之间土生土长、影响面最大的地方戏剧种”，它的形成、发展、艺术特色、曾经的辉煌和目前面临的问题。在文章的结尾，刘定九先生饱含深情地说：“庐剧的艺术根基和乡土基础都很厚，有很多市民、农民喜欢它，念叨着能够有固定剧场演出，看到戏、听到乡音。希望上下齐努力，业者争上游，奋发图强，促使庐剧绚丽开花，丰硕结果，卓立于国内艺苑之林。”

如果说刘定九先生是从专业的角度来介绍合肥的话，那么刘邦宁的《远处飘来的乡音》，则是从一己的角度来谈他对庐剧看法的变化，他对庐剧在渐渐认识和了解中产生的情感，读来也让人挺有感触的。

从早年“年少气盛，与父亲一谈起庐剧，必言：要改变，太土了”到“如果静下心来，仔细地倾听、品味，庐剧确实有它独特的风味与魅力。随着年岁的增加，内心里这样的感觉越来越清晰、越来越强烈”再到“哪个地方戏不土，每种剧目都有它的特点和魅力，你们仔细听听，除了发音土点，它的曲调还是挺质朴婉转的，按照流行的话来说，绝对的原生态”。刘邦宁的看法的确是有了一个很大的变化。

刘邦宁说他“对庐剧的关注和怀念，还有一个重要的原因，就是在如今生活中，想听到一口正宗的合肥话太不容易了”。而“正宗的合肥话还是要到偏远一些的农村，或者是传统一些的庐剧里才能够听得到。只是在现在的城市里，已经难以寻觅庐剧的踪迹了”。

王光汉教授连续 10 多年在《合肥晚报》上以笔名“白丁”开辟专栏“乡音小考”，考证、介绍和解释合肥话，广受关注和欢迎。王教授在《合肥话的丰富文化底蕴》一文，通过许多实例，从各个方面介绍合肥话，生动、有趣，有很强的知识性。

关于合肥话，王教授有着理性、独到的见解：“无论是作为汉语史的零碎活化石，作为合肥乡土文化的重要组成部分，还是作为汉语方言大家族中的一员，我们都应给合肥话一个合理的定位。尤其是合肥话的丰富文化底蕴所闪烁出的耀眼光辉，对合肥话不‘刮目’是没有理由的。加强对这个文化底蕴的挖掘，不但对宣传合肥有极其重要的现实意义，而且对研究合肥本土文化，对汉语史研究都有极其重要的理论价值和应用价值。”

可能是因为这本《阅读合肥》是由书店策划编纂的，或者是由于一名文化人和书店有着不可割舍的情谊，这本书里有 4 篇文章是写书店的。

作家温跃渊先生在《我和书店》里，讲述了他和新华书店 50 多年的交往故事。作为合肥第一家新华书店的热心读者，作为四牌楼新华书店诞生的见证人，温先生回顾着记忆中有关书店的点点滴滴，读起来亲切感人。

从小在书店大院长大的女作家束晓英，以生动的笔调，记述了那些关于书的如烟往事。有对散发着油墨香味图书的迷恋陶醉，有对动乱年代图书被粗暴践踏时的惋惜心痛，还有在黑夜里跟着大孩子们去“偷”被打入冷宫的图书时的惊险刺激，对于书如今又重新获得尊重和热爱更是充满了欣喜和宽慰。（《一枕书梦到天明》）

同样是记忆，作家李传玺的《书店的记忆》讲述的，是一个爱书的人从小到大曲折坎坷的购书经历，有些细节，很让人感动、难忘。他对四牌楼书店的感觉，独特、到位，很有代表性：“虽然现在书店多了，但我仍然喜欢四牌楼的。我觉得它就‘像’书店。门口几棵大树，绿意浓浓。夏天走到下面，清凉，似乎是书带来的；冬天，走到下面，温暖，似乎是知识的感觉。老旧的建筑，给人以厚重，在树后隐隐约约，似乎充满着书特有的‘蕴含’。”

合肥风光（五）

女记者刘振《一只甲虫的书店》，讲述的是她喜欢的几个小书店，各具特色，让她在获得了许多她爱看的书刊之后，心灵得到安抚和慰藉，对于合肥这座城市有了一种依恋、一点喜欢。

吃其实也是一种文化，李云胜回忆他小时候那些所谓的“零食”的文章《曾经被称为零食》，让我们记起来“茅根草”“甘草”“宝塔糖”“葵花籽”“糖稀”等记忆深处的东西。李云胜说：“也许是我们经历过物质极度匮乏的年代，童年的零食绝不像今天琳琅满目、口味各异，但味蕾仍然已经被记忆中的味道融化掉，内心像被熨斗烫过一样，与其说是在怀念久违了的曾被称为零食的儿时吃食，倒不如说是想念小时候任性的生活。”

玩也是一种文化，赵世萍从自己童年的玩具和不到一周的女儿的玩具中，体味出的是《一样的幸福，不一样的感受》。

其实，生活中属于文化范畴的东西还有很多，只是我们没有发现和体会到，有些东西，更是由于时光的流逝与观念的变化，或许已经被我们渐渐地忘却。我想，在感慨叹息之余，我们还是应该做些什么才是，因为我们的生活从来就是离不开文化的滋润与陪伴的。

2009.9

于欣喜之中憧憬着

——《阅读合肥》介绍之六

合肥这几年的变化之大，远远超乎人们的预期和想象。合肥在抓住了难得的机遇之后，迸发出极大的能量和热情，城市的面貌在急剧地变化着。而在这个过程中衍生出的许多的细节和感受，让我们的市民特别是作家在感慨不已的同时，写出一篇篇饱含真情的好文章。

作家赵昂在《楼后面的老房子》里，为我们描述了一栋栋“似曾相识”的老房子，它们“参差不齐，高低错落，在高楼峡谷间自卑而局促地蹲伏着；瓦灰顶的，土红顶的，色彩驳杂，低矮灰暗，像一支从前线溃败下来的衣冠不整灰头土脸的残兵败将，垂头丧气地等待着战胜者的处置”。但谁又能够想象，二三十年前，它们却是那般得重要，门庭若市。如今，在城市建设的大潮中，它们明显地落在了时代的后面，面临着被“遮蔽”和“覆盖”的命运。

些许的不舍和伤感或许都是有的，但是还是免不了对他们说一声：“再见，老房子！”在文章的结尾，赵昂深有感慨地说：“老房子，你与其在重围中苟延残喘，不如浴火重生凤凰涅槃，让自己的脚下崛起令人仰视的高度，幻化出绚烂迷人的色彩，诞生出无愧于变革时代的精气神来……”

如果说赵昂的《楼后面的老房子》，是从一个比较开阔的场面，描述一座城市的变化给人们带来的冲击和思考的话，那么潘林松的《风景盈窗》，则是从自己家里的一扇窗户和自己办公室的一扇窗户的景色的变化，勾勒出一座城市发展的痕迹。“见微知著，管窥大千。凭窗眺望，满目风光。”在潘林松的眼中，分明看到的，是“一个城市的新梦想和大未来”。

合肥风光（六）

两位女作者李海燕和晁惠芳，分别通过一条路和一座楼的变迁，折射出合肥的变化，其中的经历与思考，细致、独特。

“转眼到了2009年……再看看合肥的路，宽广明亮、绿树鲜花，六车道八车道、高架桥、立交桥、下穿桥、快速公交、畅通一环，等等等等！真是恍若隔世！……合肥开始大建设的时候，我就时刻关注着学校的路什么时候修通。当我看到学校的几个大门都正对着繁华宽阔的马路，再也不要因为出路而犯愁的时候，心中充满了快乐和欣慰。沧海桑田，梦想成真！”（李海燕：《路路通》）

“我想，对一块土地的记忆，不需要太多的注释和记录。如果有，也只是在一些人的记忆中，譬如今天的我，在这个时刻。”（晁惠芳：《在合肥剧场的遗址上》）

的确，如果要想要摸清一座城市发展的脉搏，从某一座建筑、某一个行业来梳理，会很快得出一个明确的答案。李学军的《岁月悠悠大钟楼》和周纯的《见证合肥旅游的发展》就是这样做的。都是典型的极具代表性的事物，又都是业内行家，说出来自然是娓娓道来，如数家珍。

李学军在文章的结尾，这样写道：“时光荏苒，于不经意间悄然而逝。岁月悠悠，在激荡的钟声中不断刷新着记忆。大钟楼，这个合肥乃至全省曾经的‘时代骄子’，与那些‘后起之秀’一起，共同见证着一个变革的时代，并将继续瞩目展望这片土地更加灿烂美好的明天。”

资深旅游记者周纯则在为合肥旅游的发展感到鼓舞和自豪，感觉“合肥旅游业的朝阳已经升起”的同时，指出合肥旅游业急需解决的一些问题，深思熟虑，情真意切。

看到这，我们再回过头去看翁飞的《畅想大合肥：回眸与展望》，就会有一些心理的铺垫和准备。

翁飞说：“在‘大建设’不断向纵深发展之际，作为合肥老居民、也是史学工作者的我们，愿意和大家一起回眸历史、畅想未来，为构建大合肥谋划鼓呼。”

在回顾了合肥悠久的历史，三度省会，二度中央直辖市和三度侯国都城之后，翁飞又列举了十位对合肥的建设和发展“贡献重大、影响深远者”，因为合肥“这样一段厚重辉煌的城建史，皆与历代大智远谋的政治家、军事家、战略家对合肥的高度重视有关”。于是，我们知道了周武王姬发、楚考烈王熊完、秦始皇嬴政、汉光武帝刘秀、三国魏武帝曹操、隋文帝杨坚、唐大将军尉迟恭、北宋知州郭振、明太祖朱元璋、新中国主席毛泽东等风云人物都曾经为合肥的建设和发展做出不平凡的贡献。

接着，翁飞提出：“大形势决定构建大合肥的高起点。”“合肥作为省会，且正踞皖中，在安徽奋力崛起中须发挥核心、主导和龙头作用——合肥强，则安徽强。”“在今天，构建大合肥，应以中央直辖市为期盼，以国际级大都市为标的。”

具体说来，就是“市建谋略”的“合肥、巢湖、六安，三市合一市”。因为“众所周知，合、巢、六三市，史来几千年，行政区划上虽时有分合，但山同脉，水同源，氏族同祖，经济同融，交通同线，资源同享，风俗同流，人文同气”。所以“三市合一，理所当然”。

而合肥的“城建谋略”，则是“合、巢、六，‘三城串一城’，呈现‘三星连珠’样式。这也是打破‘非方即圆’的传统城市形态的城建新概念、新模式”。“规划谋略”

即“‘三环绕一湖’,做好水文章”。

真是大开眼界,很受鼓舞。也难怪解明贵会大声喊出:《美丽的合肥美丽的家》,而郭文蓓《一个主妇的周末》里的那名主妇则是那般的悠闲、满足和惬意。

在《就这样被改变着》里,一位老者说起合肥这些年的变化,用了一个词:“天翻地覆”。

“是啊,的确是‘天翻地覆’。而在合肥这从‘旧’到‘新’的不断蜕变中,又包含着多少人的付出——智力的、体力的,多少人的支持——有形的、无形的,它成就的不仅仅是一座高架桥、一条路。它是一个标志和象征,启动着这个城市的一次次发展与腾飞……一切都在我们的身边——现在或不远的将来。”在作者看来,“我们的生活就这样被改变着,同时被改变的还有我们的人生”。

生活给我们带来了太多的惊喜,同时也给我们带来了更多的信心与希望,向着未来,我们于欣喜之中憧憬着。“因为在我们的面前,是越来越开阔、越来越精彩的天地。”

2009.9

那是个火热的年代

——共和国文学创作 60 年之我见（1）（1949—1959）

伴随着 1949 年开国大典的礼炮，我们的国家进入到一个新的纪元，人们的心里普遍是充满了欣喜和激情，作家作为“无产阶级的文艺工作者”，自然也是毫不例外地激发出超常的热情，在新中国成立后的第一个十年里（特别是后期），创作出一批广受欢迎的优秀的作品，按照现在的说法，那是绝对的畅销。

上世纪五十年代的优秀作品有一个显著的特点，那就是对于持续好几十年的抗争与战争的回顾，作为一种记录和纪念，引发出民众极大的阅读热情。

1957 年出版的《红日》，是小说家吴强的代表作品。它用艺术形式在表现重大战役方面做了较好的探索。它以 1947 年山东战场的涟水、莱芜、孟良崮三个连贯的战役作为情节的发展主线，体现出作者对现实战争小说的“史诗性”的艺术追求，即努力以宏大的结构和全景式的描写展示出战争的独特魅力。它塑造了解放军从军长到战士众多的血肉丰满的英雄形象，描写了规模宏大的战争场景，对国民党将领的刻画也十分的生动，具有个性。

曲波的长篇小说《林海雪原》，也是1957年出版的。剿匪题材的《林海雪原》情节紧张生动，人物形象鲜明饱满，它最经典的片断“智取威虎山”在中国家喻户晓，小说主要人物少剑波、杨子荣、座山雕等都为人熟悉，卫生员小白鸽与少剑波之间的那份感情牵动着许多人的心。1960拍摄的黑白故事片《林海雪原》，也是大受欢迎。作为“文革”期间“样板戏”之一的现代京剧《智取威虎山》，更是红极一时，至今仍有着不小的影响。

1958年出版的《红旗谱》，是小说家梁斌的代表作。它以三代农民与地主之间的矛盾斗争为主线，描写了冀中地区著名的反割头税斗争和保定二师的学生运动，反映了从第一次国内革命战争到“九·一八”事变时期北方社会错综复杂的社会关系。把朱老忠、严志和等人物形象塑造得非常成功，运涛、江涛、春兰、严萍的形象也是栩栩如生，让人难忘。如今，人们习惯把“文革”前诞生的一批革命历史题材的文艺作品称之为红色经典。而在红色经典中，开风气之先的，普遍认为应该是长篇小说《红旗谱》。

与《红旗谱》同年出版的《青春之歌》，在那样一个“革命”的年代里，给人的感觉是耳目一新的。因为是描写“九·一八”到“一·二九”期间的学生的爱国运动，所以作品的主要人物都是青春、活力、浪漫的学生，清新、可爱，给人印象深刻。因为有着一些自传的因素，所以读起来，感觉真实、自然、流畅。记得“文革”过后，重新放映同名电影的时候，着实掀起一股热潮，林道静不知成为多少人心中的牵挂。

1958年还有一部重要的作品，就是周而复创造的《上海的早晨》。它刻画了众多各具特色的资本家的形象，展示了中国民族资产阶级在社会主义改造中的精神面貌和变化，这样的题材，在当时是比较独特和新奇的。《上海的早晨》一共4部，1980年出齐，有评价说它的篇幅长、场面大，安排叙述得当，情节发展有条不紊，表现了作者严谨的艺术构思。

欧阳山的《三家巷》出版于1959年，在这本书里，欧阳山力求用艺术的笔触来描绘"中国革命的来龙去脉"。他以20世纪二三十年代的广州为背景，通过周、陈、何三个家庭的变化、矛盾和斗争，亲戚朋友之间错综复杂的关系，真实地、生动地、历史地展现了各种政治力量的消长，不同阶级，不同人物精神世界的变化，特别是青年人对各自人生道路的选择。

五十年代还有一些脍炙人口的文学作品，如反映抗美援朝的散文《谁是最可爱的人》（魏巍）、小说《组织部新来的年轻人》（王蒙），长篇小说《保卫延安》（杜鹏程）、《三里湾》（赵树理）、《大波》（修改本）（李劼人）等，戏剧作品有：《龙须沟》《茶馆》（老舍）、《关汉卿》（田汉）、《蔡文姬》（郭沫若）等，文艺创作显示出一派繁荣的景象，创作逐步呈现多元化，创作手法也日趋成熟。

2009.8

癫狂状态下的苍白

——共和国文学创作 60 年之我见（2）（1959—1969）

尽管从上世纪五十年代后期开始，文艺创作的大气候就有了很大的变化，但那股蓄积已久的热情还是一直延续到了上世纪六十年代的初期。接下来，便是一个漫长的空白期。有限的有权利创作的人，有限的创作空间和范围，加上无数的框框条条、条令禁忌，以及最后的那种横扫一切的毁灭，使得我国的文艺创作逐步进入了一种极度畸形的发展状态。

1961 年出版的《红岩》，是一部很著名的“红色经典”。它是以描写重庆新中国成立前夕残酷的地下斗争，特别是狱中斗争为主要内容的长篇小说。它的两位作者罗广斌、杨益言都是重庆中美合作所集中营的幸存者，他们于 1957 年写出了回忆录《烈火中永生》，随后在这个基础上创作了长篇小说《红岩》。它以震撼人心的思想艺术力量赢得了广大读者。获得了广泛的好评。据说，《红岩》在出版后的 15 年间，再版 20 多次，累计发行 700 多万册，为当时中国当代文学作品中发行数量最多的一部。

1963 年，姚雪垠所著的长篇小说《李自成》第一卷出版。姚雪垠是在 1958 年受到冲击和迫害的，在熬过了那段不堪的日子之后，他全身心地投入到《李自成》的创作中，他的计划很宏伟。5卷（我记得它的每卷似乎又分为上中下册）共350万字。清楚地记得，开始的时候，以为《李自成》就第一卷那么3本，没曾想，左3本右3本的，没完没了，感觉真服了姚老先生。

其实，更让人佩服的，是姚雪垠的聪明。他很识时务地选择了"李自成农民起义"这个题材，又不失时机地向"伟大领袖"汇报进度、寻求支持，又幸运地得到明确地鼓励和支持，一下子成了炙手可热的名人，创作的条件自然也发生了很大的变化。本来就已经"很革命、很时代"的内容愈发地贴近了那个"革命的时代"。

"文革"的时候，民间有全国仅"八个样板戏，一个作家"这么一说，这"一个作家"，就是浩然。1964年，他的农村题材的长篇小说《艳阳天》第一部出版。它和《金光大道》（1970年出版）两部作品，在十年"文革"期间，红极一时。浩然所创造的"高、大、全"的形象，以及农村里对立的社会关系，契合和引导着当时的政治要求和方向。但浩然对农村和农民是熟悉的，而且一辈子关注农村和农民，因此有评价说：浩然的作品"虽然带有为当时政治服务和阶级斗争色彩，有扭曲生活的成分，但由于作者对中国农民的熟悉、人民意识强，其中塑造的一些主要人物形象还是有血肉的，颇为人称道。"

事实上，在这十年中，除了以上的3部作品之外，还有一些好的散文、诗歌和戏剧作品的。"文革"开始后不久，一部部"革命的"作品也出来了，而且大有一发而不可收之势，但那些都是些教条、死板的东西。与此同时，苍白之下，一股暗流在涌动，并且越来越大、越来越猛。"手抄本"，作为那个年代的一个特殊现象，其作用和影响，超乎现在人的思维和想象。

《第二次握手》是作家张扬1963年写就的一部描写男女大学生的爱情悲剧长篇小说，后多次重写，并渐渐流向了社会，在全国范围内产生了许多版本的手抄本，广受欢迎，影响很大。但这非但没有给作者带来任何荣誉和利益，还险些惹来杀身之祸。

值得一提的是，《第二次握手》1979年7月正式出版后，累计印数达400多万册，至今居新时期以来我国当代长篇小说发行量的前列。

特殊的年代，特别的现象，当扭曲了的东西大行其道的时候，必然导致大量优秀、杰出的人和物的消亡。癫狂之下，是虚幻的繁荣，其真实的状态，自然是一片苍白。

2009.8

荒芜中孕育着生机

——共和国文学创作60年之我见(3)(1969—1979)

1969年，还处于“文革”后期，而1979年，已是一个崭新时期的开始。整个这十年，中国的文化虽然基本上处于一种荒芜的状态。但令人庆幸的是：在最后的三年里（特别是最后一年），我们的国家发生了巨大的变化，许许多多方面开始复苏，一些有胆略与实力的新面孔出现，产生了一批具有很大影响的小说、诗歌、报告文学和戏剧作品，整个文艺界呈现出一片生机。

刘心武1977年11月发表短篇小说《班主任》，引发巨大反响，这篇小说被认为是“伤痕文学”代表作和新时期文学的发轫之作，获首届全国优秀短篇小说奖（第一名）。这篇小说后来被收入同名短篇小说集中。

小说发表后引起社会各方面的强烈反响。有评论说：刘心武短篇小说《班主任》作品所讲述的悲情故事，触及了被长时间的阶级斗争和政治运动所摧残的人间亲情，唤醒已经厌倦了紧张斗争的中国人内心感情中久遭压抑的一面，成为此时关于思想解放和艺术民主的第一次文学尝试。划开了“文革”文学与新时期文学的界限，在当代文学史上具有里程碑的意义。

刘心武后来有多部作品问世，其中包括曾获得第二届茅盾文学奖的长篇小说《钟鼓楼》，以及曾获得第二届上海优秀长篇小说大奖的长篇小说《四牌楼》。

提到“伤痕文学”，就不能不提到卢新华。1978 年 8 月 11 日，《文汇报》以一个整版的篇幅刊登了 24 岁的复旦大学中文系一年级新生卢新华发表的《伤痕》，引起轰动。“伤痕”一词之后成为追溯“文革”记忆的文学思潮的名称。

四川籍作家周克芹 1979 年出版的长篇小说《许茂和他的女儿们》应该是那十年中很难得的一部作品。周克芹长期生活在农村，对于农村和农民十分的了解，他目睹了极“左”路线给农民带来的困苦，迫切期望有一条正确的路线帮助农民摆脱困境。于是，他把耳闻目睹的种种事实，以周围父老乡亲及亲身经历为原型加以提炼和典型化，创作出了长篇小说《许茂和他的女儿们》，反映农村政策的变革，反映农民的呼声与愿望，表现了作者对十年“文革”中农村生活的深层次思考。1982 年，《许茂和他的女儿们》获得第一届茅盾文学奖。

1979 年以后，作家的笔锋逐渐转向了正在发展中的当前现实。从各个不同角度反映朝着社会主义现代化目标前进的生活巨流，有力揭示社会大变革时期的各种矛盾，塑造“改革者”或当代新人的形象。蒋子龙的短篇小说《乔厂长上任记》是这其中引起社会瞩目的第一篇作品。

蒋子龙尽力摆脱长期形成的文学创作表现阶级斗争的模式，将艺术的聚焦点调整到经济建设、企业整顿改革上来。蒋子龙将其主人公置于一个巨大的旋涡中，置于一场并不亚于战争的磨难中，通过“和平年代的战争”的种种描写，展示出新时期之初的社会面貌，以及时代强者的遭遇和命运。

《乔厂长上任记》发表后，引发一股“乔厂长热”，获得当年全国优秀短篇小说奖（第一名）。随即又被收入同名短篇小说集。

以农村生活为题材的短篇小说《李顺大造屋》，是作家高晓声辍笔二十多年后于1979年创作的。这篇作品凝聚着作家长期农村生活的深刻体验，真实地透露了农民群众的感情和思绪，散发着浓郁的泥土气息。它的思想艺术成就不仅远远突破了作家自己早期的创作，而且在新中国成立以后的短篇小说中，也是“一朵有特色、有生气的奇葩”。

高晓声历经坎坷，对于那个特殊的年代有着深切的体会，对于普通百姓，特别是基层农民的命运，非常了解与同情，《李顺大造屋》及其随后的“陈奂生系列”，始终关注着农民命运。

荒芜预示着终结，荒芜中孕育着生机，苍白、灰暗之中，一片片嫩绿正在悄然生出。

2009.9

是春暖花开的春天

——共和国文学创作60年之我见（4）（1979—1989）

从1979年开始，反映和反思“文革”的长篇小说开始出现。其中，莫应丰的《将军吟》被称为一部正面描写“文革”全过程的小说。它以空军某兵团司令彭其受迫害的经历为主线，通过三位将军的不同命运，反映出在那样一个年代里，各种各样人的品行和表现，文笔激昂、尖锐、针对性强，充分表现出莫应丰强烈的干预生活的意识，以及把握时代脉搏的变化，致力于人物形象的真实塑造，抒发忧国忧民的情怀的特点。

《将军吟》1979年发表于《当代》，1982年获第一届全国“茅盾文学奖”。发表于1983年的《冬天里的春天》，是著名作家李国文先生的代表作。小说以某大型军工动力厂党委书记兼厂长于而龙回到阔别三十多年的游击根据地查找暗杀自己妻子芦花的凶手为线索，通过对他回故乡三天之中的经历、见闻、联想、回忆等的叙述，概括了近四十年间的社会生活内容。作品结构独特、情节曲折、细节丰富生动，具有令人荡气回肠的强烈的艺术感染力和深刻的思想内涵。

有评论说：《冬天里的春天》“时序颠倒，历史和现实穿插，情节扑朔迷离，更增

加了它的艺术魅力”。1982 年,《冬天里的春天》获第一届全国“茅盾文学奖”。

同样获得第一届全国“茅盾文学奖”的《芙蓉镇》,是一部反映当代南方农村社会生活风情的小说。作品以“芙蓉姐”胡玉音的悲欢遭际为主线,描写了从 1963 年到 1979 年湖南农村的社会变迁。小说成功塑造了胡玉音、秦书田等人物形象,“将农村经济的兴衰、政治风云的变幻、人性的自然与异化,表现得淋漓尽致,散发着浓郁的泥土气息”。

因为电影《芙蓉镇》的成功拍摄和广泛影响,《芙蓉镇》相比较其他同期优秀的长篇小说,应该是更为人们所熟知。据说,这部由著名导演谢晋执导,姜文和刘晓庆主演的电影是中国电影史获奖最多的影片之一。

茅盾文学奖 1982 年至今七届 31 部获奖作品中,有两部作品出自一个人的笔下。这个人就是著名的女作家张洁。她的《沉重的翅膀》和《无字》先后获得第二届和第六届茅盾文学奖。

张洁早期因短篇小说《爱是不能忘记的》而广为人知,其影响较大的作品还有:《方舟》《祖母绿》《世界上那个最爱我的人去了》等。作为其代表作,《沉重的翅膀》以重工业部和所属工厂的整顿改革为背景,描写了从正副部长、司局长到记者、工人和普通群众对经济改革的不同态度以及他们丰富的内心世界和不同的生存状态。小说以强烈的爱憎写出了改革滥觞时期新与旧、文明与愚昧、解放与僵化、改革与守旧的冲突,充满高昂的激情和磅礴的气势。

《平凡的世界》是英年早逝的路遥留给这个世界的一笔宝贵的财富。这个写过中篇小说《人生》（后被改编为电影，轰动全国）的陕西汉子，1988年，完成了百万字的长篇巨著《平凡的世界》的创作，那一年，他39岁。

有评价说：“《平凡的世界》是一部现实主义小说，也是小说化的家族史。作家以其恢宏的气势和史诗般的品格，高度浓缩了中国西北农村的历史变迁过程，作品达到了思想性与艺术性的高度统一，特别是主人公面对困境艰苦奋斗的精神，对今天的人们仍有启迪。”

1991年《平凡的世界》获得第三届茅盾文学奖，同时获奖的还有女作家霍达的长篇小说《穆斯林的葬礼》。

《穆斯林的葬礼》于1988年出版，它“以独特的视角，真挚的情感，丰厚的容量，深刻的内涵，冷峻的文笔”回顾和展现了奇异而古老的民族风情和充满矛盾的现实生活。

事实上，1979年至1989年期间，还有许多影响广大的优秀作品，文学作品在那个年代受到欢迎与关注的程度，是今天所不能比拟的。因此，无论是从大的环境来讲，还是从社会氛围来说，那个十年，都是让人难忘的——是真真切切的春天，是春暖花开的春天。

2009.9

向着大众向着世界

——共和国文学创作60年之我见(5)(1989—1999)

当二十世纪走到它的最后的十年的时候,文学图书的创作与出版已经到了一个非常繁荣的阶段,人们对其关注还处于一个相对高度的热情,那段时间里出现的一些优秀作品,还是受到许多读者的追捧。经典佳作的频频出现,给文坛带来的是炫目的精彩。

《白门柳》包括《夕阳芳草》《秋露危城》《鸡鸣风雨》三个部分,作者是广东籍作家刘斯奋。《白门柳》通过描写明末清初著名的启蒙思想家黄宗羲和其他知识分子在社会巨变中所走过的生活道路,真实地再现了我国十七世纪中叶尖锐、复杂的矛盾和充满腐朽、孕育新生的历史生活。

1998年,《白门柳》第一、二部获得第四届茅盾文学奖。1989年至1994年是历史题材小说创作的繁荣期,涌现出不少很好的作品,《白门柳》的获奖,也可以说是对这一现象和群体的肯定和鼓励。

作家王火的《战争与人》三部曲包括《月落乌啼霜满天》《山在虚无缥缈间》《枫叶荻花秋瑟瑟》,1987年至1992年间出版。

作品从“西安事变”写起，一直写到 1947 年春全面内战的爆发前夕，将整个抗日战争的来龙去脉交代得非常清楚。作者把中国的抗战放在世界反法西斯战争的范围中表现，除了描写抗战爆发前和抗战胜利后的情景、态势、时局、人物外，还着重刻画出抗战时期大后方和孤岛上海的芸芸众生相。1998 年，《战争与人》获第四届茅盾文学奖。

在茅盾文学奖获奖作品中，有一部作品和路遥的《平凡的世界》一起被誉为“扛鼎之作”，它就是陈忠实的《白鹿原》。

这部出版于 1993 年的长篇小说，以陕西关中平原上素有“仁义村”之称的白鹿村为背景，细腻地反映出白姓和鹿姓两大家族祖孙三代的恩怨纷争。全书浓缩着深沉的民族历史内涵，有令人震撼的真实感和厚重的史诗风格。有评价说：“厚重深邃的思想内容，复杂多变的人物性格，跌宕曲折的故事情节，绚丽多彩的风土人情，形成作品鲜明的艺术特色和令人震撼的真实感。”

《白鹿原》自问世以来，广受读者的青睐，一直畅销不衰。有评价说，其畅销和广受海内外读者赞赏欢迎的程度，为中国当代文学作品所罕见。

女作家王安忆从 1976 年开始，一直佳作不断，广受好评，其 1996 年出版的《长恨歌》更是达到一个高峰。

有人说《长恨歌》是“一部堪称近年来罕见的作品：一个女人四十年的情与爱，被一支细腻而绚烂的笔写得哀婉动人，跌宕起伏。一切都是万种风情的，而其中蔓延的水样的时间因素，更是让人有不胜低回之感，让人感觉那种无奈的缠绵在时间中慢慢的逝去和轮回！”

2000年,《长恨歌》获第五届茅盾文学奖。同时获奖的还有张平的《抉择》和阿来的《尘埃落定》。

被称为"反腐作家"的张平,曾写过《天网》《十面埋伏》和《国家干部》等长篇,张平把写于1997年的长篇小说《抉择》视为自己创作生涯的一个转折点:"《抉择》从纯文学走向了社会政治,从农村题材走向城市大工业题材"。作品以直面现实人生的胆识和勇气,对腐败分子进行了无情的鞭挞,对社会上存在的花钱买官、公款嫖娼、行贿受贿、拉帮结派搞圈子等腐败行为进行了大无畏的揭露和抨击,从而真实地再现了主人公痛苦的灵魂搏斗与抉择,扣人心弦。

阿来的《尘埃落定》创作于1994年,4年后才得以出版。它用第一人称描写了一个藏族土司儿子的传奇经历,他与现实格格不入,却有着超时代的预感并成了土司制度灭亡的见证人。有专家认为它借鉴了起源于拉美的魔幻现实主义,令人有耳目一新的感觉。

茅盾文学奖的评委认为这部小说视角独特,"有丰厚的藏族文化意蕴。轻淡的一层魔幻色彩增强了艺术表现开合的力度",语言"轻巧而富有魅力""充满灵动的诗意""显示了作者出色的艺术才华"。著名军旅作家柳建伟更是肯定地说,阿来会以本书获得诺贝尔文学奖。

我们姑且不谈中国什么时候能够获得诺贝尔文学奖,那不是我们可以左右得了的。但我们却可以见证优秀的作品在一部又一部地出现着,属于我们这个时代的作品一天天地丰富多彩起来,向着大众,向着世界。

2009.9

当文学遭遇新时代

——共和国文学创作60年之我见(6)(1999—2009)

在这个“关于书的回忆”系列的中后部分，介绍的许多作品都曾经获得茅盾文学奖。但由于各种原因,茅盾文学奖不可能将所有优秀的作品都纳入其中。莫言的《檀香刑》就是其中的一部,据说它是在全票入围、呼声甚高的情况下落选第六届茅盾文学奖的。

莫言是一名非常有激情与实力的作家,《檀香刑》是他潜心五年完成的一部长篇力作。在此之前,他还有《红高粱家族》《丰乳肥臀》《四十一炮》等极具影响力的作品。据介绍，在这部小说中，“莫言以1900年德国人在山东修建胶济铁路、袁世凯镇压山东义和团运动、八国联军攻陷北京、慈禧仓皇出逃为历史背景,用摇曳多姿的笔触,大悲大喜的激情,高瞻深遂的思想,活灵活现的讲述了发生在‘高密东北乡’的一场可歌可泣的兵荒马乱的运动,一桩骇人听闻的酷刑,一段惊心动魄的爱情”。

有人说:“莫言总喜欢把人写成妖魔,下笔极其血腥残忍,穷凶极恶屎尿横流极尽渲染之能事，中国作家里没谁比他更擅长写杀戮写酷刑，他把变态升华成了美学，字里行间透着血腥和疯狂。”我想，或许这就是他为什么会屡屡成功又屡屡遭挫的原因。

第六届茅盾文学奖的第一名是熊召政的《张居正》，在五位获奖作家中，安徽籍的军旅作家徐贵祥位列第三，他的获奖作品是《历史的天空》。它描述了抗日战争及其之后的岁月里，几个年轻人阴差阳错的命运和成长的历史。有评价说徐贵祥这部作品虽然是革命题材，但它讲故事的能力却远远超过了许多商业剧。

《东藏记》的作者宗璞，是著名哲学家冯友兰先生的女儿。据介绍，《东藏记》是四卷本系列长篇小说《野葫芦引》的第二卷，“它以抗日战争时期昆明西南联合大学的生活为背景，描写孟樾一家和师生们艰苦的生活。对教授间亦雅亦俗的人情世态，对青年人朦胧纯真的思想、情感，均施以委婉细致的笔墨，既有妙趣，又见真情。在阅读中竟令人有如置身于《红楼梦》的语境之中。生活情境和细节伏有大气磅礴的布局。”

著名残疾作家史铁生在《务虚笔记》推出十年后，又献上新长篇小说《我的丁一之旅》，主题却是其以往作品回避的“性与爱情，这一对千年不死的游魂”。据介绍：“这是一部独特的、耐人寻味的现代爱情小说。”在小说中，“史铁生用洁净优美、富于诗意和理性的文字描写爱情、性和性爱，追溯爱情的本原，探寻爱情的真谛和意义。”有评价说该小说的文字“十分洁净，宽厚，有力量，智慧，不做作，这在当下的创作中是很少见的。”

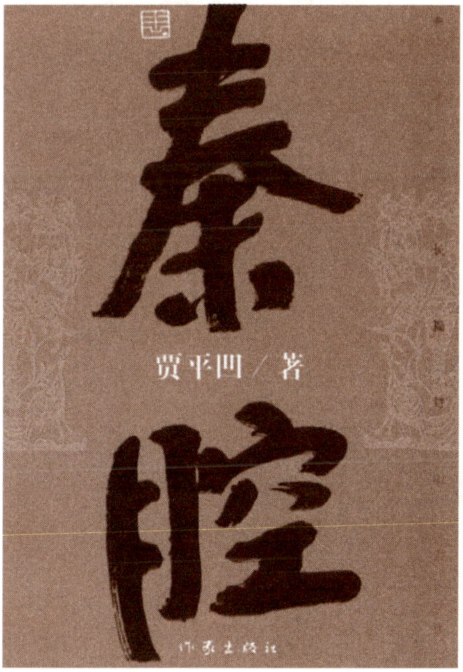

贾平凹的《怀念狼》落选第六届茅盾文学奖，后来凭借着他“最想写”同时

又是“最费心血”的一本书——《秦腔》获得第七届茅盾文学奖。评委会给他的评奖辞是:“贾平凹的写作,既传统又现代,既写实又高远,语言朴拙、憨厚,内心却波澜万丈。他的《秦腔》,以精微的叙事,绵密的细节,成功地仿写了一种日常生活的本真状态,并对变化中的乡土中国所面临的矛盾、迷茫,做了充满赤子情怀的记述和解读。他笔下的喧嚣,藏着哀伤,热闹的背后,是一片寂寥,或许,坚固的东西都烟消云散之后,我们所面对的只能是巨大的沉默。《秦腔》这声喟叹,是当代小说写作的一记重音,也是这个大时代的生动写照。”

麦家与贾平凹的情形很相似,他的落选和当选的作品分别是:《解密》和《暗算》。这部反映反间谍部门的核心机关侦听与密码破译的小说,“纵横30—60年代,将间谍战、密码战、无线电侦听熔为一炉,穿插亲情、爱情、数学天才、革命志士轮番登场,绝地厮杀。”

麦家作品的获奖,引起不小的反响。一部所谓的“通俗小说”的获奖,是否意味着在一个全新的年代里,文学的形式和使命都需要发生一些变化,以适应人们生活的口味与节奏,当文学遭遇新的时代,是应该变幻出一番多姿多彩的新景象。

2009.9

Yi Shu De Mingyi

Juhui

以书的名义聚会

——从来人生一本书

时代出版传媒股份有限公司
安徽文艺出版社

刘政屏，安徽合肥人，出身文墨世家。中国作家协会会员、安徽省散文家协会理事、安徽省报告文学协会理事、安徽省民俗学会理事。现就职于合肥新华书店有限公司，是安徽图书城的“掌柜子”。出版有散文随笔集《月明风清》《让记忆有个落脚的地方》《倾听合肥》《享受合肥方言》《就这么简单》《五虎出列》（与人合集），长篇纪实作品《就这样，我们赢了！》，2009年参与策划、编纂、撰写大型散文集《阅读合肥》。

刘政屏／编著

以书的名义聚会

——从来人生一本书

Yi Shu De Mingyi Juhui

Conglai Rensheng Yi Ben Shu

APGTIME
时代出版传媒股份有限公司
安徽文艺出版社

目　录

我们曾经相遇过

刘政屏其人其书

2004—2008

刘政屏其人其书

2009—2011

刘政屏其人其书

2012—2014

我们曾经相遇过

陈香梅

陈香梅是我见到的第一位签售嘉宾。1996 年 3 月，开业已经十一年的合肥科教书店已经有些陈旧。为了迎接陈香梅的到来，大楼上下装扮一新，货运电梯刷上果绿色油漆，狭小的卫生间被粉刷一新，喷了香水。她岁数不小，个头不高，浓妆艳抹并且夸张另类，随从甚众，作品印制高档，陈香梅着实给合肥人一个不小的刺激。

x月x日　来自xxxxxxxx　　　　| 转发 | 收藏 | 评论

004

敬一丹

1998年前后，应该是名人出书的一个高潮，这其中就包括敬一丹的《声音》。现在想想，那时候真是简单，央视名嘴，既没有前呼后拥、戒备森严，也没有什么背景音响、红地毯，就这么简简单单地在书店大门口摆几个书架、一排桌子，敬一丹到了以后，坐下就签。本来就是邻家大姐的范儿，那一天更是特别地随和、亲切。

叶永烈

叶永烈先生两次来合肥签售，我都参与了接待。1998 年 9 月 26 日，叶先生第一次来合肥，正值合肥科教书店装修重开。给我印象深刻的是，叶先生性格温和，夫人则文雅端庄。记得那天叶先生白天签售后，晚上又到省电台做节目，我陪同他去的电台。接触多了，印象自然也就深刻，十二年后再次相见，彼此都感觉特别亲切。

x月x日　来自xxxxxxxx　　　　转发 | 收藏 | 评论

006

刘 墉

刘墉是第一位到合肥来签名售书的台湾作家，在合肥引起不小的轰动。白净精神的外表，优雅机智的谈吐，无不给人们留下深刻的印象。他在安大的报告会，我们一家三口都去了。当时刘墉见台下太挤，便邀请大家到台上去。我7岁的儿子拉着他妈妈跑了上去，和一帮人坐在地板上，伴随着刘墉的演讲，不时哈哈大笑。

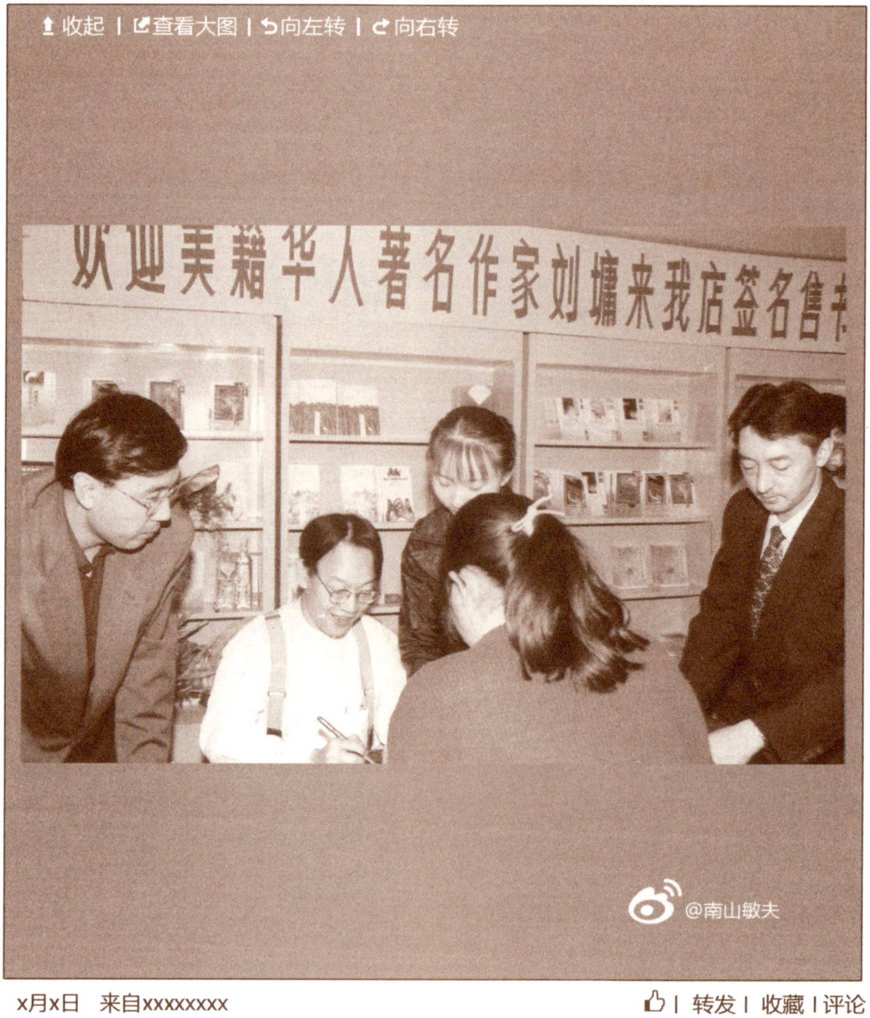

林清玄

台湾作家林清玄 1999 年 4 月来合肥，和刘墉相比，林清玄长得是有些“困难”，但他的学识修养和机智幽默，却一点也不输给刘墉。他在科大的演讲非常精彩，让人们在笑声中接受了他，同时受到启发，有所收获。林清玄和刘墉的作品应该都属于快餐励志读物，但因为其文字机敏，视角独特，长期以来广受青少年读者的喜爱。

x月x日　来自xxxxxxxx　　　　转发 | 收藏 | 评论

008

水均益

1998年，央视名嘴水均益出版了其第一本书《前沿故事》。第二年的6月，水均益来合肥签售，引发不小的轰动。十五年前的水均益，因为许多的涉外报道，火得不得了，他的书大卖50万册，自然也是情理之中的事。今年春天，当朋友将水均益签名题赠的新作《益往直前》转送给我的时候，我很有感慨，一转眼，十五年过去了。

程 前

我对程前了解不多，只知道他是著名反派演员程之的儿子，上世纪 90 年代是央视很红的主持人，1998 年出版了《本色》一书，如此而已。在我的印象中，无论是主持《正大综艺》还是央视春晚，程前都是一脸的玩世不恭，颇受观众的青睐。但有时候过了，便显得有些油滑。后来程前离开央视，没折腾出什么来，渐渐淡出了人们的视线。

x月x日 来自xxxxxxxx　　　　赞 | 转发 | 收藏 | 评论

010

郁 秀

郁秀来合肥的时候，应该超过 25 岁了，而且之前还在美国读了 4 年的大学。但在我的眼里，她不过是一个瘦弱的小姑娘，话不多，声音也不大。但就是这么一个小姑娘，16 岁的时候，写出了著名的《花季雨季》。签售后，《新安晚报》的《花季雨季》专栏在光明影都举办了一个大型的小读者见面会，我陪同郁秀参加了这次活动。

x月x日　来自xxxxxxxx　　　　| 转发 | 收藏 | 评论

天下霸唱

天下霸唱被称为“中国最具想象力的作家”，其代表作《鬼吹灯》系列小说风靡一时，从而引起“盗墓”小说畅销盛行。2008 年 3 月，天下霸唱到合肥做签售的时候，有 30 岁了，但因为不言不语，看上去有些木讷，感觉还是个憨厚可爱的大男孩。记者见面会上，他说了他的写作过程和感悟，话语朴实真诚，挺能够打动人的。

↥ 收起 | 查看大图 | 向左转 | 向右转

x月x日　来自xxxxxxxx　　| 转发 | 收藏 | 评论

曹文轩

来自北京大学的曹文轩一身的书卷气，说起话来温文尔雅。2008 年 5 月，他来合肥做活动的时候，我全程陪同，近距离感受到这位学者型的儿童文学作家的学养和魅力。清楚地记得，在一所小学，曹文轩给小同学们讲的一个故事，结尾很唯美，打动了现场每一个人。那几天，《草房子》和《青铜葵花》是书店最热门的书。

x月x日 来自xxxxxxxx　　　　| 转发 | 收藏 | 评论

石钟山

对于石钟山，我一直觉得有些抱歉，由于我们的原因，造成当时因为《激情燃烧的岁月》而红火得不得了的他，在合肥走了麦城。没有读者的时候，我真是心乱如麻，感觉自己之前在其行程安排上应该坚持自己的观点。所幸一些过路的大妈们发现眼前这位帅哥竟然就是大名鼎鼎的石钟山，于是才有了一个小小的签售高潮。

014

商晓娜

应该承认,2009 年之前,我并不知道商晓娜。2009 年 3 月接待过她之后,我对她的了解依然不多。这估计还是因为我与儿童文学有些距离有关系,但我记住了她那次签售的系列图书的名字:《我们班的博客》。博客在五年前,还算是比较新鲜的东西,对于孩子们来说尤其如此。商晓娜显然是赶了一回时尚,做了一些尝试。

x月x日 来自xxxxxxxx　　　　转发 | 收藏 | 评论

余惕君

十二年前，著名保健专家洪昭光出版了一本著名的《登上健康快车》，风靡全国。六年前，一本快乐大使余惕君首度对话洪昭光教授的书《你可以活得更好》出版。五年前，也就是 2009 年 3 月，余惕君教授作为读者沙龙的嘉宾来到四牌楼书店，与读者分享养生心得，提出养生先养心，因为“生活原本很简单，快乐其实很容易”。

x月x日　来自xxxxxxxx

| 转发 | 收藏 | 评论

016

卢 勤

2009年4月，我见到著名的“知心姐姐”卢勤时，知心姐姐已经年过六旬了。但无论是外形还是风度，都是没的说。所著《写给年轻妈妈》《做人与做事》《写给世纪父母》《把孩子培养成财富》《告诉孩子，你真棒！》《长大不容易》等书，叫好又叫座，很不简单。其主张与理念，也非常值得家长们深思。

苏　童

苏童是一位儒雅谦和的人，这在他的做派与话语中都可以找到佐证。许多人都认为苏童应该是一副衰老颓废的外形，否则，怎么可能写出诸如《红粉》和《妻妾成群》这样的作品？可苏童恰恰长得壮壮实实的，而且貌似憨厚，这真是没有办法的事情。苏童 2009 年 5 月在合肥签售的图书是《碧奴》，主要写的是孟姜女哭长城的故事。

x月x日　来自xxxxxxxx　　　　| 转发 | 收藏 | 评论

018

阎崇年

阎崇年到合肥来签名售书，让我很担心。因为前一年（2008 年）的 10 月，阎崇年在无锡书店被人打了。为此我们采取了一系列的措施，包括签售台的位置、保障人员的配置、紧急情况的处理预案等。所幸风平浪静，秩序井然。之后，我陪记者去阎崇年的房间采访，并签一些书，阎崇年的言语和做派着实让我有些惊诧。

x月x日　来自xxxxxxxx　　转发 | 收藏 | 评论

陈丹青

陈丹青是一位很有个性和内涵的人，看上去平和大气，说起话来简洁生动。接触几次，特别是读了他的书以后，我在想，是什么造就了他的广博、敏感和犀利？应该还是与他的勤奋、多思，特别是与他多年的国外生活经历有关系。但凡一个积极向上的人，无论是做什么，都会全心全意，全力以赴，那么其成功也是必然的。

x月x日　来自xxxxxxxx　　　　| 转发 | 收藏 | 评论

毕淑敏

我承认我有的时候有些狭隘，所以，当我感觉毕淑敏有些冷落我的读者时，便立马将我的不满写在脸上。五年之后回头再想，每个人都有自己做人做事的准则，还是应该互相理解才是。有人不愿意写自己名字之外的任何一个字，有人干脆就拿一个戳子这么一盖了之，很正常。只是如果那样，就不应该再叫签名售书了。

收起 | 查看大图 | 向左转 | 向右转

@南山敏夫

x月x日　来自xxxxxxxx　　　　| 转发 | 收藏 | 评论

十九番

十九番是一个修长干净的大男孩，2009 年 7 月，为他的作品《兔子帮》市场营销的事情我们见过一面，当时他还即兴为我画了一幅漫画。据说十九是他的幸运数字，所以他就改名十九番，但在我看来，这其中应该包含着他的理想和方向。五年过去了，不知道这位从事过很多职业，最后矢志于动漫事业的小伙子过得怎么样。

收起 | 查看大图 | 向左转 | 向右转

@南山敏夫

x月x日　来自xxxxxxxx　　　　| 转发 | 收藏 | 评论

消失宾妮

郭敬明写作团队的那些年轻作家们一共来过合肥两次，消失宾妮是其中唯一两次都在的作家。消失宾妮，20 多岁的一个精致的小姑娘，有些矜持。不过熟悉之后，感觉她还是蛮可爱的。特别是 2010 年她第二次来合肥时，我请她和李枫（一个可爱的小伙子）吃合肥土菜和大龙虾的时候，两个人有说有笑的，看上去开心极了。

x月x日　来自xxxxxxxx　　转发 | 收藏 | 评论

田科武

对于田科武，之前了解的并不多，以为只是单纯的儿童教育专家。查了资料才知道，作家，知名媒体人，名头蛮多的。但现实版的田科武绝对是一位文雅谦和的人，那一天人不是太多，我们有机会有一搭没一搭地聊上几句。他说他没想到这两本翻译整理作品中，《自尊男孩手册》居然没有《自尊女孩手册》卖得好。

x月x日　来自xxxxxxxx　　| 转发 | 收藏 | 评论

六 六

六六是从合肥走出去的女作家，因为一部《王贵与安娜》而为世人关注，因为《双面胶》特别是《蜗居》而声名大噪。感觉六六是一个爽朗泼辣的人，快人快语，没有传说的那样“得僵”。杏花公园的草坪上，游人很多，六六时不时签上几本书，很放松的样子。我当时挺后悔的，如果是在书城，那一定会是很轰动的。

x月x日 来自xxxxxxxx　　| 转发 | 收藏 | 评论

莫言

每年一月的北京图书订货会，是全国出版发行业的盛会。我参加过多次这样的会议，每次都有一些新的感受和收获。2010 年 1 月 9 日，我照例是在巨大的会场里转悠的时候，看见了莫言作品《蛙》的发布会。莫言和一个男性主持人坐在大背景前，说着什么，旁边围了一些人，感觉有些单调，于是拍了几张照片便离开了。

张 悦

中央电视台 1983 年开办的《为您服务》栏目很受欢迎。六年后，中央人民广播电台播音员张悦接手《为您服务》，继续第一任主持人沈力的风格，广受欢迎。1998 年，张悦开始主持《夕阳红》。2010 年 3 月她与黄薇来合肥的时候，依然是这个身份。年近六旬的张悦清雅大气，和蔼可亲，受到众多老年读者的欢迎，场面异常火爆。

x月x日　来自xxxxxxxx　　　　| 转发 | 收藏 | 评论

黄　薇

1996 年,32 岁的黄薇开始主持央视的《夕阳红》栏目。1999 年,黄薇作为央视唯一特批的特型演员,在电影《李知凡太太》中出演邓颖超。从此一发不可收拾,多次在电影和电视剧里扮演不同年龄段的邓颖超。我看过她演的邓颖超,看上去要美化不少,但那感觉和味道还是有的。私下里的黄薇,气质和谈吐也都是上乘的。

王　蒙

王蒙曾经是我年轻时的偶像级作家，传奇而又坎坷的人生经历让我敬佩不已。他的夫人崔瑞芳（笔名方蕤）在几十年风风雨雨中一直不离不弃地陪伴着他。2010年4月，王蒙夫妇来到安徽图书城签售，我被临时指派为主持人，近距离地接触了这对患难夫妻。记得那天他们俩签售的分别是《老子十八讲》和《我的先生王蒙》。

鲍鹏山

鲍鹏山是六安人，所以他在央视《百家讲坛》上的演讲的时候，说的是一口近似“江普”（江淮普通话）的话，这让合肥人有一种亲切的感觉。2010 年 4 月他到合肥四牌楼书店签售的时候，着实火了一把，媒体、记者中都不乏他的粉丝。鲍鹏山是一位看上去特憨厚的人，我在不到半年的时间里两次接待他，感觉是一样的。

东　子

东子是一位教育专家，也是一个极有个性的人。2010 年 5 月，我第一次见到他后，就与他建立了很好的关系，回去的路上他一直在读我的《就这样，我们赢了！》，然后写了一篇《父亲的臂膀》。他再次来合肥的时候，遭遇了一些不愉快，我赶过去后，他和我谈了不少掏心窝的话。这些年我们一直保持着短信和网络联系。

莫砺锋

莫砺锋因为在央视《百家讲坛》上的《莫砺锋评说白居易》是由安徽文艺出版社出版的，所以其新作的签售会在安徽图书城举行是顺理成章的事情。1949 年出生，1966 年高中毕业，后下放农村十年，1984 年成为新中国第一个文学博士、教授、博导，这样的经历与成就，上《百家讲坛》讲唐诗，讲白居易，自然也是顺理成章的事情。

x月x日　来自xxxxxxxx　　　　转发 | 收藏 | 评论

尚　阳

尚阳，著名企业管理专家、营销战略专家、分销渠道专家，拥有许多经历和头衔，服务过多家知名的企业和上市公司，出版有多部畅销作品。他 2010 年 5 月底到合肥来签售的是其畅销作品《你在为谁读书》的续集：《成就最好的自己》。尚阳是杭州人，看上去白净儒雅，说起话来温和简洁，是一位极有修养和智慧的人。

x月x日　来自xxxxxxxx　　　　　　　　| 转发 | 收藏 | 评论

秦文君

我和秦文君只一面之缘，虽然她来过合肥不止一次。2010 年 6 月她在合肥的最后一场活动及工作餐我参加了，我们谈得很好，还约定下次来合肥安排一场卖场签售。印象中的秦文君文静而拘谨，似乎还有些“端”，这与其他少儿文学作家有些不一样。其代表作《男生贾里》《女生贾梅》《小鬼鲁智胜》等影响力都很大。

x月x日　来自xxxxxxxx　　转发 | 收藏 | 评论

沈石溪

沈石溪是一个上海人，但却在云南生活了十八年。他的作品有一个鲜明特点，那就是以动物为主要描写对象，他因此被誉为“中国动物小说大王”。沈石溪年近六旬，看上去也不是那么和蔼可亲，但只要他一开口，孩子们的注意力一下子就被他吸引了过去。其代表作有《狼王梦》《第七只猎犬》《斑羚飞渡》等。

x月x日　来自xxxxxxxx　　　　转发 | 收藏 | 评论

郝明义

郝明义的人生经历有些传奇，出生在韩国，1 岁时患小儿麻痹症，33 岁时被诊断为脊椎严重扭曲变形，连轮椅都不建议他坐。他被誉为“独具慧眼的出版人”，有着许多成功的案例。郝明义到安徽图书城签售的时候，我推着坐在轮椅上的他，在一排排书架间转悠，他频繁地拍着照片，我们边散步边聊着，感觉很好。

x月x日　来自xxxxxxxx　　　　转发 | 收藏 | 评论

春 树

春树是一个叛逆的姑娘，几乎所有人都这么认为，我也不例外。其夸张的妆饰，更是让我在见面的瞬间对她有一种隔阂感。但当我打开她的作品《北京娃娃》，发现我对她那种先入为主的看法是不对的。利用空闲时间，我们聊了一会儿，她给我的感觉是：一个极富个性、很有才情的姑娘，一个日臻成熟的文学人。

x月x日　来自xxxxxxxx　　　　| 转发 | 收藏 | 评论

叶　檀

叶檀，复旦大学历史学博士，知名的财经评论家、财经专栏作家，《每日经济新闻》首席评论员、主笔，《解放日报》经济评论员，央视财经频道特约评论员，这个界跨得有些大。见到叶檀之前，我对她没有什么了解，见面之后，发现这位著名的财经评论员挺小巧精致的，而退至休息室的她，有着一种浓厚的沧桑感。

x月x日　来自xxxxxxxx　　　　　　转发 | 收藏 | 评论

毛 尖

“毛尖”竟然就是她的本名，这让我有些意外。她新书的名字竟然叫《乱来》，这又让我有些意外。对于她的才情与尖刻犀利的文笔，我早有些耳闻，因此见到毛尖的时候，我反而不感觉意外，因为毛尖就应该是这个样子：冷静、中性。有评价说，毛尖的散文才气洋溢，有一种很聪明、很狡黠的智慧在里面，这样的评价不得了。

x月x日　来自xxxxxxxx　　　　　　| 转发 | 收藏 | 评论

钱文忠

钱文忠给我印象最深的地方，不是他师出名门的博学，也不是他荧屏的风采，而是他的藏书。他说他有几处房子，都是一处房子被书塞满了，再买一套新的。我想，如果真是这样的话，那的确是一件让人羡慕不已的事。爱书的人都有一个共同的烦恼，那就是家里永远找不到放书的地方，快乐并烦恼着，伴随一生。

收起 | 查看大图 | 向左转 | 向右转

@南山敏夫

x月x日　来自xxxxxxxx　　| 转发 | 收藏 | 评论

梁文道

梁文道到安徽图书城签售的时候，我正在紧锣密鼓地筹备第一期“周末七点档·新安读书沙龙”，对于他就那么远远地望一眼，一位主持人，一位作家，一位拥有许多粉丝的明星式的人物，就这么错过了，的确是有些可惜。想来人生有时候就是这样，总是会有一些不期而遇和一些擦肩而过，留下的有感慨也有叹息。

x月x日　来自xxxxxxxx　　| 转发 | 收藏 | 评论

郭敬明

在不同的地方和场合见过郭敬明，在合肥 2010 年的 9 月就是其中一次。被粉丝们称为“小四”的郭敬明，尽管长得颇为精致，但却有着极大的气场。签售那天，粉丝的狂热劲头，出乎我们的预料。我基本上没有读过他的书，这是个问题。郭敬明的成功一定是有原因的，而要探寻其中的原因，最重要的途径是阅读他的作品。

郑春华

我们从一开始保持距离的客客气气，到后来彼此成为比较信赖的类似朋友的关系，应该归功于我们之间有着很多次沟通交流的机会。郑春华性格比较内向，有些不苟言笑，我想这或许也是其戏红人不火的原因之一吧。想想也是，《大头儿子小头爸爸》，多火的一部作品啊，可有多少人知道它的作者？

x月x日　来自xxxxxxxx　　　　| 转发 | 收藏 | 评论

孙云晓

孙云晓先生给我的印象挺深刻，我还曾专文写过他，抄一段放在这里：“孙云晓先生曾经说过：‘一个父亲胜过百名老师’，可见父亲在家庭教育中的位置。孙云晓先生认为，对于孩子，特别是男孩子来说，父亲的关心和教育至关重要。有时候，母亲费半天劲也解决不了的问题，由父亲出面，就会变得简单得多。”

x月x日　来自xxxxxxxx　　　　| 转发 | 收藏 | 评论

白岩松

对于白岩松，其实有很多话可说，比如他的才情，比如他的自负，他的某种程度的偏激和愤青。但总体说来，他还是一个挺了不得的人物。央视名嘴来合肥做签售的不下10人，白岩松的人气指数名列前茅。没有办法，那么好的一个平台，那么扎实的功底，那么机智的处置和应变能力，注定了他的成功和声名远扬。

鞠　萍

鞠萍在央视也算是元老级的人物了，我们见到她的时候，她已经不再年轻，但那份亲切机灵劲儿，一点也没有减少。在我看来，做少儿节目主持人，实际上是一件很不容易的事情，在分寸的拿捏上讲究可不少。年龄的大小还真不是最主要的，感觉和状态才是最关键的。这对鞠萍不是问题，那感觉不用去找。

x月x日　来自xxxxxxxx　　　　| 转发 | 收藏 | 评论

赵斌元

本来赵斌元是不会这么频繁地在全国各地出头露面的，因为他的工作性质不需要他这么做。但他的妻子去世后，留下来一本《此生未完成》，而他必须要帮他的妻子完成心愿。于是我们有机会认识，有了几次交往。记得我们在寄还于娟的两枚印章的时候，给他们的儿子“土豆”捎上了一个大玩具，赵斌元还特地表示感谢。

x月x日　来自xxxxxxxx　　　　　　　　| 转发 | 收藏 | 评论

叶兆言

见到叶兆言是在他的专场报告会上。我坐在那儿，听他说他与安徽的关系，说南京和江苏和安徽的关系，说文学是一种注定，说他的文学家族对他的影响。叶兆言不是一个特别擅长演讲的人，他站在那儿，不紧不慢地说着，一些故事、一些感慨，就这样进入我们的耳朵里和我们的脑海中。这种场合与感觉，的确很好。

阿　来

阿来在合肥的报告会我去听了，他那天讲的是“阅读的敌人”。后来阿来到安徽图书城签售的时候，我们自然就多了一些话题。阿来身上有着藏族人的血统，他的作品主要描写对象是藏族的历史和藏民的生活。他的代表作《尘埃落定》写得的确是很好，他的一些短篇写得很抒情优美，让我感觉他首先应该是一位诗人。

x月x日　来自xxxxxxxx　　　　| 转发 | 收藏 | 评论

陈　村

陈村曾经下放安徽无为几年，后来病退回了上海。很多年前读过他的一篇写给儿子的信，回顾他在安徽的点点滴滴，非常流畅生动，给我留下了很深的印象。也正是这篇文字，让我误以为陈村有一个儿子。陈村听了我的话，笑了：“我那时还没有孩子呢，我家里是女儿。”我那天还带去一本他的作品集，名字叫《手痒》。

杨红樱

我接触过的儿童文学作家不少，总体感觉，相比其他作家，他们的身上世俗功利的东西要多一些，这估计与他们作品的市场形势有很大关系。杨红樱是2010年中国作家首富，她的作品卖得非常好，孩子们非常喜欢。但一些家长和老师似乎并不认可，在他们看来，杨红樱的作品不是纯文学的，对孩子有一定的副作用。

赵剑敏

赵剑敏教授一副标准的学者做派，他的 10 卷本《大三国》可谓鸿篇巨制，耗费了他整整十年的光阴。赵教授长期研究中国历史、文化、人物、古代典章制度、政治思想等，著有多部历史题材的作品，曾经获得多种奖项，对于这么一位小众学者，我的宣传词是："潜心十年 新年首签——著名历史学者 第十一届中国图书奖得主"。

收起 | 查看大图 | 向左转 | 向右转

@南山敏夫

x月x日 来自xxxxxxxx

转发 | 收藏 | 评论

倪　萍

印象中的倪萍质朴、善良、亲切，绝对的邻家大姐形象。可是2012年某天，当她昂然走过我身边的时候，我竟然有一种惊愕的感觉：不但人高马大，似乎还有一些盛气凌人。再看随后媒体、网络上的照片，那个扮相，大妈一个。后来想通了，见过很多走下荧屏瘦身的，很少遇见倪萍这款的，更何况还是一位山东大姐呢。

x月x日　来自xxxxxxxx　　| 转发 | 收藏 | 评论

六小龄童

中午，陪六小龄童一起吃午餐，感觉他是一位精明能干的人。最有意思的是，大家坐定之后，还没有寒暄结束，他忽然对我说："我感觉你好面熟。"有些尴尬的我竟然说了一句："我看你也好面熟。"不过随后我告诉了他为什么"好面熟"的原因，然后我们谈了一些安徽戏剧界的名人轶事，一时间感觉彼此之间近乎多了。

收起 | 查看大图 | 向左转 | 向右转

@南山敏夫

x月x日　来自xxxxxxxx　　| 转发 | 收藏 | 评论

李 响

李响的名气很大，据说他主持的《职来职往》等节目的收视率挺高。2012 年 5 月，他的第一本书《响聊聊职场》出版，6 月，他来到合肥举办签售会。一个挺厚实谦和的小伙子，没有一些主持人的那股戾气。这样的感觉在年初的一次遭遇之后越发强烈起来。还有一个细节：那一天活动后，累了的李响靠在沙发上就睡着了。

x月x日　来自xxxxxxxx　　　　| 转发 | 收藏 | 评论

南派三叔

南派三叔，一个让我感觉挺怪异的名字。写过《盗墓笔记》系列、《大漠苍狼》系列等作品，名气由此大振，粉丝无以计数，被誉为“中国探险类第一畅销书作家”，2011年以1580万元登上中国作家富豪榜第二位。签售《藏海花》那一天，书城里人满为患，粉丝们或装扮怪异，或激动得尖叫、流泪，实在是出乎我的意料。

x月x日　来自xxxxxxxx　　　　转发 | 收藏 | 评论

高 敏

现在的人认识吴敏霞、郭晶晶，或许还会记得伏明霞，但现在的人如果还记得高敏，那就是件很不容易的事情。其实时间并不长，二十多年前，1986 年—1992 年，在世界上各种跳水赛中保持不败，获得 70 多枚金牌，11 项世界冠军，人称“跳板女皇”。后来，退役、移民、再婚、生子，然后又回来了，做电视娱乐节目、出书。

x月x日 来自xxxxxxxx　　　　| 转发 | 收藏 | 评论

赵美萍

赵美萍的书和故事都是属于“知音体”，特励志的那种。尽管现在的赵美萍有一个很不错的生活，但我似乎还是能够感觉到她风光美满之后的苍凉。应该说，一个经历过太多苦难和牺牲的人，是难以过上所谓幸福的生活。因为过去的一切，不是一朝一夕就可以抹去的。所以，我们还是要给予赵美萍更多的关怀和祝福。

x月x日　来自xxxxxxxx　　　　　　| 转发 | 收藏 | 评论

马　原

马原是先锋派小说开拓者之一，与余华、苏童、洪峰、格非并称“先锋文学五虎将”。他当过农民、钳工。1982 年大学毕业后进西藏，做记者，并开始发表作品。著有《冈底斯的诱惑》《西海的无帆船》《虚构》等。2013 年 9 月马原带着他的最新作品《牛鬼蛇神》来合肥，述说他 2008 年生病之后，对生命、世界的最新理解。

x月x日　来自xxxxxxxx　　　　| 转发 | 收藏 | 评论

解玺璋

对解玺璋的了解，是从见到他之后开始的。60 岁，祖籍山东，生于北京，长期供职于媒体，写过各种评论、杂文、随笔千余篇，出版《喧嚣与寂寞》《雅俗》等专著，其电影评论集《说影》由安徽人民出版社出版。那天晚上我们谈得最多的是张恨水，因为他曾经写过张恨水。有了共同的话题，感觉时间过得就很快。

x月x日 来自xxxxxxxx　　　　| 转发 | 收藏 | 评论

苏叔阳

苏叔阳先生来合肥不过两三天，我听苏先生的演讲及私下和他在一起的时间，不过两三个小时，但苏叔阳先生给我的印象却是深刻的。特别是在晚餐的时候，苏先生说的一些文坛往事、轶事，有些很沉重，有些则有些趣味。当然最让我感动的，是苏先生应邀为各界人士题了很多字之后，欣然为我这本书题写书名。

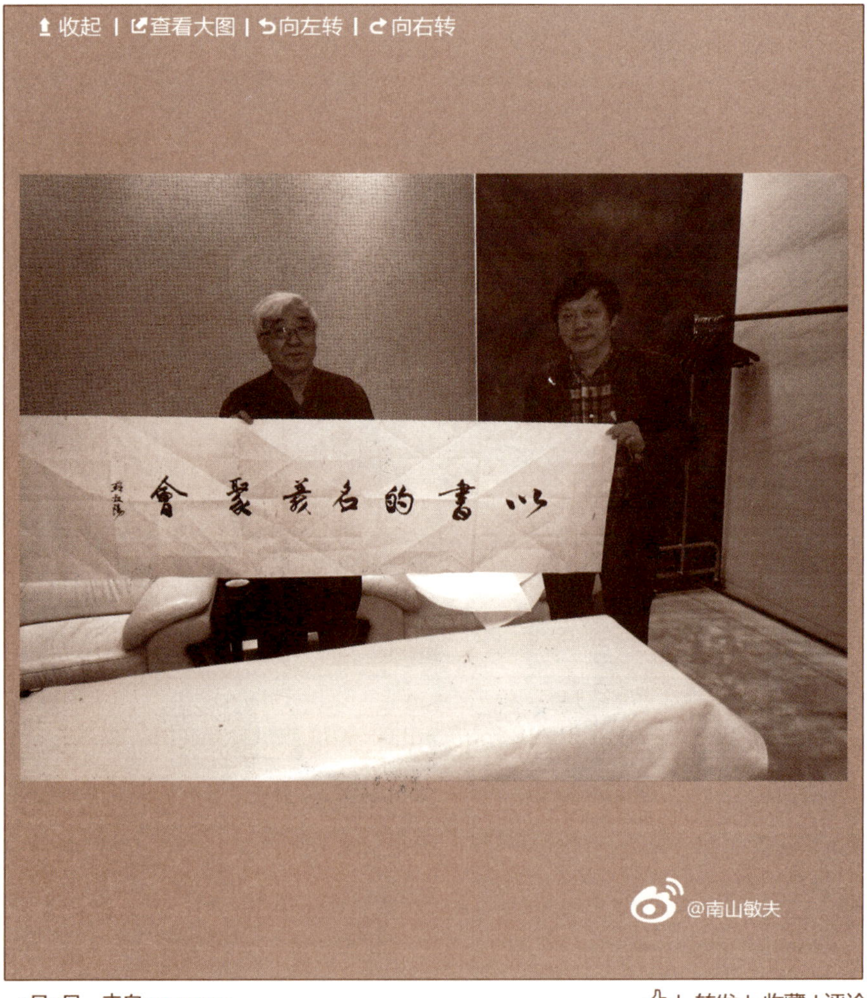

x月x日　来自xxxxxxxx　　　　| 转发 | 收藏 | 评论

郑小驴

湖南籍作家郑小驴生于1986年，有小说集《1921年的童谣》《痒》等，长篇小说《西洲曲》2013年7月由人民文学出版社出版。其作品《少儿不宜》入选安徽文艺出版社"新生代作家小说精选大系"丛书。2014年5月18日，郑小驴等8位年轻的作家联合签售之后，我和他们有过一段相对轻松的时光，感受到他们的率真与机敏。

李　锐

李锐祖籍四川，生于北京，1969 年下放山西农村，做过农民、工人。有作品《厚土》《无风之树》《银城故事》等。诺贝尔文学奖评委会唯一的汉学家马悦然一直在翻译他的作品，他因此被认为是少数几个可能问鼎诺奖的中国作家之一。其夫人蒋韵、女儿笛安，也是著名的文学人，看过他的《传说之死》，印象深刻。

x月x日　来自xxxxxxxx　　转发 | 收藏 | 评论

刘政屏

其人其书

2004—2008

“江淮晨报·写家部落”总序

蒋子龙

我曾多次去安徽，每次给我印象最深刻的还是安徽的人文景观。老子、庄子就不提了，文学史上著名的桐城派诸贤也可省略不谈，只讲近现代史上的巨擘：“洋务运动”的倡导者李鸿章，“五四”白话文的精神领袖胡适，中国共产主义运动的“启蒙教父”陈独秀等都出自安徽。

面对这一中国近代史上少见的文化奇观，恐怕没有人能不对安徽生出敬重和好奇之心。我正是由于此，结识了一批安徽的朋友，读了他们的许多作品，其中就有《江淮晨报》副刊的戴煌先生。因此也就有了这篇短文。

安徽地处内陆腹地，从文化上说应该是个“福”地。以前出了那么多意识形态领域的顶尖人物，今天更是后生可畏，让先贤们不会感到寂寞。读这套丛书中八位年轻人的作品，可证我所言不虚。

通常写东西的人，多是通过对社会、对人的观察之后，有了切肤之感才会产生动笔的冲动。这八位青年人都是都市中人，他们每日为工作奔走，为生活奔波，但他们内心里又都是自己的向往，包括对文学理想的追求。

像夏业柱、刘政屏二位，他们用质朴的文字，记录着平凡人的平凡生活，歌颂着人间的真、善、美。从中，你很容易读出身为男人对人生的理性思考，对家庭、对社会的责任意识。像赵德润的诗，跳跃的章节，发自内心的呼唤，令人心动。

束晓英、柴岚绮、李春三位用女性独到的眼光，从婚姻、家庭、养儿育女、穿着打扮的琐碎生活里，挖掘出一篇篇涓涓流水般的细腻文章，看得出她们在为人妇为人母的生活中，始终没有放弃独立思考的个性立场。

"江淮晨报·写家部落"丛书书影

杨洁是用新闻的形式表达自己的思想和文学主张的,从字里行间可看到女记者的艰辛。

这八位当中,戴煌是最早与我打交道的,他是我文章的责任编辑,也是这套丛书的策划者,他的短文里透出的是更多的辛辣和冷幽默。

这些年轻作家的共同点,就是从底层里观察生活、体味小人物的命运,看似不加雕琢,却闪着不少生活的哲理和智慧的火花。其实,人的生存方式大致相同,又各有不同,从人们生活的相似之处发现不同,便能启迪心智,有益于精神。而这样写来,也让人更有兴味。

《江淮晨报》副刊想到了用出丛书的办法聚集作者,传播文学,不失为好点子。在市场经济的杠杆作用下,文学的形式和内容都显得有些衰落,而纸质媒体仍坚守着这样一块芳草地,为热爱文学、热爱生活的作者提供阵地,对促使文学的繁荣无疑会大有裨益。

春天到了,这是个放飞的好季节,愿这套丛书和它们的作者,飞得更高更远。是为序。

一本书引出的话题

沈敏特

也许是缘分。由于省图书馆邀请我就阅读与写作问题，为读者开一个讲座，这几天脑子里常常盘旋的是阅读，是写作。恰在此时，朋友向我推荐一本书。于是，我抽空便翻看品味。作者刘政屏，书名《月明风清》，是一本散文随笔集。很自然，我脑子里盘旋的问题就和对这本书的观感碰撞、交融，形成了一些想法。

当代文化人，尤其是年轻的，强调个性。我赞成，因为张扬个性本来就是我的文化观念。但我不得不指出，对个性的认识又恰是当代一大误区。个性包涵了一个人的全部：先天的禀赋、后天的经历；遭遇、环境、熏陶、锻冶、敲打、求索、感悟、升华。个性是生命的积淀和飞扬，“做”是做不出来的；一定要做，那就有“故”的毛病。于是在我们时下的流行文化中，看到了太多的故作多情、故作深沉、故作忧郁、故作痛苦、故作潇洒、故作浪漫、故作清高、故作雅致、故作特异……根底是浅薄、是贫乏、是浮躁，甚至不过是思钱若渴、思名若渴的外包装。

对《月明风清》，我读着读着生出了兴趣，一个根本原因是：自自然然、实实在在、真真切切，而没有“故”的色彩。

它完全是作者自身生活方式、思维逻辑和感情需求的自然流露。作者没有追求轰轰烈烈、惊天动地、千奇百怪的大事、秘史、奇闻，他写的就是日常生活的所见、所闻、所感、所想，涉及的人物大都是最熟悉的亲人、朋友和师长，妻子和儿子就占了很大的篇幅。其中几乎没有家喻户晓的明星、威名远扬的政要。

也许有人会想，写这些能有多大意思，能打动人心吗？而我恰在此处看出了作者特有的底蕴和功力。我在不少场合讲到写作的底蕴和功力。写作如冰山之尖端，在这尖端下面有庞大的底座，这是人的整个的生命，而这生命中直接与写作有关的因素可概括为三个字：看、听、想，不同的生命修炼出大不相同的看、听、想的功力，从而产生出大不相同的作品。

《月明风清》的作者恰是善于在最日常、最普通的生活中看到点什么、听到点什么，从而想到些什么，然后将这些“什么”朴素、自然地流露于笔端。天天走过的街道，这街道上天天看得到的一棵树、一堵墙、一个广告牌、一家书店、发廊，还有最熟悉的父亲、母亲、妻子和儿子以及常来常往的同事、同学、朋友，记忆中的裁缝、导游、邻居……作者都能给予特殊的观照而有所发掘，给读者带来兴味，带来启迪。他并不是微言大义、无限上纲地借题发挥，而是把对生活的热爱和理解、生活的智慧融入娓娓道来的叙述之中。

2014年新春沈敏特、刘政屏于安徽图书城

要强调的是，作者颇具特色的看、听、想的功力，透视出了背后的一种可贵的生活方式和生活态度：对普普通通、实实在在的生活的热爱，敬重普通人人格的高尚和尊贵。作者本身就是一个普通的职工，而他的日常工作和家庭生活却充满着情趣和意蕴。当孩子身患重症，家庭面临一场灾难的时刻，一家三口保持

了对生活的热情和憧憬，锻冶了人格的尊贵和意志的坚忍，深化了对幸福的感悟和理解。

于是，我强化了一个想法：普普通通、实实在在的生活，是一个人也是一个民族赖以生存和发展的基础；热爱并创造这样的生活就是真实而非虚幻的幸福；一切异想天开的出类拔萃、出人头地的追求都是悲剧的种子。因此，我赞赏作者的生活方式，敬重作者的生活态度！

2006.5

一次次，你让我感动

周　纯

政屏兄说要出书了，非要我写一篇文章，这让我大吃一惊，大凡为别人的书写文章的都是名人，我这个小编辑怎么能做这么重要的事呢？但看着他一脸认真诚恳的样子，我还是答应了。

算来认识政屏兄已有6年了，这6年中，我是在一次次的感动中加深对他的了解的。

1998年起，政屏兄开始给我们合肥晚报社专刊部投稿，当时我并不认识他，觉得这个小伙子文笔清新朴实，行文轻快，有时还有些俏皮，读起来令人轻松愉悦，着实是一种享受。生活中许多司空见惯的事物，在他笔下都是那么有灵气、有活力、有意义。像环城马路，只不过是一条马路，父子俩却游得津津有味；只不过是极普通的腌菜、山芋，他也能从中吃出不寻常的滋味来；一个不起眼的小扑克、日历卡、香烟盒……都能让他一阵惊喜，随之写出一篇篇美文来，我真有些佩服他在平淡中挖掘美丽的本事。

他写稿神速，要什么稿子，一晚上就赶出来，甚至一晚上能赶三四篇稿子。文章发得多了，他有时就亲自来送稿，一来二去的，我们专刊部的编辑就都认识他了，大家都觉得这个小伙子挺勤奋的。后来专刊开辟《三味书屋》版，政屏兄鼎力相助，凭借在书店工作的优势，他做了不少好的策划、选题，并写了许多不错的书评。《三味书屋》一炮打响，得到了读者的好评，可以说，这里面有政屏兄的一份功劳。作为编辑，我感到欣慰的同时，对政屏兄充满了感激。

几年过去了，许多作者由于种种原因就不再写了，而政屏兄却一直写，且越

周纯(中)与刘政屏夫妇合影(2005.10.28)

写越好。当我想偷懒时,往往就会想起勤奋的政屏兄。他为什么要如此拼命地写作呢?他说:只是想给儿子做个榜样,给自己留一点东西。我不得不再次对他刮目相看。

生活如果一直这样下去,也许就平平淡淡,然而就在这个时候,政屏兄一个从北京打来的电话让我都傻了:“壮壮(政屏兄的孩子)病了,是一种很严重的血液病,我跟筱敏(政屏兄的夫人)正在北京带孩子治病。”我当时不知该说什么好,只是想到孩子治病会花很多钱,就只说一句:“需要钱的话,尽管到我这里来拿吧,救孩子要紧。”

100天过去了,孩子平安回来了,他没来拿钱,第二次治疗、第三次治疗……他还是没来,我想,他恐怕是在追求“君子之交淡如水”的境界吧。

磨难有时真是人生的一笔财富，经过这次磨难，政屏兄的文笔很有了些不同。

孩子的病基本上没事了，刘政屏开始回忆那噩梦般的100天北上求医的日子，一口气写出了《刻骨铭心100天》。这篇文章不再像以前的文笔那样轻扬，而是厚重深刻、充满深情。我是流着泪编完这篇稿子的。在其中，我看到了一位父亲在孩子最危险的时刻表现出来的坚强、慈爱、果断，这一次，我被他深深地打动了。我重新认识了刘政屏。

孩子生病，我认为可以说是政屏兄写作的一个转折点，他开始更多地关心社会上的事，马路上的绿化带被毁、外地父亲来肥寻找出走的孩子、街道占了小花园……他都要管，甚至，为此还写了一些新闻稿。更让人吃惊的是，前不久，他还被称为"安徽省志愿捐献骨髓的先行者"。有人说，刘政屏开始爱出风头了，可我理解他为什么要这样做，是孩子改变了他。刘政屏更成熟了。如果说以前的刘政屏特别关注日常生活中的小细节，比较多地关心自己的内心感受，那么现在的刘政屏写起文章来，视野更开阔了，更加关注社会，写作的内容更实在了。

我相信，政屏兄会越写越好。

一介书生刘政屏

刘　振

刘政屏是一介书生。我们说某人是书生,往往有两层意思:一是说他热爱读书,活到老,读到老,有些学问,言谈中总有一些柴米油盐之外的想法。现代社会虽说教育已经普及,任谁都可以读书,但是把读书当成工具还是读书本身就是目的,还是有很大差别的。还有一层意思是这个人书生意气,不切实际,往好里说是挥斥方遒,往不好里说就是酸腐落魄的孔乙己。这两点在刘政屏身上兼而有之,但书生意气之外,他又不乏与社会和谐相处的本领,这使得他虽也有秀才遇到兵的尴尬,但在我看来,他活得还比较平和、幸福。

刘政屏是上个世纪60年代人,那曾是充满理想,不乏叛逆精神的一代人。如今,理想已远,锋芒渐收,各人过起了各人的太平日子。我与刘政屏相识不过三四年,不知道他曾有过怎样的青春,但我总觉得,他更多地把精神贯注于对文学的热爱中,而不是政治或其他。因为是真的热爱,所以,当一个时代的理想远去时,他仍然坚持了自己的热爱。这从他每年发表几十甚至上百篇散文、随笔的高产中可见一斑,不为稻粱谋,我手写我心的写作是多么快乐的一件事啊!这让我这个混迹于新闻界,文字已渐失灵气的人羡慕不已。

刘政屏不像许多的书生,活在书斋里,活在思想的云端。他的笔下多是温暖的人情,趣味的人生。他以世俗的姿态写作,身边小事,信手拈来,读来让人倍感亲切。

刘政屏是个内心很雅致的人,甚至他的书生意气也让人觉得雅致得可爱。刚认识他的时候,他家楼后的小区绿地被当地街道占去盖了房,房子斜插过来紧挨着他家窗户不说,里面三天两头的跳舞、搓麻声使他不胜其扰。他去找街道理论,但人家并不在乎一个白面书生的话，说到底，彼此遵从的是不同的游戏规则。这种事情在城市里是很常见的，但一个内心雅致的人最不能容忍粗鄙的东西，虽然在外人看来，这对他并未造成太大的伤害。换一个人，也许会以彼之道，还施彼身，以同样粗鄙的办法获得一个公道，但刘政屏不想。那样做了，不啻是对自己的另一种伤害。他只有不停地投诉，以文雅的言语投诉。或许很多人觉得这是书生的无能，可我从他不卑不亢的诉说中，感到一种力量，优雅，温润，又不容置疑。这件纠纷拖了很久，最后以街道拆房告终。对小区居民而言，是公道的胜利，对刘政屏而言，他已经是一个超出胜负意义之外的胜者。只有勇于并且善于向内看的人才能看到这一点，看到了，便不会动辄嘲笑一个书生的游戏规则。

刘振参加合肥新华书店读者沙龙活动

(2009.4.23)

现在我真要感激那件纠纷，让我和刘政屏相识并成为朋友。我知道了他有在医院工作的爱人和一个爱读书的儿子，没有生存之忧，不乏生活情趣，闲来捉笔自娱，在我看来，这样的生活已经幸福得不行了。我向来懒得刻意结交，与他的交往并不多，淡淡的，很随意。可我知道，从某种角度说，我们是用同种质料做成的人。是，就是这句话，我们是用同种质料做成的人。并不关乎爱情，也不是觥筹交错，你来我往的友情，远远地站着，知道有这么一个人，在我们看来最重要的一点上与自己是相同的，就足够了。

我们相识四年，中间一度联系很少，直到今年夏天，我才知道他那爱读书的儿子不幸患了一种很严重的血液病，在北京儿童医院经过近三年的治疗，已渐渐康复。此中刘政屏夫妇所经历的种种曲折、担忧、辛劳、悲伤、欢喜，我无法想象。我想送他病愈的儿子一套书，我问那个 12 岁的男孩最爱看什么书，他说最爱看爸爸送他的一套《简明不列颠百科全书》，我猛吃一惊，我知道我这书，没法再送了。我对刘政屏说，一介书生，有子若此，夫复何求!

写完这篇文章的时候，新的一年已经开始了。忽然想起有一次在刘政屏家做客，看到父子俩一本正经地讨论时间可不可以倒流时的情景。儿子坐在他的膝上，稚气未脱，但当父亲的已经有些跟不上儿子的思维了。我想，如果时光真的可以倒流，刘政屏仍然会选择这个家，这个城市，这样的文学，这样的生活吧!

品味政屏

潘林松

政屏跟我说，他要出一本书。我一点不诧异，早该如此了。同时，难掩几分欣喜。新华书店员工卖自己写的书，我是头一回听讲，算得上破天荒。

我和政屏共事的时间不长，仅四年多光景。我刚到合肥新华书店有限公司不久，就听说有个会写文章的刘政屏，与政屏谋面已经是几个月之后。从那以后的两年多，我和政屏打过几次照面，彼此点点头，几乎是一种萍水相逢的感觉。去年 4 月，政屏调整工作岗位，我和政屏楼上楼下，接触和沟通渐多。像由远及近欣赏一道风景，我对政屏的认识，随时间推移，清晰起来。不愠不火，腹有诗书，把理性和感性不显山不露水地糅合在一块，能做到这些，是需要阅历、积累、悟性和智慧的，这是我对政屏的基本判断和评价。

政屏文如其人。许多年来，政屏笔耕不辍，文章隔三差五见诸报端。我认真地拜读过政屏的不少文章。在政屏的文章中，更多流露的是取次花丛的淡香，小桥流水的恬静，空山雨后的清新，石上清泉的透明。从政屏的文章中，我读到了一种纯粹的责任，读到了一种爱心涌动的情怀。我知道，这一切都是有缘由的：书香门第的渊源使然，二十余载书香弥漫的职业环境熏陶使然，除此之外，与政屏的心境和坚持也是分不开的。

政屏年长我几岁，同我一样管理着公司的一个部门，他的专注和细腻是我所不及的。政屏工作很投入，经营管理上肯动脑筋。把复杂的事情变得简单，将零乱的东西变得条理，是政屏的一个特点。政屏对市场的敏感，有目共睹。他善于发现顾客的需求，善于揣摩顾客的消费心态，善于同媒体合作，这让他所在的部门赚足了回头

潘林松、刘政屏合影(2007.5.14)

客。政屏的经营创新思维活跃,不到一年时间,在他的设计和推动下,把常人视为娱乐工具的扑克做成一个叫得响的经营品牌,由此可见一斑。政屏是个温和的管理者,他行使的管理,多了几分温暖的色彩,少了一些冰冷的约束。经营之道,经营的技能和诀窍,经营产品的知识,都是政屏向员工灌输和相互交流的内容和话题。政屏在与我的沟通当中,对部门的员工赞美有加,说起每个员工的特点和长处如数家珍,神采飞扬,这是政屏的聪明之处。过去我只听说有一种教育叫赏识教育,政屏的管理行为,让我懂得有一种管理叫赏识管理。政屏有的时候更像一个文人,按照通行的惯性思维,清高、同人间烟火保持距离的帽子免不了要戴的。政屏却是个例外,文章写得好,“生意”做得相当不错,一样没耽搁。如此看来做任何事情的确都少不了文化的支撑。

政屏热心公益，众所周知。政屏被媒体称为“安徽志愿捐献骨髓的先行者”，连续五年热心宣传捐献骨髓知识，并带动周围一群人捐献骨髓。最近，政屏荣膺“合肥市百名优秀市民”，绝对称得上万里挑一。近一两年，我和政屏参加公司的一些公益活动，政屏的热情和活力一次又一次地感染我。对荣誉和赞美之词，政屏看得很淡，他把尽一份社会责任看作人生的必修课，仿佛尽到这份责任后，才有资格享受人生的坦然。

政屏是立体的，我对政屏的认识只能算一知半解。即便一知半解，也如此精彩。我常把政屏比作一杯清茶，一樽醇酒，品味越久，越是精彩。

卖书·读书·写书

何素平

读书，卖书，每天都要与文字打交道。在单位，每日里从眼前来来往往的尽是爱书买书的人；回到家，父母也都是底蕴深厚的文化老人；偏偏巧，宝贝儿子又是一个人见人爱的小书虫。在这样的人群里浸润久了，想不与书纠缠都难。就这样，在书店工作了二十来年的刘政屏终于亮出了自己的第一本作品集《月明风清》。

在刘政屏看来，出书并不是他刻意为之的结果，倒是生活这杯甘甜的活水滋养了他如泉喷涌的文思。每天工作归来，不管一天多累，心思多烦，一坐到桌前，总要不自觉地随手拈来一些生活片断，加入自己的思考或情感，或白描，或记叙，或点评，剪辑编排，自然成文。这其中，有关注环境的《绿树·鲜花·广告》《搬家，往哪儿搬？》《梦中花园》，有怀念故人的《祖母留下的》《微笑地活着》，有赞美亲情的《爱，无需太多的语言》，有歌颂友谊的《凉白开》，有倾心于自然风光的《中山陵情结》，更有着迷于人文火花的《为书癫狂》《初识麦绥莱勒》《收藏黄山美景》，而不同人群生命状态的文字尤其频繁地出现在刘政屏的笔下：《最是不忍》《老人们病了靠谁？》《灰色调的女人》《成功的男人悠着点》《枯黄的梦》《一本难念的经》。

在这本书中，占了最多篇幅，投入最深沉情感的则要数作者与全家共同经历的《跨过生活的坎》。在这一章中，刘政屏记述他们夫妇带着病重的儿子八度北上，在炎炎夏日或凛凛寒冬，陪伴幼小的儿子经受病痛与恐怖的煎熬。像任何一对父母一样，面对孩子的伶俐聪明，刘政屏夫妇当然是喜在心头；而当病魔无情地袭来时，他们心痛焦虑之余，所能做的也别无选择——义无反顾地携子求医。在这个过程中，他们对生命的体验又较别人多出了许多况味。也正是在这种严峻的考验中，作者与孩

何素平(中)与刘政屏夫妇合影(2005.10.28)

子一起成长。一位男子有没有耐心与责任感,很多时候从他对孩子的态度上最能看得清。刘政屏是一个责任心极强并特别讲究科学精神的父亲。在孩子健康时,他给予孩子的是宽松的家庭环境,造就了一个痴爱读书的“小天才”;当孩子被病魔缠上后,他冷静地面对,在繁琐的治疗过程中,付以无微不至的照料,使得孩子获得了巨大的精神力量和战胜病痛的勇气。也许,记录下这些过程是痛苦的,但毕竟是一段难忘的人生,因艰难而坚强,因恐怖而美丽,因差点失去而弥足珍贵。

只需有一个健康的生活态度,月华朗照,风送清香,平淡中也能开出绚丽的花来,逆境越发能磨砺出坚韧的品格,这就是《月明风清》给人的启发。

有那么一个人

——《让记忆有个落脚的地方》序

柴岚绮

某个月夜，归家，坐在车内，看见亲密的一家三口人，正从对面走来。是的，尽管当时月色暗淡，小区内的路灯也不是十分明亮，但那种行走的姿势，你只能用亲密来形容。中间该是一家之主，男人，略昂着头，两边挎着他胳膊的，是妻子和孩子，都把脸朝向他，似乎正抢着说话。我没有摇下窗去打招呼，只是在黑暗中微笑，想起"现世安稳，岁月静好"这几个字来，并且，在他们走过，又回头看上一眼。那是刘政屏一家人。

认识刘政屏，第一印象，整洁。一个整洁的男人，背后必定埋藏着其他特点，比如细致，比如周到。后来熟了，果然如此，出去吃饭，不用操心，一切全由他安排；某件小事，托付给他，总能有头有尾搞定。他是值得你放心的人，这一点，同事之间皆有口碑。而现在，这样的人，怕是不多了。

他穿过一件绿色暗格衬衫，那是多年以前，到现在，我都记得，当时，觉得真是好看。后来，又穿过一件短袖夏装，细细的小方格，深红中露出一点点的俏皮。这两件衣服，都引发了我和众多女同事的购买欲，大家团团围住他，不客气地逼问。他很得意，先卖个小关子，然后慢慢说出商场乃至柜台的具体所在，并附告详细乘车路线。于是，一行人前赴后继奔去，一看，果然物美，还不贵，才几十元钱，从此佩服他的审美。

他带队，领我们一起，到杏花公园门口淘瓷器。正午的阳光底下，跟着他，一家一家露天摊位逛过去。嫌他走得慢看得细，不耐烦，一个个都跑散了，最后空手逛一圈回来，发现他正讨价还价的那几个罐子还真耐得住看，于是，懒得动脑，集体跟风购进。

柴岚绮(右二)、刘政屏等合影(1998.9.25)

他闲情雅致颇多,收藏扑克、地图,这些在单位,乃至整个庐州城,都玩票玩出了名气。我曾经差点以为,这种小闲情雅致,包含了他性格和生活的全部,但一个突发事件,忽然叫我对他有了新的认识。

那年,他儿子得了严重的血液疾病,一个重症疾病,往往是对一个普通家庭的残酷考验。他带领妻儿,毫不犹豫,第一时间奔向北京,住地下室,给儿子寻求最好的治疗。那年冬天,我和办公室的同事还跑到邮局,向首都那个遥远的地下室里寄过红枣。而后来,一切居然都在他的坚持之下,慢慢挺了过来。让我吃惊的是:一个看上去那么文弱的男人,原来内心有足够的强大,这份强大,足以支撑着他干成许多事情。

后来,果然,他鼓捣文字,也未见怎样用功,隔三岔五,就有充满生趣的小文,以不同笔名出现在各报副刊。

他的正经职业是个儒商,为工作的书店打出过几手漂亮的“文化牌”,什么“书签展”“扑克展”，惹得媒体记者不停带着相机来“咔嚓”，而一些收藏迷们，把那里当作淘宝的重要据点。

他又热心公益，是“安徽志愿捐献骨髓的先行者”，逮着机会就宣传。在办公室里，他就那么站着，绘声绘色给我们讲述如何在北京王府井大街的献血车上完成心愿，而常人又是怎样陷入了捐献认识的误区。

他还是合肥“文明市民”，关于这一点，我非常生气，我也投了票的，最后请客他居然没把我叫上，还狡猾狡猾地不承认有这个事情。

现在他又出书了，这已经是他的第二本书了，在这本《让记忆有个落脚的地方》里，他把丰富的人生感悟，以清淡文字娓娓道来，而此前，他的第一本书《月明风清》，收罗了足够的家庭靓照，让我们狠狠“惊艳”了一把。

常常不经意间，在小区里，和他的一家子相遇，他来看望他的父母。我们就站在路边，说着一些话，他妻子总是微微地笑。路边的石榴花，落了一地，他的儿子顽皮地弯腰去拾。时光这样一恍惚，他儿子的个头，已经与他不相上下了，我忽然想起，距离我认识他快有十年了吧。

《安徽商报》2004年5月11日专访：

志愿捐献骨髓的先行者

刘　振

·为了给儿子治病，刘政屏夫妇经历了上千个心痛的日日夜夜，所幸儿子现在已基本康复。

·在安徽的骨髓库尚未正式运行前，刘政屏已经在北京成为一名造血干细胞捐献志愿者。

·刘政屏逢人便宣传骨髓移植知识，他说中国应该拥有亚洲最大的骨髓库。

中国造血干细胞捐献者资料库（又称“中华骨髓库”）安徽分库有望于今年5月中旬正式运行。听到这个消息，在合肥新华书店工作的刘政屏非常激动。三年多来，刘政屏在自己力所能及的范围内热心宣传骨髓捐献知识，他称自己是骨髓捐献的“民间倡议者”。今年2月，刘政屏在北京签下了“捐献造血干细胞同意书”。

刘政屏此举源于儿子的一场严重的血液病，如今儿子刚刚康复，但曾经上千个日日夜夜的担忧、恐惧与心痛却令这位父亲难以释怀，并最终促使他成为我省志愿捐献骨髓的先行者和义务宣传者。

一、拯救儿子生命

安徽商报：您的儿子最初发病是什么时候？经历了怎样的治疗过程？

刘政屏：最初发病是在2000年7月，那时我儿子9岁，非常幸运的是儿子在合肥诊断得很及时，结果出来后第三天，我们就带他北上求医，去北京儿童医院，那是国内治疗儿童血液病最好的医院之一。

从孩子最初发病到2003年7月完全停药，这三年中有将近一年的时间，我们一家三口都在北京，孩子住医院，我和他妈妈住地下室，当“钟点父母”。停药后又复查三次。我们一共往北京跑了十趟，光路费就花了上万块钱。但我仍然感到非常幸运，一是我们没耽误时间、没走弯路，二是虽然钱花掉了，但还在我们的承受能力范围之内。我亲眼看到不少孩子因为耽误了时间或者没钱，花一样的生命就消失了。

安徽商报：您儿子的治疗需要骨髓移植吗？

刘政屏：血液病有很多种，大多数可以通过放疗、化疗得到缓解、控制，也有相当一部分严重的血液病，如粒细胞白血病、慢性白血病，骨髓移植是目前最为有效的挽救生命的途径。我儿子的病情没严重到那一步，不需要骨髓移植，主要是化疗。

安徽商报：化疗是一件非常痛苦的事，让一个9岁的孩子去承受这一切，做父母的心里一定非常难受。

刘政屏：那种感觉真是心如刀绞、度日如年。

安徽商报：您的孩子现在基本康复了吗？

刘政屏：去年停药后我们又带他复查了三次，今年2月是第三次复查，结果都很好。如果5年内不反复，就可以说没什么问题了。5月7号我们带他去紫蓬山，他脱掉鞋下水玩，非常开心。你再看看他以前在北京故宫拍的照片，也在笑但人很虚弱，相比之下他现在健康多了。但话又说回来，毕竟经过了一场大病，我们不能把他当成一个完全健康的孩子，我们的心还在悬着。

二、骨髓捐献，一诺千金

安徽商报：您的孩子并不需要骨髓移植，您为什么会特别关注这件事呢？

刘政屏： 在北京看到很多患病的孩子因为等不到能与自己配型的造血干细胞，

只有放弃治疗。还有的孩子虽然等到了,但已错过了最佳移植期,效果也不好。2000年的时候,国内还没有真正意义上的造血干细胞库,为数很少的几例移植手术都是从台湾骨髓库寻找到相配的造血干细胞。这些都对我刺激很大。

安徽商报:电视曾经直播过从台湾提取的骨髓运到大陆,途中必须不停地转动装骨髓的箱子。

刘政屏:这也是我要说的一点,从台湾或者国外提取骨髓非常麻烦,费用也很高,而患者的家庭往往在经济上已经不堪重负,建立我们自己的骨髓库可以减轻一些他们的负担。

安徽商报:我觉得现在最大的问题是很多人觉得抽骨髓对自己有很大的伤害,他们不愿意做这件事。

刘政屏:所以我现在到处宣传,逢人便说捐献骨髓是怎么回事,并不像很多人以为的那样,他们都误解了。骨髓移植只是以前说法的沿用,实际上并不是抽骨髓,只是提取人体血液里的造血干细胞,这种捐献不以损害捐献者的健康为代价。

安徽商报:是不是跟献血差不多呢?

刘政屏:我觉得跟献血还是不一样。你献血的时候可以是一时冲动,胳膊一伸,抽完就完事了,这个过程很短,你也不必继续负什么责任。但作为一个骨髓捐献者,你开始只是抽取几毫升血做分型检测,一旦这个数据入库,你就不能再反悔。为什么这么说呢?如果有个病人和你配型相合,医院会一面通知你捐献骨髓,一面将病人的白细胞杀死到零,这时候病人没有任何免疫力,如果你反悔,他就只有死路一条。所以我说献血可以一时冲动,但捐献骨髓必须一诺千金。

安徽商报:您跟别人讲这些东西,有多少人能够接受?

刘政屏:我觉得到目前为止,我接触过的绝大多数人都能接受,一旦知道是怎么回事,也就没什么大的心理负担了,前期的宣传非常重要。

安徽商报:您除了自己做宣传,有没有跟红十字会或者其他政府机构联系过?

刘政屏:有一次我在电视上看到北京已经可以在献血车上捐献骨髓,非常方便,我就给安徽的一些部门打了电话,但他们说没有足够的资金做这件事。我说好吧,那我先个人做宣传。我以一个有过切肤之痛的父亲的身份做这件事,虽然我力量很薄弱。

三、健康、勇气、爱

安徽商报：今年2月，您在北京成为一名骨髓捐献志愿者，当时是什么样的情形？

刘政屏：我记得很清楚，那天是2月22号，我带孩子去复查，一大早我就跑到王府井，那儿有一辆献血车，那天我是第一个志愿者，其实我早就有这个想法，但以前每次去北京给孩子治病、复查，时间都很紧张，而且当时在北京捐骨髓也不是很便利。这次终于做了这件事觉得很开心，下了献血车，我就想，哎呀！终于了了一桩心事。

我记得当时车上的工作人员反复问我有没有考虑清楚，他们非常慎重，就是为了防止志愿者事后反悔。当时填了很大一张表，你不能有肝病、传染病啊，你必须是一个很健康的人，才有资格捐献。然后抽了几毫升血检测。所以我说捐献骨髓是一种健康的表现、勇气的表现和爱的表现。

安徽商报：当时您有什么感受？

刘政屏：我的感受是只要一个健康的人就能做这件事，它不需要多少钱，这其实是对健康者的一个褒奖。另外，你做这件事，对你的人生是个考验，承诺之前要想好，承诺了一定要做到，你必须是个负责任的人。

安徽商报：是不是异体之间的造血干细胞配型非常困难，很多人中才能找到一例相合的？

刘政屏：是的，这个比例大概在1/400到1/10000之间，我国现在有13万志愿捐献者，却只实现了80多例移植，很多志愿者可能永远没有真正捐献的机会。但正因为这个比例太低，我们才更需要扩大志愿者的队伍，我国目前等待造血干细胞移植的患者有上百万人，中国有那么多人口，应该拥有亚洲最大的骨髓库。

安徽商报：您的亲友，包括你今年13岁的儿子能理解您吗？

刘政屏：我在北京捐献骨髓资料后，回合肥告诉我的爱人，当时她正生病，她说这件事真是对她的一个安慰。我们的态度很一致。我的儿子呢，特别爱看书，有些血液配型方面的科学知识懂得比我还多。他说科学在发展，血液病是完全可以治愈的，他坚信这一点。儿子还说，等他长大了，要挣很多很多钱，捐给血液中心，赞助科学研究，帮助那些没有钱治病的小朋友。

安徽商报：安徽的骨髓库快要启动了，您想做些什么吗？

刘政屏：还是宣传，我要动员所有认识的人捐献骨髓，和以前不同的是，现在如果再有人问我到哪儿去捐，我可以告诉他一个明确的途径了。

（发稿前，记者得知安徽的骨髓库启动时将有现场血样采集活动。与刘政屏联系后，他一再告诉记者要广为宣传，让所有健康的、勇敢的、有爱心的人都能伸出手来，献出自己的一份力量。）

《合肥晚报》2005年11月29日报道：

逮着机会就宣传的骨髓捐献者

新闻当事人：刘政屏（骨髓捐献志愿者）

采访记者：毛晨　周素君（实习生）

人物简介：刘政屏，合肥新华书店有限公司文化用品部副经理。五年来，他一直在热心宣传骨髓捐献知识，他本人也是一名造血干细胞捐献者，他称自己为骨髓捐献的“民间倡议者”，并被媒体称为“安徽志愿捐献骨髓的先行者”。他的事迹感动了很多人，11月1日，刘政屏获得合肥市首届“文明市民”称号，并予以表彰奖励。作为一名曾经患过重症血液病儿童的父亲，他呼吁：每个人都应该尽自己的一份力量，共同打造世界上最大的骨髓库，挽救那些需要帮助的生命。

曾经的他，对收藏十分着迷，见人就问有没有地图、烟盒、扑克，碰到稀有的、历史比较久远一点的简直是如获至宝，在合肥当地的收藏者中小有名气。

现在的他，对骨髓捐献异常热心，逢人就问了不了解骨髓捐献。

这一切的改变，都是缘于五年前儿子得的一场严重的血液病。

儿子生病前

记者：儿子生病前，家里是个什么情况？

刘政屏：非常和睦非常温馨，妻子温柔善良贤惠，儿子聪明活泼可爱，一家人开开心心，无忧无虑，身边的朋友同事都很羡慕我们家。

记者：儿子生病前，你对骨髓捐献了解吗？

刘政屏：知道一点点。有一次看电视，讲的是从台湾提取骨髓运到大陆，途中装骨髓的箱子不停地在晃动，对我有些刺激：为什么要费那么大的劲从台湾去运？难道本省本市不能解决吗？后来才知道，原来当时中国内地的造血干细胞资料库才 2 万多例资料，由于管理与技术问题，基本上发挥不了作用，也就是说几乎等于零。而那个时候美国有 450 万例，欧洲是 370 万例，日本是 7.7 万例，我国的台湾省超过 20 万例。

记者：那你当时就想为这方面做点事吗？

刘政屏：没有，那时还没有想过这个问题，只是当时那一组数据对我震撼很大。

儿子生病了

记者：你儿子最初发病是什么时候？病情如何？

刘政屏：最初发病是在 2000 年 7 月，那时他才 9 岁半，身体突然出现虚弱、发烧、消瘦等症状。我们马上带他去医院，经诊断得知，儿子已经患有严重的血液病。当时心如刀绞，非常难受，差点被击垮。但我们夫妻俩想无论如何都不能放弃，哪怕只有一线希望。所以我们立即带儿子去了北京，那里有国内治疗儿童血液病最好的医院。

记者：儿子在北京治好了？

刘政屏：（笑，很欣慰）好了，因为发现早，治疗及时，我儿子的病情并不需要骨髓移植，通过三年的化疗，他终于康复了，所以我觉得我们还是很幸运的。

记者：你儿子的病并不需要骨髓移植，那你为什么关注这个事呢？

刘政屏：在北京的时候，我看到很多孩子都是因为等不到合适的造血干细胞，所以只有等死，有的虽然等到了，但是已经错过了最佳移植期，所以即使移植也很难起作用。当你看到那些如花般的美好生命渐渐枯萎，看到那些孩子的父母恨不得生病的就是自己那种痛苦的神情时，我的心被深深地打动了。孩子过了一回“鬼门关”，大人也是脱胎换骨，思想境界得到了升华。我觉得，我应该为血液病患者做点事情。

儿子病好后

记者：儿子病好了之后，你还是很关心这个事，一直收集这方面的资料？

刘政屏：对，到现在五年了，习惯了，我现在有一沓特别厚的资料。我对这方面很敏感，看电视看到这方面的内容，有的只是字幕，很快一下子就跳过去了，别人根本就不会注意，但我总能记下。

记者：那你现在算得上是这方面的专家了？

刘政屏：（笑，摆摆手）哪里哪里，我永远是个业余的旁敲侧击者，比起那些真正的专家来说，还差得远呢！而且，我经常有种势单力薄的感觉（叹了一口气），我只能在民间宣传，影响有限，所以现在很多人还是不了解这个事，以为骨髓捐献就要抽骨髓，其实只是提取人体血液里的造血干细胞，当然，会有一些轻微疼痛感和不适，但是随即便会消失，并不会对身体健康造成影响。我现在主要就是跟人家讲这个事，消除他们的误解，使更多的人加入到这个队伍中来。

记者：这五年来你一直就没有停止过宣传？

刘政屏：时多时少。有一段时间工作非常忙，孩子学习也很紧张，精力有限，所以那一段时间没怎么宣传。但今年 5 月 8 日血样采集那天我经过花园街，看到场面很壮观，但是人却少得可怜，我感到很悲哀，也很着急。从那时开始，我又开始无时无刻不在宣传，碰到人就说，逮着机会就讲，现在感觉很自然。我跟朋友说：“为了这件事情，我什么都愿意做。”（有点不好意思）其实我的本性很低调，不喜欢张扬，但现在为了这个事情，我经常抛头露面，与媒体合作，系统地、广泛地、大规模地宣传。

记者：听说你去年还特意跑到北京去成为了一名骨髓捐献志愿者？

刘政屏：不是特意的，我是带孩子去复查，但是这个心愿确实由来已久。我记得当时是 2 月份，北京非常冷，我那天起了个大早，不到 7 点就出了门，坐了半个多小时的公车到王府井大街，又在那儿等了半个小时，冻得直哆嗦。医务人员来了之后，我第一个冲上献血车，直接就跟他们说要捐干细胞。也许是医务人员还没有见过这么干脆的，反复问我到底清不清楚捐干细胞是怎么回事，有没有考虑清楚，他们担心我只是一时冲动，以为捐干细胞就是献血。过程很快，当我从车上下来时，长长地舒了一口气，感觉好极了！

记者：去年5月，中国造血干细胞资料库安徽分库启动，你一定去了现场吧？

刘政屏：当然！当我听说这个消息的时候，非常兴奋，印了很多材料到大街上去散发，希望能有更多的人参加捐献。后来在现场看到那么多人，我特别激动，那天有超过1000人踊跃报名捐献，当场接受了300人，比原定计划临时增加了100人。

记者：那你的亲人朋友都去了吗？

刘政屏：捐献干细胞有年龄限制，18到45岁之间，而且要求身体状况要好。我妻子自己身体不大好，儿子年龄不够，我在几个兄弟姐妹中排行老幺，他们都已经过了45岁，所以都不能献。我记得当时我一个堂姐还特别惋惜，直说自己老了，不中用了。在这里我想说一句，如果有人有这个想法，趁着能干的时候干，别后悔。那天我有6个同事去了，很感谢他们的支持。最让我感动的是，在场的2名新闻工作者也捐了，这对我来说更是一种莫大的鼓舞。

记者：你身边的人是不是都很支持你？

刘政屏：很多。我的妻子，她从来就是我的好帮手与坚强后盾（一脸幸福）。那次我从北京捐干细胞回来后告诉她，她当时正生病卧床在家休息，听到这个消息后，倍感欣慰，很高兴，比吃了药还管用。我儿子也说他将来一定要挣很多钱捐给血液中心，帮助那些没钱治病的小朋友。我父母年事已高，但他们很支持我，觉得我做的这件事很了不起。但是也有不理解的，认为我在多管闲事。我曾经写过一篇文章叫《一诺千金》，是说捐干细胞完全是自愿的，所以在你决定捐之前要想清楚，没有人逼你，但是一旦你已经决定好了就不能反悔，因为你这时候的反悔对于一个刚刚获得希望的病人来说是多么的残酷，与其一个活生生的希望破灭在眼前，他们宁愿从来就没有过。我一个朋友看到这篇文章后就与我辩论，他说当然应该允许反悔，这是人家的权利。我当时就很泄气，觉得很委屈。

记者:你花了这么多精力在宣传这个事上,对你的工作有没有影响?或者说有没有什么损失?

刘政屏:影响肯定是有的,占用了太多的时间,损失倒谈不上,我觉得值,当你做成了一件你一直都很想做的事,而这件事情又能帮助别人,那种愉快是不能言喻的,可以说心满意足吧。

记者:那你有没有得到什么回报呢?我是指物质上的。

刘政屏:没有,这个事物质上哪能有回报?(突然想起什么似的)对了,这次当选合肥市首届“文明市民”,同事朋友还直嚷着要请客呢!我却趁这个机会又向他们狠狠地宣传了捐献的事,有好几个人都问我到哪去捐呢!(大笑)

记者:近期有什么打算?

刘政屏:还是继续跟媒体合作,持之以恒、扎扎实实地宣传。中国人口居世界第一,但是造血干细胞资料库里的样本却太少了,经常还要到别的国家去借,这难道不值得我们思考吗?我希望更多的人能够站出来,大家合力打造一个世界上最大的造血干细胞资料库,让全球的华人在其生命遭受严重血液病威胁时,能够将目光投向中国。这是我的一个梦想,一个美妙而幸福的梦想,我愿意为之奋斗一生。另外,我还有一个愿望,我想做一个沙龙或者俱乐部开展募捐,捐献的干细胞要入库,所需的资金相当庞大,这也是一个大问题。很多人过了捐献的年龄,也有的人身体条件不允许献,但是他们也有这份心意,所谓“有钱出钱,有力出力”,不能献的完全可以从经济方面予以支持。但是,这个钱一定要用到实处,花到位。

《安徽商报》2005 年 5 月 20 日专访：

扑克上的世界

张扬　许崇贤

刘政屏是个有收藏情结和闲适情趣的人，“我是合肥集邮比较早的那一拨人，十几岁就开始搞邮票收藏了，后来又收集过合肥的地图、各地的香烟盒，以及电影海报等”，但他没想到自己会收藏扑克牌，“这是打偏球了”。在一般人的眼里，扑克牌有什么好收藏的呢！

因为爱好文学，对中国古诗也格外钟情的刘政屏，在合肥三孝口原百货大楼分店看上了一副《中国古诗》扑克。这是 1986 年，刘政屏花了一块两毛钱。他还记得有塑封的要比不带塑封的贵三毛钱。他买的是带塑封的《中国古诗》扑克，一等品的。今天看来，这副扑克除了纸张稍逊色一点，在设计上、印刷上都是下了真功夫的。

但那个时候，刘政屏还没意识到要收藏扑克牌。好在他一直保留了那副扑克，那也成了他收藏最早的一副扑克了。直到 1995 年，刘政屏给儿子买了一副《京剧脸谱》牌，4 岁的儿子乐得要蹦起来。那是在原银河商场店庆期间买的，打折后是两块三毛钱。这比买书、图字卡片便宜得多，刘政屏回来后一合计，又跑去买了一副人物题材的。此后，刘政屏就不断地买扑克了。

从几块钱一副到十几元一副，题材、形式也越来越丰富，刘政屏见证了扑克牌的变化。扑克牌上有很多地方的风景，像《人一生要去的 50 个地方》，是很诱人的。有的扑克牌上有设计者、摄影者的名字，有的是宣传交通法、禁毒条例、反腐倡廉等法律法规的，有的是介绍世界名人的，画面或典雅、或诙谐，风格各异。刘政屏比较欣赏的还是中国古典文化一类的扑克牌。像介绍故宫珍宝、老照片的 17 副牌，做得非常精致，是刘政屏分三次收集到的；流沙河题字的《武林一百单八将》，牌上的武林人物都是文学文本上的人物形象，画工深厚；还有甲骨文扑克、剪纸扑克、孔孟语录扑克，以及鼓形的《姑苏诗韵》、梅花形的《梅花絮语》和钻石形的《菊香如梦》扑克等，古典韵味都是很浓厚的。有的扑克还做了精致的盒子，包装得像礼品一样。别看这些扑克小，却蕴含了丰富的知识。

有一段时间，一些地方兴起了一种“斗地主”的打牌娱乐方式，双副牌走俏，但打牌的人很少用花式的，因为那样看不太清楚，这样一来，市场上出现了许多简易的双副牌，这对收藏扑克牌的人来说，就没什么吸引力了。刘政屏不得不到处搜寻好一点的扑克。不过，他在南七的一个商店买到了一副湖南湘泉酒厂的广告扑克。这是副对牌，封套上的“湘泉斗地主”字样有些逗人。1999 年的国庆，刘政屏到十里庙的良辰商厦，以及新肥百货大楼、鼓楼商厦等处购得了几副好牌。像《百年沧桑·老上海新上海》对牌，分别用黑白、彩色的图片反映新旧上海的变化，就很有创意。当然现在这样的扑克已经多了起来。

搞收藏的人，往往能带动身边的人。在刘政屏的周围，就聚集了一批玩扑克牌的人，但坚持下来的铁杆扑克牌收藏者只有三四个。北京王府井百货大楼常年有卖扑克牌的，有不少是精品，刘政屏到北京就为朋友们带过很多次。2000 年，刘政屏全家处在一个特别困难的时期，他的儿子患了重症，在北京医治。当儿子的病情有了好转的时候，刘政屏得空到王府井百货大楼转了转，《故宫游览》《北京风光》两副扑克牌勾住了他的眼睛，隐在心里的最敏感的弦被拨动了。两副扑克牌 20 元，买还是不买呢？刘政屏犹豫不决。“心告诉我怎么办”，刘政屏说自己没办法欺骗自己，最后买了。“我也许会在某一个阶段停下来，但绝对不会放弃！”刘政屏说。

搞收藏的同时，刘政屏还写了不少关于收藏方面的文章。就收藏扑克牌的心得、知识，刘政屏陆陆续续发表了六七篇文章。南京中山陵管理处驻合肥的工作人员看到他写的一篇文章，还通过报社联系上他，送给刘政屏两副中山陵风光的扑克。刘政屏说，四川的每一个风景点都推出了风光扑克牌，而合肥目前只有科技馆以及几个宾馆等单位印刷了扑克牌。他曾经写过《在扑克上寻找合肥》的文章，呼吁合肥能多开发一些旅游方面的扑克，让扑克充当导游。扑克牌的形式容易为人们所接受，携带方便，价钱也便宜，而且不大会像一些纸张类的宣传材料被随手丢弃。

2004年 9 月 18 日，由刘政屏“导演”的“百种扑克牌展销”在合肥市新华书店举行，从北京、上海、浙江、山东等地找来的扑克牌，让人眼睛一亮。那些专门收藏扑克牌的爱好者尤其高兴，终于有买“漂亮”扑克的地方了。其中有一位花了 800 多元买扑克。扑克牌卖火了，书店专门开设了销售专柜。新品扑克牌先后达 300 多种。因为负责扑克牌的进货，刘政屏有了看到各地扑克样品的机会。有些样品量少，是不上柜的，只要看上了，刘政屏就自己掏钱买几副。今年的 3 月份，刘政屏到上海出差买了一箱子的扑克，“这是我最过瘾的一次”。迄今，刘政屏已收藏有 800 种左右的扑克牌。其中最小的仅有火柴盒大。

“夫唱妇随”，丈夫玩收藏，刘政屏的爱人也没闲着，帮他收集一些藏品，“我是很随性的人，她呢，性情也非常好，也爱好文学，对收藏也都热衷，我们过着算不上富有的日子，但是很充实，感觉是生活在一种浪漫的、精神为主的世界里”。

刘政屏

其人其书

2009—2011

一同承受，一同成长

——《就这样，我们赢了！》序

潘小平

和政屏认识得很迟，也就前几年吧，记不清是在什么场合了，也记不清是因为什么事，文艺界的一大帮人聚在一起吃饭，其中有个生面孔，就是政屏。我的朋友赵昂介绍说，刘政屏，文章写得很不错。经常会有人和我说，谁谁的东西写得不错，我听了也就听了，并不多当真。政屏看上去，一副文弱书生的样子，说话慢声细气，始终笑着。我是张牙舞爪惯了的，对他的谦和，一时竟有些手足无措。

不久就收到政屏新出版的随笔集，文字清新流畅，所记多为工作和生活中的琐事，然而写他和儿子北京求医的几篇，虽是平铺直叙，却是惊心动魄。在万籁俱寂的深夜，合肥老城沉沉如梦，我的家人都已熟睡了。合上书本，我反复自问，如果是我，我撑得下来吗？

当灾难降临的时候，并不是每个父母，都有和孩子共同承受苦难的勇气；也不是每个父母，在突如其来的变故面前，都能够始终保持冷静、决断和清醒的头脑。但是政屏做到了，他以他书生一般柔弱的肩膀，毅然扛起了这突如其来的灾难，一步一步往前走，脸上带着微笑。这就是大丈夫了，山崩于前而面不改色，不怨天，不尤人，不让父母担忧，不在妻子面前发牢骚。后来，我又听政屏亲口对我叙述了儿子得病时，最初那些惊心动魄的日子，有一种天塌下来要窒息的感觉。我再一次想，要是我，我说不定就放弃了。政屏的孩子壮壮，得的是一种人人谈而色变的血液病，以现有的医疗手段，治愈的几率非常非常小。在这样的情况下，父母的坚持，父母的毫不退缩，就变得非常重要。很多人是先病魔一步，放弃了自己或是亲人的生命，就这么一念之差，一切就都不可逆转了。

潘小平、刘政屏摄于安徽图书城(2009.3.8)

亲情是最有效的治疗方法。虽说得病时，政屏的儿子还小，不过一个八九岁的孩子，但这一切，他一定是深切地感受到了。从父亲微笑的脸上，他感受到了承担灾难的勇气，感受到了必胜的决心，最最重要的是，他感受到了自己对于父亲、对于这个家庭的必不可少。所以你看面对病魔，面对一次次难以忍受的痛苦，他是多么坦然，多么从容，多么义无反顾，连大人都无法承受的一切，他都承受下来了。他竟然还有心思看书，看得那么投入；画九大行星图，连病房的主任，都夸他画得好。他们父子就这么并排站着，和病魔对视并且对抗，一分一秒地坚守，不放松一丝一毫。而一向自恃无往而不胜的病魔，越到后来越心虚胆战，最后的结果，如政屏这本书的名字：就这样，我们赢了！

赢了的政屏，在八年后的今天，追述那一段惊涛骇浪般的人生遭际，给我们很多的启迪与警醒。小壮壮的一动一静，一言一笑，历历如在眼前；父子间的对话，也真实还原着当日的情景和气氛。作为给儿子 18 岁成年礼的礼物，政屏写了这本书，我注意到，他始终没提那种血液病的名字，这暴露了政屏内心深处的软弱。这一点，长大了的壮壮，不知发现了没有？政屏的文字，亲切自然，真实传神，古语所说“至亲无文，至哀无文”，说的就是政屏这样不事雕琢而又富有感染力的文字。在政屏娓娓道来的叙述中，我们看到了一对父子共同托举生命的故事；看到一个孩子如何在大难临头时，感受父爱的无所不在；看到一个父亲如何在孩子的注视下，一点一点坚强并成长。

是的，他们赢了，赢得是那么自豪，那么真切。

愿我们每一个人，面对无论什么样的困难，都能像他们那样，一路走去，一路赢下去……

一个战胜灾难的动人故事

——读刘政屏《就这样，我们赢了！》

石　楠

政屏先生曾送我两本他的散文随笔集。我因为眼睛不好，只读了部分篇章，内容多系身边事，朋友事，和他的所见所感，就像在与朋友促膝倾谈。文笔清新流畅，质朴真诚，没有丝毫的雕琢，读来亲切自然。日前他快递给我一本新书，安徽人民出版社出版的《就这样，我们赢了！》。翻开一读就吸引我了，竟然放不下，看得眼睛酸胀流泪才罢手，待眼睛的感觉稍微好一些又继续往下看。掩卷良久，我深深被感动的心仍然久久不得平静。

我和政屏先生只有一面之缘，在什么地方什么场合相识都记不清了，好像是有很多人在一起吃饭的一次文艺活动中。他给我的印象斯文内敛，笑眯眯的，不像某些文人那样张扬，我们互留了电话，我记住了他在合肥市新华书店工作，出了新书总在第一时间告诉他，当然是希望他们新华书店在进书时别忘了本土的读者。他们书店举办活动需要我做什么时，我也积极响应，他出了新书也不忘送我。我们的交往仅限于此。是这本新书让我走近了他，触摸到了他坚强的内心和不屈的灵魂。这部纪实作品，写的是他们一家三口战胜一段灾难的经历。他们得悉 9 岁的儿子患了可怕的血液病后，他们没有被病魔吓倒，没有绝望，决然地选择了与灾难抗争的漫漫长路。他背着儿子到北京求医，以他无疆的父爱的力量，润泽着与病魔斗争中痛苦之极的儿子，激励着儿子和他夫妇一道在艰难的道路上跋涉。三年的抗争，一千多个日日夜夜，他们毫不气馁地与死神较量，承受着常人难以承受的精神和身体的痛苦。为了从死神那里夺回儿子的生命，他们夫妇相互砥砺，不言放弃，绝不退缩，坚决与灾难抗争。他们终于战胜了灾难，夺回了儿子的健康。这是个战胜灾难的故事，一个给人奋进，给人勇气，不言失败，在灾难面前挺直腰杆直面灾难的动人故事。这是一本奋斗史，一本励志书。

人的一生不可能一帆风顺，会遇到这样那样的磨难或灾难。政屏这本书告诉我们，灾难并非不可战胜的，艰难困苦，玉汝于成，苦难也能增添人生的光辉。一本好书就是一轮太阳啊！这本书将会像太阳一样给那些面临灾难的人们以温暖以激励以鼓舞，勉励他们勇敢地与灾难斗争，去征服灾难、战胜灾难。

胜利总是属于那些意志坚强的人。

石楠、刘政屏合影（2014.6.21）

一场艰苦卓绝的胜利

——读《就这样，我们赢了！》

朱少飞

生活天天都在继续，电视机滚动着天气预报，斑马线上过马路的人群如同潮水，校园传出孩子朗朗的读书声，商场里时尚女孩正在挑选夏天的花裙……

可是谁能预料，突然一天，灾难降临。不是失去工作夫妻离婚，不是胫骨骨折股票大跌。而是那种灭顶之灾，像印尼大海啸，像汶川大地震，或者就如这本书中所写，一个致命病魔凶狠狠地袭来，它要夺去一个生命、摧毁一个家庭。

没有谁愿意看见灾难，可是有谁敢说，有朝一日，灾难不会站在他的面前狞笑呢。

灾难来了，怎么办？

恐惧、流泪、无助，这大概是最初的反应吧，然而以后呢？

是屈服、退缩、放弃、听任命运的蹂躏，还是抗争，力不从心希望渺茫地进行抗争？

不要轻易指责那些选择放弃的人们，选择抗争实在比选择放弃还要困难百倍。但是，只有抗争才有希望，才能赢得人生！

《就这样，我们赢了！》说的就是一个与灾难抗争的故事。

一个安静爱动脑筋的9岁男孩，突然患上了可怕的血液病。他的父母在经受最初的打击后，义无反顾投身到与病魔的抗争之中。抗争长达三年，最终的结果是——赢了！驱赶了病魔，孩子恢复了健康，家庭恢复了欢笑。

但抗争的过程却是如此艰难，希望永远在看不见的前方。100天的生死抢救，三年多的持续化疗，骨穿、打鞘、禁食、化疗……伴随着疼痛、脱发、呕吐、高烧和焦虑、沮丧、无奈、挣扎……这是他们的长征，如同冲破封锁线，还要爬雪山，还要过草地……

真像在与死神拔河，不敢有一点的松劲，不能有一点的泄气。好在父母有信心，好在男孩很坚强，好在和许多的亲人、朋友、同事、医生、小伙伴一起努力。终于，绳子缓慢地，然而却是一寸一寸向自己一方移动，希望的曙光越来越明亮。

有一种很笼统的说法，认为磨难可以造就人才。其实并不一定，磨难往往会吞噬

朱少飞(右一)、刘政屏等合影(2009.1.1)

人的意志，很多人会因磨难而抱怨生活、随波逐流、消沉堕落。事实上，只有在磨难中挺直腰杆，勇敢战胜磨难的人才能迎来光明的未来。

因为看到很多患儿缺乏品德教育，病区主任曾痛心地说：“这些孩子就算治好了病，也会废掉。”男孩的父母认识到：“磨难是老师——一位我们不喜欢、不愿意遇见的老师。”他们下定决心，不仅要让孩子在磨难中生存，而且要让孩子在磨难

中收获成长。因此，在与病魔的生死搏斗中，他们没有忘记给孩子心灵点上一盏爱的明灯。

书中描写了小男孩的明理懂事、自强不息：禁食时如饥似渴的读书、睡在病床上画九大行星图、化疗期间参加数学竞赛……

书中有几个章节讲述人世间的温暖：父母为了孩子竭尽了全力；病房里、校园里，孩子之间相互关心与友爱；地下招待所、列车车厢、医院走廊……无数相识和不相识人的热情相助……

这就是爱的力量，这就是永不放弃的信念。所以，他们赢了，不但赢了，而且赢得彻底！

《就这样，我们赢了！》大概算是一本励志书，但却不是那种故作惊人的说教，不是那种寻章摘句的泛泛而谈，而是一个父亲，面对已经长成18岁的儿子，讲述的一段刻骨铭心的往事。书的语言朴实无华，却跌宕起伏、充满了感情，使得这本书更具有感染力，更能够给读者以启迪。

这本书，值得孩子去阅读。漫长的人生之路，谁都希望它风和日丽、鸟语花香，但往往却是危机四伏，不知会遇到什么样的狂风暴雨。未雨绸缪，应该及早地给孩子们进行磨难教育。读了这本书，不能说孩子就可以战胜灾难，但起码会增添一些勇气。

这本书，更值得家长去阅读，当孩子遇到灾难，父母当然要挺身而出，勇敢地与灾难抗争。但抗争不是一句空话，如何坚定信心，如何配合治疗，如何指导孩子去克服困难，如何给孩子浇灌感恩仁爱的雨露……这本书都提供了极其宝贵的经验。

生命的奔跑

柴岚绮

对某些疾病的朦胧认知，居然是通过电视剧了解的，譬如小时候看山口百惠演的《血疑》，感动得一塌糊涂，也因此知道了有些不常见的血液病，能够造成生离死别——然而，生活往往不是电视，大多数人都在阳光下，温和地过着朝九晚五的非传奇日子——但是2000年的某一天，有个坏消息在四牌楼新华书店高大古老的廊道间传递——我的同事刘政屏，他的儿子得了一种可怕的血液病。

几乎所有同事在知道的那一瞬间，都陷于一种难以相信的沉默，这种遥远的该在电视剧上出没的剧情，竟发生在了我们无比熟悉的某个人身上——尤其，这个得病的叫作壮壮的男孩，刚刚9岁，聪明伶俐，爱读书，读到"小书虫"的地步，没有哪个认识他的叔叔阿姨不相信，他有未知而远大的前程。而这个孩子的父亲，一个整洁的书生气男人，还有他的喜欢微笑的妻子，他们看起来都是那么文弱，他们将如何去担当，去面对？

当大多数人还在震惊时，刘政屏已经第一时间带着孩子千里迢迢去了北京，度过艰难的求医一百天，打了第一个回合的胜仗归来。再然后，每年至少两次北上复查治疗，直到2005年8月，病魔彻底被这顽强的一家人击垮——所有关心的人，都跟着舒了一口气。

我们仅仅知道这一家人的努力有了奇迹般的结果，并不知道在这结果背后，他们曾经付出怎样的辛苦——若干年后，刘政屏在新书《就这样，我们赢了！》里，终于可以心平气和地回顾那段刻骨铭心的日子了。

一口气读完这本书，有许多令我感动和难忘的小片段——

到北京住进儿童医院的第三天，残酷的化疗就开始了，因医院不准陪护的规定，父母只能在规定时间到病房探视——把那么小的孩子孤身丢在医院，自然难以接受，而当刘政屏夫妻早晨匆忙赶到病房，只看到一张空床时，是一种被恐惧死死掐住了脖子的感觉——虽然事后知道孩子是被护工领去检查了，只是一场虚惊，但这段描写还是让我强烈感受到，这对表面坚强的父母，内心深处的软弱和恐惧。

壮壮孤身在医院，父母在外东奔西跑想找一个相对便宜而又近的住处，终于搬进医院的地下招待所，壮壮高兴极了，每天无数次走到病房窗前，朝地下招待所的方向看——虽然根本看不见什么，但想到爸爸妈妈就在离自己不远的地方，心里就好受一点。

化疗期间要禁食好几天，对一个孩子来说，是一件无比痛苦的事，而壮壮是在《中华活页文选》和《2000 年吉尼斯大全》的陪伴下度过这难熬的日子的——书籍成了这个绰号“书虫”的孩子打败病魔最忠实的同盟军，在结束首期 100 天的治疗回合肥时，这一家人同时还带回 100 本大大小小的书。

曾经的苦难在如今更加懂得惜福的刘政屏笔下娓娓道来，情景和原音重现，作为读者，心跟着文字一起忽上忽下，好像某首流行歌唱的——你要相信，相信我们会像童话故事里，幸福和快乐是结局——在故事的结尾，我们看到——壮壮赢了！和疾病赛跑的路上，这平凡而又伟大的一家人，以他们的坚守和执着，信念和勇气，越过重重障碍，相携手努力奔向比赛终点，领先敲响了希望的钟！

读完这本书，窗外是多日阴雨后久违的阳光，桌上的文竹新窜了嫩芽出来，脆生生的绿，对面居民楼的后窗，张贴了崭新的“囍”字，是谁家有了喜事——生活真好，而我们每个人，都该珍惜这最平淡最真切的幸福。

以父亲的身份去“战斗”

——读《就这样，我们赢了！》的杂想

王剑飞

一个闲来无事的下午，我在省图书馆里走马观花。一个叫作《就这样，我们赢了！》的书名闪现在我面前，作者是刘政屏。哎，这不就是经常联系的那位新华书店的刘经理（我们更习惯称呼他为“刘老师”）吗？温和的微笑——刘老师的招牌表情，立刻浮现在我眼前，他赢了什么，他怎样赢了？好奇心窜上心头，我的手情不自禁地取下了这本书。

后来事实证明我取下的不仅仅是一个兄长著的书，这分明是一颗流淌着柔软慈爱的父爱之心，那个成天笑眯眯的刘老师，原来在这温和的背后，居然藏匿着一个如此令人瞠目结舌的亲身故事，一幅幅照片，一段段感性的文字，让我看到了一个以战士身份而存在的父亲。

这是没有硝烟的战场，读者自始至终没有在书中看到敌人的真实身份，只有一种可怕的描述——一种严重的血液病，虽然没有标明，但是战士在书中的经历、表现和遭遇，让我们可以想象，这是常人难以承受的病魔，而病魔的存在、活动、变异和跳跃，都无法预料，也难以完全按照计划去控制。普通的战役，可以毕其功于一役，奋力斯杀，冲出血路……而对于儿子体内血液里的病魔，首先这个战士要经受精神上的摧残和折磨……煎熬，是这个战士首先要面对的。

“爸爸不像你妈妈那样整天流着眼泪问，为什么我们的孩子这么倒霉，偏偏患上这么一种可怕的病。爸爸一直是心存侥幸……因为有这样的一种想法支撑着，爸爸始终没有绝望，始终能镇定自如地面对一切。”镇定与微笑是这个战士的重要武器，我知道，夫人的泪水、儿子化疗落发、一针针“门冬”，我相信这位战士肯定是憋

了一肚子的眼泪，可是他一定咽下去了。咽下了眼泪的脸上始终挂着的是笑容，这笑容也就是他的武器，用这样的武器去摧毁病魔的肆虐。突然想起一句话，叫作“罗汉金刚怒目，不如菩萨低眉”。我认为，张牙舞爪的对抗爆发出的力量，不如在亲人遭遇病魔折磨时候的一个坚定的微笑背后所蕴含的能量大。

这个微笑的战士是一个父亲。忍不住想起关于写父子的文字。

头一篇自然少不了的就是朱自清的《背影》。父亲买橘子，儿子掉眼泪，却不忍让老爸看见，这平淡无奇的生活小情节里，在父亲沉默的背影里，在儿子抹去的泪水里，我看到的是电闪雷鸣般的父子情。

王剑飞、刘政屏合影（2014.9.12）

周国平先生的《妞妞——一个父亲的札记》，同样出于一个父亲之笔。女儿妞妞出生不久遭遇了病痛的折磨，不过妞妞很小，可能无法体会痛苦，而父亲眼见着孩子一步步与病魔的抗争，让人不禁落泪动容。实际上，周国平是个研究哲学的学者，毫无疑问对世间不少事情有着深刻的理解和参悟，然而面对骨肉的病魔，却让他经历了一段人生里最黑暗最折磨的时光。

对于刘政屏老师来说，对他这个原本非常幸福温馨的家庭来说，突然降临的噩梦他又何尝预料到。不过，与朱自清和周国平有一点不同的是，刘老师把痛苦和折磨藏在了文字的背后，我在书里，看到的更多的是壮壮的笑容，一家人笑眯眯的幸福合影。刘老师用与孩子聊天的口吻娓娓道来，仿佛许多年后在跟儿子促膝聊天，把当年的一幕幕娓娓道来。虽然病魔步步紧逼，但书里尽管谈到在北京的找房子，吃快餐，还有一些担惊受怕，不过语调里蕴藏着一股和风煦日的感觉，这磨难分明成了今天的财富。一个父亲的宽广、温和，还有可以依靠的伟岸，尽显其中。

作为一名记者，曾多次去医院采访。在省立儿童医院，我遇到过这样一个父亲：他拿着孩子的病历，泪流满面地央求我，救救他孩子，可是我在他眼中、在他脸上，读出的是绝望，一场战争还没打响，这位父亲其实已经输了。《就这样，我们赢了！》这本书记录的是刘政屏老师家庭的个案事件，其实，他的亲历也已经超越了个案。有类似遭遇的家庭其实还有很多很多。遗憾的是，我在医院里听说过，有一些父母在孩子遭遇可怕病魔后，因为经济，因为绝望，或者因为种种原因与胆怯的借口，就选择了默默离去，选择了放弃。但刘老师用亲历的经验告诉大家，只要不放弃，就一定有机会赢。而这本书，对于有类似遭遇的家庭来说，不啻是一本非常值得一读的励志作品。对幸福的家庭来说，阅读这样一本作品，在书中体验一回让人惊心动魄的拯救之旅，也会对家庭有了另一番体悟。

其实，从另外一个层面上考虑，这也是遭遇意外折磨后的一种生活态度，对生活价值的判断方式和对生活意义的思考。阅读这本书的过程，其实也是哲学拷问的过程，我们需要怎样的生活，面对生活中常常不期而遇的恶魔，如何面对，如何生存和对抗？刘政屏老师用自己的亲身案例，探讨了一种追索和方式。所以，我在书中看到了这样的一句话：“一个人如果不在生活中落到一个很低的状态，他是不会看清许多问题，弄清许多道理的，他也不会以一种感恩的姿态，去珍惜眼前的生活。”后来，我了解到，在赢了这场没有硝烟的战争之后，刘老师还成了一名造血干细胞捐献者，在繁忙的工作写作之余，还把这样的公益活动作为另一项事业来忙活，被媒体称为“安徽志愿捐献骨髓的先行者”。

在一个天气不错的上午，在安徽图书城举行的签售会上，刘老师忙活工作的间隙，跟我聊起他的宝贝儿子，说到儿子读的书比他多的多了，知识面非常广泛，经常把老爸说得是一愣一愣的，简直就是个“小博士”……在这个“战士”的脸上，依然是那温和的微笑；在这个父亲的脸庞上，流淌着满满的幸福。

为胜利而歌

解明贵

认识政屏兄是在 2006 年 6 月,我已记不清是 6 月的哪一天,但我记得是政屏兄他们“写家部落”出书的时候,合肥电视台为他们专门做了一期节目叫《出书了》。那天,我很高兴地被晨报的副刊主任戴煌老师请去做嘉宾。在电视台里也是第一次和政屏兄见面,对他的第一印象就是他书生气比较重。中午,政屏兄做东,在饭桌上他赠我一本刚出版的新书《月明风清》。后来,看了《月明风清》后我才知道政屏兄的儿子壮壮在几年前得了一种很严重的血液病,经过不懈的努力和他们坚强的毅力终于战胜了病魔。2005 年 8 月,他们也终于决定不再北上去医院复查了,壮壮的病也彻底好了,他们的天空终于晴了,所以他出了一本书叫《月明风清》,他们一家的天空也是“月明风清”。

2009 年政屏兄为他 18 岁的儿子写了一本书叫《就这样,我们赢了!》,作为他儿子 18 岁的生日礼物。当我拿到政屏兄赠我的新书,我认真地翻看。新书里详细介绍了壮壮从生病到康复的全过程。书中也让我看到了一对伟大的父亲母亲和一个意志无比坚强的儿子。我非常感动他儿子超越年龄的坚强。我也曾和死神擦肩而过,2007 年 5 月我不慎从三楼上摔下,摔断了脊椎躺在病床上好几个月,虽然保住了性命,但是我吃了不少苦头。后来,经过我不懈努力和坚持锻炼才站了起来,终于能走出家门去接触外面的世界,当时医生认为我可能站不起来了,所以,我的亲戚朋友都夸我的意志坚定。可是,当我看到书中生病的壮壮是个才 9 岁的小学生,从骨穿到化疗再到打鞘,哪一次都是苦不堪言,就连大人都难以忍受这种痛苦,何况他才是一个 9 岁的顽童,而且每次痛苦的打鞘过后都要平躺近三个小时,这对于一个 9 岁的孩子来说是要付出多大毅力。比起 9 岁的壮壮我的痛苦也就微不足道了。是啊！壮壮的治疗过程是多么的艰难，如政屏兄背儿子上火车前走在环城公园的背影就让人很感动，当时在他心里也没有底，他甚至难以预料他儿子的结局会是怎样，他深刻地理解人生之路走得太难，比上天还难，那一串串足迹里都溢满殷红的鲜血。在儿子治病的一百天里政屏兄已是心力交瘁，看到他和儿子在化疗时的合影照片就能看到政屏兄在当时已是憔悴不堪，那 100 天对政屏兄及家人来说就是一场噩梦，我想他们肯定不会再去回忆那段阴霾笼罩的日子。

解明贵、刘政屏合影(2005.10.28)

这些年，风也过，雨也走，有过苦，也有过痛，终于是苦尽甘来，云消雾散，天终于晴了，月也明了，风也格外地清爽，一切苦难都过去了。我也祝福壮壮的明天会更好。最后，让我为壮壮唱两句张雨生的《大海》："如果大海能够带走我的哀愁，就像带走每条河流，所有受过的伤，所有流过的泪，还有所有的痛，请全部带走。"这首歌送给壮壮，也送给那些和壮壮一样远离病痛的人们。

把磨难变成我们的财富

——《就这样，我们赢了！》再版序

陈桂棣

读完刘政屏这本书最后的一行字，掩卷之后，我最想说的就是三个字：很感动。

他写的是他的家庭突如其来遭遇到的一场灾难，像一座大山，顷刻之间压了下来，猝不及防，又别无选择。这让我想到鲁迅先生的一句话："因平常，所以和我们更密切，更有大关系。"鲁迅说的"平常"，当然指的是平常人常会遇到之事。尽管政屏遇到事，于他，于一个家庭，绝非"平常"，可以说是天塌了下来，但是在我们日常的生活中，各种各样的灾难，其实是防不胜防的：汶川、玉树地震，三聚氰胺事件，问题疫苗，口蹄疫，病魔以及车祸，等等。谁也保不准就不会遇到这类"天灾人祸"，因此，政屏的这本书，对于我们的生活，就显得弥足珍贵。

政屏不是职业作家，但是细读这本书，就会发现，他的文字是比较自由舒展而又明白晓畅的。乍一看，平铺直叙，逐渐写来，并无遮瞒，也不装点，也正因此，方显其真实，透出了真情，读到了他捧着的一颗心。

2000年7月6日，这对他和他的家庭来说，是一个刻骨铭心的日子。儿子壮壮骨穿化验的结果宣告了一个无情的事实：患上了一种严重的血液病！书的开篇，开门见山，波澜不惊，但紧接下来的一段文字，就开始打动我了。他写道："震惊、悲伤、泪水都改变不了这个事实，我们能做的，就是坚强起来，寻找战胜病魔的办法。"并不是豪言壮语，话也相当朴素，却不由得让人肃然起敬。因为，战胜病魔的办法，是医生需要寻找的，况且，这种血液病，以现有的医疗手段治愈的几率非常小，但政屏就是这样的自信，正是这份自信，才会有了如此自豪的书名："就这样，我们赢了！"

我们并不惊讶于他把"一名身陷绝境的聪慧男孩，一对决不放弃的坚强父母，

陈桂棣、春桃与刘政屏合影(2010.5.1)

共同演绎的一个刻骨铭心的故事”写得那样细，细致入微，甚至，显得琐碎。但必须承认，正是这些看似流水账的细枝末节，让我感动，并且相信奇迹的发生是必然的！细细品味那些看似不经意的“过程”的陈述，让我们读到了一种力透纸背的执着、勇气和责任；那些不厌其烦的文字，其实，恰恰是会让铁石心肠的读者也为之动容的。

作家潘小平曾扪心自问：“如果是我，我撑得下来吗？”她的结论是：“不定就放弃了。”

我要说，不止于潘小平，绝大多数人，绝大绝大多数人，恐怕都很难“撑得下来”。这并非因为大家缺少爱，缺少信心，实在由于人们对病理的认识处于无知，当今医学水平又不能给出明确的结论。可是政屏没有放弃自己的努力，而是让我们看到了义无反顾的决断和战则必胜的信念与勇气。

“磨难是老师—— 一位我们不喜欢、不愿意遇到的老师。”

“孩子的到来，不仅仅是给你带来了忙碌和负担，也许他还是来帮助你，让你有更多的历练和作为，你要感谢他才是呀。”

——说得多好！这是怎样的一种境界！

“人是需要有点精神的。”这话，过去常被人们提起，随着商品经济的呼啸而来，现在人的“精神”已日益庸俗化、货币化了。而政屏的这本书，正是给了从事各行各业的读者，都需要有的一种从容，一种果敢，一种不怨天、不尤人的清醒，以及每临大事应该有的静气。

我曾经说过：人是需要有梦的。

壮壮身陷绝境，政屏没有放弃，没有放弃是因为“揣着希望”，有此希望，天塌下来也是敢“顶”的。结果，梦想成真：壮壮有惊无险，或是说化险为夷。因此，可以说，“赢”得病魔的，是政屏夫妇二人浓得化不开的爱。爱是人类的第二个太阳，壮壮拥有两个太阳，所以，他和他的父母一道，终于创造出了奇迹。

我们在书中读到的，其实就是一个大写的“爱”字。并且，父母的爱，又传递给了儿子壮壮。一个不到10岁的孩子，面对常人也难以忍受的痛苦，他不仅“撑下来”了，表现得异常勇敢，而且当看到别的孩子因为缺钱，不能继续治疗甚至放弃治疗的时候，他告诉爸爸：“我将来长大了，一定要挣好多好多的钱，用它们来帮助那些没有钱看病的人。”

我们发现，在磨难和爱的历练与熏陶之中，须臾之间，壮壮就已经长大了！

我还注意到，政屏对康复后的壮壮提出了五条要求。这五条要求，其实应该被看作是对中国的每一个孩子，甚或是对每一个中国人说的。因为“宽容”“友善”“学会尊重”，这些似乎已经在我们的生活中成了稀缺物。在今天物欲横流、人情淡薄、道德沦丧、一切“向钱看”和“向权看”的浮躁的世俗社会，政屏对孩子的此般寄望，令人感佩。

我相信政屏这八年间要讲的故事，会有很多很多，而我们看到的，不过只是“它们中的一部分”。即便就是这“一部分”，我们还分享到了其间他和壮壮结交的一帮新朋友的喜悦，这些故事不仅为全书增添了感人的“花絮”，也触发起我们不少思考。

总之，这本书看上去写的还是十年前的旧事，读起来却一点没有“历史”感；写的虽然只是发生在政屏一家或身边的故事，我不得不说：这是一本值得家长和孩子们都读一读的好书。这是一本励志书。

父亲的臂膀

——读“大丈夫”刘政屏

东　子

几天前，对我来说“刘政屏”还是个陌生的名字，而今已是熟人一个。让我熟悉他的是一本名为《就这样，我们赢了！》的书，从这里我走近了这个与我同样肩扛“父亲”名号的男人。

5月的皖中已是夏意浓浓。应安徽教育出版社之邀，5月13日下午，东子足落安徽省府所在地——合肥。与前来接机的出版社的朋友简单寒暄之后，迅即赶赴中国科技大学附属中学，开始了安徽全省巡回签售的首场讲座。

晚上，安徽教育出版社社长朱智润先生设宴为我接风，入座后，朱社长指着一个文弱的中年男子说：“刘总，你坐这，挨着东子老师。”“对，你也是作家，作家挨作家沟通方便。”推却了一番后，他欣然坐在了我的右首。坐定后，他边赞赏我的讲座边递给我名片：合肥市新华书店有限公司市场营销部经理——刘政屏。旁边的人同时附和着：“刘总可不只会卖书，而且还能写书，是出版了好几部作品的作家。”作家相见，可谓惺惺相惜，那一晚我们聊得很畅快。

从谈话中得知，这个卖书的作家长我几岁，有一个曾患过严重血液病（尊重他的意愿，本文隐去病的确切名称）的儿子，为了这个孩子的生命与健康，他同妻子历尽磨难，倾尽所有，把孩子从鬼门关里拽了回来，并将这段人生经历写成了一部书，作为送给儿子18岁生日的礼物。

翌日，我分别到瑶海区的螺岗小学和包河区的南园新村小学做活动，政屏兄全程陪同，并将记述为儿子治病历程的书——《就这样，我们赢了！》及另一部介绍合肥文化的书送给我。当夜我就拿起了《就这样，我们赢了！》。此后几天的签售路上，每天我都挤时间看上几段，直至回程的班机上全部看完。

这是政屏兄用爱浇灌、用心铸成的一部作品，我是噙着泪感受每一段文字的，有些段落让我泪流不止……

儿子，经过100天的生死考验，你的病情终于得到了有效控制。

你还记得在那漫长的100天里我们全家人所经历的一切吗？

你记得住院的第一天，爸爸妈妈很伤心很无奈地把你独自留在病房时的情形吗？

你记得你想念爸爸妈妈时，就到病房的窗前向着爸爸妈妈住的方向久久地张望吗？

儿子，你还记得在你连续禁食7天后，用极其微弱的声音一遍遍说着“爸爸，我饿呀”？

你还记得第一次掉头发时，爸爸是如何的仓皇、无助，可又要强作笑脸地安慰你吗？

你还记得结束了三年的化疗，我和你妈妈当时的感觉吗？我们三年来经历的所有苦难在那一刻全部变得微不足道！

那是十年前的一个夏日，政屏兄刚满9岁的儿子壮壮被诊断患上了一种严重的血液病。

这是一种人人谈而色变的血液病，尽管以现在的医学水平，已经有着较高的临床治愈率，但治疗的过程危机四伏、惊心动魄，灾难随时都可能降临。可就在这样的情况下，政屏兄毫不退缩，以书生般柔弱的肩膀，毅然扛起这突如其来的灾难。因为他深知：震惊、悲伤、泪水改变不了这个事实，能做的就是坚强起来，寻找战胜病魔的办法。

在自己痛苦万分的时候，作为家中的男人还要安慰妻子，瞒着孩子和老人，心中承受的是一种怎样的痛啊！尽管书中政屏兄从未言说过这种痛，但我却能真切地感受到，在灾难面前他呈现给挚爱着的家人的坚强。

因为他是男人，是丈夫，是父亲，是儿子。

男人就要顶天立地，丈夫就要给妻子臂膀可倚，父亲就要为孩子遮风挡雨，儿子就要让老人安心所养。灾难来袭，男人就应是妻子、儿子及年迈父母的天。我也曾这样告诉过我的孩子：有爸爸在，你什么都不要怕！

东子(左二)、刘政屏等合影(2010.5.13)

父亲是孩子力量的源泉，如果面临灾难，父亲先倒下，妻子会怎样，孩子又会怎样？可生活中却不乏这样的父亲。

正如安徽省作家协会副主席潘小平女士在序言中写的那样：当灾难降临的时候，并不是每个父母，都有和孩子共同承受苦难的勇气，也不是每个父母，在突如其来的变故面前，都能够始终保持冷静、决断和清醒的头脑。

文弱大丈夫刘政屏做到了，所以他赢了！

他赢在他的果敢，赢在他的坚持，赢在他的坚强，赢在他的爱……

刘政屏用他的爱写就了儿子的未来。一个外形看起来并不高大魁梧，甚至可以说有些孱弱的皖中男儿——刘政屏，为“父亲”树立了新的高度。人性之美，人性的光辉，在一个平凡的父亲身上得以淋漓尽致地体现。

政屏兄在书中不止一次地告诉儿子壮壮，要知道感恩，要勇于承担责任。他在言教于子的同时，也正在身体力行地践行他的感恩、他的责任。

大难方显大爱，他爱他的儿子，爱他的妻子，爱他的父母，爱他的朋友，爱他的同事，同时这些人也将爱回馈于他，于是他成了富有的人。

> 儿子，你知道吗？虽然有心理准备，但是真的面对你日渐飘落的头发时，爸爸心里还很不是滋味，有一种要哭的冲动……
>
> ……眼泪一下子涌了上来，在异地他乡，妻子就是我的家。那一刻，我感到患难中的妻子是何等重要……
>
> 远在北京为孩子治病，不能在父母床前尽孝，我就委托我的同事去看望……

政屏的字里行间，流淌着涓涓父爱，款款深情，浓浓孝意。有这样的父亲，当是孩子之乐；有这样的丈夫，当为妻子之幸；有这样的儿子，当属父母之荣。

为了孩子，为了家，愿我们的生活中多些刘政屏式的父亲。

真实·真情·真知

——读《就这样，我们赢了！》

黄书泉

摆在我面前的是这样一本书：它不是小说，不是诗歌，也不是散文，但却具有小说般的生动叙述，诗歌般的充沛情感，散文般的议论风生。更重要的是，它叙述的是一个父与子共同托举生命的真实故事，一场作者亲身经历的家庭灾难，一段作者刻骨铭心的人生历程；它抒发的是作者亲身体验的至情至爱，与作者生命融为一体的亲情、友情和爱情；它议论的是从作者独特的经历中产生，并被作者真切感知、感悟到的社会人生道理。就这样，当真实、真情、真知被紧密地结合在刘政屏的《就这样，我们赢了！》（安徽人民出版社，2010 年，以下简称《赢了》）这本书中，就使该书远远高于一般意义上的“励志书”或“文学作品”，而对不同年龄、层次、身份的读者都具有一种强烈的震撼力、一种浓厚的感染力、一种深刻的启示性。

著名作家石楠在读了该书后，情不自禁地写道：“一本好书就是一轮太阳啊！这本书将会像太阳一样给那些面临灾难的人们以温暖以激励以鼓舞，勉励他们勇敢地与灾难斗争，去征服灾难战胜灾难。”诚哉斯言！

真　实

恻隐之心，人皆有之。当我每一次从媒体上看到一些儿童身患各种绝症的报道后，常常忍不住要去揣测、想象：当这样巨大的灾难降临时，孩子们的父母会做出怎样的反应？他们会做出怎样的选择？他们的内心经受了怎样的煎熬？他们的生活又承受了怎样的磨难？……我从消息报道的片言只语里无法感性地、真实地、具体地了解这一切，而这些家长自身也很少去叙述这一切。正是如此，当身为作家的刘政屏在自身经历了这一切后，又将之形成文字，首先便以其无可替代的独特的真实性深深地震撼、吸引了我。

黄书泉、刘政屏合影(2014.8.28)

真实是无须修饰的。刘政屏以朴实无华的文字，以向儿子亲切谈心的语气，回忆、叙述了曾经发生在他的家庭的“一名身陷绝境的聪慧男孩与一对决不放弃的坚强父母共同演绎的一个刻骨铭心的故事”：八年前，当儿子被确诊患上了一种严重的血液病时，父母的震惊、悲伤与泪水，之后的义无反顾地进京求医治疗。100天的住院，儿子承受了一次次手术的痛苦和生死考验，父母则经历了一次次的“内心的绝望与恐惧”“揪心、担心、操心”，伴随着的是从院内到院外，从治病到生活的无尽的操劳忙累。其后的三年，父亲带着儿子，又一次次地北上，一次次地住院检查、治疗，路漫漫其修远兮，是“决不放弃”的信念在支撑着全家，是父母杜鹃啼血般的精神创造了奇迹。当儿子进入恢复期时，父母殚精竭虑，创造一切条件，促使儿子健康、快乐地成长……这一切，我们这些“局外人”读之都常常不能自已，设身处地，当事人该经历、承受了怎样的心灵煎熬与人世磨难！难怪作家潘小平在读了该书后反复自问：“如果是我，我撑得下来吗？”她坦言：“要是我，我说不定就放弃了。”(见潘小平为该书所作的序)就是作者本人，在回顾这一段往事时，也是“心有余悸”。诚如他的夫人自言道：“回顾当时的经历，写这样的文字，的确是一件挺痛苦的事情。”但是，作者还是把这一切写了出来，不仅仅是为了给儿子留下一份回忆，教育儿子，还“期望读过这本书的每一个人，在了解我们的故事的同时，都能够有所收获和受到启发。人生的路很长，怎么样去走好它，特别是在灾难来临的时候，怎么样去面对，如何调整自己的心态和状态，是我们每一个人都要思考和准备的。而我们看似单调的、祥和平静的生活，又是多少人梦寐以求、苦苦追寻的目标”。在我看来，作者并不是想用文字来布道说教，而是他相信他所经历、体验的这一切本身就具有启迪人心的意义，他只要真实地叙述出来就够了。这就是真实的力量。

当然，作为一部文学性的作品，《赢了》的真实性还来自细节的真实，这是消息报道所不具备的还原生活本色的真实。当我们读到书中的这样一些细节：7 月（酷暑）流火，父亲抱着生病的儿子，挤在北京的公交车里，奔跑在医院的楼上楼下；为了互相安慰鼓励，父子俩常常躺在医院病房里相拥相抱；父亲虽然毫不犹豫地在化疗治疗协议书上签了字，但还是抑制不住内心的绝望与恐惧；当经过化疗的儿子头发像秋天的枯叶大把大把脱落时，父亲既为治疗的效果欣喜，又悲伤得想哭；已经是零上 4 度的 10 月，为了节约开支用来治疗，父亲还穿着一双破了底的皮凉鞋到处奔走，内衣晚上洗过白天再穿；在北京等候陪伴儿子治疗的日子，父母住在简陋的出租屋子里，每天三餐就靠烧饼和西瓜充饥与解渴；而为了给儿子补养，父母在极其艰难的条件下做出了两百多顿可口的饭菜，有时为了炖一只鸡或鸽子，整夜睡不好觉；春节出院，思家心切的父子在列车上度过了难忘的除夕之夜……一个真实的父子共同托举生命的故事那么真切、具体、生动、形象地展现在我们面前，使我们感慨、感动！总之，唯其真实，作者才能写出书中那些生动、感人的细节；而这些细节，无疑更增添了该书的感染力。这也是该书最能征服读者之处。因为真善美，真是基石，唯其真实，才见真情，才出真知。

真 情

当刘政屏作为当事人亲身经历、体验了那一段刻骨铭心的往事后，重新向儿子（也是向广大读者）讲述这一切时，他在这段难忘岁月中积蓄的种种真情实感便会喷薄而出，流淌笔端，力透纸背。于是，不需要语言的雕琢，不凭借任何煽情的表白，《赢了》便成为一本充满真情、感人至深的用爱谱写成的书。

父爱如山，母爱似海，这是该书最动人心弦的篇章。作者真实地写出了自己在得知儿子患上绝症后内心巨大的痛苦、恐惧与犹豫，甚至绝望，但更写出了作为一个男人、丈夫和父亲的果断的抉择、勇敢的担当、决不放弃的信念、无怨无悔的操劳、熬尽心血的磨难、脱胎换骨般的重新安排自己的生活和改变自己性格，以及无微不至的悉心照料，言传身教的循循善诱。当作者在书中描述这一切时，没有诉苦，没有抱怨，没有豪言壮语，没有自我标榜，我们读到的是这样一些朴实无华的语言："当这一切全部都在爸爸这儿集中的时候，爸爸的处境可想而知。""有一点爸爸是很清楚明白的，那就是不管多苦多难，一定要治好你的病，让你拥有健健康康的生活。""那时候，无论是你还是爸爸妈妈，真的都挺难的。""心疼得不得了。""爸爸必须忍着，爸爸必须坚强，在爸爸看来，自己不能够也没有这样的时间去发泄自己的悲苦。""爸爸为了能让你比较顺利地躺上 2～3 个小时，真是费了不少的心思和精力。""你当时的那一句话，让爸爸激动欣慰得不得了。""儿子，爸爸妈妈真是没办法不怕呀！""爸爸只有一个心思，为治好儿子而全力以赴，拯救他的生命。""儿子，为了你，爸爸真的有很大的改变，不会做、不想做、不敢做、不屑做的事情，只要是对你有益处，爸爸都会去做，而不去考虑其他。有时想想，还真是要感谢你，因为是你，让爸爸成为一个更为自信、勇敢、内敛、宽容的男人。"……透过这些朴实的、口语化的语言，我们不难体味出一个对儿子怀着挚爱的父亲丰富的内心感情和所经历的种种他人难以体验的磨难。大音无声，大巧若拙，大爱无言，作者的那种在危难之中的对儿子的挚爱已经力透纸背地表现在他的这些貌似平淡的叙述中，用不着任何修饰雕琢，便会深深地感染人。正所谓：“从喷泉里出来的都是水，从血管里出来的都是血”。

本书题为“就这样，我们赢了！”，作家陈桂棣在读了该书后深有感触地说：“可以说，赢得病魔的，是政屏夫妇二人浓得化不开的爱。爱是人类的第二个太阳……”（见该书再版序）对此我深以为然。从这个意义上讲，该书不是在讲述一个父母给儿子治病的故事，而是一首真挚感人的爱的诗篇。父子之爱、母子之爱、夫妇之爱、家庭之爱、亲情之爱、同事之爱、朋友之爱、病友之爱，这一切在平淡、平静的日常生活中或许并不凸显，并不能被我们深刻感知体验，相反，我们的情感在单调的庸常生活中日益变得粗糙、麻木。儿子的生病像一道闪电，照亮了这一切，深深感染了作者，留下了刻骨铭心的情感记忆，遂形诸文字。于是，爱的暖流流淌在全书的字里行间，也流淌进读者的心田。人们常说，生活中总有一些东西令我们泪流满面，我想大概指的就是书中所描绘的这种在危难时期由挚爱构建的情境吧。

真　知

《赢了》不仅强烈地感染人，还深刻地启迪人。作为一本“励志书”，《赢了》当然没有多少深邃的思想和玄奥的哲理，但也绝无时下流行的“励志书”“修养书”里的那些矫揉造作的激励套话、居高临下的道德说教、隔靴搔痒的人生指导。反之，由于作者是以自己的亲身经历为依据，是从自己的真情实感出发，是向自己儿子吐露的肺腑之言，书中在叙述过程中阐发的一些对生活、人生与社会的看法才如此真切、具体、实在、犀利、富有针对性。请看：

在经历了对儿子的病由情绪化产生的绝望到理性判断看到希望的心路历程后，作者深有感悟地对儿子说：“爸爸感觉一个人在看问题时，的确有一个立场和方法，抓住正面的、主要的，就会有别于那些简单、冲动的判断，就会理性、全面地看问题。”

从医院里那些患着同样疾病，但家长却采取了不同态度的儿童的不同命运身上，作者沉重地思考着“继续还是放弃”这个摆在每个患儿家长面前的严峻问题：“‘继续’，就意味着要继续过一种心力交瘁、漂泊不定的生活，继续一种必须付出许多体力和金钱，但并不能够得到一个肯定结果的博弈。但如果‘放弃’，就意味着他们将掐灭一切希望，彻底放弃一条生命——他们孩子的生命。”作者得出的结论是：“人生在世，要有所担当，也应该有所担当。”

而对于作者在医院里看到的另外一些家长，因为孩子生了病，便溺爱放纵，他同样表示忧虑，认为这是对孩子的另一种放弃，他十分赞同医生的话：“这些孩子，即便是治好了病，人也废了。”所以，他和家人在抓紧给孩子治病的同时，一刻也没有放松对孩子的引导、培养与教育，儿子壮壮才会将读书视为一种幸福。

当作者看到由于一些医护人员缺乏责任心和职业道德而给病人带来痛苦和损失的情形时，作为一名感同身受的病人家属，他由此联想到职业教育的重要，发出这样的感慨：“如果护校和医院在职业道德的教育、维护与加强上不重视，不作为，或者根本不去做这件事的话，那么，你怎么指望她们会成为一名好护士？”与此同时，针对耳闻目睹的一些由于医生业务水平差而导致的误诊错治情形，作者认为：“一个人光有一副好心肠还是不够的，他还必须有一定的本事（能力），否则，他基本上徒有一副好心肠。”作者希望医生都是“有能耐的好心人”。

在家庭经历了这一场危难之后，作者对于幸福、成功、得与失等等人生的真谛有了许多新的感悟和理解。他写道：“一个人如果不在生活中落到一个很低的状态，他是不会看清许多问题，弄清许多道理的，他也不会以一种感恩的姿态，珍惜眼前的生活。”“一个人一辈子不可能总是一帆风顺的，他如果只能在顺利的时候过好生活还不能算是成功的，如果他能够将不顺利的生活过得像模像样，那才是值得羡慕和骄傲的。”

爱是可以互相传染与传递的。作者在给儿子治病期间得到了许多人的帮助，这促使他用自己的爱心来回报社会，他由此进一步认识到生命的意义与价值。作者不仅成为捐献造血干细胞的志愿者，还积极参加各种社会公益活动。对此，他写道：

“一个人如果通过自己的努力，让别人感受到关爱和温暖，那么，他的内心一定是充实和快乐的。因为他不但帮助了别人，也使自己的生命得到了拓展和升华，他应该是幸福的。”

我之所以不吝篇幅地引用书中的这些话，是觉得它们虽然没有华丽的辞藻，没有高深的学问，没有引经据典，但却真正是做人的道理、生活的真理。真理都是朴素的，真理就是常识。但是由于我们许多人没有作者那样刻骨铭心的磨难和经历，所以对这些真理和常识要么仅仅停留在抽象的认识上，要么熟视无睹。这一切通过作者之口说出来，是那样真切、实在，充满了对生活和人生的真知灼见。这些认识、见解，既是作者根据自己的亲身经历、针对自己的所见所闻有感而发，同时又超越了具体的人和事，给予我们多方面的启示，我们可以从中找到许多生活和人生真谛的关键词：积极心态、正确的思维、坚持与放弃、苦难与幸福、道德与智慧、亲情与友情、成功与失败、对子女的教育、感恩之心，爱与被爱……也许刘政屏与儿子的故事只是个案，但其中所演绎的，又通过作者感悟、体验出来的许多人生道理却具有普遍的精神价值。

从这个意义上来说，《赢了》一书是值得所有人一读的，特别是与作者儿子同龄的青年学生。早在上世纪初，梁启超就指出：“教育应分为智育、情育、意育三方面，智育要教到人不惑，情育要教到人不忧，意育要教到人不惧。”（《为学与做人——在清华大学时演讲》）真实、真情与真知的《赢了》就是这样的一本对青年学生进行智情意综合教育的好教材。故此，我郑重地向读者推荐该书。

政屏其人其书

陈家桥

一直要给政屏的《就这样，我们赢了！》写点什么，但几次要动笔都停了下来，直至今年3月，我觉得必须要写我的读后感了。其实，政屏的书和他的人，都是我非常愿意谈一谈的。但几次难以写就，可能还在于我并没有找到一个最好的角度来谈论其人其书。

对于一个从事小说写作的人来说，虚构以及故事已经成为我的职业。因而当我面对政屏的作品时，那种现实以及现实中的事件，给予我的恰恰有某种陌生性。这种陌生性作为印象的话，倒是能进入小说想象。然而他的经验、他的努力、他的行为以及他与他孩子之间的那种共同的不屈的抗争，却在思想世界里具有了一种超越日常生活的力量。因而，我实际上并不仅仅是找不到一个好角度，而是我根本就难以进入这个真实朋友的内心世界。

尽管这部作品本身是敞开的，叙事流畅，记录中饱含深情，但它同时又具有异样的外壳，阻挡着那些轻佻中的世俗和安逸。其实政屏的这个故事是有挑战的，任何用自己的经历来创作的作品，本身也含有轻度的分裂，那是创造者和事实之间的努力弥合，更是他那些抒情、情感、父子之爱与那个一直进行的生活的共同迈步。然而这对于一个写作者来说恰恰是有难度的。

近再读《托尔斯泰论文艺》，托翁指出："艺术之所以为艺术，它必须要传达一个新鲜的经验给别人，使别人意识到这个经验自己是没有的，但可以感受到。"那么对于政屏的作品来说，还有什么比他把自己的痛苦、抗争、不屈与昂扬的态度展现出来更能彻底地奠定他的现实呢？我觉得政屏不仅仅是在书写自己带孩子战胜疾病，同时他也应该是在书写他与他人生困境之间的一种搏斗。

他的世界、观念，他的家庭、孩子以及抗争的每个步骤，其实都隐含在他个人经验世界里，并且通过他的作品传达给了读者。我想这不仅仅是真实的力量，同时也是对真实本身的一种更基础的现实记叙。

真实只有在叙写时才能获得更深层次的合理性。然而，这合理性也包含了痛苦。政屏是个很好的朋友，他有次吃饭带来了孩子，孩子已战胜疾病，坐在旁边吃饭时，我发现这孩子竟有些幽默，着实为他高兴，这个“他”既是政屏又是政屏的孩子。

叙事是一种艺术，无论是现实性的叙写，还是小说艺术本身都被创造着，他可以反应作者的内心，不管这内心是痛苦还是激昂的，它仍然在做着辛苦的事。不过，在政屏其人其书上，艺术是鲜活的，相信读者自会欣赏。

陈家桥(左一)、刘政屏等合影(2010.12.11)

背影如山

李学军

崇山峻岭总是给人以雄浑厚重的感觉。可是，位于皖中的合肥没有多少山，更没有什么大山名山。合肥近郊唯一的山称作大蜀山，海拔 284 米。据考证，这座不高的山峰是百万年前由火山喷发而成，山上至今保存着火山瀑等火山遗迹，以及岩浆喷发所形成的岩石景观。

与那些知名山岳相比，大蜀山显得很不起眼。然而，意想不到的是，称不上雄伟高大，却隐含着灼热的激情；尽管貌不惊人，却蕴藏着难以抑制的力量。一旦喷发而出，不可阻挡，令人震撼。这就是大蜀山曾经有过的经历。

人们常说“父爱如山”。按这样的比喻，从外形上，大蜀山就好像是一个普普通通的父亲。

自称“合肥土著”的刘政屏就是这样一个父亲，看似普通，却并不平凡。

《就这样，我们赢了！》是作家刘政屏回顾他和妻子带着身患严重血液病的儿子北上求医、战胜病魔的长篇纪实作品。在这本书中，刘政屏用书信的形式，和儿子一起回顾了多年前那场与严重血液病顽强抗争的刻骨铭心的经历，文字平实细腻，感情真实动人。

著名作家陈桂棣在为此书所作的再版序言中说：“细细品味那些看似不经意的‘过程’的陈述，让我们读到了一种力透纸背的执着、勇气和责任；那些不厌其烦的文字，其实恰恰是会让铁石心肠的读者也为之动容的。”

我是在一年前和朋友的小聚中偶然结识政屏兄的。他给人的印象是个典型的文弱书生，说话慢声细语，可是温和而不失热情，处理事情果敢利落。那时，他正忙于策划编纂大型散文集《阅读合肥》，有一天深夜还通过电话商讨我的入选文章修改事宜。结果，这本汇集了60个作者文字的文集从组稿到成书只用了短短几个月的时间，赶在新中国成立60周年前隆重推出并受到社会各界好评。

在后来的交往中，才陆续得知这位在新华书店负责卖书的经理同时也是个作家，他的第5本书正在编印中；得知他在写作之余还爱好收藏，仅扑克牌就收集了2000多副；也得以知道他人生旅程中的那段惊心动魄的难忘经历。

政屏兄经过多年潜心观察研究，得出了“刘氏定律”：判定夫妻谁在家做主，主要看他们孩子的性别。是男孩的，则丈夫当家，反之则是妻子做主。其实，这只是笑谈。不过，一个家庭在遇到变故时，身为父亲的丈夫往往总是家中的“脊梁骨”。

《就这样，我们赢了！》其中的文字，让所有作为丈夫和父亲的人也让所有的读者感同身受，为灾难的不期而至而震惊，为壮壮遭受病魔的折磨而唏嘘不已，为他们

李学军（右一）、刘政屏等合影（2009.3.15）

全家的绝不放弃而攥紧拳头，为他们终于赢了而鼓掌叫好！

掩卷沉思，我们感受着那种坚韧，感受着那种信念；感受着那样的磨炼，感受着那样的艰辛；感受着那份执着，感受着那份自豪……

故事不仅如此。还在北京为儿子治病时，刘政屏就在王府井大街的献血车上捐出了造血干细胞资料。随后，在安徽的造血干细胞分库成立时，他积极宣传，他的六名同事都成为我省第一批造血干细胞资料捐献者。他称自己是骨髓捐献的“民间倡议者”，并被媒体称为“安徽志愿捐献骨髓的先行者”。刘政屏的事迹感动了很多人，他也因此成为合肥市首届百名“文明市民”之一。

回报社会、传递温暖，这些举动让政屏兄在我们心目中的形象变得高大起来，犹如经常出现在我们的视野里、耸立于平地之上的那座大蜀山。有些亲切，并不陌生；非常贴近，并不遥远；巍然挺拔，并非高不可攀。

新版《就这样，我们赢了！》的封面，是一幅政屏兄背着儿子壮壮在林间行走的背影，这不禁使我联想到朱自清先生那篇描写父亲的名篇——《背影》。父亲的背影总是让人难忘，令人百感交集。

父爱浓厚，背影如山。

一本“治病”的书

鲁　甄

最近，我得到了好几本书，是时下热捧的关于老子、孔子和孟子学说的解说。老子、孔子和孟子是万世景仰的师表，其著作不用说都是中华文化的经典瑰宝，超越时空地散发夺目的光辉。那些解说的人也很了不起，都是名人权威、当红大家，经常在文坛、讲坛上谈古论今，传经送宝。大家们集自己几十年的人生经验、学识修养、处世哲学，独具匠心地阐述孔孟之道，为今天的凡人们指点迷津，送上了一道道丰盛的精神大餐。

恕我愚钝，对这些经典之作老是提不起神，尽管作者极尽探索、挖掘、发挥之想象，又打捞出老子、孔子和孟子们的奇闻逸事，书面语言也极尽华丽之能事，而于我而言却是言者昭昭，听者昏昏。

原谅我的阅读能力不够吧！近些年，我身边的几个老姐妹都遇到了一些清官难断的家务事，她们是我多年的好友，成为我生活中的一部分，我们经常在一起啰啰唆唆，意在发泄中寻求对策，解决问题。这些家庭纵横交织、缠缠绕绕、说不清道不明，婆媳矛盾、子女问题、人际关系，日积月累都成了不可调和的无奈和无情，她们的长吁短叹分散了我的不少精力，除了深深地理解，我也愿意尽己所能为她们解脱。但我能拿老子、孔子和孟子说事吗？试想当我一本正经地向说“圣人之道，为而不争”“夫唯不争，故无尤”“无多言，多言多败。无多事，多事多患”时，应该很搞笑吧？

这个时候，令人景仰的老子、孔子和孟子绝对不是灵丹妙药，任何圣人的宝书都成了泛泛而谈，无法对症下药。适时，我遇到了刘政屏先生的《就这样，我们赢了！》。这是一本一个平凡的父亲写给病愈之后儿子的书，非常详细地描写了在 9 岁的儿子患病的三年里，他们夫妻俩无微不至地照顾患儿，引领儿子战胜病魔的故事。正如作者所言："期望读过这本书的每一个人，在了解我们的故事的同时，都能够感到有所收获和启发，人生的路很长，怎么样去走好它，特别是在灾难来临的时候，怎么样去面对，如何调整自己的心态和状态，是我们每一个人都要思考和准备的。"我读了之后，被深深地感动了，在得知儿子不幸患上了一种严重的血液病，而且现代手段的治愈率极小的时候，原本幸福的家庭如同天塌了下来。灾难面前，生死攸关的考验，刘政屏先生给我们做出了榜样，他没有临阵逃脱，没有被灾难吓倒，毅然决然地挺身而出，肩负起倒塌下来的重山，就如序言中所说："这就是大丈夫了，山崩于面前而面不改色，不怨天不尤人，不让父母担忧，不在妻子面前发牢骚。"

鲁甄（中排右一）在读书沙龙

相对而言，我们日常生活中所能遇到的诸多矛盾和种种困难，都显得那么微不足道了。映对刘政屏先生，我们需要反省，是不是自己的心胸有些狭窄？是不是我们对自己的亲人因求全责备不够宽容？我的几位老姐妹绝对不是自私自利的人，她们学识不凡，工作出色，也乐于奉献，我相信遇到大的困难都会有心承担。但是长年累月的家务矛盾，则让她们显得有些力不从心，较之于刘政屏先生，缺少的是耐心和隐忍。而这耐心和隐忍，则缘于开阔的胸襟和博大的爱心。在刘政屏先生带着儿子北上看病的三年多时间里，一千多个日日夜夜，面对一个一个医疗程序，每一个都可能出现意外，他既要担心治疗结果，又要担心儿子的承受能力，夫妻俩可以说时时刻刻提心吊胆、心惊胆战，三年里没有睡过一天安稳觉，没有吃过一顿放心饭。作为一家之主，刘政屏先生知道自己的言谈举止、情绪波动都在影响着家人，他不能有丝毫的动摇哪怕是面部表情的变化，只有咬紧牙关，把一切艰难困苦压在心底，不断地给妻子和儿子传递着信心和勇气。面对病魔，他豪迈地说："磨难折磨着人，磨难也在考验、锻炼着人。"

有心胸、有担当、有坚持，是刘政屏先生作为一个大义男人源源不断传送给家庭的信息。才 9 岁的儿子，在父母的爱心帮助下，表现出超出同龄人的顽强意志和毅力，无论治疗手段多么痛苦，幼小的儿子都咬牙承受。最终，他们共同用爱心和耐心创造了奇迹："就这样，我们赢了！"

当刘政屏先生用《就这样，我们赢了！》这本书送给健康成长的 18 岁儿子的生日礼物时，我以为这同时还是一本"治病"的好书！我打算把它送给几个仍然为生活琐碎困惑的老姐妹，愿她们从中汲取力量，消除心病，放下思想包袱，轻装上阵人生路。

态度决定一切

——《倾听合肥》序

许春樵

“态度决定一切”是米卢说的。米卢要他的队员们学会享受足球，享受比赛，被压得喘不过气来的中国国家队在米卢“享受”的煽动下，真的就破天荒第一次享受了世界杯赛场的草坪和欢呼声。

刘政屏跟米卢虽然没有并肩作战，但他们在精神上却有着惊人的默契，政屏新作《倾听合肥》实际上阐释了这样一种意志，过日子和踢足球一样，“态度决定一切”！

如果把这本书再进行一次抽象，它的精神主题则明显流露出：有什么样的态度，就有什么样的人生，人生的态度远远高于人生的内容。

早知道政屏写的一手好文章，可如今写文章的人实在太多，所以关注也不够。我是在看了《就这样，我们赢了！》一书后，对政屏刮目相看，肃然起敬。在被震撼和感动的同时，自己的心灵也得到了一次升华，我把这本已经再版的书看作是政屏父子共同打造的生活奇迹和精神神话。生活中的政屏温和而平静，这个在书店工作看上去有些柔弱的书生，居然忍受了别人无法忍受的磨难，扛起了别人根本扛不动的人生。

读过《就这样，我们赢了！》，你会懂得人生最艰难的时刻，需要一种永不放弃、决不言败、绝地反击、喋血前行的人生态度，有了这样的态度，磨难会变成一笔财富、艰辛能铸就一种信念。而读过《倾听合肥》，你会懂得人生需要感恩、感动、仁慈、恻隐、向善，而不是计较、自私、冷漠、沉沦、麻木，政屏“至臻”“至善”的人生态度不仅捧出了这本书，也感染了许多朋友，他的文字与他的为人一样，虚怀若谷、静水深流，然而朋友们私下都这么议论：在一个激情不再燃烧的年龄，政屏的内心却总是充满了激情。新中国成立六十周年，他约六十个作家写了六十篇《阅读合肥》的文章，这本宣传合肥的书，没让合肥市掏一分钱，而且与他的工作生活毫无利害关系，但他就是想做，所以作家们都义无反顾地站了出来。

文学其实就是人生表态，以或象征、或隐喻、或抒情、或叙事的方式向社会表达自己对人生的理解、对生活的领悟、对情感的把握、对存在的体验，任何一次文学创作都是作家的一次心灵独白，所以说，文学既是一个时期的断代史，更是一个人的心灵史。

沿着这条线路，走进《倾听合肥》，走进政屏的内心，首先看到的是，政屏有大爱。他不只是爱他的妻儿，爱他的父母，这个“安徽志愿捐献骨髓的先行者”在关爱他人生命的同时，他还深爱着他所在的城市。在对合肥大街小巷、人文地理的留恋中，他想“让城市的记忆有个落脚的地方”，这种努力在城市日新月异的改变中，唯一能做的就是留下文字，留下一篇篇文字，等于留下了一个个历史证人。沧桑际遇中长江路上的书店已经被重新洗牌，显赫一时的红旗饭店成了令人怦然心动的青春记忆。写到金寨路，政屏洞察入微地发现路两边的树由梧桐变成了中槐，雨花塘的水很多年前就被清澈见底地定格，如果没有对一座城市的文化自信和气质认同，政屏就不会对城市转型期的无奈和困扰持以那样的宽容和体谅，他的许多想法和这座城市的市长是一样的。在我看来，政屏的主流立场不是一种政治选择，而是一种情感选择，他爱着合肥，就像爱着一个人，爱她的优点，也爱她的缺陷，不停改造的道路让人无所适从举步维艰，但他觉得明天会更好，所以金寨路高架通车后，他跟儿子一起坐上公交车到明珠广场，再坐公交返回，总共花了四块钱车费，五十分钟时间，计算得清清楚楚。说政屏的情感结构中有博大之爱，恰如其分。

“恻隐之心，仁之端也”，孟子把恻隐之心看作是“仁义礼智信”的第一要义。政屏的《倾听合肥》中大量篇幅是写芸芸众生中的小人物、底层人物，除第一人称叙事中言及亲朋之间的情深意笃，以第三人称叙事出现的农民工、打工仔、做小买卖的外乡人，政屏在角色置换中想到了他们背井离乡、远离妻儿，想到了他们为了生计在最恶劣的环境中过着最恶劣的生活，《民工搬家》《民工那份辛苦》《门童的日子》里

许春樵、刘政屏合影(2013.10.13)

的恻隐之心几近于悲悯,而《小美的年终奖》里的恻隐之心则是一种伤感,情节模式有点类似于契诃夫的《万卡》,打工妹小美过年的美丽想象和美好设计全都押在了年终奖的600多块钱上,可过年时年终奖并没发下来,小美伤心得哭了。政屏拯救不了这些农民工和打工仔,但他要以文字这种方式,表达恻隐之心、悲悯之心和救世的妄想。一个作家不一定是个救世者,但他一定是个救世的呐喊者。这便是良知。

有情不一定重情,最有分量最有质量的情感是对情感的尊重和坚持。《倾听合肥》中的情感叙事表达的正是这一态度。《朋友陆耘》对政屏一家的关怀以及对政屏父母的关爱令人感动;怀才不遇的《昭哥哥》虽然自己屡遭不幸,但在政屏最困难的时候,还是伸出了援助之手;还有那些亲戚、朋友、长辈、同侪对自己的点滴恩情……政屏总是怀着感恩之心、感动之情,他很怕遗忘和碰碎这些情感,于是就急不可耐地记录了下来。一个不懂得感恩的民族的是没有希望的，政屏努力在自己的经历和体验中重建并唤醒人们的感恩之心、感激之情。

《倾听合肥》中的《这一年和这些年》《远处飘来的乡音》这两辑中，思想含量最重，一个是借景抒怀，一个是托物言志，共同之处是把人生感悟、生命体验全都贯穿其中，在理性层面完成了作家的思考深度和思想力度。由《雾天出行》联想到了人生，并悟出“逆境里人生，保持好一个心态，自信、从容、不放弃”是人生前行中的安全保证，《又是一年》从疲劳和困厄中领悟到了“保持一个好心情，让别人放松，让自己开心。烦心的事，能丢则丢，能忘则忘，留着没什么益处”。从书中可以看出，政屏的豁达、积极、乐观、克己、隐忍的气质是一般人无法抵达的，在带儿子去北京治病期间，面临那么大的压力，他居然在 7 月 13 日晚上跑到天安门广场跟成千上万的人去庆祝申奥成功，第二天还买了数十份奥运纪念特刊的报纸留作纪念。做人重要的是原则，书中考证方言实际上是借方言的歧义来表达自己的人文理想和人生态度。通过“盖”和“屁磨”来阐述自己对欺骗和谎言的拒绝；通过“左巳”和“歇头犟”的区别，最终将意义指向人需要个性和坚持。但如果没有目标和方向，固执与偏激，则是盲目的意志，必须舍弃。唐宋散文扛“文以载道”的旗帜，至今不倒，政屏深知其要领，书中不遗余力，自得灼见。

政屏是一个单纯的人，他的文字和做人少于世故；政屏同时又是一个丰富的人，所以他的情感和思想自然就多了细腻和深刻。他能把不可能的事做成可能，也能把能做成的事做得更好，不信，请看《倾听合肥》！

一个写合肥的人

马丽春

有人向我约写合肥，一口答应了，然而我踌躇复踌躇，人家电话催了几通，我这边文章的影子却一点也见不到。

一个写了上百万字的人，好歹混在文化圈里，却居然写不了合肥，说来真丢人。

并不是我不热爱合肥。我24岁吧，一眼瞧见它，也就爱上了它。那时，包河的荷花，迎风摇曳，安徽剧院，还刚建不久。我接触的是芜湖路的那一小块，图书馆的对面，包河边上，风物最美。只一眼，我就陶醉于合肥。然而我还是写不了它。

二十多年来，合肥日日生长于我身边，看着它迅速变大，变美，变新。我自己，也从芜湖路上的一幢没有厕所的三层小楼，搬到50年代盖的高大而坚实的一幢老楼，再搬到蒙城路桥沿河路边，我似乎始终生活在合肥的风景区里，走着就是环城公园了，高大的树木，满眼的翠绿，人家说这城市的坏话时，我始终只是笑着听着，我所拥有的恰是这城市最美好的一面。后来随着我工作的报业大厦进入政务区，我在偏远的西南角又拥有了一处房子，走几十米就是安静而美丽的匡河，我悠着走过，走一处，就迎来一处美丽。

然而，纵是这样，我仍然写不好合肥。

当然也曾经写过，收进《阅读合肥》里面，就有我一篇小作。然而，当合肥市文联主席完颜海瑞先生这一次向我约稿时，我也很想写一篇好文章，可是，从哪下手呢？踌躇复踌躇，还是找不到一个好切口，我表达不了我想表达的合肥。

然而，有热爱者，不光写了一篇合肥，他还想为这城市出一本书，一本出了，还觉意犹未尽，又出一本。只有这样，才能表达他对合肥的深切热爱。

其实，他只是一个普通市民。他不是组织，更不是机构，他只有个人的力量。他这样做了，约了合肥的六十位文化人，写了本《阅读合肥》；一年后，他又写了一本《倾听合肥》。就这样，两本合肥书，与合肥人见面了。

写书出书，在很多人眼里，是风雅事吧？是像风雅事，然而，当你进行操作的时候，你就知道，这不是风雅的事。出书要钱啊，卖得掉你才能收回成本。收不回成本的多了去了，出书赔老本的，也是比比皆是，要不然，出版社怎么一个个都这么精呢，市场不认可，出版社鬼都不上门。

马丽春(右三)、刘政屏等合影(2010.10.30)

可刘政屏就这样做了。他写他的合肥，出他的书，一本又一本，当你走进合肥的书店时，散发着墨香的《阅读合肥》与《倾听合肥》，就像俩兄妹，安坐在朴素的一角，等着你的发现和关注。

一位老导演，多年前混在合肥文化圈，后来走了，偶尔又回来，算是我的一位忘年交。她是坚持不出书的人。她似乎不太看得起文化人，闲谈时，文化人成了她的谈资。她会剥开很多文化人的外衣，把他们的丑陋亮给你看。她对写书者，似乎也有着某种抵触心理。一般的书看不上。那天，许春樵、赵昂、吕士民他们签售，我陪着她，她偷要了一本《倾听合肥》。要了也就要了，她不说感受，我绝对不问。然而，数日后，她主动说："那本书……写得不错呢。"

她说上半句时，我以为会听到不好的下半句。她说的却是个好字。我有点心动了。我这时还没这本书。

再过数日，刘政屏约了一帮朋友吃饭，席间送了我这本《倾听合肥》。夜里走了一路后，9点多到家，我习惯把新书翻上一翻，这一翻，不得了，这本书还真打动了我，以至我半夜起来，要为它写上一点文章。这很破天荒。刘政屏压根不指望我写点什么。他的序是许春樵写的，已足够好了，然而，我还是要挑战这篇序。

刘政屏夫妇是我在合肥认识比较早的一对夫妇。因为俩人我都认识，和他夫人认识更早，是我早年医院的同事，很温和而又热情的一个人。而刘政屏呢，我到报社做副刊后，他就是我的老作者。而现在，又一起推出并策划"新安读书沙龙"。他们的早年经历，比如，多年前儿子的那场重病，他在北京为儿子求医时写下的含泪文字，我也发过。后来为儿子出书，也在本报连载过，反响甚大。一个看起来很温和的人，却有着对苦难惊人的支撑力，同时，他还是一个非常热爱生活的人，他的文字很少是峻急肃严的，而多是生动舒缓明亮有趣的。这样的风格，一如他的为人和生活态度。他还是少有的对这个城市保有热情、时刻关注并且还有思考的人。不光因为他是这个城市的"土著"，他的上几代都生活在这里，知道这个城市的百年变迁，而且还因为他生活在一个文化家庭，他对这个城市的爱，亦如他爱生活一样，他发自肺腑，有文字表达的欲望和能力。当然，他的嘴下功夫其实也了得。他长得一表人才、温文尔雅。漫画家吕士民对他有过一个很贴切的说词，也是和"温"有关，却非常生动。我的观察是，这是一个林语堂、丰子恺型的人物：热爱亲友，热爱生活，热爱城市，所以他会一写再写他心中的合肥、眼中的合肥。

这其实也是合肥人之福。

一个城市必须有它的观察者和思考者，同时还要有记录者。而刘政屏，除此之外，还是合肥一个百年望族的后裔。他在酒桌上，经常情不自禁，手舞足蹈，说起合肥那些老故事，把我们这些外来户们都听呆了。这样的熏陶下，我怎么敢写合肥。因为他比我写得好。

我只接触过刘老圩一遍，只接触过刘铭传的后人，自然不敢下笔写它。而刘政屏，他从小生活在这里，听长辈们讲合肥，几个大家族一拉过来，没一个不是亲戚。他笔下的合肥，是生动的、明亮的、文化的，并且也是带血泪欢笑的。我读他的《倾听合肥》读出了很多感动，也读出了很多感受。这是一篇意外之喜。

呼啸而过

——《五虎出列》序

潘小平

许春樵、赵昂、苏北和刘政屏，打算合作出版一本作品集，一开始听说时，我颇感诧异。不是说他们不能合作出书，而是觉得这四人的文体、文风、情感、审美，以及各自所占有的思想资源和叙事资源，都相差比较大，用一句通俗的话来形容，就是“风马牛不相及”。春樵的优势在小说，赵昂的优势在格言，苏北的优势在美文，政屏的优势在平实记叙。当然，春樵也写散文，但春樵的散文重思想、轻感受、少气韵。而且他的散文无论是数量还是质量还是高度还是美感，都不及他的小说，作为一个成名作家，别人说到他的时候，是不会想到他的散文的。一样，苏北也写小说，但苏北的小说不怎么像小说，太疏、太淡、太不注重故事与情节，近学汪曾祺，远接明清笔记。众所周知，他一直以汪先生的弟子自诩。他是不太写好长篇的，也不太写好中篇，中篇需要足够的故事资源、长篇需要坚实的架构，这些都是上天给予一个人的“资源禀赋”，而不是后天通过练习可以轻易获得。这就如同血型，是生命的底色。当然喽，若能写到汪先生那样，绝对能以小说名于世。但汪先生是不好学的，家学、境遇、才情、天性，尤其是涵养士大夫的社会氛围，早已经失去了。所以汪先生是不好学的，只有另辟蹊径。我女儿还很小，大约是刚读高一或是还没读高中的时候，有一次读到苏北的小说，冷不丁冒出一句话：好是好，不过这样拷贝，有什么意义？我大惊失色，让她这话千万不要到外面去讲：人家会以为是妈妈说的！她斜了我一眼，很是看我不起。我女儿从小熟读汪曾祺，任何一篇、任何一句，都烂熟于心。所以她还是很有发言权的。后来，她读到苏北写女儿高考的文章，大加赞美，认为风趣幽默、气韵生动，而且率性而为、行不由径。“这样的文字，妈妈是写不出来的。”她自己虽然懒惰，至今

《五虎出列》首发式上，潘小平与“五虎”合影(2010.10.30)

“述而不作”，但对我的要求甚高，看到龙应台在成都电视台谈现代化和城市个性的冲突，就喊我过去听：这才是学者访谈——是变相地批评我。

话扯远了，拉回来说。再说赵昂，赵昂的散文中，不是没有叙事散文，但他的叙事散文，显然没有他的“语录体”格言好。赵昂的个性，安静、内敛、耽于冥想而疏于感知，造成他文字的精粹、句式的凝练、思想的深邃、表达的简括。他的文字，带有强烈的警世意味，一针见血，如锥如刺，让人会心一笑，或是心惊肉跳。所以赵昂是不适合写叙事散文、长散文的，警句已足以警世，啰嗦那么多干什么？好了，现在来说政屏。政屏的起步很晚，他之所以拿起笔来，不是出于对文学的热爱，也不是出于挤进作家队伍的愿望，而是生活所迫。不是说钱，是说遭际，当灾难突然降临时，巨大的压力之下，只有通过文字来缓解和抒发。十年前，政屏的儿子得了一种令人闻之色变的血液病，顷刻之间，天塌了。但他是父亲、是丈夫、是儿子、是家里的顶梁柱，所有人都能后退，政屏不能后退；所有人都能软弱，政屏不能软弱。真是茫然四顾，不知路在何处啊，万般无奈之下，政屏拿起笔来，于夜深人静之际，一点一点书写自己的希望、绝望、坚强、恐惧——逼自己承受，与死神对抗。

所以政屏的文字，朴素、真实、平铺直叙，保留了生活本身的琐屑、温情、坚实和忍耐，以及事件的完整性。不管生活怎样惊心动魄、不堪回首，政屏的文字都是波澜不惊。这是一种很好的品质，不矫情、不做作、不哗众取宠、不装腔作势，感染、感动了很多人。

作为写作者，每个人都有自己的优势和劣势，擅长和不擅长，用己所长而避己所短，这叫有自知之明。苏北的散文不以思想见长，却以灵性取胜，而且文字典雅、语词富丽，有语感、有节奏、有中国气息。当然，这得益于他熟读汪曾祺。春樵的小说，早年的《跟踪》《谜语》《悬空飞行》《守望冬季》《推敲房间》等，有着强烈的形式意味和形而上的抽象与荒诞，在安徽作家中独树一帜。近期的长篇《放下武器》《男人立正》《酒楼》等，注重人性的挖掘、表现灵魂的震颤，叙事也趋于现实和通达，思想、情感、阅历在更高的层面上融合。这一回四人合集出书，既是气味相投、山鸣谷应，也是出于一种市场的考虑——四人都出生在 1962 年，都属虎。

可巧的是，为他们插图的著名漫画家吕士民先生，出生在 1938 年，也属虎。吕先生的漫画，想象丰富、着色大胆，洋溢着浓郁的乡野民俗气息，有着广泛的读者基础。中国的属相，如同西方的星象，对人的一生，据说具有神秘的主导力量，又往往不可预测。民间所谓“龙从云、虎从风”，是对昂扬生命形态的赞美，借这本书的出版，祝愿他们在安徽的文坛上虎虎生风，呼啸而过。

五个男人一台戏

王　青

虎年六月初八，友从合肥来，带回了吕士民先生赠我的书——《五虎出列》，令本命年的我甚喜。这肯定算得上是我虎年的一件幸事，值得美美地记上一笔。

五虎者，小说家许春樵、杂文家赵昂、散文作家苏北、纪实随笔作家刘政屏、漫画家吕士民是也。这五人中只吕士民先生是老朋友，其余的四人虽未谋过面，但他们的文章我或多或少也都拜读过，大名也响亮地震过我的耳朵。不过，这五人聚在一块儿出书，如几个气场完全不同的男人，却硬生生地要携手一路同行，真有点令人不可思议了。

待翻开书页一看，呵呵，全明白了！原来五人都属虎，吕老是只1938年的老老虎，其余的全是1962年的老虎，我的同龄人。管他什么文风、题材、审美、情趣，哪怕再风马牛不相及，属相就是最好的理由！《五虎出列》是五个人的本命年作品合集，真的很有创意，就像武侠小说中的群英会一样，可谓是沉闷文坛的一件很好玩的事。

五虎出列，各出奇招。不管是关羽、张飞、马超、赵云、黄忠，还是许春樵、赵昂、苏北、刘政屏、吕士民，台上有他们，戏才好看。呛呛呛呛呛，这阵势一拉开，场上的气势就涨得满满的了，不由得我等看客先叫上一声好！

然后再接着看。作家写文，漫画家插图，拼盘杂烩，味道好极了。先锋小说、思辨杂文、纯美散文、纪实随笔、水墨漫画就像他们手中的兵器，刀枪剑戟，斧钺钩叉，擅使刀的便使刀，擅使锤的便使锤，使起来顺手，舞起来才好看。许春樵依然营造着他的小说世界，小人物在大生活中的踽踽行走，让我们逼近地去看那五味杂陈的现实。赵昂一如既往地挥洒着他的睿智，他的世说新语很是醍醐灌顶。也许自己也写散文的缘故吧，我对苏北散淡的文字喜欢尤甚。他说他是为内心、为生命写作的，这话我听了觉得一点也不矫情。刘政屏的文字感动过很多人，我自然也不例外，责任和爱让这个男人朴素的文字平添了沉甸甸的分量。老老虎吕士民更是厉害，渐已修炼成一只老狐型老虎了，水墨灵韵的飞动自不待说，就是那篇《我说我》的文笔，也不稍逊画笔啊！

五个男人一台戏，没有关公战秦琼的PK，也无武生扮花旦的反串，几条汉子各出各的花招，各唱各的腔调。我看着看着忽然觉得这混搭还搭得真不赖。雄性荷尔蒙激发的化学反应，血性、阳刚、内敛、风骨……男人的文字，温情、冷峻、幽默、深沉，甚至纠结、煽情，都别有一番滋味在心头。

感叹之余，说说自己。我亦属虎，却了无虎气，虽时常写点小文字，花拳绣腿的几招，糊不了自己更糊不了行家，明知没什么前景，却仍乐此不疲。即便偶尔露一点雌威，估计还是一副猫相。虎年寒秋，读到这几个属虎男人的文字，惭愧是必然的，当然，温暖也是必然的。五虎出列，虎啸风生，我这厢猫眼望去，仰羡之余，也引颈长啸一声："妙！——"

刘政屏

其人其书

2012—2014

多彩政屏

潘林松

年前，政屏兄嘱咐，为他写篇短文，我欣然应允，但几次落笔都无功而返，实在有愧重托。年过了，元宵节也过了，没理由再往后推。于是，在沙发上一阵呆坐，一个跟往日不太一样的刘政屏，便跃然眼前。或许有冒犯的地方，但政屏兄有雅量，当不会见怪。

经理刘政屏

政屏兄 1984 年入行，迄今近三十年，目前执掌全省最大的图书卖场——安徽图书城，以资深发行人谓之，实不为过。政屏兄担任安徽图书城经理，已历数年。经营上精益求精，管理上宽严相济，政屏兄的专业素质和职业精神令我敬佩。一百多号人的家并不好当。在书城经理任上这几年，经常看到政屏兄面有倦色，两鬓飞霜日益显见。岁月纵然是一方面，劳神费心恐怕是主因。政屏兄对书城文化的重视值得称道。政屏兄经常会安排一些有意义的活动，比如读书会、登山、竞走。这是一种远见。在活动前，政屏兄一般都是要求我按他的意思，提供活动主题的表述语。我从未拒绝，也不忘跟他开玩笑——每个字 100 元。政屏兄答应得很干脆，就是从未兑现。为此，我和政屏兄打过几回口舌官司。当然，氛围是轻松的。

作家刘政屏

政屏兄出生书香门第，祖辈、父辈多有鸿儒。政屏兄自幼就爱读书，少年始便笔耕不辍，文章经常见诸报端。不惑之年始，政屏兄或将已发表的文章结集出版，或将不寻常的人生经历记录付梓。截至目前，政屏兄已有5部作品出版，并成为安徽省作协会员、安徽省散文家协会理事。像政屏兄这样，读书人、写书人、卖书人数任而一身者，实不多见。2009年是新中国成立六十周年，国庆前几个月，我和几位同事有幸在政屏兄的主持下，参与《阅读合肥》一书的出版。近两年，政屏兄对合肥方言产生兴趣，工作之余，沉浸其中，遂有所成就。政屏兄一本关于合肥方言的专著，不久将面世，我也满是期待。

博主刘政屏

政屏兄新潮。我还不知道博客是啥玩意的时候，政屏兄已经当上博主。在政屏兄的积极鼓动下，我也成了博主。开始有些积极性，但时间一长便懈怠下来，经常数月不更新。为不辜负政屏兄的美意，在同事的帮助下，我又上了微博。依旧改不掉虎头蛇尾的老毛病。有一天，偶然想到微博，打开一看，竟然所剩无一，倒有一句话交代了它们的去处：微博们出去溜达了，请下次再来，真是“报应”。与我形成鲜明对照，政屏兄的博客和微博，总是常更常新，蔚为大观。政屏兄的博客首页上，不知哪一天，多了一枚“勋章”，上面有四个醒目的字“精英博主”，真是实至名归。

“少年”刘政屏

政屏兄已入天命之年，从年龄上讲，无论如何与少年沾不上边。政屏兄走起路来双足生风，就是年轻人也望尘莫及，这一点我与政屏兄倒有几分相似，但我依然甘拜

潘林松、刘政屏合影(2011.10.8)

下风，毕竟政屏兄长我五六岁。政屏兄说话常常手舞足蹈，动作有力，反应快，语速快，伴随爽朗并不洪亮的笑声，完全没有一般中年人和文人的矜持。政屏兄少年意气，可以因为看法的不同或部属的利益，与朋友、与同事争得不可开交，却很少因此伤了和气。政屏兄衣着轻快，爱穿花格子衬衣，爱穿标价不菲卖价不算高的风衣，衣着风格与行事风格结合起来，时常透着一种少年“游侠”的味道。

主持人刘政屏

政屏兄当主持人纯属客串。政屏兄第一次当主持人的情形，我依然历历在目。那是一次读者沙龙，主持人刘政屏战战兢兢、如履薄冰、面红耳赤，站也不是坐也不是，说起话来也远不如平常利索。我心里为他捏着一把汗，直到沙龙结束，才松了一口气。从那以后，我经历过许多次政屏兄主持活动，一次比一次好，一次比一次成熟。到今天，政屏兄主持活动已然从容不迫、收放自如。出色的现场掌控能力，让人钦佩，起码有了八分的专业水准。

慈善者刘政屏

政屏兄本性善良，心怀悲悯。许多年前，一个并不偶然的机会，政屏兄成功捐献造血干细胞，并被省内媒体誉为“安徽捐献造血干细胞第一人”。从那以后，政屏兄一发而不可收，不仅自己做慈善，而且动员家人和同事做慈善，受益者有个人，还有学校及其他组织。我曾经参与过政屏兄组织的慈善活动，政屏兄的组织策划能力和亲力亲为的精神，深深感染着身边的人，也让自己的灵魂在善举中得到升华。

“酒星”刘政屏

坦率地说，就酒量而言，政屏兄绝对无缘“酒星”称号。政屏兄饮酒有两大特点：其一是，关键时候酒胆比酒量大得多，敢开怀畅饮，敢与“对手”拼酒。结果往往是“伤敌八千，自损一万”，于是政屏兄或在座位仰天而眠，或找个沙发悄然躺下。其二是，政屏兄醒酒快。喝得再多，睡上两个小时，就会平安无事。有一回，政屏兄宴请客人，令我作陪。客人起身告辞时，政屏兄已酩酊大醉。我只好将政屏兄扶到沙发上躺倒。政屏兄竟然呼吸如常，完全没有一般人酒后的聒噪。我很不放心，几次将手放到政屏兄的鼻子前面，感触他的气息。两个小时后，政屏兄一跃而起，语速极快地说了声——回家，而此时我酒劲刚开始往上涌。醉得利落，醒得潇洒，就凭这两点，政屏兄无愧“酒星”称号。

正月里面还是年，我也再俗套一回：祝政屏兄七星高照、幸福安康、著作等身、酒量看涨。

刘政屏其人其事其书

许丽文

刘政屏虽然比我大不了几岁，但却是我在合肥新华书店的前辈和领导，所以一直尊称刘经理。

初见刘经理，印象很深刻。他儒雅的外表，考究的穿着，容易让人产生好感，深交下去，才知道他是个性格直爽，谈吐风趣的人，他到哪里都能活跃气氛，所以他是个极受欢迎的人。

我刚来书店，刘经理在文化用品部担任经理，从他和客户的接触中，了解到他其实是个精明的生意人，书店除了图书以外的产品被他经营得风生水起。他和我们聊起文化用品部的特色经营——收藏扑克时头头是道，他自己更是位收藏高手。因为相信他的阅历和眼力，我们经常和他一起去淘瓷器。他收藏兴趣广泛，平时看到一些稀奇的烟盒之类小物件，都是他的宝贝。像这样能把自己的兴趣和爱好融入在工作中的，他是我遇到的第一人。

提起书店的读者沙龙，是名声在外，在书店举办已久。但刘经理调到市场营销部以后，重新把它红红火火做起来。每期沙龙他都会请来名家，吸引来众多读者，在合肥影响很大。通过读者沙龙，刘经理聚集了省内外一批文化名人，为读者创造了一个纯净美好的文学殿堂。现在，他履新职后又把这个传统活动带到了安徽图书城，他手下的一百多位员工在他的引领下，定期做客沙龙，享受阅读乐趣，他使卖书人成为了读书人，从不自觉到自觉读书，这是他在书店的一个创举。也许只有一个真正爱书之人带着挚爱才能做到这些吧。

提起刘经理的身份，他不光是书店的一位管理者，还是一位省内闻名的作家，很

许丽文、刘政屏合影(2014.7.10)

喜欢他的文字,他的每一本书都值得细细品读,永久珍藏。我最早看他的作品,是散文集《月明风清》,所汇文章视觉广泛,笔触细腻,想不到在书店风风火火抓销售搞管理的他有如此丰富的内心。看的第二部作品是他纪实之作——《就这样,我们赢了!》,我深深地被震撼了。这本书大部分内容以日记形式出现,那是他带儿子在北京艰难求医时码出的文字,可以说是当时他面临一切困苦的一种内心排解。他是一家之主,他是深爱儿子的父亲,他是坚强的丈夫,他要不断给妻子和儿子树立战胜病魔的信心和动力,在常人无法想象的条件下,他的坚忍、不屈、执著有了回报,最终,他们赢了。这何尝不是向我们诠释了一种积极的人生态度?

刘经理陆续出了好几本书,从他的作品里看出他是个孝顺心细的儿子,感情丰富的父亲,爱做家务的“妇男”。他对父母的孝顺令人感动。为了方便照顾父母,他与他们同住一个小区,他和爱人经常过去帮助料理老人的家务,陪他们吃饭、聊天,隔三岔五还会陪着老人去看戏。见过他的父母,80 多岁的老人家,看着精神矍铄、慈祥端庄，有个如此孝顺体贴的儿子，怎么能不满足呢？我还看过一篇文章，他详细写了一次在商场购物的经历。他利用商场的买赠活动，精心计算，结果是给全家每人都买了礼物，同时享受到了平时根本不可能享受的最低折扣，双赢啊，真是一位主外又主内的好手，连我这个家庭主妇都自叹不如。

看刘经理的作品，他的眼光也不拘泥于这些儿女情长、日常琐碎的小事，也有对合肥大建设的诸多描述，关注农民工，关注合肥每一栋楼、每一条路的变化。他对合肥的民俗有自己独到的见解，涉及地方剧种和方言，平时看他多方收集这方面的素材，倾注了大量心血，每每看到这些文章，耳畔乡音袅绕，韵味无穷，他的这些文字透着烟火味，很接地气，对后人来说是笔宝贵的财富。平时和他在一起，最爱的就是听他呱呱合肥话。

和刘经理交往中，发现他是个有原则、注重生活品质的人。喝白酒从不过量，喝红酒要用高脚杯，喝完酒一定要吃冰激凌，还经常邀上几个好友去品品咖啡。每次他来办公室坐坐时，泡上一壶好茶，他都会很享受地喝上三遍再离开，决不辜负泡茶人和那壶茶。刘经理的穿着透着清新文艺范，标准的格子控，衣服和围巾永远是格子花纹，不过从他的身上我才发现原来格子可以穿得这样有品位。

我眼里的刘经理永远充满活力，时常佩服刘经理的精力永远够用。他是个书店管理者，是个社会活动家，是个高产作家，每一样活他都干得认真、起劲。我想应该是他对这个世间所拥有的一切充满了深厚感情，才使他有着积极的生活态度，也永远保持着乐观的心态和旺盛的精力面对一切。

很庆幸，在书店能遇见刘经理，他是我真正的良师益友。

一位“合肥土著”的别样情怀

叶　纯

我认识的L君，绝对是个“得味”的人，他自诩为“合肥土著”，是个土生土长的合肥人，骨子里对合肥充满深情和热爱，同时，他又是一位值得敬佩和骄傲的父亲，当然，他也是一个普通人，走过你身边，你还不一定就认识。

L君供职于合肥市新华书店，也是我与书有缘吧，2000年左右，原来的单位解散了，正赶上新华书店招人，在某个下午的时光，我也成了书店的一员，与L君就有了交集。

先在科教书店实习，那时L君在二楼的科技柜组分管工业类图书。一起实习的有不少书店员工的子女，闲暇时就有人跟我们聊各位师傅的家长里短，谁谁什么的，提到L君，说他很特别，能写，还出书了呢。这可不简单，当时下意识留意了L君，就感觉L君干事特麻利，一副手套，一身灰色的长大褂，找书上书一板一眼，有条不紊。有一次，恰巧碰到他和上面的一个胖子“斗嘴”，声音不大，味道十足，“哟，可是的！”几句话就把胖子噎的哑口无言，满脸通红，看着L君的慢条斯理和胖子憋着气又发作不出来的样子，当时特想笑，心想，耶，这人嘴皮挺利索的，手一双，嘴一张。再几年后，在一位员工的婚宴上碰到L君，隔着一桌，那一桌很热闹，哄得很，敬酒喝酒气氛热烈，看得清楚，全因为L君在，是个热闹人。

因为工作关系，L君负责市场营销，2008年那里需要人手，我被抽调过去帮了一段时间的忙，算是和L君正式认识了。L君是个出过书的人，那也是一个圈子，不久后，也跟着他认识熟悉了不少文化界的“人士”。4月23日，是世界读书日，那一期的读书沙龙邀请的是苏北和闫红。也汗颜，我这个圈外人对两位一无所知，让查查《误读红楼》可有货，我开始以为书名叫什么“雾都红楼”，后来弄明白了。苏北成名甚早，最迷汪曾祺；闫红是位美女作家，粉丝众多，那一期的沙龙挺成功的，苏北虽是长者，但闫红的人气更旺。特别记得一个细节，闫红发言时，苏北想拍几张照片，两人是并排坐的，角度不佳，于是苏北起身翻过桌子在闫红前面拍了几张。后来我把这个写进了沙龙的花絮里，L 君就此找到了“把柄”：“我看你写一些侧记、花絮之类的还不错耶。”以后，凡是这类的文字，就成了我的功课，甩都甩不掉，L 君认定了这就由我写。

在一次有红十字会相关人员参加的沙龙中，L 君却成了主角，关键字是骨髓移植，对着话筒，平静的 L 君娓娓道来，全场寂静无声。我终于了解到，多年来，L 君还一直在热心宣传骨髓捐献知识，他本人也是一名造血干细胞捐献者，他称自己为骨髓捐献的“民间倡议者”，并被媒体称为“安徽志愿捐献骨髓的先行者”。2005 年 11 月 1 日，L 君还获得合肥市首届“文明市民”称号，并予以表彰奖励。作为一名曾经患过重症血液病的孩子的父亲，他呼吁：每个人都应该尽自己的一份力量，共同打造世界上最大的骨髓库，挽救那些需要帮助的生命。

因为这些经历，有本书不得不提，《就这样，我们赢了！》是 L 君的呕心之作，不忍不看，不忍细看。书中 L 君写道：“一个人如果不在生活中落到一个很低的状态，他是不会看清许多问题，弄清许多道理的，他也不会以一种感恩的姿态，去珍惜眼前的生活。”他还写道：“磨难折磨着人，磨难也在考验、锻炼着人。历经磨难，如果你没有被打倒，那么你一定会有所收获，你一定会变得更加坚强勇敢。从这一点来说，磨难是老师—— 一位我们不喜欢、不愿意遇见的老师。”L 君的书和事迹感动和激励了很多人，我想，这既是一位父亲的成功，也是这个家庭的幸运，故事的背后蕴藏的是那句普通和深刻的话，不抛弃、不放弃。如今，书里的“壮壮”已经快要大学毕业了，我见过他经常来找 L 君。提起儿子，L 君眼里总是多出了许多温情，是的，孩子的 18 岁是他从北京背回来的，其中的父爱如山是语言无法概括的。望着长大的儿子，话语间，L 君又有了新的“烦恼”，“我家那小子，还懵懵懂懂……”嗯，想抱孙子了！

2009 年的一天，L 君突然叫住我，“你也写一篇关于合肥的文章吧，试试看，能写什么样就什么样。”对于合肥，我其实算个外来人，但对这座城市多少有些自己的感受，写就写吧，完稿后发给了他，很快L君打来电话，写得不错云云，还建议把文章的题目改成《我渐行渐近的合肥》。后来得知，L君与公司办公室的潘林松合作，一起做了一件很有意义的事情，在新中国成立六十周年之际，请60位在合肥的作家、学者等各界人士每人写一篇关于合肥的散文，然后整理成册，交由出版社出版，在2009年10月1日首发，于是这本《阅读合肥》面世了，后来在书店里销量出奇的好。喜悦之余，L君私下和我感叹，瞅别人的稿子瞅“伤”的了，校对是件苦差事，那条向认识和不认识的作者约稿的短信会永远保留。现在想想，这是L君对自己“合肥情怀”的一次完美策划。

跟你熟了，L君会做一些你想不到的事。我是个“触网”很晚的人，说来不信，《阅读合肥》的那篇文章还是抽空在网吧里敲出来的。2009年下半年家里安上了网，赶潮流也开通了一个博客，把那篇文章发了上去。第二天，L君居然打来了电话，一本正经地说，喜事，要请客啊。我一头雾水，原来L君抢到了博客的“沙发”，我就纳闷，昨天开的博客，还没告诉别人，他怎么知道的。后来明白了，我开通后登陆了L君的博客，有了痕迹，文章暴露了我是谁。再后来，因为兼职的原因，有时很晚才睡，就上网发发博文，都是凌晨几点了。有一天L君又见到我时，他悄悄把我喊到一边，声音很低却有些严肃地讲，最近在忙什么，搞那么晚才睡，要注意休息，身体要紧云云，我连忙解释一番，感谢一番，感觉此时的L君就像一位邻家的老哥，虽不在你身边，却总在时刻关注着你，总在不经意间温暖着你。

2010年，L君有了一个全新的舞台，他走马上任合肥最大的图书零售卖场安徽图书城的经理。放眼全国的大书店，像L君这样是一位出书人又是一位卖书人，并走上领导岗位，很不多见，看上去文质彬彬的L君很快进入了角色。因为自己的事迹，L君有一个优势，他在新闻和媒介圈有自己的人脉资源，L君与《新安晚报》副刊部主任马丽春一拍即合，安徽图书城和《新安晚报》联手，“周末七点档·新安读书沙龙”在2010年8月28日晚于书城一楼正式开场，这是L君想到的借力强势媒体，合作举办读书沙龙的创新之举。随后新安读书沙龙在省城逐渐声名鹊起，从最初的电话邀约嘉宾，到后来名家主动参与，沙龙给安徽图书城乃至省城带来了浓郁的读书氛围和崭新的阅读感受。村上春树作品《1Q84》翻译者施小炜，《酥油》作者江觉迟，

叶纯(后排右二)、刘政屏等合影(2012.2.3)

教育专家孙云晓,美女作家闫红,国家一级编剧王丽萍,合肥知名水墨漫画家吕士民,台湾东吴大学合肥籍物理系教授郭中一,嫁入马鞍山的韩国新娘金美净等一大批不同背景的嘉宾纷纷亮相图书城,书店乘机开辟了主题书架和皖籍作家专柜,开拓了新的市场空间。印象很深的是,L君对沙龙中的人都是自来熟,常常在旁边给我们介绍,这是谁谁,写的什么书;那是谁谁,是干什么的;某某今天也来了,他也是《阅读合肥》的作者之一,写的是哪一篇等。在L君的“牵线”下,我们认识了不少“圈内人士”,有时在想,L君的到来,就如一名空降兵,他使书城的发展换了一种思路,也使我们对很多的名字渐渐熟悉,渐渐清晰。

L君是写书人,是卖书人,更是一位读书人。他常常讲,卖书人更要是读书人,他会在各种场合讲读书的事,某某是怎么坚持读书的,提到的名字有潘小平。他讲潘小平看书是书看不完就摊在客厅地上，逼着自己看，看完后再收起来。在他的一篇文章《为什么还要读书》中，L 君写道："我曾经对一位年轻的母亲说过，为了以后你孩子没完没了的这也为什么那也为什么，让他（她）觉得你了不起、很伟大，而不是看不上、瞧不起，觉得你没文化，你需要读书"，"我曾经对一位年轻的小伙子说，为了你和别人聊天甚至吹牛的时候，你可以比别人知道得更多更准，你能够说得别人一愣一愣的直佩服，你需要读书"，"我曾经有很多时候追求一些不该追求的，计较一些不该计较的，看不明白许多东西，搞不清楚许多问题，但后来我发现读书可以教会我许多，让我明白许多，让我的日子自在许多、敞亮许多。看来，为了好好地活着，潇洒自如地活着，我们必须读书"。对书店的员工，身为领导的 L 君不止一遍的讲过这样一句话："一句，哪怕仅仅是一句内行的话，没准就会促成一笔生意。因为我们是图书城的员工，介绍图书、让读者买到他们想要的图书是我们的义务；卖更多的书，让更多的书随着读者从图书城的大门出去，而不是从图书城的后门退回到出版社去，是我们努力的方向。因为只有卖更多的书，我们才会有更好的收益。因此，为了我们的工作和生活，我们必须读书。"于是，安徽图书城有了自己的"读书会"，这是安徽图书城开业第十年发生的事。如今，读书会已经举办了十几期，我一直认为，没有 L 君，这一切无从谈起，无从坚持，L 君带给书城的变化是深刻而久远的。

书店卖书，总离不开签售这件事，对签名售书，L 君有自己的见解。"尽管为别人举办过数十场签售会，之前自己也出版过三本个人的集子，但对于签名售书这件事，我一直是保持足够的距离的。因为我太知道签名售书这件事的水深水浅，它需要充分的策划、宣传，需要精细的落实、准备，需要全面的统筹、安排，除此之外，还需要一套完备的应急预案，也就是可能出现的情况及如何应对。"这是 L 君博客里的一段话，这是 2010 年 10 月 30 日 L 君说的"还真的就签了一回"，五个属虎的人，许春樵，赵昂，苏北，L 君，吕士民，《五虎出列》，潘小平谓之《呼啸而过》，同一天，L 君的《倾听合肥》面世。印象最深刻的是，在现场第一次见到了 L 君眼里"那个向我跑来的女人"。"微胖、短发，那个向我一路小跑过来的女人，是我的妻子"，一家三口的合影是如此的温馨。

L 君有时也挺会"害"人的，经营什么不好，非去卖什么扑克，不但卖，还挺痴迷的，连儿子的名字也似乎与扑克有关系（这是我猜的，呵呵）。据他讲，他收藏的扑克有好几千副了，这个我相信，有条件嘛，只要来货，他一般会统统来一副。还会收拾，店里的扑克专柜只要销量不好，L 君下去摆弄摆弄，位置调调，扑克又动销得快了。这就是他专业的地方，他知道如何去推销。我就吧唧一下掉坑里了，难怪那天对我讲这扑克可是有“毒”的，不能碰。是不能碰，碰着就爱不释手了，流出去的是好多好多银两，哎！

L 君痴迷合肥，更痴迷合肥方言，“闹门子”“屁磨”“值价”“不得手”，这些原汁原味的合肥话在 L 君的眼里是如此的地道，他的新书《享受合肥方言》即将面世，这就是 L 君，说到做到，要为这座城市留下些什么，因为方言，还见到《庐州方言考释》的作者王光汉老师来找过 L 君，这是一位非常朴素非常谦虚的学者，在《合肥晚报》上连载作品的“白丁”就是他，一时间很有触动，做学问做事情就应该这样，来不得半点浮躁。

L 君的故事还会很多，还会很长，就如他喜欢步行一样，别人是跟不上他的，如果你是一位热爱合肥的人，其实，他就在你身边。

L 君是谁？合肥刘政屏是也。

我眼中的刘政屏先生

李　薇

认识刘政屏先生已经很多年了，小时候经常在报纸上读先生的文章，那时候能在报纸上发表文章可是很了不起的事。从父亲的口中得知，这么了不起的人居然是爸爸的同事，惊讶之余不由得心中油然升起一丝丝的得意，我们的身边居然有一位作家哎！

长大后女承父业，进入新华书店工作，和先生成了同事，因为对文学的些许爱好，经常得到先生的指点，渐渐地熟络起来，才发现，从小在心中仰视的人，竟然是这么风趣、幽默、和蔼、亲切，当然，一如我一直想象的那样，博学、儒雅、文艺范十足！

熟悉之后，我才了解到，这么开朗爽利的人曾经经历过我所不能想象的困难与艰辛，他的坚强与坚持深深打动了我。在他的第一本书出版发行后，我是眼含热泪一口气读完的，他对儿子的爱、他与妻子的相濡以沫、他面对逆境的勇气与智慧，无不深深感动着我！也教会我在以后的人生道路中，面对困难，不抛弃、不放弃，坚持就是胜利！

说起先生的第一本书，在我们新华书店可是破天荒头一次，卖书人成了写书人，书店的书架上也摆上了我们同事的作品，更没有想到的是，这只是开始，以后几年，先生笔耕不辍，作品不断！万万没有想到的是，在先生的提携下，我的一篇文章也收入了先生策划的作品集《阅读合肥》中，我也能得意地告诉我的家人，我的文章也出现在书中了，而且书店有卖，而且销量不错哦！

2011年，我幸运地调到先生身边工作，耳濡目染，从先生身上学到太多太多的东西，也看到一个完全不一样的先生。

以前只觉得先生儒雅、谦和，在我眼里更多的是作家的角色。现在来到先生身边工作后，才发现先生也是个雷厉风行、作风干练、极富生意头脑的精明的管理者和经营者。先生精力充沛，对工作充满热情，对员工宽严并济，经常策划各种各样的活动，可谓丰富多彩：《周末七点档》与媒体合作，与读者互动，已经成为安徽图书城的一个品牌活动；“读书会”鼓励员工多读书、读好书，已经成为员工工作之余的一项重要活动；春天先生带领大家爬山锻炼、夏天带领大家漫步环城路、秋天号召大家为“候鸟”儿童捐款奉献爱心、冬天举办慈善迎新晚会大家欢聚一堂……总之，在安徽图书城工作，每一天都过得非常充实！

先生还是一个充满爱心的人，有着一颗非常柔软、易感的心。他是安徽倡议捐赠造血干细胞的第一人，多年来义务宣传、鼓励大家捐赠造血干细胞，并且是安徽第一批的捐赠人士。除此以外，为弱势群体捐款、做善事，对先生来说是再寻常不过的事情。在他的影响和带动下，大家都行动起来了，图书城还成立了自己的爱心慈善基

李薇（前排左四）、刘政屏等合影（2012.8.28）

金。其中，2012年的夏天，为坚强女孩小琪琪捐款是最让我难以忘怀的一件事！

夏天的一个清晨，早班会上，先生交给我一份报纸，让我给同事们读一个叫琪琪的小女孩的故事。琪琪是个9岁的小姑娘，因为母亲高位截瘫，小小年纪的她已经辍学在家承担起照顾母亲的重担。读着读着，我的声音越来越哽咽、越来越低沉，还没读到一半，我的泪水早已控制不住地夺眶而出，再也读不下去了。先生接过报纸继续把琪琪的故事读完，开早班会的员工尤其是女员工几乎都在低头擦拭着泪水，大家的心紧紧地揪了起来，都被这个坚强的小姑娘深深打动了，同时也非常关心这个小姑娘的命运。

早班会后，大家都想去看一看这个孩子，先生立即联系报社记者，了解到琪琪的母亲正在中医学院住院，琪琪一直在身边照顾她。先生带头捐款，大家积极响应，短短的时间就捐了3000元左右，先生还提议从图书城爱心基金里支出一点钱买了书包、文具、教材和课外读物送给小琪琪。先生心细如发，知道她喜欢画画，特地为她买了画笔，想着她应该缺少玩具，还准备了一个可爱的布偶兔子送给她。准备就绪后，先生一行6人带着大家的关心和爱来到了中医学院住院部，一走进病房，先生把捐款送到了她妈妈手上，嘱咐她一定要让小琪琪上学，学会了本领才能更好地照顾妈妈，又把书包和玩具送到小琪琪手上，小琪琪抱着爱不释手。我握着小琪琪的手，天哪！这哪是一个9岁小女孩的手，粗糙程度比一个成年男人还厉害，我的心猛地疼了一下，泪水再次控制不住地喷涌而出。这个小姑娘让我感到心疼，9岁本来还是在母亲怀里撒娇的年纪，却承受了不该承受的一切，瘦弱的肩膀已经成为她妈妈的依靠，而这样的生活她已经过了两年。

从医院回来后，先生和我们大家一直持续关注着小琪琪，几天后先生兴高采烈地告诉我们一个好消息，琪琪已经回到学校继续上学了。这个消息让我们激动之余倍感欣慰，我第一次觉得自己小小的一份力量也能改变一个人的命运。在先生的影响和带动下，我第一次觉得做慈善并不是只有大人物才可以做到，普通的我们也可以，善念不仅在一念之间，更要落实在行动上！我也真正体会到先生常说的那句话：能帮助别人，真的很快乐！

先生热爱生活，极具生活情趣，喜欢收藏各种各样有纪念意义的东西，书、邮票、扑克牌，甚至易拉罐都成为他的藏品，在我们眼里没有任何价值的东西，在先生的眼里都成了艺术品。有一次，一个同事喝一瓶可口可乐，无意间让先生看见，他眼前一亮，因为发现易拉罐上有中国奥运冠军的图像，先生立即就想到如果把有着不同奥运冠军图像的易拉罐收集齐，那是多么有意思的一件事情。他当时就到超市买回一箱可乐，请大家喝，然后把一个个空瓶子用纸小心翼翼地包起来，装在一个箱子里，心满意足地抱回家了。类似这样可爱的事情可真是不少呢，从先生身上，我领悟到只有真正热爱生活的人，才能发现生活中的美好和乐趣，才能生活得更有质量，才能让生命更加丰满、厚重！

读万卷书不如行万里路，行万里路不如拜良师。古语说得好：“听君一席话，胜读十年书。”真心说一句：认识先生，真乃三生有幸也！

酒品　人品

赵世萍

听说刘政屏经理是在好多年以前了，那时的我在安徽图书城一楼担任楼层主管职务。2006年的一天午间，同事们趁着顾客不多的时候，正在整理各自片区的书架，我也上前一起收拾着。文学组的一位同事指着一本书说："你看，这是我们书店里的一位领导写的唉！"我顺着他的手指方向看到了一本封面设计简单雅致的书，一如它的书名《月明风清》。随手翻了几页，文字清新、文风朴实，里面那一篇篇精致的世间小品，让我一下记住了这位来自身边的作家。之后的几年里，每当他有新作问世，总会不自觉地关注起来。

没承想，三年后我竟机缘巧合地调到了刘政屏经理分管的部门工作。这个时候才真正地开始了解这样一个写书卖书的人。他是一个做事情非常细致的人，我所拟的每一个通知、方案等文字材料送到他那里，他都会细心地修改，纠正我所写材料中的一些错误，并告诉我其中存在的一些问题，这点对于我这个刚刚接触这个领域的人来说，非常得宝贵，我在他的指导中更快地成长起来；他是一个豁达且懂得感恩的人，听说他的孩子得过重病，他一边安慰着家里的老人和妻子，一边坚持给孩子做治疗，花费了很多心血及精力，最终战胜病魔。他说在他遇到这样大的困难时，是单位领导及同事们的帮助，陪伴着他渡过了难关，他在这个公司付出怎样的辛苦都是心甘情愿、毫无怨言的；他是个非常懂得生活的人，他承包了家里给孩子和爱人买衣服的任务，将家人照料得妥帖又温暖。

在这里，我特别想和大家分享的是他的一个很有特色的特点，他是一个没有多少酒量却有着良好酒品的人。我所在的这个部门是营销部，由于工作的原因，常会接待来访的客人，也免不了吃饭应酬。我和刘经理第一次一起接待来访者时，席间，看他那一副豪爽的样子，一杯杯烈酒下了肚从不说一个“不”字，心想他该有多大的酒量呀？中场，我去了趟洗手间，回来后却不见了他的人影。问过其他人，才知到他已经倒在沙发上睡着了。熟悉他的同事对我说：“没事，他睡一觉就好了。”我奇怪地问道：“原来他并不能喝啊？”同事的话很精辟：“拿喝酒来说，可分为三种人，一种是不能喝酒的人，一种是能喝酒的人，还有一种是不能喝却敢喝的人。而刘经理就属于不能喝却敢喝的人。”这样说过后，我好像有一点懂了。

赵世萍、刘政屏合影(2013.8.31)

时间一长，我便适应了他这种风格，订饭店之前首先考查一下包厢里有无沙发，以备用。他也是一如既往地在前半场冲锋陷阵，而后半场则在沙发上见。有一次我忍不住问他：“你不能喝酒，为什么还要那样拼命喝啊？”他说：“酒品如人品，这点困难就不敢迎面而上，还怎么做事情啊？！”我听后极为惭愧，心想我到什么时候才能做一个不能喝酒却敢喝酒的人啊！

刘经理喝酒还有一个特色，那就是将与沙发相拥的时间向后推迟的绝招：吃冰淇淋。为了更迟一些醉倒，不论是数九寒天还是三伏酷暑，在他还有点清醒的时候，他会让我们或是饭店的人赶紧找冰淇淋来，等他大口吃完后又可以撑上一会儿了。

有一回是朋友们在一起吃饭，饭吃到一半，又不见了他的踪影。可是这个包厢中没有沙发，习惯于他中途离场的我们猜想他可能是回家了吧，就继续进行下去了。等到一个小时后，我们下楼离开酒店时却意外地发现，他竟然睡在酒店大厅的沙发上，看来他总是有办法能找到后半场的休息处啊！我们叫醒他后，他的酒已经醒了大半，整理好衣服，他又一如往日那般儒雅地走在了大家的前头，好像他从未醉倒过一样。我想起韩剧当中的一句经典台词：歌唱吧！就像没有任何人聆听一样。在这里我想改成：喝酒吧！就像从来没有酩酊大醉过一样。

我的刘经理

肖 雯

大学生活结束之后，我来到了四牌楼新华书店上班，至今已有快十一年的时间了。在这里，我结识了很多老师和朋友，而对我影响最大的几位前辈中，就有我习惯称呼为“我的刘经理”的刘政屏。

2004年入夏前，有家出版社在市场上推出了一款很有特色的绘本图书，为了让书能够迅速打进市场，他们特意请了一位很有名气的推销师来到我们的卖场为小朋友们讲故事。活动持续了一个星期，现场反应特别的好，在庆功宴的饭桌上，刘经理突然说：“为什么我们不能自己组建一支这样的队伍呢？书店里现在的大姑娘小伙子也挺多的，你们觉得怎么样？”大家都说挺好的，但大家都以为刘经理不过是一时兴起随口说说，谁也没有往心里去。哪知道没过多久，“故事姐姐（哥哥）”比赛就真的办起来了，我因此也成了一位“故事姐姐”。队伍成立以后，为了增加噱头，刘经理根据每个人的特点为我们取了很多“艺名”。什么“萍萍姐姐”“红红姐姐”“大拇指哥哥”还有我的“雯雯姐姐”（窃喜）。

我们的第一次演出是在那一年的六一儿童节。一大早刘经理他就到四牌楼书店布置会场。刘经理很细心，一个话筒、一块红地毯、几十个小板凳，都被他放得妥妥帖帖，一会儿工夫，一个小演出场地就像模像样地出现在大家的面前了。

我们这些“故事姐姐（哥哥）”上台前，刘经理千叮万嘱地说：“千万别紧张啊，上台的时候可千万千万别忘词了，要是真的忘了，你们可要赶紧地想办法，把它兜回来啊！”我们感觉，其实那时候最紧张的人应该是刘经理，活动还没有开始，他的汗已经挂满了脸。他就怕我们怯场、忘词，怕我们把这首场秀给弄砸了……谁知道那天

肖雯、李薇、刘政屏等合影(2014.7.10)

现场的反响特别的好,小朋友们可喜欢了,台下掌声一片。刘经理一看到这场面,拉着我们激动地说:“看看,我们成功了!”紧接着,我们又赶了两个场。一场结束了,就要赶紧收拾行装往下一个书店去,那一刻,感觉自己特别的像明星大腕。

一天的活动结束后,大家聚在一起边吃饭边总结。刘经理很神秘地看着我们说,“你们可注意啦?”“注意?注意什么啦?”我们很好奇地看着刘经理,当时大家只顾着讲故事,谁还能注意到什么呢?“告诉你们一个秘密,你们都有小粉丝了!”“小粉丝?什么小粉丝?”“最后在科教书店讲故事的时候,我发现有几个小朋友从四牌楼一直跟到图书城再到三孝口。那不就是你们的追随者、小粉丝吗?”“我们都有小粉丝了!太好了!”大家欢笑着、打趣着。回想起来,那一天虽然是疲惫的,可大家感觉更多的是开心。

之后的日子里,我们正常的上下班,业余的时候刘经理就给我们开小灶,补补课。他对我们的要求也越来越严,一个表情、一个小小的动作,都要重复地练上几十遍。时间一长,我们就名声在外了。很多分公司都邀请我们去讲故事。

8 月里的一天,我们应肥东分公司的邀请去了撮镇的便民店。那里的同事特意组织了一批镇上幼儿园的小朋友来听故事。虽然场地有些简陋,但小朋友们的热情却很高涨。不过那天的我很不在状态,报幕主持和讲故事的时候总是出错,一出错,台下的小朋友就闹哄哄的。我一着急随口就喊"不要吵,不要吵了!你们一个一个的说……"故事就这样在吵闹中结束了。我一走下台,刘经理就盯着我和别的"哥哥""姐姐"们说:"看,我们的雯雯姐姐现在变成了'吵吵姐姐'啦!"说完大家都笑了。我明白刘经理的玩笑话,感觉很不好意思。

清楚地记得,那天的故事会结束的时候,我们正帮着小朋友们一起收拾板凳,突然有个小女孩跑到我身边对我说:"姐姐,你说的故事太好听了!""喜欢吗?姐姐以后有机会还讲给你们听!""姐姐,我能亲亲你吗?我好喜欢你。"我听到这句话,当时心里就乐开了花。第一次感到,我真的可以给别人带来开心。

故事哥哥故事姐姐的活动办得真是很成功,我也因为这次的活动和刘经理走得更近了。后来的日子里,有机会时刘经理就会喊上我们小聚,大家在一起轻松地聊聊工作聊聊生活。每次聊天时我都会和刘经理说说生活和工作上遇到的事情,而他也像一位亲切的长辈一样耐心地告诉我怎么做才是对的。和他聊天你也永远不会感觉到无聊,因为他随时随地都会蹦出一些新奇独特的想法。

有时候我在想,刘经理的工作之所以能做得这么出色,应该是与他对工作的热情和执著分不开的。而我也正是因为有了他——我的刘经理,更清楚地知道了自己需要努力的方向。

这一切才刚刚开始

——《享受合肥方言》序

潘小平

最近，一张“方言地图”在网络上悄然走红，在布满图标的地图上，黄色系表示客家话，蓝色系表示福建话，橘红色表示吴语，紫色系表示粤语，棕红色表示湘语，玫红色表示赣语，棕色表示晋语……从2009年开始草创，到2013年4月正式上线，两个美国人，柯祎蓝和司圆直，用这样一张“有声地图”，来记录中国“正在消失的方言”。

当然，柯祎蓝和司圆直，是他们的中国名字。在“推普”仍然是中国语言发展的基调，英语越来越成为世界通行用语的今天，两个美国人：美国亚利桑那大学英语和语言学硕士 Steve Hansen（司圆直），和清华大学(中国台北)语言学研究生 Kellen Parker（柯祎蓝）为保持中国语言多样性所做的努力，令人感动。

飞机、高铁、高速，飞驰的岁月，掩盖了“少小离家老大回”的乡思；普通话流播天下的当下，淹没了“乡音无改鬓毛衰”的乡愁。随着现代化、城镇化、信息化、全球化，迫使汉语方言迅速退出社会流通的大舞台，与方言流失同步的，是文化传承的危机，是文化差异性和多样性的消除，是民俗文化和区域情感消亡的危险。

方言不仅是一种交流工具，更是一种文化载体，从文化学的角度上说，方言是地域文化得以沉淀的重要形式，是地域文化认同的重要标志，是地域文化建构与传承的重要手段。方言的流失意味着地域文化的缺失甚至消亡，而方言作为“第一母语”，凝结着持有者真实的生活经验和鲜活的情感体验。

也正是从这一意义上，从这一文化高度，我们才能充分认识和肯定刘政屏的《享受合肥方言》。合肥地处江淮之间，兼容南北文化，其方言承载的民俗、趣味、情

潘小平、刘政屏合影(2010.12.18)

感、经验,丰富、鲜活、驳杂,是对江淮地域文化最生动的表达。过去,读张氏姐妹张允和的《张家旧事》,其中的方言俚语就曾对我有极大的吸引,可惜很多在现代生活中都消失了。著名语言学家,吴语研究专家钱乃荣说:“方言是最自然本质地表达中国多元文化的根茎。”钱乃荣致力于吴语研究和方言保护,曾研究开发“上海话输入法”,在吴语区乃至全国都引起很大的反响。而刘政屏的《享受合肥方言》,则是从民间的角度,对合肥方言进行的抢救性保护,是希望通过自己的努力,记录合肥方言难以置信的多样性和丰富性,重现它曾经拥有的强大和鲜活。在普通话主导的社会语境中,方言的生存空间日渐狭窄。而随着城乡一体化进程和人口的频繁流动,“闹门子”“吵闲话”“烈躁”“三不三”等极富表现力的合肥方言,在当下生活中都不复存在了。好在通过政屏的描述,我们得以认识它们,重新唤起那些逝去的记忆。

很多年以前，刚到合肥的时候，我曾写过一组名为《合肥方言考》的随笔，那时合肥方言带给我的惊奇不言而喻。而短短二十年间，我在文章中写到的合肥方言："得味""崭""做夹子""搭披厦"等，年轻一代已经不再使用，或是十分陌生。方言通过代际传播，现在的很多家长，在孩子牙牙学语阶段，就不许他们说方言，怕影响了普通话的发音。从小就割断孩子与方言的联系，加上学校的强制普通话教学，直接造成了方言的断层。而依照五四时期的语言学家刘半农的说法，方言是一种"地域的神味"，如此，合肥方言的消失，意味着合肥正在"失神"。

所以"这一切才刚刚开始"，拯救方言，就是拯救地域文化，就是打捞民间记忆，就是提升文化自信。

去做吧，让我们一起努力。

乡音乡情倍温馨

——《享受合肥方言》读后感

牛　耘

读《享受合肥方言》，确实是个享受，它给我带来了浓浓的乡情和艺术享受，并激起了我对往事的回忆和遐思。

记得从我懂事时起，接触的长辈亲友和邻里人等，相互交流的都是合肥方言；我从小到大，学的、说的也是合肥方言。环境的熏陶，使合肥方言在我的脑海里扎下了坚不可拔的深根。并为此而闹过一些小小的纠纷，但也联系了乡里的友情。

记得在少年时代，我在芜湖内思中学念初中，全班40多个同学，只有我一人讲合肥方言。国文老师为了语言规范，费尽心血地教我改说标准话（即普通话），但我口笨，就是改不好，受到同学们的嘲笑，有的人还写顺口溜来讽刺我，溜曰：

合肥大爷真出气
出门就唱小刀戏
开口便讲老母鸡
洗把脸来拜土地　（注：合肥方言读洗为“死”，念地为“自”。）

为此，我和同学们发生过多次争吵，并在一气之下，发誓要对着干，把合肥方言永远讲下去。直至今天，我已是耄耋老人了，依然满嘴方言，改不掉。

然而，随着社会的变革，城市的发展，以及普通话的深入普及，曾经风光一时的合肥方言，受到歧视、排挤，正在走向消亡。对此，我深感痛心与惋惜，也深感无奈与无力。由是，我每次见到有关合肥方言的研究和阐述文章，都要抢先拜读，认真品味，还经常满腔热情地向这些专家、教授和有志之士脱帽致敬。因为我是合肥老土著，对合肥方言情有独钟，感情深厚。

最近，我又被一本《享受合肥方言》的新书吸引住眼球。首先，封面装帧新颖，显示了乡风民俗的特色，惹人喜欢。翻阅书的内容，不仅图文并茂，丰富多彩，而且深度挖掘，释义准确，再加上俏皮的语言和传神的配图，使我越看越“得味”，越看越过瘾。

牛耘、刘政屏合影(2011.1.29)

在此，我随手举几个例子来简单加以介绍。例如：臭蛋、戳搅、煻灰、失良和讹毫子、支个单等合肥方言，其中有些早已失传，有的甚至连我们这些八九十岁的老合肥也感到陌生。试看那“臭蛋”一词，说的就是今天的樟脑丸。本书释义很准确，语言很精练，也很俏皮。那配图画的是两个小孩，一个跪在地面上用臭蛋给蚂蚁画圈，一个小孩弯着腰在出神地看。真是画龙点睛，妙不可言。顿时使我想起了许多往事。记得在四十年前，我曾将“青灯有味忆儿时”一句古诗，改为“臭蛋有味忆儿时”的标题，写了一篇“豆腐干”小文章，回忆自己在五六岁时，和小伙伴们玩“臭蛋”的趣事。因“臭蛋”怪味刺鼻，蚂蚁碰到便后退，于是我们就用“臭蛋”在地面上画个圆圈，把蚂蚁捉到圈内；或在蚂蚁聚集之处，画个圆圈，让蚂蚁逃窜不出，四处乱转，引得我们哈哈大笑。此次欣赏到这则趣味盎然的图文配，虽已垂垂老矣，但感觉似乎童心再现。还有“失良”一词，我乍一见，先是一脸茫然，不知何意，再看释文和配图，那六七十年前的旧情便一股脑浮现眼前，当时，曾有许多长辈、父辈就这样地操着“失良”的口头禅，给我以谆谆教诲、热情鼓励和倾心关爱。回忆至此，怀念之情便油然而生。

至于“蔌菜饭”一词的解释和“蔌”字的写法，都很到位。因这“蔌”字乃蔬菜之总称，合肥旧有“无鸡不成席，无荤不待客”的民谚，所以讲自家吃的是“蔌菜饭”，招待客人说是吃“蔌菜饭”，都是老合肥人自谦的客气话。我曾经看到有的人把“蔌菜饭”写成“熟菜饭”。那“熟”字用在这里很不妥，试想，鸡鱼肉蛋等大荤，也要弄熟了才能吃，也可称为“熟菜饭”，和那个自谦的“蔌菜饭”，即不能待客的素菜饭是不能混为一谈。

我十分欣赏《享受合肥方言》一书的多姿多彩，更佩服作者刘政屏对合肥风物、合肥方言的苦心钻研，以及他的知识渊博，贡献多多。同时还赞同他在“自序”中的提议：“从历史和文化的角度来看，方言不但是一个地方的特色与记忆，更是一个民族种群的历史、传统与文化，不能够也不应该把它们完全丢弃。”我想，是否能再补充一句，即：“方言是凝聚一方人民情感的纽带。”这是我亲身体验的结论。过去，我到上海、南京等地出差，曾因方言的认同，而得到寓居当地合肥老乡的热情帮助。在抗日战争期间，全国人民同仇敌忾，奋起反抗，那种不怕牺牲的爱国主义精神，其中就有着民族、历史和乡土文化（包括方言在内）孕育形成的因素，也是区域情感凝聚的升华。岂能等闲视之。

感谢《享受合肥方言》给我带来的种种享受，更感谢刘政屏、吕士民的珠联璧合，辛勤劳作，为我们创造的美味大餐！对此，我打油诗一首以赞：

释义准确挖掘深
配图灵动更传神
抚卷轻吟真得味
乡音乡情倍温馨

这个“生意”抢得好！

——读刘政屏《享受合肥方言》

王光汉

刘政屏先生在黄山书社出版的《享受合肥方言》面世后，文化界不少朋友和我调侃说：“这下可好，你《庐州方言考释》的生意给政屏抢走了！”朋友们为什么会说这个话呢？我看了政屏的书，发现朋友们讲的确实是有道理的：《享受合肥方言》有些很独到的东西，政屏通过妙趣横生的说解把合肥话搞成了一席香味俱全的大餐，味道比我的《庐州方言考释》好多了！

人讲合肥话不好听，土掉渣。嗨，这“不好听”“土掉渣”却正是“合肥土著”刘政屏先生的享受！一地方言都有一地方言的特色，谈不上哪个好听哪个不好听啊，“土”则正是方言的本色，是别具风味的一种“洋”嘛！许多很有修辞色彩、很有特殊内涵的说法换成普通话、换成其他方言来表达，都无法贴切到尽善尽美；纵使意思没什么变化，也会让人感到好像还是缺了什么，没有用自己方言说得到位，说得过瘾，说得煞馋。正因为如此，方言在推广普通话几十年后还未全衰，还有那么多人喜欢看媒体上的方言节目。政屏把合肥话拿来作为享受的对象，原因就在于合肥话有这种特具的魅力。

政屏曾说我的《庐州方言考释》“好得味”。“好得味”其实是合肥话本身所具有的。或许是我研究词典搞惯了，搞合肥话，只局限在语言层面上，只知道注个音，解个释，而后“咬文嚼字”说哪个字究竟该怎么写，举一点书证，或者自造两个用例，沿着的是研究的老套路，考虑的完全是学术。其中有很多涉及古音韵、词义源流等知识的文字，虽不少费了不少心血，但很难普及，《合肥晚报》不能登，一般群众不想看，看起来也会很累。那种学究式的文字不存在“享受”的分子，干瘪得像戈壁大沙漠出土的木乃伊。

而政屏先生是从文学角度着眼对其进行赏析，或由一个小事说起，引出合肥的某个说法，而后就这个说法做评点；或就几个相类说法做比较，指出在哪个场合该这样讲，哪个场合当那样说……娓娓道来，不乏诙谐，语言十分轻松。这对合肥话的解读是全新的套路，主心骨外有血有肉，使人感到的是一种生气！

王光汉（左一）与刘政屏、吕士民合影（2013.8.31）

生气缘于才气。政屏是个作家，有文学的才气在。他用作家的笔触，发挥"烹调"本事。既有"锅煮"功夫，又有大厨的炒、炸一类才艺，知道需要在哪里加料……经过他玩魔术似的上下扬锅、左右掌勺，使你平常所不经意的什么"得把""晕头鸡""撒歪尿""三不三""老曹妈是怎死的""扫、扛、肿、扒"之类的合肥话都成了饶有风味的可口小炒！再加上大画家吕士民先生对每个说法都配有融漫画与国画于一体的彩色插画，使《享受合肥方言》图文并茂，锦上添花！

我和政屏是好朋友。我们的相识是缘于《合肥晚报》的王晖先生。那时报社给我以“白丁”名义开了一个《乡音小考》专栏，王先生说政屏是我的“粉丝”，是合肥土著，说要见见。既是“合肥土著”要见我，或许就会对我的合肥话研究有所帮助，这样便时常交往了起来。交往中我发现政屏家乡情结很重，一直想为地方文化做些贡献。他发文说《庐州方言考释》“好得味”，无疑是因为他对家乡文化的热爱。

“好得味”要靠挖掘。政屏搞合肥话，经他一“享受”，那个得味就被他更进一步挖出来了。所以真正让合肥话得味起来的是政屏，《享受合肥方言》给人的是地地道道的“大快朵颐”！

我很希望多一些“合肥土著”来抢合肥话的“生意”。可惜的是合肥土著搞合肥话的并不多，相反我倒见有一些外地人凭想象在那儿干，动不动就讲合肥话是这样讲、那样讲，是这个意思、那个意思，搞得真假合肥话难分，这让我很担心。多一些“合肥土著”来研究，就会有比较多的文献使真合肥话得以留存。

合肥话是一座富含多种元素的宝藏，从不同角度会开采出不同的东西来。政屏别开生面，为合肥话的研究打开了一条普及化、趣味化的新路子，让我很感激。学问就是要学要问，我从政屏的书中获益甚多，我打内心感谢他抢我“生意”，以为这个“生意”抢得好！

《享受合肥方言》的内容，一部分是在《合肥晚报·最合肥》上刊发过的，一部分是后来陆续写出、尚未拿出的，可惜的是其涉及的合肥说法还太少。不过政屏在前言中说了，他还要“继续做下去”，我正翘首以待，希望他“生意”越做越大，越“抢”越妙！

享受，也是抢救

——评介刘政屏《享受合肥方言》

翁　飞

方言是什么？一不小心在百度上浏览了一下，居然得到如下很严肃的解答：

“严格意义上讲，方言属于非物质文化遗产。但是，并非所有的方言都是。也就是说，必须有承载方言的外在表现形式，如当地的戏曲、歌谣、笑话等。只有以这种形式表现出来的方言才有可能被选为国家或地方政府保护的对象。而单纯的方言是很难取得相应的保护措施的。”

可见，随着国家大规模的现代化和城镇化，交通通讯、媒体传播等手段的迅速推进，方言的萎缩乃至消失，已是一个显而易见的事实。

中国的语言文化，本自源远流长、博大精深。“车同轨，书同文”，尽管从秦始皇时代就实现了汉字书写格式的统一，但同样的文字，在各地的发音上却是千声百调，即所谓“五里不同音，十里不同调”。“少小离家老大回，乡音无改鬓毛衰”，对于远离家乡的天涯游子，只有这浓浓的乡音洗不掉悠久的岁月印痕和独特的地域情愫。

合肥方言，俗称庐州土话，是安徽五大地方戏徽（剧）、黄（梅戏）、庐（剧）、泗（州戏）、花（鼓灯）中庐剧的唱腔语本。在历史上，它的“出身”“式子”是很正的：由于魏晋南北朝的中原氏族大迁移浪潮，把中原官话带到了长江中下游，在原来通行吴楚方言的广大区域里形成了一个新的方言区，这就是后来所谓的“江淮官话”，说它是“官话”，因为它的父本是东晋南迁的世家大族官宦人家的通行语言，而逐渐融入当地土语（母本），“旧时王谢堂前燕，飞入寻常百姓家”，正可以用来形容这一状况。而按照语言学科细分，合肥、庐州及环巢湖一带，又属于江淮官话的“洪巢片区”（即洪泽湖、巢湖片区）。

到了明清两代，由于朱元璋、李鸿章两大枭雄的先后兴起，受到江淮官话影响的地域极为广大，最显著的城市就是天津，明初始设天津卫，李鸿章常驻二十五年，淮军拱卫津沽亦长达四分之一世纪，以至于这样一座与北京近在咫尺的城市，其方言的发音字根却深受江淮地域影响，直到前不久，天津的文史方言学者还来安徽沿淮和合肥寻根。

经考证，该方言的特点是南北交融、保留大量上古入声字。如庐江的“庐”与“鱼”“余”“驴”同音，都读入声；而“吃”“喝”“一”“七”“八”“十”“百”等，在环巢湖乡间至今仍读古入声。到了清末民初，随着李鸿章淮军和段祺瑞为首的北洋皖系集团接踵而起，“会讲合肥话，就把洋刀挎”，合肥话成为官场流行时尚语。更值得称道的是，1957 年 5 月，毛泽东主席、周恩来总理亲自接见赴京演出的庐剧演员丁玉兰等。所以，我们合肥话，实在是很有“拽”的资本。

政屏老弟的《享受合肥方言》（黄山书社 2013 年 8 月版），正是在方言土语日渐萎缩、而文化强省、强市日益兴盛的局面下诞生的，既是二律背反，又是理所当然。理由之一：合肥方言，从它诞生之日，即有强大之生命力生生不息至今。一个显著例证：合肥是个移民城市，刚解放，只有五万人口，历经建立省会、上山下乡、三线厂迁入，扩张何止十数百倍，当年合肥城，上海“阿拉”满街巷，“文革”期间，老母鸡、花生米、香油源源不断输入上海，紧接着海归创业，合肥物美价廉，兼容并包少歧视，于是乎，“阿拉”们现今也多是一口“老母鸡”（老猛兹）土话。

理由之二：方言，既然作为一种不可替代的地方文化表征，毫无疑问是“非遗”。越是地方的，就越是民族的、越是国际的，这是我们马克思主义老祖宗说过的经典。合肥方言，以它独特的南北混杂的语音、语感，土得掉渣又深奥人情世理的话语，展现出民族文化博大精深的语言智慧。而政屏老弟所搜集、整理、并加以诠释的土语词条，就是一种生动鲜活的展现。它让每一个在这块土地上生活的人们，感受到日常交友往来、言行举止中的无穷乐趣和无限意蕴。它会让你觉得：除了“一嘴小讲”,你是不是还“神神叨叨”;在合肥,你再“三不三”,到底“好大事”。做事情,千万不要“摸不到坟茔乱哭”,“实心鼻子还要抬竿通”……方言带来的土语、记忆、“小讲”,乃至鸡零狗碎的“狗蹄操”……在政屏的《享受合肥方言》里都表现得淋漓尽致。

翁飞、刘政屏合影(2013.12.12)

享受的过程同时也是抢救,抢救方言,就是抢救地域文化。政屏在序言里开宗明义就说了:时不我待!享受的同时,就是抢救!现在开始,还来得及!

我十分赞同他的观点,所以建议所有热爱家乡的人士、有志捍卫地域文化的同仁,都去看看这本篇幅不大的书。顺带提一句,书的彩色配图真的非常棒,出自于九死一生的著名漫画家吕士民老先生之手。

有心人哉

王　晖

我从呱呱坠地，到牙牙学语，再到琅琅读书，然后，大学毕业，进入纸媒，娶妻生女，依序顺延至当下，其间，除了年幼时随母亲去江南农村下放一年，以及工作后，外出开会、培训、旅游……将这些不在合肥的日子全部累加起来，估计也不过几度春秋。一句话，我的半生时间，确凿无疑是在这座城市度过的。因此，自称"庐阳土著"，肯定不会引发歧义。

即便如此，读了政屏兄惠赠的《享受合肥方言》，我这个"土著"还是不禁生发一连串感慨。

没想到家乡方言竟是如此丰富——这是我的第一个感慨。

翻开赠书，仅粗览一下目录，我就感到收入这本集子的方言词语不仅涵盖了日常生活的众多方面，还包括了许多精神层面的内容。总之，它以不大的篇幅，较为全面地折射出了栖息在合肥这片土地上的原居民丰富的生活和精神形态。最让我惭愧并感动的是，阅读这本书，我竟发现了一连串陌生词语，如：驳杂、临工下剪、毛乱天花、乒乓十五、不能以、提荤点素、叫嘴、讹毫子……能采集到这么多让我这个地道"老合肥"都不清楚的方言词语，既可见家乡方言词语丰富，也足证它们流失、消亡之速，更反映出政屏兄在方言保护领域视野之广阔，用功之勤勉，采集之深入，抢救之及时。

第二个感慨是，没想到家乡方言竟是如此幽默。

随着郭德纲用北京话讲相声走红京津，周立波以上海话演绎"海派清口"蜚声沪上，赵本山、小沈阳在"二人转"演出中以东北方言戏语逗说风靡大江南北，近年来，许多地方剧院都上演了用本地方言演出的节目；电台、电视台也出现了用方言主持的节目档。它们都以乡音的天然贴近性与强烈的幽默效果，赢得了受众首肯。翻阅《享受合肥方言》，倾听这“纸上声”，诸如：扯由子、笑眯搭痴、扎杠、忽东到西……读来感觉形神兼备，说起自然眉飞色舞，听到令人忍俊不禁，幽默度丝毫不逊于郭德纲相声、周立波“海派清口”和赵本山、小沈阳“二人转”中使用的那些方言词语。顺便说上一句，日常闲聊中，政屏兄似乎不是那种舌灿莲花的“绣口”。但透过他对这些幽默方言的采集、注释，读者却能深切感受到他拥有一颗机智风趣的“锦心”。太史公说：“余读孔氏书，想见其为人。”是的，读《享受合肥方言》，使我加深了对政屏兄丰富性格的了解。

至于第三个感慨，那是没想到可以用这种方式来保护家乡方言。

随着现代化、城市化、全球化速度的加快，人们越来越缅怀“昨夜月色”，包括方

王晖、刘政屏合影(2014.7.5)

言在内的乡土文化研究，正引起越来越多有心人的关注。安徽大学中文系研究员王光汉竭三十年之功，著成《庐州方言考释》，从音韵、字义、地方掌故等角度考察合肥方言本字，专著以收词全面、考释精准、学术严谨，引起学者和市民的广泛阅读兴趣。政屏兄多次与我谈及此书，推崇不已。我总认为，他对合肥方言研究如此痴迷，很大程度上是受了王光汉影响。但需强调的是，另辟蹊径，从享受方言的角度，去传播、抢救、保存方言，却是政屏兄一大创新。其优点是易于吸引更多读者，通过轻松阅读，润物细无声地认识、了解、掌握家乡方言。可以预见，随着《享受合肥方言》面世，政屏兄的苦心努力必将在更广阔范围和更久远时间里显示出成效。

上世纪初，梁漱溟目睹军阀混战给民众带来的苦难，援笔写下《吾曹不出如苍生何》一文，呼吁有心人奋起担道救世。目空四海的辜鸿铭翻阅放在北大教员休息室内的这篇文章后，摇晃着留有一撮辫子的脑袋，由衷称赞：“有心人哉！”现在，我愿借辜鸿铭此语，移赠给正热情满怀地保护家乡方言的政屏兄。

享受合肥方言

柴岚绮

年少的毛病，就是向往从未谋面过的异乡，不待见自己生活的小城，更不待见把自己熏陶大的合肥话，一张口，像吃那种大又圆的土烧饼，噼里啪啦往下掉渣。晚饭时间的电视里，那种本土市井新闻串烧，记者的话筒伸过去，小市民的哇啦声让观众捧着盖有咸肉的饭碗笑得一抖一抖的。虽然自己说的时候不觉得，但当熟悉的“母语”在正儿八经的电视上被放大，顿有种“哎呀怎么这么难听”的失落感。那时，喜欢北京话收梢处带的“儿”，喜欢东北官话曲里拐弯的韵味，广东人说话尽管听不懂，却羡慕那股“毛毛雨啦”的绵软洋气，台湾电视剧里的人发音更是好听，男的一律慢声慢气的儒雅，女的则嗲得婉约……好像，全天下的话都不像咱们的合肥话，夹枪带棒，发音又拐，说快了像打机关枪，一串一串往外哒哒哒冒，外地人听了，噎得半天缓不过劲。

到了中年，从前的很多不屑，被时光逐一缓缓颠覆，包括对本土方言的认识，也在光阴的浸润下，有了刷新。本地方言乡土气的外表底下，其实传递着独特鲜明的地域性格特征。比如，单描述一个“看”的意思，合肥话就有多种表达——瞅，簇，睺，瞄……画面感极强。“簇”，漫不经心里掩饰着惊涛骇浪。“睺”，直白到位不加遮掩的爱恨流露。简单刚烈的一个字，稳准狠地带你切入画面丰富的直播现场。

如今，合肥年轻人说方言的不多，大多操一口“江普”（江淮普通话），只有舌头被方言滋养得发硬的老合肥，怎么“撇”也“撇”不过来。多年前，有同事去北京出差，到某名牌大学参观，看到校园里有条河，很感兴趣，憋了半天，也在心里演练了好几回合，终于冲着陪同的北京人憋出一句普通话——湖（河）的滴（这）头到呐

（那）头，是通的吗？这个方言笑话，成为单位经典保留曲目，一而再再而三被重复提起，每次都毫无例外地激起最新鲜的笑声。

饭局上，老合肥们喜欢眯着眼考方言：上边，下边，两边，合肥话怎么讲？已渐渐自觉归属普通话体系的年轻人，抓耳挠腮胡言乱语却不得要领。正确答案公布：高抖，仔携，二傍边！全桌人都大笑起来。即使第一次坐一块吃饭的陌生人，也顿生亲切感，那是属于同物种之间的会意和默契。

都有过这样的心路历程——从不喜欢家乡方言，怀着浪迹天涯的决心，想逃脱方言土语的封锁包围，到植入血液和心灵的乡土情结，在某一特定时刻，苏醒并回归。总之，认识的大多数人，都以会说一口地道方言自豪。也有例外，有同学到异乡闯荡又辗转回来工作，即使小范围聚会，也不切换频道，仍用一口彻底的标准“京腔”聊天，虽浑圆得找不到破绽，却让知根知底的人有别扭和距离感。总忍不住要想，能和方言决裂得如此彻底的人，到底有多绝情？

以上这些，都是在看刘政屏的新书《享受合肥方言》之后，哗啦啦涌上心头的。对方言的感觉，一直是碎片式的，不过是偶尔应景“小讲”下。然而，这城市就有这么一个“得味”的人，很有耐心地，不紧不慢地，做着这种小碎片的收集工作，叠叠收收地，把它们逐一存放进记忆的档案盒，在合适的时机，用文字的丝线，配上妙趣横生的插图，串成了一件，凝结着民间记忆和乡土秘语的时光宝器。

印象里，刘政屏喜欢穿格子衬衣，讲话不急不躁，很多同事都说，听他讲话能听下去，因为讲得特别好玩，有意思。书生气的外表，却有着非常执著的心劲，想干一件事，总能干成。记得他刚萌生这本书的创意时，好像是前年。小区里初秋的栾树，正往下飘着细碎的小黄花，我们在路上遇到，他很快乐地讲着自己想把合肥话攒成一本书、一本好看的书的想法，当时我听得也很激动，频频点头，心里却也不是没有小嘀咕：方言小讲，能弄成书吗？现在，两年后的初秋，当栾树再次开花，这世上又多了一本有趣的书，而这座城市，也许因为有这本书的“画外音”解说，而为更多的人了解和热爱！

一本“好有味道”的书

叶　纯

曾经很是纠结过一件事情，关于写合肥方面的书太少了。到北京、上海等大城市，在书店里，介绍本地的书随手拈来，可是在合肥，关于合肥的书是少之又少。于是感慨，难找与合肥相关的书。

不过，一切在不经意间，慢慢发生了改变，因为一位合肥“土著”的执著。这不，2013 年 8 月 31 日，临近开学的日子，在安徽图书城，一本关于合肥方言的作品，《享受合肥方言》首发式隆重登场啦！说它隆重，因为是人气旺，瞧！赶来参加首发式的嘉宾还真不少，齐聚一堂，有潘小平、裴章传、翁飞、赵昂、苏北、赵焰、王光汉、李学军等著名作家学者，还有来自省城媒体的资深编辑、记者，如马丽春、张扬、戴煌、李云胜、程堂义、何素平等，平时也只在报纸上一见其名，今天终于一睹芳容。安徽公共频道主播袁媛友情客串了首发式。袁媛也是位土生土长的合肥人，由她来“呱呱”正好。一帮合肥人，一腔合肥话，“会说合肥话，就把洋刀挎”，翁飞的发言把人带到李鸿章时期，让人想起合肥话曾经的强势。的确，方言不仅是一种交流工具，更是一种文化载体。潘小平认为，刘政屏和吕士民合作的《享受合肥方言》不但以“微博 + 水墨漫画”的形式让人耳目一新，更是从民间的角度，对合肥方言进行的抢救性保护，这本书的出版，既填补了关于介绍合肥图书的空白，更是以很接地气的方式记录了合肥这座城市的乡土味，就像书名中的“享受”二字，作者时刻想为这座城市做些什么一样。在作者眼里，方言只存在听懂与听不懂，不存在好听与不好听的问题，这话实在，想想，还很有一番哲学的味道。

这真是一本很特别的书，不论你走到哪里，乡音是骨子里永远无法抹去的印痕。

叶纯、刘政屏合影(2014.6)

160则生动有趣的微博加上160幅趣味盎然的水墨漫画,以及16篇内容丰富的"趣谈","借方言的歧义来表达自己的人文理想和人生态度",让读者在较短的时间内能够深入浅出地了解合肥方言,进而达到"理解"和"享受"的境界。著名作家潘小平在《享受合肥方言》的序言中对此书的出版给予高度评价:"拯救方言,就是拯救地域文化,就是打捞民间记忆,就是提升文化自信。"难能可贵的是160幅漫画,配合着精练的文字,将那种"合肥味道"演绎的丝丝入扣,"三不三""烈躁""屎头混子",句句入耳,亲切之情油然而生。

签售现场,秩序井然,吕士民先生还现场为读者画十二生肖,报出你的属相,寥寥数笔,一个活灵活现的兔子,跃然纸上,还在啃大萝卜呢。忽然想到,这属相和方言不正是一个人最骨子里的东西,一生都改不了。

好戏连台,签售过后,是周末七点档的读书沙龙,与《最合肥》一起,呱呱合肥话。谈到合肥话,王光汉是专家,这位安徽大学中文系教授,长期从事语言文字及古籍整理研究工作，作为国家重点科研项目《汉语大词典》主要编撰人，他的“乡音小考”长期在《合肥晚报》上连载，猜猜，他的笔名？“白丁”。王光汉坦言，关于合肥方言的文学作品是太少，多一些这方面的创作，为挽救合肥自己的文化大家一起努力。而身为皖北人的吕士民对合肥方言的热爱，是因为邻居是合肥人，每次递烟都讲“兄弟，来，拔一根”。久而久之，吕老师也特别爱逛菜市，“好些钱一斤啊？”讲得特地道。话闸一开，旁听的读者纷纷抢说合肥话，“去家”“小糖怎卖的啊？”“你卡人哦”。最有意思的是周纯，讲一次在外地买东西，听到一个人讲了一句合肥话，倍感亲切，竟然跟在人家后面走了好长一段路……

我想，应该要感谢这位合肥“土著”，这本“折腾”了他三年的《享受合肥方言》终于出版了。细细算来，他还真的和合肥“杠”上了，自2009年参与编撰大型散文集《阅读合肥》后，2011年出版散文随笔集《倾听合肥》，如今这本又“赞”又“得味”的书又已面世。正如他自己说的，期待老合肥们能够因为这本书，唤醒他们对过去的记忆、对乡土的情怀。

“得味”的人，“得味”的书

李　春

认识刘政屏已经很多年了，他是我们这群人中为数不多的老合肥，和他在一起交谈闲聊，三言两语，有时他会自然地从刚开始正儿八经的普通话，转为地道的合肥话，还时不时蹦出几句合肥小讲。

读过刘政屏饱含深情的《就这样，我们赢了!》，也读过他一本正经品味生活、写就生活感悟的《月明风清》《让记忆有个落脚的地方》等，他的这些书，展现的是一个有经历、有担当，历练豁达又情感细腻的好男人形象。字里行间，我读到的刘政屏是家庭的好儿子、好丈夫、好爸爸；是圈子里的好哥们、好朋友。虽然这本《享受合肥方言》和他以往的写作大有不同，但是，我并不觉得意外，我想，了解刘政屏的人，都不会觉得意外，他只是把一直以来展现在我们面前的“口才”与学识，以及对合肥方言的依恋，以文字的方式交付了出来。

看到这本《享受合肥方言》的时候，眼前浮现的是刘政屏侃侃而谈的样子，是他大秀合肥话的样子，是他“得味”的音容笑貌。的确，这是一个极为贴切的书名，他一直“享受”着合肥带给他的所有，民俗、方言以及有关合肥的典故传说。他的“享受”，缘于对合肥不能忘记的记忆，缘于对合肥根深蒂固的爱。

通常民俗、方言、地方志之类的书籍，不受人待见，可是我桌上这本《享受合肥方言》却颇受欢迎，走过路过的同事、朋友，都会停下来，有的翻翻书，有的瞅瞅画，说上句“这书真得味”。

提到画，必须要说到此书的另一大特色，就是吕士民老先生为方言的配图。虽然和吕老从来没有谋面，但是，对他的画风一直颇为喜欢，觉得大俗中见大雅。大俗，因

李春(左二)、刘政屏等合影(2005.10.28)

为有乡土味;大雅,因为吕老的画风与丰子恺的风格颇有异曲同工之妙。

可以说,吕老的画为刘政屏的合肥方言解读增彩不少。一页页阅读,在享受合肥方言的同时,我们也仿佛漫步在老合肥的市井巷陌,感受着只属于合肥的人情世故,耳边不时传来“二百钱”“化得了”“不顾脸”,还有“丢人把牲口都丢得了”“看人家吃豆腐牙齿快”……

吕老,我熟悉画,不熟悉人,看他画的“护头”(见《享受合肥方言》069页),家常味、人情味神形兼备,不懂生活,我想画不出这样的“大俗”之作;刘政屏,我熟悉文字,也熟悉人,看这本书,时不时会有一种幻觉,好像他就坐在对面,兴致盎然地讲着“烧锅”“扫尘”,讲着“有老王怨老王,没老王想老王”“瓦罐养乌龟,越养越缩骨”。不热爱生活,我想,不会有这样生动的表情和如此“格式”一本书。你看,不知不觉，我也融入了合肥方言的氛围里，“格式”了一把。

这些年，刘政屏可谓硕果累累，他不仅仅走在生活的人情冷暖中，也走在合肥迅猛发展的大道上，更走在记忆与向往的双向列车上。因为有记忆，经过岁月沉淀，相信他一定还会写出更多更好更有个人风格的作品；因为有向往，经过春秋寒暑的磨砺，相信他一定会实现他为自己设定的每一个既定目标。

《享受合肥方言》是一本图文并茂的书，让我看到老合肥人对合肥的热爱，对地域文化难以割舍的情怀；也让我们这些新合肥人在了解本土文化的同时，有了强烈的归属感。

由于工作等各种原因，不见刘政屏已经很久了，读书如见人，我且享受合肥方言，享受他绘声绘色的讲述。

真的，就这么简单

——《就这么简单》序

许　辉

拿到一本散文随笔集，我喜欢先看集子的分辑，这很有意思，因为从这些分辑里，大约可以看得出作者的喜好和状态。编辑得好的散文随笔集，会一目了然、清清楚楚，而编辑得尚不成熟的本子，则会稍显杂乱、思路不明。

拿到政屏先生的这本散文随笔集《就这么简单》，我也是依“规”行事的。政屏这本散文随笔集在我个人的标准里，是编得好的，因为这本集子“就这么简单”，分类清晰，思路明确，一目了然，可以看得出作者对纸本书甚至市场的透彻了解和熟稔把握，这既是技术层面的，又是感受层面的，更是才智层面的。才智和思想并非只存在于纯粹的才智和思想中，所有的物质和技术都暗含着深邃的奥义，这正是人类思想具有丰富多样性的源泉。

《就这么简单》分为 5 辑。第 1 辑是“关乎生命的话题”，作者推崇的生命状态是“从狭小的自我走出来，抛开那让人常常沮丧、失落的有关生命长度和目标的思绪，努力加大我们有限生命的宽度和厚度，把自己放在一个更为广阔的地方，让它充满活力、发光放彩”，如此才“真正对得起我们的生命，这个仅仅属于我们一次的生命”。这一辑多为独白和言说，是思考，是反省，也是自问。这都是独特的。第 2 辑是“无风无雨又一年”，这一辑“有一种感觉越来越强烈”，“时间走得真快”；“有一种信念越来越明确”，“做自己真正愿意做喜欢做的事情”。这是岁月的回望，是一年中部分常态的生活，虽然平淡，却显现出日常生活的魅力和况味。

第 3 辑是“不和自己过不去”，是价值观的塑造、反省、思考和定义，是生活的定位，生活的艺术。第 4 辑“该搞哄个搞哄个”，多与合肥有关，是地域文化的专题，方

许辉、刘政屏合影(2014.9.14)

言、习俗、气质、哲理、民风等，都在其中。第5辑“应该是一种境界”，是读报的随笔，评堵车、贪腐、高考和拆迁，亦论无良、城市发展、抗争和命运。

政屏这本散文随笔集中的篇什多有随笔式的议论，这是《就这么简单》的文本特征。随笔式的议论是相对于散文的抒情和叙事而言的。在我看来，随笔虽然是散文的一种，但因其言说的特点，而被称为随笔。政屏这本集子中的文章大多找不到单纯的景物描写、传统的哲理象征、文学化的人物勾画，而随处呈现随笔式议论的元素。这正是政屏的文本独特。

这本散文随笔集中的篇什又多关乎人生观和价值观，这是《就这么简单》的文化特征。比如“关乎生命的话题”“该搞哄个搞哄个”，作者探讨了生命的价值和意义，从理性和价值观的不同视角观照相同或相近的事物，自会得出不同的结论，达致不同的境地。人生的价值没有完全等同的标准，人生的价值也总是因时而异、因地而异和因人而异的。庄子说大鹏要飞到九万里的高空才向南方飞去，志向十分的远大，而小蝉和斑鸠飞到树梢的高度也就满足了。是的，做大事当然振奋人心，但草窝里温暖的世俗生活也是让人流连忘返的呀！如何理解别人和善待自己，这正是政屏观察和思考的焦点。

这本散文随笔集中的篇什也多体现出政屏公共知识分子的道德认同，这是《就这么简单》的社会伦理特征。在我的印象中，政屏是个大忙人，事实也的确如此。但他观察人生，介入社会，臧否优劣的力度未曾减弱。以自己的知识、位置、文化、文字、言行影响现实和社会，是作家责任感的一部分。政屏的文字尤其突出了这种趋向，从他的篇章中，我们可感受到浓烈的正面的能量和力道。

热烈祝贺政屏《就这么简单》的面世出版！政屏有才华、有热情、有智慧、有文采，又有非同一般的内心体验和丰富的阅历，他的收获期正在到来，他的文学之树上，正枝繁叶茂，果实显现。我们热切地期待着！

2013年11月30日星期六，合肥五闲阁

冬天里的春天

——读《就这样，我们赢了！》并致政屏夫妇及壮壮

王明韵

在生命的季节里，春夏秋冬
像四个音符，在时间的琴弦上
弹奏着春暖、夏热、秋高、冬寒
而你们，一个三口之家
却在春暖、夏热、秋收之后
经历了最漫长的冬季——冰雪覆盖的三年！
三年，一千多个日日夜夜
三年，分分秒秒和死神扳着手腕
三年，小树苗已经枝繁叶茂
三年，经书被读成了黄卷
三年，在时光中挣扎、撕咬
三年，在钟声里祈祷、许愿
三年，我们9岁的小壮壮
不在校舍，不在家中，时常待在医院
从父母的怀抱，一下
坠入了无底的深渊
三年，政屏，你和爱人
一直在煎熬中，守着黎明，守着黑暗
守着希望，守着恐惧与不安

守到天亮，守到天黑
每一天都度日如年
小壮壮病了，柔弱得像棵小草
小壮壮病了，像贫血的月亮
发着低烧，四肢乏力，淌着虚汗
穿刺、化疗、打鞘，注射门冬
每天都是中药、西药、药片、药丸
头发掉了，像秋霜打落稚嫩的叶子
禁食，突然被戒掉了一日三餐
远离同学、教室、足球
远离风筝、飞鸟、白云、蓝天
我们的小壮壮，用小人书止痛
用画笔，把死亡和痛苦一一驱赶！
懂事的孩子，一边流泪，一边咬紧牙关
政屏，作为父亲，你心惊肉跳，心如刀剜
作为父亲，即使为孩子去死，也心甘情愿！
但，有时，我们是多么无能为力呵
苍天在上，只能面向苍天，以泪洗面！
我能看见你在妻儿面前的强颜欢笑
我更能听见你八尺男儿无助时的哭喊
医院是什么？是救死扶伤的圣地
医院是什么地方？一道跨越生死的门槛
也是童年，也是在鬼门关
我曾濒死于宿县南关医院
是亲人之爱让我起死回生
是一把银针让我获救、脱险
我和壮壮都侥幸活下来了

不！不是侥幸，是爱的奇迹
是上天赐予的自然和必然！
我们赢了，死神溃败而去
我们赢了，生命生机盎然
我们赢得了崇高而又朴素的生命
我们赢得了生命的自由和尊严
文字是温暖的，像炭火，像光
文字是疼痛的，像泪水，像盐
政屏，亲爱的兄弟
多少次把酒言欢，我不知道
曾经发生过的这场灾难，也不知道
奇迹曾经就是这样出现
现在，我又躺在医院
北京协和，小病大养中
一边安抚着狂躁的心脏
一边读你的文字，泪流满面
小壮壮还好吗？这首诗
是我在处方纸上写给他的一封信——
壮壮，亲爱的孩子
长大了，长高了，长成了帅哥俊男
长成了旭日、青藤、飞鸟、春蚕
冰消雪融之后，艳阳满天
艳阳满天之时，万物斑斓
去爱吧，孩子，会爱才会赢
爱父母，爱他人，爱幸福和苦难
爱花草，爱泉水，爱小猫小狗，爱天高地远
让我们一起去游泳吧

让我们一起去跑步

一起去放风筝

一起去爬山……

2014年6月6日于北京协和医院

王明韵、刘政屏合影(2014.7.19)

漫画刘政屏

赵　昂

在省城合肥的文学圈子里，散文作家刘政屏是我接触较晚又来往较多的一位。

政屏中等个，双眼皮，眉目清爽，俊朗文静，身材适中，衣着清雅，初次见面就感觉他是那种心底干净且让人放心的良民式好男人。那是在一个饭局上，经由哪位作家介绍的已记不清楚，但东家在桌面上对他的推介很是煽情：这位是用自己的大爱给了儿子第二次生命的人，安徽最早的捐献骨髓的志愿者，新华书店的小头目，散文作家刘政屏，云云。在场的好像有潘小平、许春樵、苏北、马丽春一干人等。我办过十多年杂志，大小作家见过不下数百。说实话，此前未曾与政屏谋过面，他的作品也不曾多读，但第一次见面就留下了好印象，敬佩之余在当天日记里给他下了一个定语：纯良。因是之故，后来的小范围聚会就多了这位谦谦君子，一来二去，大家都熟识了。

政屏热心。最早得此感受的，是汶川地震后不久，他及时筹划了皖籍作家赈灾义卖活动，就在合肥市四牌楼新华书店的后院停车场里，数十位作家在他的组织下，携带新作纷纷捧场表达爱心。感受更直接的，是他在四牌楼书店的大门外为我和吕士民先生成功举办了《画里有话》的首发式。他那时仅是市新华书店的一位中层管理人员，权力有限，但能量不小，从策划、邀约、布置、推介，到主持、运筹、善后，一手操持，包打天下……虽然天气炎热，还下着小雨，但因为组织有序，现场热闹而紧凑，一场活动下来，签售七百多本，据说创下了一个不大不小的签售纪录。只是苦了刘政屏，半天时间里，他门里门外穿梭，楼上楼下应酬，只忙得汗水湿身，口干舌燥，嗓音沙哑，眼睛充血。再后来，他奉命入主图书城，不久便与《新安晚报》副刊部主任马丽春共同策划举办了“新安读书沙龙”，为多位作家举办新书首发式及签售仪式，周末

赵昂、刘政屏合影(2012.9.15)

晚上则利用书店一楼的场地开办作家与读者、媒体面对面的互动。在省城、在媒体、在文艺界，不时掀起一个个文化活动高潮，我亲身经历的不下十次。他既当策划人，又当组织者；既当主持人，又当勤务兵，吆喝着、张罗着、摆布着，穿梭往来，上蹿下跳，激情四溢，声音嘶哑——这一印象成为他标志性的LOGO，深入人心，抹之不去。

政屏好客。熟识之后，他常邀约一帮作家、编辑、记者围坐某个特色小酒店，或策划活动(《阅读合肥》《五虎出列》等书的创意就出自酒桌上)，或品茗谈艺，或斗酒扯淡，沾上边的是单位报销，多数是自掏腰包。每逢此时，他总是短信电话邀约，亲自迎来送往，大老远您就能听见他爽朗中略带几分沙哑的笑声，点菜、排座、夹菜、劝酒，全攻全守，无所不为。他是正宗的合肥原住民，江淮人士的实诚好客在他身上显现无遗。政屏不沾烟，好酒却不擅长，只能说酒胆比酒量大。感觉最爽的是他与文学博士朱移山的斗嘴斗酒——论酒量和嘴皮子，刘经理与朱博士根本不在一个重量级上，但好玩就好玩在这里，明知处于下风，他却硬着头皮鸡蛋碰石头。只要有这两位在场，想冷场都做不到。三杯酒下肚，刘政屏就变成了一只雄赳赳的公鸡，攥着酒壶夹着酒杯开始通关逡巡，乖巧如我、许春樵、赵焰、苏北之流自然得过且过，只要轮到朱博士就有官司打:那人操一口合肥土话不停地撩拨,往往生拉硬扯强词夺理非逼着博士爽快了事。那朱博士也不是省油的灯,不肯轻易就范是自然的,没把对手的酒量放在眼里恐怕是真心的,而且一口安庆方言也是抑扬顿挫,慢条斯理,所以一个敢惹,一个愿磨,推推搡搡,你来我往,唇枪舌剑,三下五除二,雄公鸡就变成了红关公……待到酒酣人散,往往不见了那人的踪影。我有幸兜底断后几回,在沙发上、卫生间都找出过他,更有甚者,他曾经一个人倚靠在长江路与六安路交口某饭店门前的法梧下闭目酣睡,不知曲终人散,深秋凉月已上栏杆……

政屏真性情。政屏早期被媒体关注和朋友称道的,是他为儿子医治血液病数度北上求医,陪伴着儿子度过了一道道生死关口,紧随之后的是公开倡导自愿捐献骨髓(造血干细胞)——他因此被媒体誉为"安徽志愿捐献骨髓的先行者"!真情与血性在那一刻铸就了父爱的厚重和男人的广博。每当家庭聚会,看到他一家三口其乐融融,心里总是溢满一种暖暖的别样的情愫,人性之光、人伦之美,真切地闪现在眼前,近在咫尺,触手可及。政屏的几部作品中,我最为看重的就是他《就这样,我们赢了!》和《倾听合肥》中抒写亲情的篇章,记述他为人父、为人夫、为人子、为人友的真挚情感和敞荡胸襟。"无情未必真豪杰,怜子如何不丈夫",他与儿子的生死相依惊心动魄的大爱自不必说,与夫人、父母、亲友的点点滴滴过往小事,更能彰显他的真性情。有一次许春樵过生日,他当时出差长沙,下午听说五虎之一的大虎摆了场子,他硬是想尽办法摸晚赶了回来,可能是又累又饿的缘故,两杯酒刚下肚,他竟然软软地瘫倒在地,在场的一帮子人既紧张又感动,七手八脚把他送往医院打吊针。《那个向我跑来的女人》,写他肩扛手拎着沉重的行李到北京为儿子求医时,出了地铁口,夫人早早站在京城的薄雾里迎他,疲惫不堪的他"情不自禁眼泪一下子涌了上来","啊,看见了,微胖、短发,满脸焦虑向我一路小跑过来的,是我的妻子。异地他乡,妻子就是我的家……"读到这里,我止不住泪流满面,唏嘘不已。夫人见状,抢过书去欲看端详,谁知道竟一口气读了个通宵,第二天早晨含着泪对我说:这个人,"够处"!

兄弟,生为男人,身为作家,得此褒奖,夫复何求!至少,足够我惭愧大半辈子了……

刘政屏先生

苏　北

刘政屏先生似乎童年人格还比较完整，做人妥妥帖帖，到边到沿，讲话慢言细语，长得也像五四青年似的，冬天还围一条格子围巾。

他好安静，也好热闹。有时朋友们会聚一聚，聚聚就要喝点酒。政屏几杯酒下肚，特别是几个“罍子”之后，他就变了模样——围着桌子跳来蹦去，像一条暴跳的鱼，叫张三喝，叫李四喝。倒口袋，倒脖子，酒杯能夺碎了。再之后他就不管你了，像一条喝醉了的鱼，软塌塌地睡在椅子上，若是坐在你身边，他就睡在你肩膀上，一副很乖的样子——政屏终于安静了。阿门！

政屏的工作在新华书店，还是个负责人。他真是个不错的图书人。有一本书叫《我曾伺候过一家书店》，政屏的工作一直在书店，他已伺候了大半辈子的书店了。

在书店工作，自己也喜欢读书。这是书店的幸福，也是自己的幸运。读书之后是写作，政屏也热爱写作。十多年来他陆陆续续出版了好几本书：《月明风清》《让记忆有个落脚的地方》《倾听合肥》《就这样，我们赢了！》和《享受合肥方言》。

政屏的文字是属于那诚实质朴的一种。

在《五虎出列》（合著）中，政屏的一组纪实随笔，其实是很漂亮的。我一篇一篇认真读过，每读完一篇，便心生感叹。

《我的乡亲们》《那些房客们》《民工搬家》《民工的那份辛苦》《走出来的“熟人”》《梅村风情》《那个向我跑来的女人》《为儿子写一本书》等篇章，都各具特色，淡淡之中，自有一种味道。

政屏的文字，总体说来是优雅而充满人性的温暖的。他写作的题材现实感很强。

能将现实生活转化为一种文学的语境，这是一种非常重要的本领。我觉得政屏可以去写小说，他的观察细致而充满柔情。他对下层劳动者生存状态的观察是尊重而严肃的，有的时候可以说，是执著的：

> 辛苦了一年，他们应该是攒了一些钱的，是盖房子、娶媳妇这样的一些大事，还是为孩子备一些学费、为家里添置一些物件，我无从知道，但在他们的心里，一定都是揣着一些想法、盯着一些目标的。而眼下他们在想的，一定是回去好好地放松一把，把这个年过好。（《民工搬家》）

> 民工们无一例外地衣衫单薄，缩着头和身子默默地走着。如果干起活来，他们那不多的衣服有可能还会敞开或者脱掉一些，但此刻，肯定是不够的，于是他们就尽可能地缩着。（《民工的那份辛苦》）

> 他们有钱了，有钱就耐不住正常的生活了，下棋、打牌、打麻将之外，他们抽烟、酗酒、打老婆，小区因此又多了一些趣闻逸事，人们的生活也因为我的乡亲们的存在而日益丰富多彩。（《我的乡亲们》）

这样的叙事中自有一种节奏，而且语言端庄、“健康”，尊重笔下的人物。沈从文在1940年就说过：“千万不要嘲笑。”写下层劳动人民，笔下不能轻浮。一轻浮，就显出你的浅薄了。这真的是十分重要的，也很难得。因为许多人，做得并不好。

阅读政屏的大部分作品，多是这样的自然和真诚。从某种程度上说，这样的文字，其实有时是一种自语。政屏自己也许并没有发觉：他的写作，有许多是在自语中完成的。

政屏也有机智的文字。《走出来的“熟人”》我就很喜欢，这是一篇机智之文，拿捏十分准确到位，叙事举重若轻，殊不易。

政屏的有些散文，我读之有如黄裳早期（20多岁）在重庆的通讯，后来都收在黄裳早期作品集中了。那些文字，记录和反映了重庆当年的生存状态。政屏的这些记

苏北、刘政屏合影(2011.7.9)

录,若干年后,会不会也是一份重要的反映某一时期社会状态和面貌的方志类的东西?谁能知道?不过这样的社会状态,总是要有人去记录的。

政屏除自己写作之外,还是一个难得的热心人。他为合肥许多作家主持过作品签售会和读书沙龙。每有这样的活动,他多亲力亲为,乐此不疲。他温和地忙前忙后,事无巨细。有时客串主持人,他走向麦克风,人清清爽爽,之后是慢声细语。有时说急了,或者是话筒出故障没声音了(这是常有的事),他就在那干说,脸上有些急出来的红,可仍然还是慢言细语中的急,你这时若同他讲话,他便三心二意了,多半是没有听进去的。他就这样红着脸走来走去,贾宝玉似的“无事忙”一样,因为别人多半是插不上手的。他边忙边感叹,脸边红着,待到活动结束,聚餐开始,他又活跃了起来。话还是蛮多的,之后是酒多了。又重复本文开头的一幕:叫你喝,叫他喝，到头来自己被闷了两个“罍子”，再稍稍活跃一会儿，就没有声音了，倒在沙发上，自个睡去。此时不管他是主人还是客人，他只管睡，你只管吃，之后各自散去，回家。

下次再聚吧。

人好文美刘政屏

程耀恺

世上芳气袭人的花朵，不一定开在花园里。令人推服让人心折不已的散文，也未必是职业作家的作品。我们栖居的这个省城，虽无散文之城之名，然而积学有素、笔底芳菲者却是大有人在。这有《散文》杂志为证：摊开每月新出版的《散文》，满纸夭桃郁李细草鲜花，内中总有一两篇出自合肥人笔下。省城写散文之人，说个个都娴于笼天地于形内、挫万物于笔端，那是夸张，说卓尔不群独具一格，应是恰如其分。这群散文写作者之中，有编辑记者，有机关干部，有警察，有教师，其中有一人颇为独特，是图书城经理，他叫刘政屏。

刘政屏身上有两个闪光点：人好，文美。

刘政屏多年前被评为合肥市首届“文明市民”，他的事迹广为流传，这不需我费辞。

他这个好人，给我的感觉，就是素心同调，彼此畅适。我认识他之时，正是他人生的紧要关头，一面他要陪同孩子与病魔作战，一面他要做好本职工作。他在书店工作，这个行业，看似进书卖书完事，在他，则是如何把新书、好书、有价值的书，送到读者手中。作为这个行业中的有心人，他不愿看到作者心拙技穷、读者口餍耳倦的局面，所以他开始接近作者、联络读者，作为一个卖书的人，他既要努力成为作者的知心人，同时成为读者的贴心人。一开始他还得借助领导之力，开展活动，当他主政图书城之后，一个联络写书人与读书人的绝好创意——读书沙龙，便应运而生。刘政屏在图书城举办的周末读书沙龙，得到《新安晚报》副刊部马丽春主任的鼎力支持，成为省城重大的文化事件。我每次都接到读书沙龙的约请，当我看到读者掏钱买书，不

程耀恺(右二)、刘政屏等合影(2010.10.30)

仅获得精神与感情的满足，同时也向作者投去敬慕的一瞥，方此之时，我心目中“好人”定义，蓦然间获得提升。什么是好人？好人不仅要有益家庭有益邻里，还要是个有益事业有益社会的人。

刘政屏有益他人，事无分巨细，人无分亲疏。我与刘政屏其实也只是君子之交，长时间停留在礼仪性交往层面上。我这人很懒散，写了多年散文，发表、转载、入选集，听之任之，自己并无汇集出书的计划。前年，听说马丽春一再鼓动我出书，刘政屏就主动表示，一切庶务愿意代劳。出过书的人都知道，出书之难，往往难于生子，像我这样成日闭门造车的人，两眼一抹黑，正所谓摸门不着。后来，我把书稿发给刘政屏，他说：除了校对，别的你老人家什么也不要管了。此非虚言，后来果真如此。我的《不争春》今年3月得以顺利面世，刘政屏不知付出多少心血。帮人出本书，岂是一蹴即就之事，这样的热心肠，这样的毫不利己专门利人，真让我感动，即使身在冬季，然而围炉一火，却是气暖人和。

要读刘政屏文章，一是看他的书，二是上他的博客。我是两者同时并举。当今散文，一些人喜欢神采飞扬地发表老生常谈的大话，一些热衷激情满怀地说些妇孺皆知的空话，刘政屏的文章，则只说身边事，只说合肥事，没有逸兴遄飞，没有腾挪跌宕，没有盘马弯弓之势，没有迂回曲折之态。然而，他把天赋化为技巧，信笔写来潇洒有致。他的文字，注重一个“情”字，他的感情，在日常琐事之中，一点一滴地蓄积，故蓄之既久，倾之酣畅。面对病重的爱子，他的内心，何尝没有恐惧与痛苦，但他却能以文字扫除了恐惧，缓解了痛苦，而把信心与温暖带给他的读者。他写自家苦难的书，我读过多遍，语虽朴浅，情却刺魂。

刘政屏是合肥人，生于斯长于斯，他对合肥的情感，体现在他对母语的挚爱上。他陆续在博客上贴出有关合肥方言的长短不同的文章，不仅探幽索隐钩沉放远，而且剖其隐微析其源委，那些带着体温的零余散墨，化为涓涓细流，汇成波澜。后来他请吕士民先生插画，推出《享受合肥方言》。以前，他一有新书，就题名赐赠，这次为了尽早拜读，便先从书店里买回。我侨居合肥长达近半个世纪，渐渐地，我的日常用语中，融合了合肥方言元素，我也专门写过合肥方言的文章，故《享受合肥方言》引起我强烈的阅读兴趣。合肥方言，大雅大俗，能雅能俗，刘政屏写这本书，看似驾轻就熟，实则穿穴爬梳简择取舍，用力甚劬。纵览全书，恰似从容品茗，细说乡情。读者听到的是一曲又一曲乡音，看到的却是斜阳远巷，夜雨昏灯。时而哀乐相生悲欢共怀，时而义理精深辞喻警达，时而燕居闲话层翳顿消，时而说古道今情辞俱美，时而江湖气概人间情怀。全书的格调，平淡而山高水远，质朴而光风霁月，令我执卷流连，若难遽别。

文章高手，尺有所短寸有所长，不一定非得具备横绝宇宙之胸襟眼界，像刘政屏的散文，上承遗风，下合新韵，老少咸宜。他的文章，表现的是善心，表达的是爱意。他用平凡的字眼，组成平凡的句子，诉说一些平凡的人和事，然而见解独到，心细如尘，当你读完之后，掩卷深思，内心会产生共鸣，产生激动，即使见不到他，也会远远地向他投去敬慕的一瞥。

享受在书里的阳光

——速写我的老弟刘政屏

戴 煌

不记得哪位诗人曾说过:一个在尘俗中忙碌的人,仿佛习惯了周围的空气,像是被生活的鞭子抽打的陀螺,然而,他的心里总是藏着一种美好的向往,并用辛勤的劳作,来享受在果实里的阳光。我在接触刘政屏老弟的二十多年中,觉得这似乎就是他的真实拷贝。

一

其实,我与刘政屏真正认识是从那次出书时开始的。2004 年,我所在的《江淮晨报》副刊正处在鼎盛时期,不少朋友建议我趁热打铁,出一套丛书。脑子一发热,就与出版社签订了合同。但找谁做合作伙伴呢? 我第一个就想到了政屏老弟。一是他那一阵子在各个报刊发了不少文章,在晨报副刊上也算是一个铁杆作者啦,且写得很有感觉。二是他本人就在书店里工作,对书的发行、上市有一定的打理经验。于是,我就把自己的想法告诉了他,当然是得到了积极的响应,他的热心出乎我的意料,不仅自己身体力行,还帮我"拉帮结派",找来了当时晨报几位写得不错的作者供我挑选。由于政屏老弟的帮衬,事情很快就有了眉目,人员定了下来,我以为这事就差不多了,可后来的事却让我搞得很是恼火——按理说出书这事是我牵的头,怎么也得我说了算吧? 可这小子不断地推翻我的计划和策划,有几次气得我在大样出来之前在电话里几乎狂骂起来,虽然没有带脏字,但我在走廊里的轰声足已让同办公室的伙伴们感到——这下子、这个半截老头是真的上火了。可他倒好 ,仍是不紧不慢地和我周旋，他的慢声细语和我的怒吼形成了强烈的反差，但最后是他赢了，他一点一滴地磨光了我的锐气。直到书出来后，大家反映都不错，他仍然笑嘻嘻地“调戏”我——“这下子半截老头不生气了吧？”此时此刻，我还能说什么呢？

二

政屏老弟是个热心人，同时也是个有能力的人，他工作上的事轮不上我来说三道四，但他对社会的关爱、对文学事业的痴迷是让不少人由衷地感到佩服的。打那本书出来后，他好像当上了个书店的头头，整个的精神状况都有了整体的提升。虽然还是慢声细语的，但干事的果断和对市场的判断让我对他又有了新的认识。2009 年初，

戴煌（中）与刘政屏夫妇合影（2005.10.28）

他又突发奇想，要搞一本说咱们合肥的书，当时我没当回事，但有了上次的教训，我也不敢给他泼冷水，心里想，给他折腾吧！

嘿！这小子就是有能耐，他一下子找来了几乎合肥市里所有的作家写合肥的作品，一一筛选，还另外请了些高手再补充了一些冷僻的题材和以前没有写到的场所，就这样，一本《阅读合肥》的书诞生了。据说第一次印刷数量就很可观，且得到了圈内、圈外的人士共同好评。接着，他又再接再厉，自己写了本《倾听合肥》，反映同样是一个字——好！当他自己偷着乐的时候，也依然是不改以往的做派，据我所知，几次到电视台里做节目，他总是让别人坐在最上镜的地方，自己却坐在观众的席位上回答问题。看来，政屏老弟的低调是有目共睹的。

三

这年头出书并不是稀罕事，但出了以后有反响、有市场可就是另外一档子事了。政屏老弟接二连三地出了好几本书，且销量都不错，这恐怕不单单是他有在书店里的特殊优势，关键还是他的质量和他的促销活动搞得好！这几年来，他一直在关注和研究书店和读者的互动，也身体力行地做了大量的调研。我清楚地记得还是在四牌楼的老书店的楼上，他就开始搞了读书沙龙的互动活动，有一次我也去讲了一段体会，人开始并不多，但他义无反顾地坚持了下来，虽然没有纪念品和饭局，但不少文艺圈内的人都跃跃欲试，以到读书沙龙里讲课为荣，我想这与政屏老弟的活动能力和沟通能力是有很大关系的！

实际上，读书沙龙是一种很好的文化传承，在生活快节奏的今天，我们能有空、能有心去读点书，对很多人来说已经是一件很奢侈的事情了。但愿政屏老弟开好的这个头，能成为合肥的一道风景线！

书人刘政屏

何素平

称刘政屏为“书人”，包含几重含义：读书人，卖书人，写书人。他是一个集三者于一身的人。写下这三个词的时候，却发现出来一个令人晕菜的结果：卖自己写的书给别人读。如果不从贬义方面去理解的话，书店经理刘政屏还真是完成了这样的循环：卖书是他的工作，而近年，刘政屏不再满足于报刊作者零敲碎打地投稿了，而是马不停蹄一气呵成地迷上了写书、出书，他成功了。所以我戏谑其为“书人”。

某一天，这位书人打来电话的时候我正在忙着切菜——新买回来的一大摞雪里蕻（又名雪菜）碧绿碧绿地堆在客厅里的大餐桌上。转眼间小雪、大雪都已过，又到了一年一度腌制咸货的时候了，我这个贪咸的“嗜盐君”自然不会放过价廉味美的雪里蕻。那一刻，我腾出一根沾满雪里蕻碎末的手指按下手机上的接听绿键听他讲话，这老兄哪知道，我在一边跟他说着话，一边眼睛完全盯住桌上一堆待切的雪菜们，想的是旁边切过的碎碎绿绿正等着我给它们拌上姜、撒上盐、揉了搓了好送进大肚子菜坛里去过冬呢。

电话是来催稿的，为他正编写的一本新书。刘政屏真是一个厚道且有耐心的人，碰上我这等惯于磨蹭拖拉的懒人从来不曾跳脚着急，哪怕再催也催不出来，下次依然乐乐呵呵照样约稿。

说来怪惭愧的，累计起来，我已经结结实实欠过这位仁兄好几篇文稿了。因为他的好脾气，欠了债也不急着还，甚至根本忘了还，直到下一次，下下一次，债主再来催，再来讨，然后嘻嘻哈哈的，随意拉扯几个字敷衍过去，依然不受责怪，再有事照样喊你。哎，不计较，不苛责，超“够处”，于是朋友们都随性，高兴起来，吆三喝四聚一块儿且饮且聊吹个天昏地暗，一旦忙活，各自把彼此忘到九霄云外。一个城市里住着，鸡犬不闻却常来常往，我就喜欢朋友间这样的自然亲切随心所欲。

这一次本人依然故我，放下电话继续切菜，他的事不得不继续放着，手头忙不迭的事多着呢。冬天来了，备点腌制食品不仅是延续一种古老的习惯，更是创造诸多现实的乐趣，经过腌制、晾晒之后送送亲友博得一笑，讨几句夸奖即能获取无比开心满足感，吃的功用倒是退居其次了。本人腌得一手好咸品，自认为素的荤的样样不同凡响，即使食品加工的现代化工业流程再发达，独到的家传好手艺也不可荒废了，所以每年必然操练一下。

这样忙着时，不由想到约稿的刘政屏其实也是一位家政好手，虽然如今他的职务已经升格为书店经理，成天忙着高端大气上档次的雅事，然而当初和他最谈得来的话题却不是关于读书写稿，而是烧菜做饭。

曾经和他家住得不远，两人常常在街边偶遇，那时大家都在忙于孩子上学的阶段，于是随便一聊天就是如何照顾孩子做家务。印象最深的是听他一五一十地讲述如何给孩子做最省事最美味的饭菜，用什么刀工，选何食材，怎样备料，蒸煎炸煮如何搭配，云云。曾经十分奇怪这样的话题为何不是从家庭主妇的口中说出来，却是由一个满脸书卷气的年轻爸爸津津有味地讲述得活色生香，因此印象极其清晰，感慨亦十分深切。尽管岁月飞逝，哪怕后来这个人的事业蒸蒸日上到让他再也无暇顾及日常家庭琐事，但是一个热爱生活的书生所持有的那一种认真过日子的态度令人倍感温馨，这种情怀只有把握住了最最滋养心神的人生底色之人才可能具备。

合肥大体算得上是座温和的城市，我一直认为这与其中生活着许多刘政屏这类性情温和的人大有关系。以他为例，永远是一副干干净净的外表，成日忙忙叨叨却有条不紊，任是百事缠身也不会言谈失度，总是给你一脸清朗的笑容，谈事，谈书，谈写作，谈业务规划，谈他眼中的城市变迁，谈自己父辈曾经的作为和文化追求，谈身边几代人与合肥大街小巷搅和在一起的悠长日月。不温不火，年年月月都有新的内容可谈论。听他谈得多了，你不自觉地生出惭愧，惭愧自己与城市的疏离与隔膜，且惊奇于为何呼吸行走在一样的城市，每天在相同的大街小巷来来往往，人家的眼中为何就能摄取那么多的独到景观？人家心中怎么就能储存起那么多有趣的市井生活信息及人文地理历史沿革？难怪他能够集读书、卖书、写书于一身呢，眼中有是不够的，必得心中也有，下笔才能如流水。

曾经自以为大小也算得上个读书写字的人，某一阶段听了刘政屏对书的些许见解，才发现自己对书并不了解。

某年某日去书店转悠，随意和刘政屏说起想给小学高年级的儿子买一套像样点的读物，他立刻不假思索地领我走过一长排高过头顶的辞书类专柜，指着一套红脊白面的《简明不列颠百科全书》嘿嘿一笑：“我建议你就买这一套，这是中美联合编写的，里面硬货多，能给小孩子翻上好几年，我自己就买了一套，到现在还是查阅率极高。”

一看，嗬，洋洋十一卷，每卷都有一寸多厚！抽一本翻翻，果然涵盖面广阔。一边翻阅，一边听刘政屏在一旁不厌其详地解说：“这套书有两大金不换的优点：其一，它的新版本很快就要出来了，但就内容而言，新版本并不是纠错性的版本，而只是针对手头这个版本发行出版之后发生的重大国际事件增加一些新条目，所以对小孩子的阅读而言，买新买旧都没有太大差别。但是从价格差距上比较的话，肯定是买旧合算，现在这一套还是几年前的定价，还可以打一点折扣，而新版本一上市，到时候价格肯定要比现在高出一大截。其二，从版本意义上来说，新版的发行意味着这个版本很快就要成为绝版，它具有不可替代的收藏价值，所以无论从哪个角度看，买这一套都是超值的。”

对我来说，这番见解听上去很新颖，此前买书买了几十年，完全不知道还可以把他所说的这一套作为选购图书的标准。而这番道理又为我打开了看问题的新角度：书，买回来不仅仅是为了读的！于是从此买书又多了一份求知的乐趣。

收藏是刘政屏的另一爱好，我估计他的收藏并非限于珍贵版本的图书。有一阶段，刘政屏的岗位从图书转到文化用品这边来了，于是他的目光也很快“转型”。他负责的柜面上，出现了许许多多的新品种，平时不为人注意的扑克啊、小工艺品啊。不止出现了诸多新面孔，而这些东西经他一“忽悠”居然升华了，全都被赋予了文化层面上的意义。其中一组又一组主题扑克格外引人注目，听刘政屏在那一五一十有实有据地介绍那些扑克的来历、设计、归类等，本来对这些小玩意儿毫不在意的你都恨不得当即把它们尽收囊中，放在家里天天欣赏。他用这种方式闹着玩儿似的拓展了业务。

作为一个书店的行政、经营及管理人员，在我们眼里刘政屏是超级敬业的。但他并不满足于、更没有止步于敬业。他的潜意识里定是要当作家的，他的写作大约始于我和他认识之前很早吧。

认识刘政屏，缘于他的报纸副刊作者身份。彼时电脑尚未普遍使用，写作者大多习惯在稿纸上写稿，和很多作者一样，刘政屏送来的文稿也都是用钢笔一个字一个字清清楚楚地誊写到每页 300 格的稿纸上的。也许是嫌邮寄太慢，加上书店离报社不远，他总是一趟一趟地送。多少年下来，也不知为送稿跑了多少路，他是一位勤奋的作者。

爬了若干年格子之后，有一度却突然见不到刘政屏了，隔了好长一段时间，既不打电话，也不来投稿。等再一次见面时，他却经历了一段可怕的人生磨难，那就是大家后来都知道的事情：自小和爸爸一样酷爱读书的聪明儿子生了一场可怕的血液病，好几年时间里，为了给孩子治病，刘政屏和妻子王敏奔波于合肥与北京两地，其中的艰辛、操劳和煎熬难以道尽。

儿子病治好了以后，刘政屏想做的第一件事是要把这段经历写一本书。所以他再度出现在我们办公室时，开口闭口说的都是要写书，他跟编辑商量，先在报纸上连载一个个片断，等集成一定数量的文字后再汇编成书。可是他一开口，滔滔不绝的话题却不自觉变成了发动全社会捐赠干细胞的宣讲。这位从前关注风花雪月、市井情趣的副刊作者不自觉地变成了热心的公益大使，这是他从爱子几年的治病经历中淘炼出来的新使命，他觉得自己几年来从携子求医的过程中积累了很多有益的经验，可以拿出来与更多的人分享，目的是让其他遭遇同样经历的人少走弯路。尤其在他了解到中国的干细胞捐赠与世界各国的巨大差距之后，更是不遗余力投身到了这项公益事业的宣传中去。所以写书的决心归决心，可是那些日子里，千头万绪的事却令他分身无术，编辑们久久等不来他的文稿，只好作罢。一直到之后若干年，他方才沉淀下来理清了思路，终于完成了那本传阅甚广的《就这样，我们赢了！》。

爱子患病激发出了刘政屏体内的所有爱的能量，从此不仅更加爱妻爱子爱父母，并推己及人。想来这也是刘政屏身上的一大优势，他好像天生具备一种化磨难为养料的潜质，对闯进生活中的一切糟心事乐在其中，再消极的事情都能用积极的态度去对待，而且，令人惊奇并自叹不如的是，他总能找到有效的办法。

这之后，刘政屏不再限于写写怡情养性的豆腐块文章，他放眼合肥，目光掠过这座古城的昨天和今天，对于养育了自己的这块土地，刘政屏用《倾听合肥》与《阅读合肥》两本书表达了感恩之心与文化敬意。也许是情感上的升华，刘政屏平时再投往各报副刊上的随性文章也都越发散发着人间烟火的温情，渗透着浓郁圆润的地域风味，或许是他有意在文中强化了这些自然亲切的生活气息。

刘政屏爱强调他身上的合肥特质，比如他不仅平时爱炫耀自己如何精通合肥方言，还专门与漫画家吕士民合作出版了一本《享受合肥方言》。追根溯源起来，他的这种合肥特质与他的家庭文化背景大有关系。其父是一位老（现在流行的说法是“资深”）文化工作者，曾经主持过最早的合肥文化部门工作，深谙合肥诸多传统习俗，了解许多本地掌故，对这里的地域文化艺术有深透研究，创作过庐剧剧本，也写过不少文化评论。在我对老人有限的几次拜访中，最爱倾听他讲述记忆中的合肥故事。在这样一位父亲身边耳濡目染，想不形成这种合肥文化特质都很难吧？

有时走进书店，一看到门厅的布置就能识别出哪些出自刘政屏的手笔。周末读书沙龙或小型读书论坛会不定期举行，虽然每期人数并不多，却是本城一个极好的交流平台，作者与读者常常在这里碰撞出火花，刘政屏一期又一期做得精神头十足。有名人签售时会格外忙，也就是在这样一次又一次的忙碌中，刘政屏结识了各路英豪，不仅开阔了自己的眼界，也为本地读者打开了一扇窗口。他和我们一起在读书、识人、辩理的过程中成长，成熟，并学会了无论运用语言还是文字都能贴切自如地表达自己的观点。照这个势头，书人刘政屏不论选择什么话题，再写出多少本书，都没有什么不可能的。

一起做沙龙的日子

马丽春

刘政屏兄日前约我写篇文章,《一起做沙龙的日子》。我自然一口应下。

这标题也是他起的。典型的命题作文,可也是最最理想的题目。一起做沙龙的日子,有多少回忆和温馨呢? 想一想,也便够了。

那时的我,当然还没迷上画画,还是一门心思忙工作的狂人一个。那时的政屏兄,刚到新岗位(安徽图书城掌门人)。还没履新前,在一个小型的聚会上,他便端出一个想法,想做一个读书沙龙。我当时听了没吭声,但心里已暗暗有了想法。

此前一年,我做"新安文化沙龙"。在一个茶楼里,一个月一期,做了十来期。对做沙龙,已经颇有些经验了。

不久后,一个什么样的契机我忘了,我向领导陈述了我的一个想法,想和图书城联合做个读书沙龙。领导让我写个报告给他。我立刻和政屏兄进行了电话沟通,说的什么话自然已忘记,但我俩在电话中一拍即合,如何办沙龙也在电话中三两句话便敲定。我俩之默契,也于此可见。都是领悟力、行动力极强的人,不必多话,这事就敲定了。

报告照打,但私底下,我俩已紧锣密鼓地忙开了。

第一期做的是谁呢? 你们想想,依我的个性,第一期头一炮必须打响,做的必须是有影响力的人物。我盯上的目标是施小炜。他翻译的村上春树新书《1Q84》正在大陆走红,也才刚上市不久。我女儿是最早下单买此书的读者。记得她当时问我,能不能帮她搞到施小炜的签名?老实说,这对我并不困难。我和小炜是多年前认识的朋友,我在新安副刊上给他和他的妻子乐风开专栏也已多年,每次回合肥,他都会约我一见。于是，我常约上安徽一帮作家，和小炜夫妇见上一面，算是餐叙，边吃饭边聊天那一种。私底下电邮更是通过无数通。他是合肥人，在日本多年，古文功底很深，日文功底也很深，他写的旅日见闻类文字我在副刊上一发就是多年，也常让他帮我写命题文章。他夫人乐风女士，写的文字更家常些，我很喜欢，也给乐风开过专栏。他们夫妇俩来合肥时，还带他们去石兰画室。石兰现在是安徽的著名工笔画家了，她当年京漂回来第一篇文章便是本人写的。说起来故事都老长了。不知读者可厌烦这样絮絮叨叨的文字。

小炜回合肥，是 8 月底的一天。新安读书沙龙也第一次开了张，来的都是年轻人。可惜，那天准备不足，小炜声音嘶哑，话筒临时才想起，手忙脚乱的，政屏亲自充当主持人（此后，他经常客串的一个身份便是主持人）。我派了文字记者和摄影记者到场。我自己当然在后台坐镇。我的身份第一次便定调——读书沙龙的策划人，消息发布者，幕后军师。我不轻易亮相。而政屏兄的身份也是第一次出场便定调——策划人，场地组织者，救火员，客串主持人。

我俩配合之默契，现在想起来，仍是难得一见的最佳搭档。我平生也有过一些工作搭档，和政屏是沙龙搭档。但就搭档而言，他是最理想的人选。他做事非常细心，交代一句，他便会不折不扣地落实下去，而不必我多操心。同样，我这边的事，也是一句话，我便落实并解决。很多次，我们找主持人，现场怎么介绍嘉宾，冷场时怎么救场，怎么活跃气氛，怎么针对不同嘉宾提出不同问题，都考虑得很细致。我俩和主持人总是最先沟通，有的主持人功课做得好，你稍一提示，她就知道了；有的呢，没时间做功课，你得给准备得详细些，甚至现场问题也得做好预案。就这样，我俩总共做了几十期，没一期让我们自己失望的。

我们一起做过金牌编剧王丽萍，做过感动中国很多人的桐城姑娘、《酥油》作者江觉迟，做过大名鼎鼎的韩美林的女公子画家韩月，做过名满江淮的著名水墨画家吕士民。当然，台湾东吴大学物理学教授、在肥西铭传乡小团山开荒种香草的郭中一先生，肯定也是要做的，此前我做文化沙龙时做过他，和他已打过多次交道，后来我为此写了篇随笔《又见郭中一》。当然，还做过我们自己的闫红，她现在也是当红作家了，举贤不避亲嘛，做她也是绝对没问题的，当然那次不是做她专场，而是把三个女作家请到现场，其中一个已垂垂老矣，还有一位是散文高手、女才子胡迟，三人同台做沙龙，也蛮有意思的。看反应很热烈，又趁势给闫红做了个专场，谈红楼。当时新版红楼正在热播中。还做过草根剧作家闫立秀。一个人拉起一个草台班子走南闯北，故事很狗血，气氛很热烈。也做过各类非常有格调的主流非主流作家、编剧。在我眼中，没什么主流和非主流之别，只要作品写得好，有真正的学识，就可以上我们的读书沙龙。这点政屏和我的看法完全相同。所以在朝的那些著名作家我们做过，在野的小众作家我们也做过。合肥籍的著名男中低音歌剧家、作家孙禹做过，非合肥籍、只是到合肥来签售的热门作家，政屏也主动争取，让他们留下来做客读书沙龙。

有故事的当然要做，没故事的有口才的更要做。有故事没口才的作家怎么办?比如后来成了我朋友的江觉迟，那人真是闷葫芦一个，怎么让她金嗓子开口？她的粉丝团可不少，还有从湖北专程赶来的，尽管我事先和她做了沟通，但还是心里没底，幸亏找了对话嘉宾来助阵。那次我们找来的对话嘉宾是老才子孙叙伦，《艺术界》老主编，那口才真是绝了。没他助阵，江觉迟专场真会搞砸，闷嘛，让我和政屏在台下紧张死了。复旦女教师于娟去世后，留下一本书，《活着就是王道》，书刚出来，政屏就主动找出版方让于娟的先生、上海交大副教授赵斌元博士来图书城做签售，并邀请他做客读书沙龙。那一期沙龙，我们也找了对话嘉宾，记得有胡迟助阵。我私底下喊她胡博士，因为她知识积累深厚，口才也不错，有学术思维，说的话中带点学术腔。我很喜欢她那一口柔软却极有见地的语言。她的助阵，让现场的感伤氛围能够有所升华，那次沙龙想必感动了很多人。我自己也被感动，沙龙结束后破天荒写了篇文章，和记者文章同天见报。

还做过教育问题专家孙云晓，《嫁到中国》的金美净，新任美协主席张松和副主席杨国新、画家石兰在法国巴黎都入住过同一房间，有过“同房之谊”，让他们来谈艺术人生，在美术迷中引起轰动。也做过文章书画三栖名家温跃渊。他带了好几幅自己的作品到场赠送读者，现场气氛空前活跃。吕士民那场更是挤爆了，老人家画了6幅小品带到现场，那抢画的真是不要命了。三位安徽实力派中年作家，同属虎的赵昂、许春樵、苏北，一同亮相沙龙谈文学遭遇市场，也是别具一格。安庆作家黄复彩携《梁武帝》亮相沙龙。这个佛学家，散文写得一级棒，中年转身写小说。他的书先寄我一读，我看了后觉得可以做一期沙龙，于是，三两个短信，便敲定一切。记得我是在上班路上给他发的短信。发出的地点是在蒙城路桥那一段。我所以记得这一切，是因为我也是个超级感性的人，只要书感动我，我就立刻做出决定，马上联系作者，敲定一切。

做韩月那期，真是意外。名门后代，以为难接触，没想到，一聊天便找到了感觉。韩月那一期，同样非常轰动。

我和政屏为了活跃沙龙气氛，吸引读者互动，也想了不少点子。出书的作家，要求出版方或作者本人提供一部分书，现场赠送参与互动的读者。有几场沙龙，还有画家现场赠画。最感人的一场是做王丽萍。这王丽萍吧，名气足够响了，可一回到合肥，还是亲和力十足，她的舞台风采和口才那真是没话说的，让我急的是主持人也想抢风采，哎呀呀，现场的气氛太好了哇，可月亮只应该有一个是不是？那晚到场的还有一个平民王丽萍。两个王丽萍现场拥抱，感动吧。三位老画家，韦君琳，吕士民，潘家忠，同时向剧作家赠画，王丽萍差点泪奔。她先生就在外面围观着。后来吃饭时，那个饭局吃得可叫我和政屏终生难忘。我们笑啊闹啊，每人都有感动，尤其是我和政屏。有一种欣慰，会穿肠而过。那只有付出的人才知道。

第一期读书沙龙后合影(2010.8.28)

政屏这人，作家李海燕姐给他贴一个标签，叫“合肥绅士”，好多人看了都说贴切。说他是合肥先生，那也是没话说的。人温文尔雅，说话从无重语，办事又细心周到，还勤奋、孝顺，文章也是越写越好。优点太多了，别的人都说，我就不必说了。还是回过来说我们做沙龙的日子。

沙龙这事吧，说起来很风光，我们自己也成了别人风评的人物，事实上是件焦心的事。不做沙龙时，我觉睡得特别踏实。可一到要开始做沙龙了，做谁？怎么做？能否做好？这些事特磨人。记得有一场，要做安徽大学艺术学院老院长，著名画家、美术理论家刘继潮先生。他的书是三联推出来的，的确是好书，连《读书》杂志都推荐了，可太学术腔了，真做起来便有了相当难度。做那场我的手心都紧张得出汗，但事后感觉还不错。政屏帮了不少忙。还有一场，记得很清楚，是做推理作家李国彬的。书是安徽文艺出版社编辑劲推给我们的。我看了，的确不错。可推理小说怎么做呢？那期对话嘉宾，我把闺女大头马推了出来。大头马最近写小说写剧本，也在圈内混出了点小名声，她一直热爱推理小说，后来也写过心理推理小说。她来提问李国彬还真是个不错的选择。后来，李国彬出任《安徽文学》一编室主任后，还编发了大头马的小说。这倒是没想到的。

政屏在沙龙中绝对是个灵魂式人物。很多次，我做沙龙有点倦怠了，是他又想出了个新点子，逼我再做。我记得四牌楼新华书店快要拆时，他提议把沙龙移到四牌楼做个纪念场，那次政屏设计了一个非常棒的场地，找到了不少老合肥，温跃渊先生还带了不少本上世纪 50 年代购自四牌楼新华书店的书亮相沙龙，说起那些往事，令人唏嘘感叹。这个全省人民心中温暖的地标式建筑从此消失，因为这次沙龙，而有了沉甸甸的纪念仪式。

文章长了，就此打住。关于沙龙，关于我和他，我相信他也会写出温暖的文字出来。冬天来了，我们一起来回忆。

可亲可爱的沙龙男主人

莫幼群

对安徽读者来说，安徽图书城是一座关于书的 shopping mall（卖场）。这里的图书类别之全、品种之丰富，都在全省排第一，它就是安徽的“西单图书大厦”①。而且据说它在全国单体书店销售排行榜上，一些数据指标也长期名列前茅。

对安徽作家来说，安徽图书城是一个让人倍感亲切的沙龙。这里常年举办多种形式的签售、讲座、读者互动活动，把闷在书斋里的作者推到了令人瞩目的前台。在这样一个作家不断被边缘化的时代，一群安徽本土作家在此处找到了尊严。我本人就在图书城的一楼大厅参与过两位数以上的活动，并数次即席发言，而且居然每次都还讲得像模像样——后来我分析，可能我个人的气场与这里的气场比较相合吧。

这一切，都源于一位叫刘政屏的总经理。在读者眼里，刘总是上下奔忙的职场强人；在作家眼里，政屏兄是可亲可爱的沙龙男主人。

政屏兄爱说自己是个卖书的，这话其实过于谦虚。他是重量级的“书虫”，藏书量甚巨，书房蔚为壮观，在合肥藏书界已成一景。他也是独具个性、独具分量的作家，出版了不少著作。作为一名曾患严重血液病的男孩的父亲，他的《就这样，我们赢了！》记叙了他们夫妻俩携子与病魔抗争并战而胜之的经历，是一部心灵之书和感动之书；作为一个合肥土著，他的《享受合肥方言》又是一部学术之书和趣味之书，书中对于合肥方言的研究极具价值。他爱书，懂书，还写书；他了解读者，了解作家，更了解市场，由此他打通了读者、作家和销售商之间的通道。从这个意义上说，他是最合格的卖书人，也是最具古典意义的卖书人，常让我们想起过去开明书店、三联书店、内山书店里面儒雅博学的掌柜们。这才是真正的卖书人啊！我想，既然有报人、音乐人这样的称谓，也该有一个“书人”吧，报人办报、书人卖书，多么名正言顺，真是看着就让人舒服。

政屏兄爱书，也热爱这个城市，他喜欢说自己与书的爱情，与这个城市的爱情。这两种爱情也都是最具古典意义的爱情。二者糅合在一起，不仅大大提升了他的幸

莫幼群、刘政屏合影(2014.7.19)

福指数，还激发了他的工作热情，从而把安徽图书城做到了全国一流。在自己热爱的城市干着自己热爱的事业，多么意气风发，真是听着就让人羡慕。

未来的书店该向何处发展？我以为，它应该成为都市里一道永不褪色的风景，在商业化的潮流冲击中，书店或许会演变成一个个玲珑的岛屿，但岛上永远是春暖花开。在城市文化的嬗变与推进过程中，书店永远不会缺席，永远不会退场。它将成为未来人们社会交往、精神对话、心灵沟通的一个不可替代的场所，并催生出一种令

人愉悦、引人入胜的交往方式和生活方式。所以，它永远需要政屏兄这样的沙龙男主人。

当然，管理这么大一座图书城并使之井井有条，毕竟是劳心劳力的。我猜想，政屏兄的内心深处，或许也有一个闲适的梦想——在一个风景如画的小镇，开着一家小小的个性化书店，自在地卖书，自由地写书，更有三两素心人在一起闲谈……如果你来到这里，偶遇了政屏兄，等于是翻到了书的下卷，充满了冲淡和闲适的下卷，而那充满了敬业和辉煌的上卷，都成了悠远的记忆，让人遥想。

是啊，卖书和写书，让政屏兄自己也成了书，无论从哪一卷、哪一页翻起，都会让人不忍释卷。

①在图书发行业，一般用“王府井书店”来比喻一座城市里老字号新华书店；用“西单图书大厦”来比喻比较新的、体量比较大的书店。

认真之人刘政屏

江　泓

“君子之交淡如水”，即便是很好的朋友，也向来不黏不滞，水一样地存在。跟刘政屏亦是如此。

与他初识还是刚入行的时候。那是上世纪 90 年代中期，合肥很少有名人出现，新华书店有时会请名人来签售，他们需要宣传，我们需要新闻，于是电台记者的我和新华书店的他便一回生，二回熟起来。后来我去了电视台，所在的公共频道每年有一次大型活动“新安读书月”，每年 8 月份连续四个周末邀请 8 位名家学者做客我们特设的新安读书论坛演讲，之后趁着热乎劲儿请他们在图书城做签售，此时刘政屏已经是这里的负责人。

他是一个认真细致的人，每次的对接都顺畅无障碍。有一次在他办公室聊天，他打开电脑，给我看他跟所有来店名人的合影，档案归类一目了然。让素来混乱的双子座的我瞬间石化，真有人可以如此条理井然。

在我那本《一半明媚　一半忧伤：民国那些女子》出版发行之际，他力邀我在图书城做首发签售，我半推半就间接受了。出版公司美编设计了背景板，我这边看看就通过了，哪知道过不了他那一关，指出好几处需要修改之处，才算满意放行。

有一次，一个做杂志朋友跟我聊天，想做一期关于“认真”的主题策划。的确是啊！现在认真做事的人太少，大家都慌慌张张赶速度，少有人能认认真真、踏踏实实做手头事，所以假冒伪劣太多，人人生活得脚不沾地，粗糙又荒凉。

想到认真，我眼前一下就浮现出刘政屏的形象——那真是一个认真做事的人。他不慌不忙，甚至可以说慢吞吞做着他该做、他想做的事。

他卖书，跟不同媒体策划各种活动，二十多年，不管身在哪家书店，从未中断过；他写书，一本一本地出，却从不受外界所利诱或驱赶，那本《享受合肥方言》，已经完稿，还放在案边近一年，有空再看看、再改改，一直到自己认为打磨得差不多可以见人了，才交付出版。

偶尔手痒，他也做策划出版，一本《阅读合肥》，从出思路到约稿、编撰、编辑、排版、发行，他笑眯眯，一个环节一个环节盯下来，不慌不忙，乐趣无穷，让旁观者都受到感染。

认真的人，往往至真、至纯，往往执著、专注，也因此往往内心平稳而幸福。这一点，在面相上就看得出来，50 多岁的人了，看上去，还依然干净、俊朗，这是上苍对认真之人的厚爱。

江泓为读者签名售书(2010.3.7)

刘政屏印象

束晓英

古人之所谓“谦谦君子，温润如玉”，常用来形容雍容自若、豁达潇洒的人。不知道为什么，我总会把它和刘政屏联系在一起。

我与刘政屏是什么时候认识的呢，真的记不清了。印象深的是2006年年初，我们一起参加《江淮晨报》副刊部主任戴煌组织的“写家部落”八人团队出书，他的书名叫《月明风清》，我的书名叫《雪来香异》。当时我们分工明确，戴煌负责出版，我负责印刷，他负责销售。那时他和另外一位叫夏业柱的老友，为了出书过程中的细节，每天一通电话，出谋划策，沟通落实，翔实备尽，印象至深。

政屏于我最初的印象：说话慢声细气，做事细致有序；喜欢穿格子衫，头发微卷，面相清秀，肤白手净；爱收藏，爱生活，很有点小资情趣。总以为，他的人生定是一帆风顺，没有风霜雪雨，如温室里的花朵，娇生贵气。事实却是，他的儿子9岁之时，得了严重的血液病，三年十二次去北京艰难求医，经历着常人难以想象的精神和肉体上的痛苦煎熬。那时的艰难岁月，如何熬过来的，我是不得而知，只是通过他的《就这样，我们赢了！》这本书，才深刻地懂得了在家庭最艰难的时刻，什么叫男人，什么叫父亲。真的没有想到，一个外表温和雅致的人，内心却如此的坚强，这种如钢铁般的意志，我想只有对孩子和家庭及生活充满无限热爱的人，才会拥有的。

人们常说，不经风雨怎见彩虹。政屏的优秀正在于由己推人，心怀天下。在儿子痊愈后的日子里，他积极投入公益事业，以“安徽志愿捐献骨髓的先行者”“合肥市首届百名文明市民”，身体力行地推动我省的造血干细胞资料库的建立与发展，不惜精力地做了大量的工作。

政屏多年从事新华书店销售管理工作，对于自己的岗位，充满了热情、激情和爱情。记得有谁说过，一个优秀的人，应该是一个积极进取、不断创新的人。工作就如弹钢琴，十个指头如何敲下，是很有讲究的。他常会有新思想、新念头、新做法。记得他还是合肥市新华书店部门经理时，就会定期开展读书活动，经常邀请一些名人大家来和读者见面交流，谈创作和人生体会。至今，在他的图书城里，员工读书活动蔚然成风，读者“周末七点档”读书推介活动已然形成品牌。

束晓英(右一)、刘政屏等合影(2010.12.4)

他常说，我们做书的销售，就一定要读书、知书、懂书，对书知己知彼，才能做一个真正懂书的知心人，才会把好书推介给读者，才会在书上做出一番事业。他的理想是把书店做成书社，出书、卖书一条龙，做出品牌，回馈读者。作为书店经理人，对于读者和市场的需求，是了然于心的；而作为高级书社经理人，是融作家、市场、读者为一体的，是市场的推手，也是读者的引导人。在他的策划和组编下，《倾听合肥》《阅读合肥》两本书，就这么脱颖而出了。

他说，他的一生都与书有关。这个我信。

记得当年我们一起在电视台作节目，他对着镜头告白，说曾经是我的粉丝。时光流影，目今，我早已是他的粉丝了。过往，他的散文亲和直白，家长里短，父母乡亲，很有种邻里小伙、家中兄长的意境。擅写合肥，写起合肥的风土人情、街衢巷径更是娓娓道来，如数家珍。有回我和同伴煽，会说地道的合肥话，现场鹦鹉学舌了一句，政屏不驳，在旁淡定地笑着。后来才知，人家才是真正的合肥土著出生，对于合肥，有着血浓于水的深厚感情。近年，他的写作更具有方向性，以合肥方言为轴心（《享受合肥方言》），不断研发探讨写作下去。

孟子云，“爱人者，人恒爱之；敬人者，人恒敬之”。孟子还说，“天时不如地利，地利不如人和”。于政屏而言，是对书的痴爱和执著，让他不断提升自己，快马加鞭，更上层楼；是他善待于人、乐于助人的赤子之心，把天下朋友连在一起。

“书山有路勤为径，学海无涯苦作舟。”人生在于不断追求，政屏就这样目标明确、不断地在书的道路上走下去。

合肥绅士

李海燕

2004年我的第一本散文集《感恩的心》由安徽文艺出版社出版，有朋友热心介绍我认识了在新华书店供职的刘政屏先生，因此，我的书也第一次羞答答地出现在了新华书店的书架上。书卖不了几本，可是从此结识了“合肥绅士”刘政屏，也从此开始了我们迄今为止将近十年的友谊！

之所以称呼刘政屏为合肥绅士，那是有充分理由的。

记得那天朋友事先电话告知后，是我自己找上门的。出现在我眼前的是一位身段高挑、穿着整齐得体、举止端庄优雅、说话温声细语、礼貌周到的年轻男士。他热情接待了我，没有丝毫的架子，新书上架事宜很快落到了实处。这让我非常感激！那时候，我还是一位文字领域里的新作者，虽说年纪比刘政屏大许多，可心还是很虚的。政屏先生的热情接洽，使我感到了来自他人帮助的温暖，也让我更加坚定了继续写作下去的勇气和信心。

后来我才得知，2004年正是政屏先生经历了炼狱之火刚刚重生的一年。他的儿子壮壮，一位可爱聪慧的9岁小男孩，在2000年被诊断为严重的血液病，在北京治病初愈刚刚回来不久。那是怎样惊心动魄和心血煎熬，这在政屏先生2010年出版的《就这样，我们赢了！》一书中有详细描写。就是看了这本书，我更加对政屏先生肃然起敬。对于一个不知情的人来说，那时候，我所看见的，就是一个心平气和温文尔雅的绅士模样的刘政屏，在他身上你感受不到大苦大难后的沧桑和焦灼，他的微笑始终挂在脸上。这种印象一直持续至今。

随着交往的增多，对政屏先生的了解更进一步深入。越发觉得他不仅是绅士，而且是一个地地道道的合肥绅士。

比如，他对自己生活的这个城市满怀深情，对自己是合肥人倍感自豪，他的一口合肥普通话亲切动听。最近，他出版了由著名画家吕士民先生做插图的新书《享受合肥方言》，我拿到之后真是爱不释手！合肥话，带着浓重的地方色彩，许多外地人不习惯，甚至听不懂。我刚大学毕业到合肥工作时，经常被年纪大的人叫“大姐”，吓得赶紧回家照镜子，是不是自己真的很老相，已经是“大姐”了。后来才明白，这是合肥方言里对女性的尊称。和政屏先生相熟后，每次聚会，都会听他用地道合肥方言讲“合肥小讲”给我们听，真是捧腹大笑都来不及，有趣极了！现在，经过政屏先生的不懈努力，合肥方言得以保留，上到了大雅之堂，这真是文化界的一件幸事。政屏先生为合肥做了件大好事！

人到中年，上有老，下有小，还承担着繁忙的领导工作，一个男人，要想事业风生水起，还要家庭和睦，孩子有出息，老父母安享晚年幸福，那是何等的难以周全。可

李海燕(右一)、刘政屏等合影(2014.4.24)

是，政屏先生都拥有了，我以为，那是他以自己的坚强意志、勤奋善良和无比的进取心感动了上苍而得到的。

在繁忙的工作写作之余，陪伴老父母是政屏先生最快乐的事情，每次听他说起自己的父母，都觉得他好满足好幸福，当然，他的 80 岁高龄的老父母也为有这样一个好儿子而感到心满意足。我注意到政屏先生的网名叫“南山敏夫”，这里面饱含了他**对妻子的深情，因为**他妻子的名字里有一个“敏”字，敏夫，敏的丈夫！有时候，我们开玩笑，知道你是敏的丈夫，不是别人的丈夫！可他还特意用此为网名，足见他们夫妻的情爱有多深。是的，他们夫妻齐心协力共渡难关，他们是患难夫妻，心心相印！

如今，儿子已经长大成人，是一位英俊的大小伙子了，学业也没有因患病而耽搁，正在大学里就读呢！孩子跟随父母一家三口一道经历了一场炼狱之火，这样的孩子，相信人生里将来遇到再大的困难都不会被吓倒了。

听说政屏先生领导的新华书店图书城今年的营业额已近亿元，利润可观。想想在信息这么发达的今天，还能创造如此辉煌的销售业绩，这要付出多么大的努力啊！真为政屏先生感到高兴！关键是，就是如此的忙碌，政屏的新书还是一本接一本地写出来了、出版了。真不知道他是怎样利用有限的业余时间进行文学创作的。

一个人、一个男人、一个合肥男人、一个合肥绅士——刘政屏，对于他，再多的赞美也不过分。看似圆满的背后，那是他付出了比常人更多的努力和追寻！

英文的 Gentleman，翻译成中文就是“绅士”，是对那些富有学识、举止优雅、心地善良、彬彬有礼的男士的称呼，还延伸为另外一层意思：君子。

刘政屏，合肥绅士，真君子也！

及其他

自序、后记

《月明风清》后记

3月12日，植树节。晚上10点，我在对《月明风清》书稿进行最后一次的通览、编辑后，将它拷进U盘，完成它被交付给出版社之前的所有准备工作。

想出一本作品集并且动手去编，应该有三个年头了。尽管之前我曾有过“只要发稿量达到100篇，就一定会出一本书”这样的话，但真正动心，应该是在发了200多篇稿件之后。

心虚还是有的，不自信的感觉源于个性，更由于对自己有一个比较清醒的认识与定位。

最终还是决定出一本书是因为内心还是很想去做，同时还有一个很好的机缘。能够作为“江淮晨报·写家部落”丛书的一种，庆幸、不安的感觉交织在心中。

不管如何，是个总结，也是个起点，对家人、对关心我的亲友是一个交代。

《月明风清》上柜首日，刘政屏与儿子在书店（2006.5.1）

书中的70篇文稿作于1996—2004年。八年的时间里，我在经历了生活的平淡、低谷、磨难、抗争与转折的同时，也写出了几十万的文字。这些文字按内容大致可划分为5大部分，本书分为5个章节也就是基于这个原因。它们分别是时评、议论、纪事类文字；描写各种人物及亲友类文字；个人经历与情感类文字；记录与妻子养育儿子并帮助儿子战胜严重血液病经历的文字；旅游休闲收藏类文字等。

《一棵楮树》《生命中的老师》《这个夏天》《跨过生活的坎》《真的好喜欢》作为标题，分别对应于这5个章节，读者只要稍微琢磨一下，相信就会明了个中的内涵与用心。

其他不多说了，对每一位翻阅过这本书的读者表示谢意，如果能够耐着性子读完它们，那么我将对你心存感激，一份用心和辛劳被理解与认同之后的感激。

最后，感谢我年迈父母的鼓励与鞭策，感谢我相濡以沫妻子的奉献与理解，感谢我智慧勇敢的儿子的启发与帮助，我将这本书献给他们！

《让记忆有个落脚的地方》后记

这是我的第二本书，依然是散文集，写作时间是2003年年底至2006年年初，其中至少有四分之一的内容是专门为这本书写的，现在还在报纸上陆续刊发。

“走到一起来”作为本书的第一辑，是我要向大家重点介绍的。捐献造血干细胞资料，利用一切机会宣传它的重要与必要，让大家认识了解它，最终唤起大家的爱心与行动，是我这几年一直在做的事，希望有更多健康、自信、有爱心的人们加入到捐献志愿者这个行列。

第2辑的文章是两年间陆续写的，内容有些杂，故称之为“许多的感觉”。

第3辑“让记忆有个落脚的地方”中的10多篇系列文章，在我是第一次，用它来描写、记录我居住了近二十年的梅村，应该不为过分，倒是因为有所顾虑，有些东西没有写好。

最后一部分是游记，

自己动手码个堆(2006.10.19)

于自己是个纪念,但愿对别人也有所益处。

书名原本不是现在这个,但"新安书坊"内诸君认为"让记忆有个落脚的地方"这个名字好,一位老兄更是"威胁",我若不用,他下本书一定用它作书名,于是赶紧改了。

最后,要感谢马丽春女士的努力,感谢作坊内各位的友善与宽容,同事柴岚绮的序言为本书增色不少,一并谢过。

此书面世的时候,应该是秋天了,若它能如秋天一般,给大家带来清爽、美好的感觉,那我会感到安心与快乐。最后,还是要感谢每一位读过这本的朋友,谢谢!

事情搞大了

事情搞大了！

当两家电视台3家报社的十来位记者扛着摄像机、拿着照相机跟在我的后面，从办公室到店堂大厅，再到会议室、办公室，再回到店堂，我在心里对自己说：完了，这事搞大了！

怪不得任何人，事情是自己找的，若不是一大堆书放在家里需要卖出去，任你谁说我这事是个新闻素材，可以上电视登报纸，我也不会动心的。

说实话，5月份出第一本书《月明风清》的时候，我没有这种压力。头一回出书，高兴都高兴不过来，着哪门子急呀。何况同事朋友一帮忙，家里两千多本书走了一大半，的确没有什么压力。

10月份《让记忆有个落脚的地方》出版的时候，我特意留了个心眼，减了些印量，并在出书后的第一时间分流了三分之一的图书，最后送来家的，也不过一千多一点。尽管我对这些书的销售的确是有信心的，但加起来超过两千本的书还是让我感觉到了压力。

首先是下了个决心，以后不管出书的条件再好，个人出钱再优惠，只要是要求个人包销，那就免谈。同时，在心里琢磨，应该采取何种营销手段，将家中的书销出去一部分。在我看来，现有的每种书能再走掉一半，也就差不多了。

出书是要给人看的，影响越大越好，于是决定将眼光转向外省市，并开始考虑如何做好前期宣传。于是，想到找摄影记者拍几张照片，往外面发一发。谁料一个带一个，一下子确定了3家媒体，考虑到还有几家媒体的记者和我的关系也不错，有的很早就有这个想法，不告诉一声不好，便打了一声招呼，随便他们来不来。谁知大伙儿全都给面子，都来。我一下子蒙了，因业务招待时喝了一点酒而发昏的脑袋立马就清醒了。打电话向相关部门、人员通报、汇报，请公司办公室帮忙准备相关文字资料和第二天的接待工作，一时间忙成一团。

第二天上午 10 点，媒体记者大都如约到来，没来的还打电话解释说，有事要迟一点来，我赶紧说没关系没空就不要来了。我说的是真心话，眼前这些新闻的朋友已让我感到难以招架，再来几位还不让我“牺牲”了。

说话、做动作、摆造型、答记者问，那一刻，心里没有一点虚荣的东西，只想着赶紧配合记者的工作，越早结束越好。

冒汗，不是因为热，也不是太紧张，就是有点放不开。你想想，在自己工作的书店，在众多员工的面前，折腾来折腾去，该多别扭。

安静下来，我发现那帮记者朋友真是让我感动。顾不上喝水，顾不上客套，那么认真，那么投入，不厌其烦地一遍又一遍。我不由得在内心感叹：看来，要做好任何一件事，都需要实实在在地付出。卖自己的书，也是如此，它同样需要努力和尽心。

送走最后一批记者，已是中午 12 点钟，我长长地出了一口气：终于结束了。这件事的确是搞大了，但庆幸的是，它还没有被搞砸。

事情结束了，自然要等效果。第二天，各媒体没有动静，心里竟然还有些宽慰。不是不想，毕竟是忙了半天，只是不知道效果如何，内心忐忑。第三天，两家报纸登出了图片报道，效果还不错，心里稍微踏实了一些。隔了一天是周一，一家晨报刊出张大照片，一家电视台播出新闻报道，看完之后，很是满意，一颗心终于放了下来。

晚上，面对着眼前的几张报纸，看着这儿是“‘卖书人’成了‘写书人’”，那儿是“卖书人自己也写起了书”；这一张照片在理书，那一张照片在“推介”书，我对自己说：你这脸可就丢大了。还有你在电视上的一举一动，简直就是“自卖自夸”。想到这儿，另一个我苦笑着对我自己说：其实我做这一切，还不是因为书。事到如今，也顾不得什么了，为了把书卖掉，豁出去了！

儿子，还记得八年前吗？

——《就这样，我们赢了！》自序

儿子，还记得八年前吗？

八年前，2000 年 7 月 6 日，骨穿化验的结果宣告了一个无情的事实：你患上了一种严重的血液病。震惊、悲伤、泪水都改变不了这个事实，我们能做的，就是坚强起来，寻找战胜病魔的办法。

记得吗？儿子，我们是 3 天后乘火车北上的，并于第二天的早上到达北京，当天下午，你就住进了北京儿童医院。在那儿，经过 100 天的生死考验，你的病情终于得到了有效控制，我们全家也终于能够踏上回家的路。

儿子，如今你还记得在那漫长的 100 天里我们全家人所经历的一切吗？

你记得你是经过怎样的周折才住进了医院的吗？

你记得住院的第一天，爸爸妈妈很伤心很无奈地把你独自留在病房时的情形吗？

《就这样，我们赢了！》第一版封面

你记得你想念爸爸妈妈时，就到病房的窗前向着爸爸妈妈住的方向久久地张望,希望能够看到爸爸妈妈这件事吗?

你记得你在连续7天禁食时,用极其虚弱的声音一遍遍说着:“爸爸,我饿呀。”并且让爸爸把能够想到的菜谱都记下来这件事吗?

你记得你第一次掉头发时爸爸是如何的仓皇、如何的无奈,又是如何的强作笑脸地安慰你的吗?

你记得每当你的治疗过了一关后，爸爸妈妈在轻轻地松了一口气后的欣慰笑容吗?

你记得你和小病友之间相处和交往的点点滴滴,以及那些有关你们之间的互帮互助难忘的往事吗?

你记得你在整个住院期间,看过的图书与期刊一共有整整100本,而这100本的图书曾经给你带去多少的充实与快乐吗?

记得,我相信你一定都记着的。那些刻骨铭心的经历是我们一家人永远不会忘记的。今生今世,它将会一直陪伴着我们,让我们的心时刻充满着珍惜与感激。

我们是在2000年的10月回到合肥的,尽管我们很高兴,尽管我们长长地舒了一口气,但我们很清楚,一切才刚刚开始,以后的路还很长、很艰难。

这之后，是一次又一次的北上,2001年的1月,2001年的6月,2002年的1月,2002年的7月,2002年的12月,2003年的6月，每一次的历程都是那样的艰难、那样的让人难忘。化疗,持续地化疗,打击着危害你生命的病魔,也无情地摧残着你的身体。让我们感到幸运的是,尽管很难,尽管很苦,但一切还算顺利,让我们如期迎来那期盼已久的那一刻。

儿子,还记得五年前吗?

五年前,2003年的8月,你终于结束了炼狱般的三年化疗,停药了。你知道爸爸妈妈当时的感觉吗?那是一种幸福,一种重生的幸福。儿子挺过来了,我们挺过来了,而我们三年来所有的苦难,在那一刻全部变得微不足道。

结束了,每天3次大把大把的服药,每周一次的肌注或静推,每2~3个月一次的脊椎鞘注,每3~6个月一次的大剂量的化疗及骨穿都结束了。我和你妈妈有时觉得真是不敢相信啊，孩子。

我们等待这一天等得很久很辛苦，我们为了这一天付出了很多、牺牲了很多。这一天是我和你妈妈一千多个日日夜夜的梦想，这一天是上苍给予我们的坚强与坚持的最好的嘉奖。

新的生活开始了，只正正规规上了三年学的你也和同学们一道进入了初中，由衷的欣慰伴着隐隐的担忧，我们注视着你跨入中学校园的背影，期盼着你能够开心、顺利。

儿子，还记得三年前吗？

三年前，2005 年的 8 月，当我们在从北京归来的火车上决定，结束定期的北上复查的时候，我们（包括你自己）对你的身体已经有了绝对的信心。而这样的信心，源于你的成熟、明理与配合，源于爸爸妈妈，特别是你妈妈不懈丝毫的关注和无微不至的照顾。

《就这样，我们赢了！》第二版封面

如今，八年后的今天，在你即将年满 18 岁的时候，在你即将开始人生中比较关键的一年时光的时候，爸爸犹豫再三，决定还是写出这本书，以作为一种回顾与纪念。爸爸期望读过这本书的每一个人，在了解我们的故事的同时，都能够感到有所收获和启发，人生的路很长，怎么样去走好它，特别是在灾难来临的时候，怎么样去面对，如何调整自己的心态和状态，是我们每一个人都要思考和准备的。而我们看似单调的、祥和平静的生活，又是多少人梦寐以求、苦苦追寻的目标。至于你，我的孩子，爸爸还是那句话，希望你知道感恩，希望你能够珍惜，同时不放弃努力，让你不寻常的人生更加的丰富多彩。

开一朵花，儿子。为你，为你的爸爸妈妈爷爷奶奶，为所有关心爱护你的人们。

附：

后　记

儿子，回顾过去的这八年，爸爸感觉有太多的感慨、太多的故事。如今，爸爸将它们中的一部分写了出来，也算是了一个心愿。

在这本书里，有的是按时间的顺序写的（第一、二部分），有的是综述和特写（第三部分），有的是偏于议论（第四部分），有的偏于叙述（第五部分），还有的就是感激与展望（第六、七部分）。将它们串联起来，就是："一场突如其来的灾难"，"儿子，你可要给我顶住"，"揣着希望就不会放弃"，"那一群可爱的小伙伴"，"他们像冬日里的阳光"，"开始一个崭新的学期"。

爸爸在写这本书的时候，心情是复杂的，有欣喜、有庆幸，更多的是揪心与痛苦，常常有是不是要继续写下去的矛盾与挣扎。但最终，爸爸还是坚持了下来，因为爸爸觉得这是一件有意义的事情，再苦再难，也要把它完成。更何况，比起八年前开始的那炼狱般的生活，眼前的这些"苦"和"难"又算得了什么？

爸爸写这本书一共只用了不到两个月的时间，用的全部是业余时间，赶得很急。但爸爸又感觉实际上这本书是花了八年的时间写成的，无论是在回忆的时候还是在写作的时候，爸爸常常有一种时空上的恍惚与交错，而这样的状态会让人长时间地深陷其中，不能自拔。

儿子，回顾过去，爸爸始终感到庆幸的是：在那场突如其来的灾难面前，我们没有因为各种各样看似很充足的理由而选择放弃，我们也没有在遭遇到种种艰难险阻的时候选择退缩，我们更没有因为自身的懈怠与大意而留下什么遗憾。我们坚持了下来，在经历了许许多多的艰辛与磨难之后，我们终于迎来了五年前的成功、三年前的自信。

就这样，我们赢了！赢得了你的健康与欢笑，赢得了我们一家人的安宁和幸福。

我们应该满足，我们应该珍惜。

为儿子写一本书

“儿子：当你18岁的时候，爸爸把这本书献给你。”这是我即将出版的新书扉页上的一句话。

为儿子写一本书，是我想了好几年的一件事。有一次甚至都做好了提纲、写了序言，但最终还是放下了。更早的时候，曾经想过在发表一个整版相关的文字后，一口气写七八篇系列文章，最后也是不了了之。能力是一方面，时间也是一方面，最根本的，还是因为这样一本非常想写的书，实际上并不是那么好写，而且它的写作过程充满了体力的辛苦与回味的痛苦。

但随着2008年的到来，这样的想法还是越发强烈起来，并且很幸运地被列入到安徽人民出版社的选题当中。一件有着很多理由的事情终于得以付诸实施。

所谓“很多理由”包括：在经过三年炼狱一般的治疗之后，儿子在没有使用任何药品的情况下，平平安安地度过了五年的时光，从一个胖乎乎的小男孩长成一个人高马大的大小伙子，值得庆幸、值得庆贺；第二个理由是：2009年的3月，儿子就18岁了，长大了，成人了，做父母的心中自然是别有一番滋味在心头；还有就是：在2009年，儿子将结束他不寻常的十二年的学习，面临高考这一关。

健康聪明、即将18岁的儿子的情绪在2008年却是非常的不稳定，学习的压力、高考的压力，导致他的情绪大起大落、喜怒无常，经常会没来由地爆发出一股无名火，弄得我们做父母的不知所措、一头雾水，时间一久，感觉这儿子真是很难伺候，极端的时候，看都不愿意看他一眼。于是采取回避的态度，躲着他，到北门的一间房子里开始写书，以书信的形式，将我们这些年所经历、所感悟的，向儿子一一道来，第一篇的名字叫作《儿子，还记得八年前吗？》。

并不完全是那种“忆苦思甜”式的，而是一种回忆与回味，儿子八年前开始的、一直持续治疗了三年的那场大病，磨炼了我们，也改变了我们。有些事情，回过头去看，会有一种恍惚的感觉。有时候，我们的一些潜能会令我们自己觉得诧异和感叹。从某种角度来看，我们并不是完全了解自己，同样，我们也无须轻易就看轻了自己。

出书纪念(2009.2.20)

冷静下来,觉得儿子这些年的确是不容易,经历了那么一场劫难,正正规规只上了六年的学,还能有一个比较宽广的知识面、比较好的学习成绩,无疑可以称得上是一个奇迹。但他强烈的个人偏好与必须要学习的功课之间的矛盾实在是太大了,让他时时面临着选择与忍耐。当他感觉这选择是一种痛苦的时候,当他感觉忍耐是一种煎熬的时候,他那种烦躁就变得不可遏制。毕竟还是个不成熟的毛头小伙子,他还不能够理性地面对和处理他人生的一次大的考验。他的处境也让我们做父母的感到理解和同情。但是,必须面对的还得面对,人生从某种角度来说就是在不断地面对一个接着一个的不如意和不顺心。人生的意义与乐趣往往也就伴随其中,过去了、理顺了、想开了,就会是另外一种境界与心境。

于是，我在书里对儿子说：“一个人如果不在生活中落到一个很低的状态,他是不会看清许多问题、弄清许多道理的，他也不会以一种感恩的姿态，珍惜眼前的生活。”

关于磨难，我是这样看的：“磨难折磨着人，磨难也在考验、锻炼着人。历经磨难，如果你没有被打倒，那么你一定会有所收获，你一定会变得更加坚强勇敢。从这一点来说，磨难是老师—— 一位我们不喜欢、不愿意遇见的老师。”

在书的结尾部分，我对儿子说：“在经过了那么久的忧愁困苦之后，我们学会了发现和体味，懂得了欣赏与珍惜。平安是福，更何况如今远不止仅仅拥有平安，那就什么都不用说了，我们确信——我们是幸福的！”

我要让儿子学会珍惜生活、发现并感受幸福，我要让他知道，比起我们曾经经历过的苦难，现在的生活是祥和、幸福的，要以一颗感恩的心面对生活。而他遇到的那些似乎不得了的事情，其实并不算什么，人生就是这样，每个人都会遇到这样那样的麻烦和困难。

儿子是细心、善良的，他感受到了他老爸的努力和一片苦心，他慢慢地安静下来，力求去适应眼前的一切，并且有了很明显的成效。我和妻子心里那份喜悦，自然是不用说的。书写好了，儿子也懂事成熟了许多，我已经感觉不出它们谁会更令我高兴，在我看来，它们是一样的重要、一样的有意义、一样的令人喜上眉梢。

如今，这本书就要出版了，过了年，它就可以和所有认识和不认识的朋友见面了。

一份新春的祝福，一份生日的礼物，它的名字叫作《就这样，我们赢了！》。

我在等一本书

我在等一本书，一本叫《就这样，我们赢了！》的书。因为出版社说，春节以后它就可以印刷好在各大书店上柜了。每天，我都在等待，等待着在新华书店的书架上看到它。

去年9月中旬开始，一个多月的时间里，每天下午，下班以后，我都会向着北门，步行，去一个像家更像书斋的房子，在那里做一件自己几年来一直都想做的事情：为儿子写一本书。

能推的应酬都推了。因为和出版社有一个时间上的约定，将写作计划与时间做一个对应，明显会感到一种无形的压力。每周的写作量确定以后，就必须抓住一切时间去写。耽误一个晚上，就意味着这一周其他的几天里要做得更多。

能不做的事情都不做了。家务、出行、休闲，甚至连看电视，都不在每天的日程表里。除了上班，除了一日三餐、晚上一觉，还有每周日去看望老父母亲，其他的时间尽量用来查资料、翻看过去的日记以及构思、写作。但是往往是你越想抽出更多的时间，越是感觉事情特别地多。比如必需的出差、安排在双休日的工作和会议，都是推不了的。那些日子里，只感觉时间真是个宝贵的东西，平时我们没有感觉是我们没有真正充分地去使用它们。

总是很简单地将晚餐对付了，最简单的莫过于面条了，加上一袋小菜，呼呼啦啦一个奶锅，吃下去热乎乎的，简单洗涮之后，就可以进入状态了。因为不是一天两天，因此每过一段时间，我就要到超市采购一批面条，粗的、细的，精制的、杂粮的，还有各种风味的方便面，几乎让我吃了个遍。我是个南北（粮食）通吃的主儿，对面食从不排斥，但是如此集中地吃面，还是第一次，时间一久，竟也有些“怵”了，在家里或者应酬时，尽量不再吃面条了。

有时候时间太紧，或者面条吃完了，就买几个包子凑合，真是没时间讲究，饱了就行了。

吃的解决了以后，便是一杯清茶，一盏台灯，一段寂静的写作时间。

周子瑞、刘政屏合影(2008.9.27)

写作的过程是相当的不容易,原以为都是自己的亲身经历,又有那么多的见闻与故事,写起来应该不费劲的。可一旦动起笔来,发现并不是那么简单,8年的时光,已经将记忆中许多的细节和感觉给过滤掉了,而没有细节与具体数据的支撑,根本是没有办法完成这本书。因此我在这本书里对儿子说:“儿子,爸爸在那3年里,记了不少的日记,特别是第一次北上,几乎是每一天都记。这些日记的内容基本上都是围绕着你和你的治疗、饮食与情绪,以及我们的种种艰难与悲苦、感慨与感动……爸爸在为你写这本书时,也多亏了有这些日记。”

尽管多年来一直坚持着写作,但如此集中地在一共不足两个月的业余时间里,写十几万的文字,是从来没有过的。生活节奏与体力上的原因,让我有一种“伤”的感觉,个人的知识储备和写作能力也同时面临着巨大的挑战。

同时,时空上的恍惚与交错的状态会让人长时间地深陷其中,不能自拔。有的时候甚至会忽然产生一种放弃的冲动。关于这,我曾在这本书的后记里对儿子提及:

刘政屏与责任编辑刘超、美编宋文岚合影(2009.1.8)

“爸爸在写这本书的时候，心情是复杂的，有欣喜、有庆幸，更多的是揪心与痛苦，常常有是不是要继续写下去的矛盾与挣扎。但最终，爸爸还是坚持了下来，因为爸爸觉得这是一件有意义的事情，再苦再难，也要把它完成。更何况，比起8年前开始的那炼狱般的生活，眼前的这些‘苦’和‘难’又算得了什么？”

等到一切都过去之后，我感觉自己在如释重负的同时，得到一种提升，内心特别地充实；感觉自己收获的，不仅仅是一本十几万字的书、一本一己家庭的非常记忆，经历过的与提炼出的，绝对不是一般意义的加法，记忆中的与文字上的，也不是可以很轻松地画上一个等号。是一种回味，也是一种忘却；是一种沉淀，更是一种升华。人生由此又得到一次历练和丰富。

的确要说一些感谢的话。感谢那些关注我们、帮助我们，使我们全家能够一路坚持，最终闯过来的至亲好友，没有他们，就没有这本书的基础。感谢那些一直鼓励我写出这样一本书，认为它于自己是一个回顾和纪念，于别人是一种启迪和帮助的人们，没有他们，我不会一直揣着这样一个梦想。特别要感谢的，是安徽人民出版社的汪鹏生社长和周子瑞主任和我们的老朋友周纯，没有他们的热情真切的鼓励与实实在在的帮助，给我以创作上的动力与压力，我是不可能在这么短的时间里写出这本书。当然，我要感谢我的父母、妻子和儿子，没有他们默默的支持，没有他们陪伴我一起回忆那痛苦而辛酸的过去，没有他们和我一起句斟字酌，这本书不会有现在这么一个状态和水准。

当这本书终于写完交给出版社以后，我便开始一种等待，等待着和它见面的那一刻。事实上，我是一直参与它从书稿到一本书的全过程，但我还是一直很期盼见到它成为一本完整图书的那一刻。

一些小插曲总是免不了的，而由于这些小插曲的出现，它面世的时间从年底转到了第二年年初，并终于在年初的北京图书订货会上亮相，也使我与它的见面的方式变得很独特：和许许多多全国各地的同行一道，在安徽人民出版社的展架上见到了它。

真是很激动，同时还有一种很奇特的感觉，感觉这一切似乎是冥冥之中设定好了的：从北京开始，向着希望和美好出发！

是春天的孩子，一如它的主人公，当它出现在书店的书架上的时候，当它出现在各种各样读者面前的时候，将会引出怎样的目光、产生怎样的影响？我的心忐忑着。

我在等待，静静地、急切地，等待着一本叫《就这样，我们赢了！》的书。

关于《五虎出列》这本书

一、在本命年合出一本书

说实话，2009 年 10 月之前，许春樵、赵昂、苏北和我，谁也不知道我们四个人出生于同一年，都属虎。当然，两两之间知道是有的，比如春樵和赵昂，比如赵昂和我。在我来说，感觉上和大家应该是一致的，春樵兄尽管面相并不是太老，但声名卓著，似乎不大一些有些不应该；比较春樵，苏北兄倒是生得白净一些，人也神气活泼，但偏偏人人都说他挺沧桑，比起我们要大上一大圈。用女作家江泓的话来说，就是：苏北怎么可能和你们一样大，他那么老。一帮人听了，笑翻了，苏北也笑，温温的，浅浅的。

那天是赵昂做东，一桌坐了十多个人，吃着喝着聊着，不知怎么的就聊到岁数上了，想来应该是一两位感慨岁月如梭，转眼又是本命年，到了奔五的年纪了，然后，不断有人加入：我明年也是本命年，我也属虎啊。我是最后一个加入的。对于一桌之中，能够有 4 位同龄人，大家都有些意外，纷纷称奇，我则在激动之余，提议 4 个人可以在本命年合出一本书，大伙儿又是一致称好。

酒席散了，出书的事也就没机会再提了。作为倡议者，我尽管没有忘记这件事，但碍于和其他三虎之间的关系还没有今天这么熟络，没有再积极联络落实。其实，私底下，我还有一个活思想，嘀咕着人家3位可都是名家，无论成就还是声名，都是我不能够比肩的。所幸这个“结”让赵昂兄的一个电话给解开了，不然估计就不会有现在的这本书了。

应该是今年的3月份了，赵昂兄打来电话，问4人出书的事情的进展，我实话实说：我没问题，但不知道其他几虎的意思。赵昂兄快人快语：应该没问题，春樵那边我来问。我说那苏北这边我来问。一会儿工夫，信息汇总：一致同意，出。

在此之前，还有一个插曲，那就是在今年春节期间，一次聚会时，提到四虎出书的事，在场的吕士民老先生说：我也属虎呀，我为你们画插图。也就是那个时刻，我们才知道，吕老师可是一只大老虎，出生于1938年，整整大我们两轮。同样是那一刻，我们决定，改四虎为五虎，五个人合出一本书。

说干就干，收集各人简介，起草策划书，然后多方打探，寻找合适而又愿意出版这本书的出版社，最后，选择了安徽人民出版社。其实准确地说，是安徽人民出版社看上了这本书。因此，对于人民社，对于社里的决策层，特别是周子瑞主任（我私下一直称他为子瑞兄的），一直心存感激。

书稿是7月份才收齐的，最先交稿的是赵昂兄，最后一个是苏北兄。都是社会名流、

职场红人，抽点时间，认真地做一件事情，委实不易。我一直挺感激三位虎兄的宽容与理解，没有他们的鼓励与配合，这本书不会如此顺利出版。同时，也让我在图书定位、作者与作品定位、封面版式的决定方面，能够放开手脚。

8月1日，我的《就这样，我们赢了！》第二版出版，请了几位老师、文友吃饭。五虎自然是聚齐了的。很“隆重”地请潘小平老师为“五虎集”写序，同时，将文稿交给吕老师，请他画插图。吕老师的画画得很快，但潘老师的序却是在最后时刻才交的稿，但这一快一慢出的活儿，都获得满堂喝彩——到底姜还是老的辣啊！

对于书名，不但我们五虎重视，圈子里的朋友们和出版社的朋友也很关心，因为大家都认为一个好的书名对于一本书来说，实在是太重要了。太慎重的结果，是迟迟没有一个满意的结果，我的手机里，至今还保留着近二十个汇集各方智慧的书名呢。可能是到了10月初了吧，在一次有出版社社长参加的“高级别”的工作聚餐会上，几经斟酌，终于决定，采用赵昂兄的意见，将此书定名为《五虎出列》——在十二生肖的队伍中，今年，我们属虎的几个人，上前一步，接受大家的检阅。

关于出书的时间，起初我有些理想化，定在6月16日（农历端午节），感觉有些意义。后来发现很不现实，又改到9月19日，因为在我看来，国庆节前出书是比较合适的。但出版社里要出的书实在是太多了，有些是赶时机的，有些是高效益的，“五虎集”自然是有些顾不上的。好在人熟，三天两头地催着，电话之外，就是多次找上门去，自己理直气壮，人家和颜悦色，外带一餐好酒好肉的招待，次次不落。每每只顾得把杯畅饮，差不多把正事给忘了，中了子瑞兄的缓兵之计。不过我发现，一本书做下来，和人民社的朋友们的感情，的的确确是又进了一大步，这可算是一个可贵的意外收获。

当我又一次在子瑞兄的“和颜悦色”里妥协后，将出书的日子定在了10月30日，在我看来，这是最后一个好时机，我不愿意我们书的出版日期拖到冬天。子瑞兄很理解我的心思，并努力让这本书在10月中旬完成定稿出片，与此同时，还让我的另一本集子《倾听合肥》同步收工。当印刷上的一些难题在多位朋友的支持下解决后，我感觉自己要做的，就是静静地等待，等待着《五虎出列》。

二、签名售书这件事

尽管为别人举办过数十场签售会，之前自己也出版过3本个人的集子，但对于签名售书这件事，我一直是保持足够的距离的。因为我太知道签名售书这件事的水深水浅，它需要充分的策划、宣传，需要精细的落实、准备，需要全面的统筹、安排，除此之外，还需要一套完备的应急预案，也就是可能出现的情况及如何应对。

说出来或许有些虚有些概念化，但当真操办起来可就完全是另外一回事了。个中滋味，远非三言两语可以说得清楚的。等到有合适的机会，展开来写，没准能拉出个长篇纪实呢。

此次因为是五个人的事情，又有着很长时间的来自各方面的渲染与期待，因此为《五虎出列》的出版举办一场活动似乎是不可不为之的事。的确，策划之初，我就有这样的计划，但真的是事到临头的时候，我还是心有余悸，犹犹豫豫：不办，似乎不可能；办吧，要做的事情太多，有些事情还相当地棘手。

比如，10 月中旬的时候，潘小平老师的序到位后，承印厂家及印刷速度就成了一个极其关键的事情。比如，签售背景的设计、横幅文字的确定，特别是六个 X 展架的设计，都需要多回合耐心细致地沟通与磋商。比如，除了《五虎出列》，“五虎”的个人签售作品的选定与货源组织。更为重要的是，必须确定只是一场签售还是图书首发仪式加签售会，如果是后者，除了新闻稿的起草与发布、几份海报的制作之外，规格与嘉宾的确定与约请、仪式流程、相关的文字准备、媒体的约请等等，都需要一个不落地去做。

起初，几个“虎”一商量，决定就不那么张扬了，就弄个签名售书得了。但事到临头，发现书店与出版社两方面都挺重视，还是图书首发仪式加签售会比较合适。我一

下子变得手忙脚乱，感觉整天有做不完的事。

细节，计划靠细节，落实靠细节，几个、十几个细节，成就一个环节，一环扣着一环，环环相扣，才可能将一件事情办好。

而细节恰恰是最费工夫、最耗时间，同时又最显功力、耐心与智慧的。

写到这里，我觉得我要特别感谢我们的另一位责任编辑——小帅哥刘超，感谢他认真、负责做着分内与分外的事情。我还要感谢一位很有才气与灵性的美编——从未谋面的陈爽，她应该也是一位极年轻的小姑娘，但是她在业务与沟通上的确是非常地优秀。我特别要感谢包括书店与出版社等各方面领导、朋友与同事们的关心、支持与努力，没有他们热心、关注与参与，这场活动不会如此顺利地举行。

好在，一切都算得上比较顺利，尽管有些环节有些悬乎，但都在最后的时刻得到落实。比如X展架的设计者在不到半天的时间里完成设计，制作者也是在极短的时间内完成工作，但忙乱之中，我竟然忘记安排员工去工作室取货，以致到了30日的上午，才打车到城南将X展架拿了回来；又比如《五虎出列》的出书时间，由29日下午改为30日上午又改为30日的下午，比如，到了30日的近傍晚的时候，我的《倾听合肥》还没有出现在卖场，好不容易送到，还只是我们所需数量的一半。要知道图书可是由印刷厂直送书店的，其数据信息更是事先就做好并传输到位的。

另外，凑齐五个人也是一件不太容易的事，各自的工作常常会左右他们的时间安排，这种情况下，能够让他们同时出席一个预先设计好时间的活动，的确是很不容易。这一次，如果不是赵昂尽力协调做

工作，那么30日那天，他肯定早已坐在另一个城市的会议大厅里，开着一个挺重要的会议呢。

还有一件事很重要，但又不是我们所能够掌控的，那就是天气。老天是否开脸，对于一场签售活动成功与否，有着至关重要的作用，当身心俱疲但万事俱备的时候，我们真的是不能不在心中默念：好天气，一个好天气吧！《五虎出列》，需要一个阳光灿烂的日子。

潘小平在首发式上讲话(2010.10.30)

三、还真的就签了一回

2010年10月30日的早晨，当我睁开眼睛，看到窗外一片清爽明亮，不禁心头一动：真是个好天气！我并不是那种特别迷信的人，但对于每次活动时的天气、人气、场地一类的外在因素，还是挺在意的，因为这些看似挺不搭界的外因，对于一场签售的成功，有着或多或少，甚至是决定性的作用呢。因此，当我看到一个期待中的好天气时，那种感觉的确是很好，心中仿佛也安定了许多。

刘政屏等为读者签名售书(2010.10.30)

说实话，从创意之初，到开始筹备，直至签售的前夜，我心中一直矛盾着、忐忑着，签还是不签？能否签得成功？压得我心里好沉重。为别人操办签售会，再难再烦，都不在话下，临到自己，却是如此的一种心态，的确是大大地出乎意料。

“五虎”在首发仪式上(2010.10.30)

8点多与刘超打车到书城，到达的时候发现现场已经布置得差不多了，五虎的亲友团、粉丝团和读者中的性急者已经早早地等候在那里。9点半钟的时候，书城一楼大厅已人满为患，6个大型X展架取回展开、10种签售图书一字排开后，现场的气氛变得更为热烈。有些人已经买好图书，满大厅找着“老虎”们签字。

首发仪式10点钟准时开始，安徽文学院常务副院长、安徽作家协会副主席、著名作家潘小平，安徽人民出版社社长胡正义，副总编杜国新，合肥新华书店有限公司总经理吴兆亮，副总经理王建年等出席。吴总、胡社、潘老师先后讲话，表示祝贺、表达心意，鼓励、宣传《五虎出列》这本书。最搞笑的是潘老师在对《五虎出列》和作者“吹捧”一番后说：“什么都不要说了，掏钱吧，买书吧，你们不会后悔的。”引得哄堂大笑。

刘政屏在读者沙龙上发言(2010.10.30)

许春樵代表“五虎”发言后，书

城的工作人员给每一位"老虎"送上一个吉祥喜庆的布衣大"福虎",签售会随即开始,大批读者一下子围了过来。

人真多呀!感觉自己被里三层外三层地围着个密不透风,许多双手,许多本书,一下子塞到我的面前,弄得我有些手足无措。签吧,一本本地签着,有些读者、熟人一买就是三五本,甚至七八本,一个人的签下来就得好一会儿。还有代别人签的,一抱就是一摞;还有找出各种理由想插个空的:"我就一本","我马上有事"——"先签一下可以吗?"工作人员看出我的为难:"排个队吧,排个队吧。"于是一个不短的队出现了。

签,不停地签着自己的名字,顺便还打着招呼、说着几句简短的话,回答着简短的问题,另外就是不停地谢谢、谢谢。

真是要谢谢的,认识的不认识的,在双休日里,放下手中的事情,放弃休息的时间,特地赶到书城,捧场祝贺、花钱买书,真是很不容易,真是很感谢。

照相机、摄像机真是不少,感觉至少有一二十部吧,由于忙着闷头签名,只觉得边上始终有按键声和闪光灯在闪。

省电视台的公共频道和经济频道都派来了记者,春樵、苏北、赵昂和吕老师忙里偷闲地接受着采访,事后看了一下,都说得很到位、很精彩。

我这边还有些不安心"工作",不时要抬头查看一番,或者回答员工的问题,同时嘴里还不停地宣传着:《五虎出列》可以请五位作者签,还可以请吕老师给你画一幅画;《阅读合肥》可以请四位作者签,不要漏了。苏北坐在我的边上,我看他手脚麻利,不时就做完功课后东张西望,一副悠闲的样子,便把书推给他,一边派着活儿一边"麻"着他:"苏北,你字好看,你签上款。"

还有送花的,一帮大伙子小丫头干的事,太有点那个了,弄得我直冒汗。

还有要求写一两句话的,也是让我很尴尬,本来就是脑瓜短路,又加上一手拿不出手的字,那个汗呀,冒得更欢了。

脱去外套,仿佛做了一件重体力活似的,引得一圈人一阵好笑。

其实心情很轻松,只是从来没有经历过如此的场面,心理承受能力有些问题。

开始的时候,感觉应该是不错的,签着签着就发生变化了:咋还有那么多人呀!

不是不喜欢，就是觉得有些不安，都来买书，都来捧场，自己的作品不会让他们失望吧。一瞬间，压力出现了。看来凡事都得经历过才能体会，自己内心想的与外界的想象常常不是一回事。

想起来有些搞笑，事先只是担心人气不足，场面尴尬，从没有想到要会人气如此旺盛，书卖得如此的好，很轻松地就突破了万元大关，更没有想到要做一个关于“人太多的时候怎么处置”这样的预案（呵呵，有些骄傲啊，不过的确是真实的，因为我不但是签售者，还是书城管事的，应该想得更周全一些才是）。因此，当近两个小时后、签售接近尾声，我的那份轻松里又多出一份庆幸：顺利、平安、圆满、成功！

太棒了，《五虎出列》！

把目光转向合肥

——《倾听合肥》自序

《倾听合肥》

一般情况下，不管是一个人还是一座城市，想要留住一个人的目光，引起关注甚至向往，必须的条件是，你一定要有特点、内涵与活力（也就是所谓的“魅力”）。我们合肥这几年的情况，应该就是个佐证。

还是在去年，修长江中路的时候，有很多外地的同行来合肥参加一个大型的业务会，顺便到四牌楼来看看我们。他们本来对合肥就不太熟悉，这下子就更不方便了，到达后，我颇有些歉意，觉得让他们跑了不少的冤枉路。没曾想，他们哈哈一笑，特别的理解：“没什么，修路是好事，以后来了就方便多了。”接着，就乘兴谈起了合肥的建设，感叹与感慨，溢于言表。

有些朋友来过合肥多次，对于合肥这几年的变化感触挺多。他们说：“只听说合肥这几年在搞建设，没想到变化这么大，特别是新区，太漂亮了，出乎我们的意料。”言谈之中，他们对于合肥城区版图的扩张

《倾听合肥》插图(一)

显然还没有充分的心理准备，因为在他们的心目中，这么些年来，合肥是那种虽然小巧干净，但平庸落后的小城市，似乎在一夜之间变得这么新这么大，他们确实有些适应不过来。

一直以来，在这帮朋友的言语之间，不但包含着一种对合肥的思维定势，还有那么一股掩饰不住的居高临下。不一定就是恶意，但的确是存在的，在他们不经意的话语之中，你能够感受得到。我想这也是没有办法的事情，多少年来，你一直就是这样不紧不慢，全然不顾人家是怎样的一种状态和变化，难免会被甩在很远的后面，被忽视和轻视。

有过那次的感叹和感慨之后，那帮外地的朋友对于合肥的确有些刮目相看了。每每在来电话时，谈完业务之后，会顺带问几句合肥的情况，当然大多是围绕着我们单位所在的区域：长江路修好了吗？四牌楼怎么恢复？那天桥呢？他们在广播、电视和报纸上看到有关合肥建设和发展的报道，也不忘和我们作一个交流。显然，他们对于合肥，已经是越来越关注了，在他们的心中，合肥不再是一个无足轻重的小城市，

《倾听合肥》插图(二)

而是一块充满生机、充满活力的地方,他们的目光,自然也是渐渐地转向合肥,关注合肥。

事实上,应该还有许多人在渐渐地把目光转向合肥,关注它的变化和发展。这其中,除了外地人,还有一大批在外地的安徽人、合肥人。

那天“打的”的时候,由于司机对路线不熟悉,车头还放着一张合肥地图,不由得和他聊了几句。那位司机告诉我,他是六安人,以前在南京开出租,才到合肥不久。我问他为什么想到回来,他说,离家近一点,方便照顾老人孩子,再说,现在合肥的生意也不比别处差,相对来说,费用还要低一些。于是,他卖掉了南京的那辆出租车,凑了些钱,在合肥买了两辆车,自己开一辆,另一辆雇人开。我说那你不是当老板了吗?他说:“哪里啊。”一脸的轻松。

“现在在合肥,也有很多的机会。”这是一位远亲对我说的话。20 多岁的他,大学毕业后,一直留在南方,在一家私企做得很好,老板甚至有意招他为上门女婿。但是去年年底,经过反复考虑,他还是决定回来,应聘合肥的一家高科技企业,并且很快就因为表现出色而受到重用。这让他的父母欢喜不已，要知道，在此之前，为了劝说这个宝贝儿子回来发展，他们费了多少心思和口舌。

因为有机会、有市场，越来越多走出去的人开始把目光转向合肥，转向他们过去看不上、不喜欢、想要摆脱、逃离的合肥。我想，这真是一个可喜的变化，它给正在为合肥向前向上而工作和辛劳的合肥人带来的，是信心和动力。

为今年国庆而策划出版的《阅读合肥》一书，收录的都是一些生活、工作在合肥的作家、学者和社会各界人士写的有关合肥的文章，在这些人当中，有地道的合肥人，有一两代的移民，还有相当一部分来合肥才十几年甚至几年的新移民，他们从各自的角度，描述着心中的合肥，她的过去和现在，她的风情与景色，她的文化和特色，等等。一篇篇读来，真是很有感触。那么用心地在想，那么用心地在写，透过文字，你能感受到一颗颗真诚的心。

在一个特定的时刻，静下心来观察、审视一番我们再熟悉不过的城市，是一件很

《倾听合肥》插图（三）

有意思的事情，多多少少会有一些收获和惊喜的。读完《阅读合肥》所有的60篇文章，你会发现，事实上，这些作品的观点和内涵，完全不是短时间能够得到的，作者们应该早就开始对这座城市有所关注和思考。他们的感情是真挚的，他们的感觉是细腻的，他们的观点是敏锐的，他们的期望是热切的，他们早已在不知不觉中，把自己的目光收回，更多地留意于自己所生活的这座城市，

写到这里，我忽然有个想法，我若是再出一本书的话，书名就叫“把目光转向合肥”，因为这几年，我也是渐渐地的将自己的目光从家庭、爱好和外面的世界收回，转向合肥，转向这块生我养我的土地。在我的文字里，越来越多的是合肥的建设和发展，生活在合肥的普通百姓（包括那些外来的打工者、农民工）的工作和生活。一些记录，一些回顾，一些思绪，它们所构成的，就是我这几年文字的一个新的主题：关注合肥。

其实，作为一名合肥的“土著”，也是有责任和义务为合肥做一些实实在在的事情的。还是那句话，我们要为我们对这座城市的爱寻找到一个支撑点，而不仅仅是说一些轻飘飘的话语。而把目光转向合肥，为她高兴加油喝彩，为她出主意想办法，体谅她的苦衷，理解她的不易，做一些配合，做一些宣传，就是我对这座城市的一个很具体的贡献。

现在就开始做，还不算太晚
——《享受合肥方言》自序

这是一本演绎合肥方言的书，包括“感觉”“记忆”“合肥小讲”和“趣谈合肥方言”四个部分。前两部分主要以单字、单词为主：“感觉”部分应该是别人说过的，但自己感觉不够全面准确，甚至是完全不对，于是说出自己的感觉；“记忆”部分则是别人似乎没有说过，但却在自己的记忆里鲜活着，于是记下来。

给“合肥小讲”下定义有些困难。俏皮话？民间幽默？插科打诨？似乎都有一些，但又都不够确切，或许，把它们合在一起就比较全面了。在这些小讲中，有风趣幽默，有旁敲侧击，更有一些话粗理不粗的道理，生动形象，张口就来，属于那种典型的民间智慧，它的根扎得很深，因此至今仍然枝繁叶茂，充满生命力。

“趣谈合肥方言”收录了我近年来演绎合肥方言的一些文字，陆续见诸媒体之后，很有些反响，不过在数量上少了一些，有

《享受合肥方言》

《享受合肥方言》首发式(2013.8.31)

些还被我已出版的《倾听合肥》收录过,为了保持相对全面、完整,又把它们给收进来了。个人感觉这样的文字能够把某些方言说开说透,利于读者理解和接受,虽然很不好写,但以后还会去写的。

"微博 + 水墨漫画"是本书的一个特点。此次和吕士民老师合作,主要是想通过一种比较新颖的方式演绎方言,唤醒记忆。每一篇在 140 字左右,有一点八股的味道,但同时也要求我必须在有限的字数内把一个东西说清楚,凑文字的情况基本上是没有的,但不断地精简文字却是常有的事情,这对于我,的确是一种锻炼。

长期以来,方言一直处于被冷落、误读甚至歧视的状态,合肥方言尤其是如此。究其原因,一方面是城市的持续扩张,导致移民成为绝大多数;一方面是自身的不自信,于自觉不自觉之间,慢慢地将它给放弃了。从曾经的强势方言到今天渐渐被人们所遗忘,也不过是百余年的时间,其间的沧桑,让人难免唏嘘、感慨。

当一样东西到了要被挖掘、记录、保护的地步，那么它的命运往往是岌岌可危了，就合肥方言而言，会说的越来越少，能够听得懂的也是不多，如果再加上一个“会说一口正宗的”“能够完全听得懂的”定语，那么真可谓屈指可数了。当然，在乡间、在老人那里情况或许会好上很多，但那也仅仅是一种暂时的状态。

我承认自己对于生我养我的这片土地上的方言，有一种特殊的感情，但必须指出的是，在经历了摒弃、远离、反思、回归这么一个轮回之后，我对它的认识与感悟已经有了很大的提升。从历史和文化的角度来看，方言不但是一个地方的特色与记忆，更是一个民族种群的历史、传统与文化，不能够也不应该把它们完全丢弃。

刘政屏在《享受合肥方言》首发式及签售会上(2012.8.31)

应该学会接受和理解方言，因为无论是哪种方言，只存在听懂与听不懂、不存在好听与不好听的问题；应该学会保护和使用方言，因为方言的特色与内涵往往会丰富和充实我们的表达能力；应该学会品味和享受方言，因为方言不但很有渊源、很有内涵、很有特色，同时还有着一种原生态的美与质感，生动、鲜活、富有张力。

这本书能够面世，的确要感谢许多人。首先就是吕士民老师，吕老师一直有一个心愿：为合肥做一点实实在在的事情。还是在2010年，他就和我商量联手做一本关于合肥历史和文化的书，但因为我的原因没有实现。当他得知我在写一组关于合肥方言的微博时，非常感兴趣，不但给予勉励，还在极短的时间内画出了第一批配图。

吕老师的水墨漫画飘逸灵动，近些年来佳作频出，受到社会各界的广泛好评。他

刘政屏与图书城同事合影(2013.8.31)

的作品富有浓郁的乡土气息，这与合肥方言的气场完全契合，因此吕老师在为合肥方言画画的时候，能够很快地进入，准确地描绘出文字的意境和感觉，甚至还能够加以渲染和扩大，让读者能够收获更多，同时在视觉上得到超值的享受。

要感谢我年迈的老父母，是他们不厌其烦地为我讲述方言内外的故事，并对这部书稿字斟句酌，花费了不少的心血。要感谢诸多前辈的辛劳与贡献，没有他们的成果与成就，以我的修养、功底与水平，是不可能做成这件事的。要感谢身边的每一个人，一句话、一个提醒、一个佐证，他们中的每一位都为这本书出过力。

说老实话，从做这一件事开始，我的心一直是很忐忑的，因为我很清楚，自己是在做一件很不容易做的事情，当我发现别人在认知上出现错误和偏差的时候，我是不是能够做到全面、到位？当我挖掘、整理记忆中的那些乡音的时候，我是不是能够做到专业、准确？因为不自信，所以忐忑；因为忐忑不安，所以一拖再拖。

在《享受合肥方言》沙龙上发言
(2013.8.31)

《享受合肥方言》沙龙合影
(2013.8.31)

去年年初的时候，这本书的文字部分就已经完成，吕老师也是很快就完成了所有的配图，按照和出版社的约定，5 月份出书是没有问题的。但是许多的事情，许多的理由，把它耽搁了下来，想来真是很不应该。不过也不是没有益处，冷下来，反复琢磨，然后再修正一些不准确的，更换一些不合适的，也不失为一件好事。

有一点感受很强烈，的确是时不我待，方言的研究与保护刻不容缓。有一种认知很真切，作为一名土著，能为乡土乡音做一点事义不容辞。有一种计划很清晰，继续做下去，让合肥的方言重新变得通俗时尚。对于合肥方言，不但听得懂，而且很享受，这样的愿望很美好，这样的目标很遥远，但现在就开始做，还不算太晚。

附：

后　记

尽管罕见的酷暑依然肆虐着，但我却不合时宜地松了一口气，因为折腾了近三年的《享受合肥方言》马上就要付印出版了，它意味着一件让我感觉始终不得安宁的事情终于有了一个了结。有点如释重负的感觉，也有点小小的欣慰，毕竟完成了自己一直想做的事情，同时通过这件事，让自己得到了难得的历练与提高。

年初写完这本书的序言后，我曾松了一口气：终于走了出来。现在看来，自己何曾走出来一步：听见有人说合肥话依然兴奋，感觉有些少见的还会用手机记录下来，还在有意识无意识地收集合肥小讲，同时继续方言微博的写作。更为关键的是，思绪经常会被拉回这本书稿上，因为我遇到的是一位认真甚至较真的编辑。

因为关系不一般，我估计说他几句不入耳的话没有什么关系，但也因为这层关系，他对于我也是一点也不客气，发现什么问题一个电话就冲了过来，也不管你正在做什么。不过抱怨归抱怨，那股认真仔细的劲头还是应该肯定的，只是让我有些不适应的是：作为责任编辑的石松和作为老同学的石松，差别怎么会那么大？

我和石松是三十多年前的老同学，毕业后很多年没有过联系。直到几年前一次宴席上，才算重新接上关系。那时候他已经是一位名声在外的资深编辑，我则是一名卖了许多年书的“老新华”。当他知道我出过几本书的时候，戏言咱们一个编书的一个卖书兼写书的什么时候合作一把，我琢磨了一下，就琢磨出了这本书。

是一个纪念，纪念我们曾经在一起的时光，也纪念我们逝去的岁月。人生就是这样，不到一定的时候，就不会知道珍惜。比如我们的青春和我们的人生，又比如我现在关注的合肥方言。曾经的拥有与现在的渐行渐远，都是我们做这本书的原因。也许我们留不住正在逝去的一切，但我们努力以我们的方式留下来一些东西。

我很欣慰这本书能够出版，我很期待更多的人能够读到它、喜欢它，我更期待老合肥们能够因为这本书，唤醒他们对过去的记忆、对乡土的情怀。读者们的关注与喜爱，是我继续下去的动力，也是更多人加入其中的理由。我想不管是哪里人，不管是懂与不懂，对于方言，我们都应该学会宽容，学会理解，学会享受。

《就这么简单》后记

《就这么简单》是我第一本真正意义上的杂感随笔集，写作时间从 2006 年到今年，一共 8 年。

早期的文字因为放在哪本集子里都有些别扭，便余了下来。“余” 在合肥话里既有“剩”的意思，也有“攒”的意思，总体偏“攒”意。这些年来，我把这些剩下了的长长短短的文字一篇一篇地攒了起来，编成了这本《就这么简单》。

一些文字，是自己思考的结果。有时候，在想明白一个问题或者一件事情后，我把它们记录下来；一些文字，属于心情笔记，有失落，有感慨，也有一些所谓的正能量；还有一些文字，有些像情景剧，表达的还是自己的判断和见解。

乡土方言方面的文字分为两个部分：一部分是亲情，一部分是分门别类的合肥小讲。分开来看，60 多则合肥小讲各有各的意味，把它们按照一定的主题合在一起，则又多出了一些让人印象深刻的东西。

要感谢博客和微博，因为有了它们，我的一些碎片时间和思绪得以利用和保存下来，尽管这些“碎片”有它们的局限和不足，但相比起两手空空，多少是个安慰。

的确，生活过于凌乱和浮躁了，很多时候，看似忙忙碌碌，实际上是虚度了光阴。转眼又是年底了，之所以急匆匆地把它出出来，感觉它对自己是一个鞭策和警醒。

感谢许辉老师的勉励，感谢安徽教育出版社诸位老师朋友的帮助，感谢我的家人和朋友们的期待和支持，感谢看完这本书的每一位读者。因为你们，我会继续自己的努力。

致　谢

本书图片摄影者有赵溢、马启兵、王焕然、丁兴如、卢焕新、林兰、潘林松、许丽文、肖雯、赵世萍、任旭东、王建新、叶纯、金宇（恕不一一列出）等，谨致衷心感谢！